DA LIEBANG

大猎帮

徐大辉 著

中国言实出版社

图书在版编目（CIP）数据

大猎帮 / 徐大辉著. —北京：中国言实出版社，
2014.8

ISBN 978-7-5171-0601-2

Ⅰ. ①大… Ⅱ. ①徐… Ⅲ. ①长篇小说—中国—当代
Ⅳ. ①I247.5

中国版本图书馆 CIP 数据核字（2014）第 107386 号

责任编辑：陈昌财

出版发行	中国言实出版社	

地　　址：北京市朝阳区北苑路 180 号加利大厦 5 号楼 105 室

邮　编：100101

编辑部：北京市西城区百万庄路甲 16 号五层

邮　编：100037

电　话：64924853（总编室）　64924716（发行部）

网　址：www. zgyscbs. cn

E-mail：yanshicbs@126. com

经　销　新华书店

印　刷　北京市玖仁伟业印刷有限公司

版　次　2014 年 8 月第 1 版　2014 年 8 月第 1 次印刷

规　格　787 毫米×1092 毫米　1/16　印张 20

字　数　334 千字

定　价　38.00 元　　ISBN 978-7-5171-0601-2

目 录

风吹号，雷打鼓。松树伴着桦树舞，哈哈带着弓和箭，打猎进山谷。哟哟呼，哟哟呼。

——《打猎歌》

棒打獐子瓢舀鱼，野鸡飞进汤锅里，胖胖野兔钻锅底。

——民间歌谣

素呀肯哪哎，莫里根啊，木兰塔尔依阿里希哟哟唠昊，撒唠含都尔阿林，阿里希咳嘞哟，空齐哟唠昊！

——《打小围》

内家最爱海东青，锦靓掣臂翻青冥。晴空一弓雪花坠，连延十里风毛腥。初得头雁夸神俊，一骑星驰荐陵寝。

——金·赵秉文《春山》

立春棒打狍，雨水鱼进瓢。小暑胖头跳，大暑鲤子闹。白露大马哈，秋分把子潲。寒露哲罗翻，霜降打秋边。立冬下挂网，小雪闸冰帐。

——《打鱼谣》

成群引着犬，满膀架其鹰。荆筐抬火炮，带定海东青。

——明·吴承恩

一枪不打俩，打俩双眼瞎。

——猎帮俗语

吉林围接盛京围，天府秋高兽正肥。本是昔年驰猎处，山情水态记依稀。

——清·乾隆《即事诗》

顶梁见毛梢，栽坡露出腿，迎面跑掏裆，横着飞打嘴。

——打围歌谣

打围人想进干饭盆，打老虎，挖熊胆，抽个鹿鞭更有脸。弄副鹿胎，闺女媳妇全惊呆。

——赶山歌谣

第一章
腊月里开围

草没黄牛鱼满河，搭上窝铺支起锅，狼豺藏在山林里，狍鹿黄羊转山坡，白天开荒熬日头，夜夜惧听虎豹歌。

——《开围歌》①

一

九辆马拉的爬犁②从赵家趟子村中驶出，驾驭者甩响的鞭子炸开了树上的霜花，震得近处黑樟松树上雪凇纷纷飘落。

二十一人坐在爬犁上，清一色不吊面、毛朝里、皮板朝外帽子，看帽子像一座动物园，狐狸皮、狍子皮、鹿皮、貂皮、野猫、山羊……最扎眼是一顶虎皮帽子；着皮袄皮裤，一律皮板朝里毛朝外——关东山，又一怪，翻穿皮袄毛朝外——采用各种动物皮张，以狗皮、鹿皮、羊皮居多。脚凳外，从前的女真、肃慎、锡伯、鄂伦春、赫哲等民族，还常常使用狗、鹿、四不像等动物来拉。

靰鞡——谜语：老头老头你别笑，破个闷儿你不知道；什么解下它不走，

---

① 杨文龙搜集。
② 爬犁又叫"扒犁"、"扒杆"，民间称冰雪上的车子。一般用牛拉马拖，《吉林地志》记载："满清未兴以前，在东海三部之东北，而与渥集部紧相连接者，则清纪概以使犬、使鹿别之。"

绳子一绑它就跑——鞋，还有一样特色的东西，皮袖筒子，也叫抄袖子，长约一尺，双手放在里边暖和不冻手。三江猎人典型的猎装。

这是一支狩猎队伍，民间称为围帮，或猎帮，在东北行帮中属于渔猎行。三江的历史从渔猎开始，清太祖努尔哈赤辟围场时囊括白狼山，是全国五大围场①之一。皇帝、官员行围为消遣取乐，骑射演练，百姓围猎为其生计。因此三江渔猎行当由来已久，许多地名与行猎有关。白狼山根儿下的县城亮子里，驶出爬犁的赵家趟子村都是因狩猎得名。亮子里，即鱼亮子——捕鱼点，一般设在水面易于控制的地方。鱼亮子捕鱼靠鱼栅，沿用的是古老的办法。通常从入江的河口算起，依次叫头道亮子、二道亮子、三道亮子……三江县城近邻清河，在一道著名的鱼亮子内侧，俗称亮子里。赵家趟子村，顾名思义，趟子②，狩猎的一种形式，即不用枪捕猎，靠下套子，民间称趟子手。赵姓的趟子手，以他的姓命名的村子。白狼山中这样的猎户村很多。

"赵炮，头场雪不小啊！"炮手孙大杆说。

炮头赵永和朝上推下压挡视线的虎皮帽子，目光从雪野收束回来，说："今年好山景啊！"

山景，打猎离不开好山景。好山景什么样？最简单地说就是大雪封住山，覆盖住杂草，动物藏不住身，容易发现它。

"唔，今年山景好。"赵永和说。

"准能打住大牲口（野兽）。"孙大杆说。

"山神爷给我们福气，给我们多少我们才得多少。"赵永和说，所有猎帮主都这样说，他们信奉打住大牲口都是山神爷赏赐的。

"赵炮，跟着你，咱们才回回不空围，打着大牲口。"端锅的③吴二片插嘴道。

---

① 清政府全国设五大皇家围场：京畿永定门外南苑围场；热河木兰围场；东北盛京围场；吉林围场；索岳尔济围场。规模最大为盛京围场有一百零五围。

② 趟子活儿细分为：套子活、棍子活、网子活、夹子活、笼子活、铁子活、圈子活、药子活、窖子活。

③ 猎帮组织人员分工：炮头——围帮的首领。指挥一切行动。贴炮——即二炮头。协助炮头行猎，肩负保护炮头生命安全职责。炮手——专司打野兽。赶仗人——负责围赶野兽。端锅人——专门做饭、打火堆。

"是啊！"大家附和着。

"一个篱笆三个桩，一个好汉三个帮。"赵永和望着一双双信任的目光，心生感激同时，觉得肩膀很沉，此次跟自己上山围猎的二十一人，要带他们上山，打住大牲口，人囫囵个儿地安全带下山，他说，"我们满载猎物下山，过年。"

猎帮炮头一句话引出大家口水，纷纷议论道：

"我想野味啦。"

"好久没吃到野猪肉喽！"

"真馋狍子肉馅儿蒸饺子……"

三江人特重视过年，讲究年嚼咕。赵家趟子村座落山中一块地势平坦空地上，村口修筑了马蹄形水塘，进入不远左侧高地处，修有一类似碉堡的建筑，高约八米，上下两层，（关于此建筑的来历和内部结构，后面的故事还要讲到），房屋建筑风格多以改良木刻楞为主，也有土坯房。木刻楞原是俄罗斯族典型的民居，具有冬暖夏凉，结实耐用等优点。三江老山里的木刻楞，仍然保留用木头和手斧刻出来，有棱有角，非常规范和整齐的建筑方法，稍加改良的地方，如俄罗斯乡民在修建木刻楞时都总爱在房屋前面修一间像走廊一样的房屋。当地人称这个小房屋叫门斗，起着防风的作用。赵家趟子村的木刻楞门朝南开的都省略去了门斗，只要北向木刻楞才修有门斗。全村四十多户，房屋不是户户木刻楞，还有利用山洞搭建的窑洞似的房子，还有几户地窖子。村中心位置偏西的林子间，有一个石头墙垒成的大院，该村首富赵家大院。

现在赵家大院的主人赵永和，他作为缔造者的后代，义不容辞发扬传统，担负起全村二百多口人的过年嚼咕，不是下山到三江城亮子里去购买，许多人家没钱买。靠山吃山的观念，老树一样根深蒂固在山民心中。

二

三江老少都盼过年，习俗歌谣深入人心："二十三，送灶王；二十四，扫房子；二十五，冻豆腐；二十六，去买肉；二十七，宰公鸡；二十八，把面发；二十九，蒸馒头；三十晚上熬一宿；初一、初二满街走。"一进腊月门，便闻到年味，小孩你别哭，过了腊八就杀猪；小孩你别馋，过了腊八就是年！

今年的雪来得晚，往年进冬月门便落雪。下雪的意义是为赵家趟子村打开大牲口圈大门，大雪不封山，老天爷给人们养在白狼山中的獐狍野鹿，猎场大门不开，抓不到它们。

纸一样薄的清雪在冬月里下了两次，将将盖住地皮，停留一天生气似的离开山林。全村人苦盼下雪，下场大雪，只差没求雪。三江地区有求雨习俗——在大门垂柳插枝、还有的捕捉蛇、鱼、蛙等戏水动物作祈雨生物。在全国汉族林林总总的祈雨风俗中方法比较简单。

求雪的肯定没有。土生土长的三江人谁人看到过祈雪？农户怕天降大雪，饲养的牲畜怕雪天缺草乏料，不然，即使枯草季节，赶牲畜到野外牧放，一天下来也填个半饱，大雪封地，压住草和树叶，漫长的冬季圈在圈里口口不咬空，需要多少饲草喂它们啊！同在三江一方天下的赵家趟子村的人不这么想，他们都是猎户，靠大牲口糊口，肉食的来源、皮张兑换生活用品，冬季是围猎的黄金季节。

赵家趟子村聚集着几十猎户，炮手们慕赵永和大名而来，自觉不自觉地加入了他的猎帮。打猎组织结构松散，平时歇炮各回各的家，各做各的事，拉起围帮大家聚来，组成一个猎帮开赴猎场围猎。赵家趟子村的猎帮总指挥赵永和，做炮头是世袭，他爷爷的爷爷早年在盛京围场设的一个卡伦（军事哨所）做传达兵，驻扎白狼山。后来皇封的白狼山解禁，围场撤销，他滞留在山里打猎，一杆老枪（民间称炮）一代一代传下去，赵永和是第七代。到了第六代即赵永和父亲时，他老人家用枪不当炸了膛，半张脸和耳朵炸飞，扔掉老枪，徒手围猎，成为远近有名的趟子手，人送外号赵老白，徒手套山牲口的意思，然后有了赵家趟子村。到了赵永和这一辈，他重又背起猎枪，做炮头，响当当的炮头，名震三江。

"没有赵炮头不成！"赵家趟子村说。

一村的猎户依赖赵永和，指望猎帮炮头出菜出贺（物）。一家之主指望，连穿活裆裤的孩子都指望赵永和，他带村人外出打围才有肉吃！每一次出猎都是小村的节日。

"快了，下雪就好了。"猎户盼天下雪。

冬季的天空如洗，难得出现一块云彩。村人眼望如洗的天空，对食物的欲望不如洗，相反填得满满。

"赵炮头带咱们打猎，每回都是肥围。"村人自豪道。

并非所有围帮进山都能肥围而归，不顺和倒霉，结局瘦围，空围，整个一场狩猎可能都不开眼（打不到猎物）。

老天经不住人们期盼，在一天夜里，胡乱地在白狼山的上空涂鸦，云雾便有了，继而是一场大雪，足足下了一整夜。次日，很多人房门被雪埋死，没有外人帮助，很难出屋。

雪后救援是赵家趟子村的传统，更是赵家的规矩。那个大雪早晨赵永和呼呼沉睡，他没有睡早觉的习惯，院子门口有人来访他丝毫未察觉。

孙大杆出现在赵永和门前，一院子人正在扫积雪。管家花大姐放下手中的铲雪木锨——打谷、扬场用的农具——说："孙大哥，这么早啊！"

"哦，找你哥。"孙大杆打扮——狗皮帽子，抿裆裤，靰鞡脚，白茬皮袄，他的眼睛在赵家管家身上鱼似的游，女式的毛皮衣服和男的有区别，他显然不是看衣服，再暗瞧看不见的东西——毛皮物包裹的内容，说，"赵炮起来吧？"

赵家管家是个女人，开了大户人家雇佣管家一色男人的先河，三江地区找不出第二家管家是女人的。传统的偏见比白狼山的大理石坚硬，俗语称：骡子驾辕马拉套，老娘们当家瞎胡闹！还有头发长见识短等等。女人要抱怨就抱怨孔圣人，他一板子打在女人的屁股上，说："唯女子与小人为难养也，近之则不孙，远之则怨。"赵永和当家后，雇佣的确实是个女人，也不是别人是表妹，姨表妹，大姨的女儿。

她姓花称她大姐，既是尊重又是跟一种昆虫有关，兼或与句俗话"好事全归花大姐，坏事都是毛丫头"关联，总之，称呼叫开了，称花大姐仅限外人，赵家的下人称她花管家，东家赵永和始终称她朵妹，她的乳名叫朵朵。一个人叫什么名字不外乎是个符号，便于区分而已，实质的内容是三江著名的大猎帮主赵永和，为什么雇佣一个女人来做管家？外界猜测种种，最终没有准确说法。

"花大姐，问你呢！"孙大杆等着回答。

"什么？"花大姐有精神溜号的时候，忘记了来访者问她什么。

"你哥起来了吗？我要见他。"孙大杆说。

花大姐醒然，说："还没呢。"

孙大杆仰头望眼高高升起的太阳，说："什么时候了还没起炕？"

"昨晚睡得晚……"花大姐总要为东家打圆场，窘迫、尴尬、需要的时候她都要这么做，维护东家是管家的职责，"孙大哥你有事儿？"

"这不是下大雪了吗，我寻思找他。"孙大杆往下的话不用说了，唱二人转"露八分，留二分"，即不把话说完，剩下的由人去意会。这种方法民间用于方方面面。

"噢，找他打猎。"花大姐说。

"是，一场好雪，谁心不痒啊！"孙大杆三句话不离本行，"雪封山牲口的踪好码（踪），能起仗……"

花大姐目光朝高处的一个木刻楞飘去，赵永和住在那里面。

三

年近四十岁的赵永和赶热被窝儿（晨性事），实质跟自己老婆不算赶热被窝儿，赵永和今晨的确和夫人赵冯氏做了那事。

那时，赵永和从被窝坐起，望着窗户纸上厚厚的霜花。

"躺下。"赵冯氏伸胳膊朝自己被窝拽他，表达一种愿望。

赵永和立刻理解，说："昨晚不是……"

"嗯，嗯。"赵冯氏撒娇道。

"馋猫！"

"快点儿！"她及不可待地催促道。

赵永和感觉特别，以前同一个女人有过这种感觉……他在这个早晨把夫妻正常做的那事地当成赶热被窝儿，那个女人比身下的女人要瘦，记忆深刻她有些硌，像被木头硌了一下。幻想和真实劳作模糊，赵永和结果很疲惫，结束时身体软绵绵，眼皮沉沉，昏睡过去。

赵冯氏心疼了，一边给他擦汗一边叨咕，说："汗哗哗……水洗似的，看你累成这样！"

赵永和完全被极度疲惫，而不是被困倦击倒，决堤一样宣泄，躯体空成纸壳，微风轻而易举都飘起他来，酣睡才能逐渐恢复体力精力，因此大雪的

长篇小说 大猎帮

早晨他酣睡不醒。

"我等他一会儿。"孙大杆说。

"到屋吧，抽袋烟。"管家花大姐让客道。

孙大杆并非怕冷才想进屋，猎帮主赵永和家的黄烟秋天搭足露水，不要火——烟叶燃烧中爱灭火——味儿正，抽口过瘾。除此原因著名炮头的堂屋值得一看。他说："抽袋烟。"

"请吧，孙大哥。"

"哎。"

花大姐在前引路，朝一个木刻楞走去。

赵家大院内的房舍东一栋西一所，参差错落零零散散在一处，没有两个木刻楞相连，原因房屋依山势建筑，平坦的地方够多大的房基地就盖多大间量的屋子。

做会客厅的木刻楞离大院门比较近，方便接人待客。两小间木刻楞，朝向东南，孙大杆被花格窗户纸间唯一的巴掌大小玻璃晃得眼花，反射过来的太阳光强烈，他用手遮着走过去。

"请！"门前，花大姐客气道。

孙大杆跺跺毡疙瘩上的积雪，走进热气扑脸的木刻楞，皮袄穿不住了便脱下来，坐在马杌子上，接过女管家递过来的烟袋，点点头表示感谢。

"孙大哥，你先抽着烟，我去安排清雪。"

"忙你的去吧。"

花大姐走出去。

木刻楞里剩下孙大杆自己。

赵永和会客的地方也是他素日呆的地方，室内摆设符合猎人身份，狩猎的战利品成为装饰物，五杈的梅花鹿角——脱皮后的三杈或四杈清枝称为清三杈或清四杈。一般认为它可以最多生长到4—5个，但也有花不到五的说法——挂在墙上。鹿角还不能表明炮手[①]是个好炮手，进猎人家朝墙上望，

---

① 猎人炮手分三种：硬炮手，墙头子硬，百发百中；软炮手枪法较打硬（击中要害）的硬炮手次之；半拉枪，初级枪手。

看挂的皮张。猎帮风俗谁打住野兽皮张归谁，也是一种奖赏，皮张如士兵胸前的勋章。

通过看墙上挂什么皮张和数量多少便知炮头水平高低，例如挂虎皮熊皮貂皮火狐狸皮自然是硬炮手，挂山猫皮兔子皮是软炮手，挂野鸡翎的肯定是孬炮手半拉枪。

孙大杆羡慕的目光在皮张间游动，进入视线虎皮、熊皮、豹皮……大牲口们陡然活过来，警惕地望着他，孙大杆手指做成枪状瞄准老虎，还未等射击赵永和走进来。

"孙老弟！"

"赵炮！"

"坐，抽着了吗？"赵永和在覆盖白狼皮的椅子上坐下来，见面让烟是三江待客风俗。

"抽着呢！"孙大杆举举手中的烟袋，夸主人的烟叶是一种回敬的礼节，他说，"烟挺好。"

"后期缺雨水旱了，烟叶子没长成泡啦点儿（成色差些）。"赵永和说着掏出自己的烟袋捻上一锅，"下雪一早呛上来我一想没别人，肯定是你。"

"半夜听到下雪声我没觉了，眼睁到天亮。"孙大杆说。

赵永和深有感触道："吃我们这碗饭的，心情都一样。"

"赵炮，什么时候拉围帮进山？"

赵永和没等下雪便有了打算，狩猎的好季节从落大雪开始，今年大雪姗姗来迟。

进入了腊月门，猎户们寻思过年，需要进山打猎。他说："我就等这场雪。"

"赵炮，大家等你发话呢。"孙大杆说，"你发话，我立刻亮（立时）去拉人入围帮。"

"孙老弟，今年你还做二炮头。"

二炮头就是贴炮，大围帮里必须有贴炮。五年前前任贴炮离开后，炮手孙大杆被选中做贴炮。猎帮中的贴炮如何重要，熟知狩猎的人自然明白。孙大杆春天捕狼——清明时节掏狼窝；五月里要撵狼崽；八月围追堵截；十月打狼——树杈子扎伤脚。他说："我的脚不如以前灵活，赵炮，有合适的人选你新选个贴炮吧。"

"不成，非你莫属。"赵永和坚定的口气道。

四

就因为孙大杆知道贴炮责任重大，在最危险时刻冲不上去，炮头易受到野兽伤害，这是他最担心的，说："赵炮，我只怕力不从心……"

"村子里每个炮手在我心里，你也清楚每个人，还有谁比你合适？没有。"赵永和说。选贴炮的标准要求具备胆大心细，办事能力强和枪法准，还有一条得炮头绝对信任的人，接着他十分诚恳地说，"孙老弟，贴炮你当吧，算是帮帮我。"

话都说到这份儿上，孙大杆不好再推辞，立即表态道："我当。"

"你去拉人吧？"

"什么时候走？"

"人齐了就走。"赵永和说。

孙大杆嚎唠一嗓子（大声喊叫），猎户奔出家门，号召力不在炮手身上，他代表赵炮头找人，大家积极响应。一个季节开始，谁家不乐呀！赵家趟子村不都是猎户，还住着赶山的其他山民，家里无人出猎，可以出枪出马，狩猎回来同样分到份子，即使没枪没马可出，过年照样吃上大牲口肉，猎获物全村人都有一份。

两天准备完毕，此次围猎人数二十一人。猎帮人数只能是单数，三人五人七人九人……出猎的日子择吉而定。一般请人选日子，也有自己择日的。无论谁来择出发上路的日子都得遵循谚语——要想有，三六九；有有有，九九九；发发发，八八八——吉日子来选。

"明天初八，我们出发。"炮头赵永和自选日子，

定下日子，猎手各自回去分头准备。打猎肯定要考虑如何往回运猎物，开眼、炮顺猎获物多光靠背扛不行，爬犁是最好的运输工具。并非家家户户都有爬犁，全村集合七辆，赵永和自家出两辆。

行驶雪原上的头辆爬犁便是赵永和出的，他坐在头一辆爬犁有领路的意思。围帮打猎山规不指路，你不要问："赵炮，我们去哪儿？"炮头不会回答。

至于此次围猎去哪座山，猎袍子还是狼，谁也不知道，跟着炮头走就是。山规必须严格遵守，炮头一代一代往下传这个山规。

行驶在围帮最前面的爬犁自然是引路的，流贼草寇马头是瞻，围帮头辆炮头的爬犁领路跟着走就是。坐在头辆爬犁上的人是炮头挑选的，不是随便坐的。

"二片，"赵永和叫端锅的吴二片，说，"唱一段，给大家解解闷儿。"

吴二片不仅做饭手艺好，嗓子也不错，他最拿手的是做面片儿。注意他的手，一双手小儿麻痹后遗症，左手干什么右手随着做，两手动作几乎一模一样。生理缺欠被他开发利用到了极致，并有了意想不到的效果。和一块面，烧开一锅水，朝沸腾的水中揪面片，左右手揪得相同，速度却快了一倍，因而得绰号二片。姓吴，吴二片。他喜欢清唱二人转，平时一个人一边做饭一边唱，锅碗瓢盆成了伴奏的乐器。

"听哪段儿？"端锅的问。

"梁赛金擀面，"一个炮手说，有戏谑意思，"一碗九头十八尾刀切龙须素面，一碗五湖四海九江八河丹凤朝阳汤。"

"嗯，就唱梁赛金擀面。"吴二片习惯人们拿他的绰号开玩笑，不打不闹不热闹。民间地道的两个东北人见了面，一个说："前边没有轱辘，后边没有轱辘。"另一个人接着说："翻过来一看是爬犁。"纯粹的三江人，特别是熟人见面，要打俚戏，嘴笨嘴巧都要说上几句，脸小脸皮薄不经逗不经骂不行。二片儿唱与面有关的戏词再恰当不过，吴二片唱：

> 手拿乌盆往外走，
> 出了磨坊进厨房。
> 迈步我把厨房进，
> 搁在锅台犄角上。
> 缸里舀出老龙戏水，
> 倒在白袍它身上。
> 一和两和和白面，
> 三合四合合妥当……

长篇小说
大猎帮

010

后面爬犁上的人听见唱，催赶爬犁人道："快，加几鞭子赶上他们，听二人转！"

"吴二片唱得不赖！"

戏词传过来——

> 将面合个大面案，
>
> 放在包老爷面板上。
>
> 赵匡胤盘龙大棍拿在手，
>
> 支开为奴两臂膀。
>
> 一擀两擀赛张饼，
>
> 折吧折吧赛文章。
>
> 王怀女大刀拿在手，
>
> 好像关公斩蔡阳。
>
> 汉高祖斩白蛇一刀两段，
>
> 两块面合在一块面上……

听入迷的赵永和不时用嘴嘀格隆咚地伴奏，身旁的孙大杆扯了下赵永和露在皮袄外的靛青色布衫下摆，说："赵炮，你看后面，有人骑马过来。"

"噢！"赵永和扭头朝后面望去，见到几名警察骑马跟过来。

"警察奔咱们来的吧？"孙大杆担心道，伪满洲国成立后，虽然未明确说不让捕猎，有时出围他们也拦也管。

"不太像。"赵永和吃不准警察赶来目的。

第二章
半路遇警察

一个猎帮三杆炮，围到山牲口跑不掉。

———打围谚语

一

"赵炮，我接着唱吗?"吴二片问。

"先别唱了，"赵永和说，嘱咐赶爬犁的猎人，速度放慢点儿，"看警察来干什么。"

"嗯。"赶爬犁的猎人答应道。

行进速度慢下来，爬犁距离缩短，头一辆爬犁上的人放屁第九辆爬犁上的人听得见，所有的目光朝后看，瞧着警察走近。

"八个人。"孙大杆说。

八名警察骑马赶上来，七个人背长枪，一个人佩短枪短刀，孙大杆辨认出领头的人，说："唔，领头的人好像是王警尉。"

"嗯，是他。"赵永和说。

王警尉骑马在先来到头辆爬犁前，他先打招呼："赵炮!"

"王警尉!"

"出围啊，头场雪野兽发懵好打。"王警尉说。

"是。"赵永和顺着说，跟警察说话要顺毛摩挲，万万戗毛不得，尤其尚未弄清警察突然到来的目的前，取悦他们没坏处，"大雪荒天的，王警尉带弟兄们进山，够辛苦的。"

"吃公家饭嘛，就要当差做事。"王警尉说。他的马靴擦得锃亮，太阳底下闪着亮光，肩章煜煜闪光，他扭头朝后面的爬犁望望，"你们带多少支枪？"

"二十支。"赵永和如实回答。

伪满洲国还允许猎户使用猎枪，但是要到当地警察局（署）登记，领取枪证。赵家趟子村猎户常年跟赵永和打猎，全是赵炮头的猎帮成员，枪证都是他下山到三江警察局办理的。

"都有证吧？"王警尉问到这个问题。

"当然，我们可不想找麻烦。"赵永和很仗义地说，自觉得没毛病说话底气十足。

"那就对了。"王警尉没提出验枪证，他跟赵永和熟悉，吃过炮头送给他的狍子大腿，还有一块獾子皮。三江民间有一个治疗痔疮的秘方，用獾子皮暖屁股——缝在裤子里边挨着屁股，温暖、活血——病情慢慢好转，王警尉的痔疮很重，内痔外痔混合痣全有，他的上司警察局长陶奎元粗话说他："你的屁眼还有好地方？"后来他淘登到獾子皮治疗痔疮，便向赵永和讨要一张，此时还在棉裤里缝着，他主动提起这件事，说，"赵炮，獾子皮治痔疮好使。"

"唔，好使？"赵永和差不多忘记了獾子皮的事情，朝他讨要皮张的人多得是，珍贵的水獭、紫貂、火狐狸皮当礼物送过人情，一张獾子皮区区小事何足挂齿。

"明显见轻。"王警尉从痔疮转到打猎上，问，"你们去哪儿打围？"

赵永和发难，猎帮规矩是不能说出去哪里打猎，一般人问可以不告诉，警察问话不回答恐怕不行，他们可不管什么老山规。怎么办？他支吾道："前边儿。"

"前边儿哪儿？"王警尉刨根问底儿，要清楚是哪座山，他有目的问，非问清楚不可。

"紫貂崖。"被逼无奈赵永和顺嘴胡编一个地方糊弄警察。

"打什么?"王警尉将信将疑,紫貂崖紫貂多,赵炮头带人不是去猎貂吧?问,"撵大皮?貂肉好吃?"

捕貂称撵大皮,有首歌谣唱出猎貂这一惊险行当:出了山海关,两眼泪涟涟,今日离了家,何日能得还?一张貂皮十吊半,要拿命来换。

"嗯,那儿有大牲口。"赵永和解释道,意思是不只捕貂,还围猎大型野兽。

"几天回来?"王警尉问。

"说不准,七天八天,十天半个月,看情况。"赵永和说。

警察相信猎帮主话的真实性,打猎谁说得准时间,炮顺不顺无法预料,因此收围时间不好确定。王警尉猛然勒住坐骑,面前出现岔路,他说:"赵炮,近日山里不太平,你们别走太远喽。"

"哎,是,王警尉。"赵永和豁然亮堂,遮盖头顶的乌云飘走,警尉的话听出来他要离开。

"我们走了!"王警尉道,果然要同猎帮告别,分手。

"王警尉,哪天闲啦带弟兄们到村里吃大牲口肉哇。"赵永和邀请道。

"嗯,有机会去。"王警尉说,用马刺轻刺坐骑,马箭似地射出去,七匹马紧跟上去。

"一定来呀!"赵永和朝着警察背影喊。

猎帮同警察分道扬镳,沿着一道深沟走。

"赵炮,警察不像冲着咱们来的。"孙大杆说。

"嗯,他们问的话不像。"赵永和觉得警察半路邂逅,并不是专门奔猎帮而来,"警察没问我什么。"

"可是,冰天雪地的警察进山干什么呢?"

赵永和一时猜测不出警察在大雪封山日子进山究竟有何公干?去的方向还是大山里。他说:"还是有事,他们带着家伙(武器)。"

白狼山中冬季里滞留的人很少,所有赶山、淘金、放排、挖参……活动都停止,藏身山林的胡子也撂管(暂时解散)回家或进城猫冬,警察去干什么与人有关的活动呢?

"不管他们,我们打我们的围去。"赵永和不愿在警察身上动脑筋,指挥猎帮赶路。

二

爬犁行进中再次响起吴二片的唱戏声音，好像还有一个人时不时地帮唱，唱的不是梁赛金擀面。又是一出：

> 头杯不吃敬天地，
> 二杯不吃敬灞桥，
> 三杯不把别的敬，
> 敬的是青龙偃月刀，
> 刀见酒，酒见刀，
> 火光冒，三寸高……

猎帮队伍在皑皑白雪中行进，一座山近在眼前。猎人们猜出炮头带他们到哪里打猎？显然不是他对警察说的紫貂崖，而是鹿角山。

"我们到鹿角山扎营。"到达山间炮头赵永和才宣布狩猎地，他说，"下爬犁，我们走过去。"

山路崎岖重负的爬犁上不去，猎人只好下来步行。鹿角山的北坡积雪厚且阴冷，需要绕到南坡去，宿营地在南坡。

"我在前面走。"孙大杆主动道，此刻需要一个经验丰富的人在前面探路，不然随便走很危险，沟壑覆盖着积雪，看不出深浅，一旦陷落深沟中非死即伤。

"加小心，孙老弟。"赵永和叮咛道。

"哎！"孙大杆撅根树枝，试探着往前走，确定安全叫等在后面的人跟过去。

猎帮队伍虫子一样爬行，走过一段路，进入林子。林子太过密时拦住爬犁，实在过不去还要砍断碍事的树木，好在带着开山斧，所向无敌，能够清除一切障碍。

前面探路的孙大杆突然停下来，朝后喊："赵炮，你过来！"

赵永和快步走过去。

"你看，赵炮。"孙大杆指着林子中竖起的木牌说。

一个花木牌子上画着猪头。猎帮的规矩，称为兽头牌，这是向路人发出的警示标志。

猎人下地箭、地枪、地棍、吊杆、地夹子、窖猎等等一切陷阱时，必须警告其他猎帮和路人，前面危险不能进入，需绕开而行。警示的方法除了挂兽头牌，还有警戒绳，民间称拦路绳、拦人绳、拦命绳。除了挂兽牌、拦绳外，三江地区通常做法还有挂草圈。

"他们猎猪。"孙大杆说。

兽头牌上画什么动物表明要捕猎什么动物，画狼捕狼，画熊猎熊，至于是地箭还是地枪什么陷阱并不表明，绕开不进入。

"谁的场地呢？"孙大杆问。

见到兽牌那一刻起，赵永和便猜到谁在此捕猎，那个抢先一步进入鹿角山猎猪的人是谁他猜出个七八，不愿说出而已。猎帮的规矩不抢场子，既然有人早一步在此捕猎，自己必须带人离开。赵永和道："走，我们到别场（处）去。"

孙大杆跟在炮头身后回到众人中间，队伍按原路返回。至于去哪里不用问，跟着炮头走就是。

坐在爬犁上的赵永和心里决定出要去的猎场。在来鹿角山前，制定捕猎计划时考虑一旦鹿角山有猎帮占了，狩猎黄金季节必须考虑到其他猎帮也可能到鹿角山猎野猪。果然有人抢先一步在此围猎，而且是下了陷阱之类，手法像他。赵永和猜到一个人：周庆喜。另一个猎帮的帮主。肯定是他在鹿角山围猎，还有一个证据，兽头牌不是画的是刀刻的，他熟悉周庆喜的手法，亲眼看他刻兽头图案，野猪獠牙太过夸张，牙尖直达野猪耳朵处。

去黑瞎子沟！赵永和带着爬犁队往大山里走，基本是路遇的那几个警察去的方向。

黑瞎子沟山高林密、沟壑纵横，这里经常出没大牲口，主要是黑熊，俗称黑瞎子。冬天熊多蹲仓——霜降过后，经过一秋大吃大喝，长得十分肥胖的熊钻入树洞、地穴中冬眠，俗称蹲仓子——逮熊叫杀仓子。

杀仓子分为两种，杀天仓和杀地仓。熊在树洞里冬眠，叫蹲天仓子；在向阳的坡刨出洞穴，封以树枝、枯草和泥土，藏身其中冬眠，叫蹲地仓子。还有第三种，有的熊出洞活动，并不走远在洞的附近游荡。

"噢，杀仓子！"吴二片高兴大声道，爬犁到了黑瞎子沟，谁都猜出来是猎熊。端锅的只管做饭并不上场围猎，但对捕猎兴趣盎然。他见到黑瞎子沟便知炮头带他们来猎熊，"我给你们做清烧熊肉！"

赵永和白了端锅的一眼，吴二片吐下舌头立刻哑言。捕猎前不是什么话都可随便说。譬如，吴二片的话犯忌讳。能不能打到熊还两说着。打到打不到，不是炮头说了算，也不是猎手们说了算，山神老爷说了算，他给你什么你才能打到什么。否则可能就是空围或不顺。因此猎帮每到一地，安营扎寨后第一件要做的事就是修建老爷府。

黑瞎子沟留有挖参人放山时的地仓子，赵永和的猎帮住在这里边。现成的地仓子成为猎人屋。

"修老爷府。"赵永和发布第一道命令。

孙大杆带人去修建。老爷府建筑极其简单——在地仓子附近，选一棵大树在其下部砍个凹槽，挂上一条红布，下面置供桌，摆上供品、香火。往下等着祭拜山神老把头。

"赵炮，修好了。"孙大杆说。

猎帮安置好了，该做头一件大事，祭拜山神老爷。

三

炮头赵永和率全体人员祭拜。供桌上摆着事先准备好的供品——千斤肉和馒头，点燃三支香，赵永和点酒三次祭天、祭地、祭山神，而后祷告道：

> 山神爷老把头啊，
> 这山是你的，
> 山里的山牲口是你的，
> 山里的一切都是你的！
> 我们来到大山里，

想打几只山牲口回去，

肉给家里人换换口味，

皮张给家里人做成皮衣裳。

赵永和磕头，众人随之。当天猎帮未出猎。

夜晚，营地寂静，虽然没有风，山野中还是有声音，鬼呲牙的天气，像是有石头被冻炸，声音很响很脆。地仓子里却是温暖，炮头门前打着火堆[①]，照耀着地仓子，火光的影子在地仓子前跳蹿。火堆对猎帮来说意义非凡。谚语云：火旺财旺。猎人认为火旺能开眼，能打到大牲口。尤其炮头宿处前的火堆更是收获的预兆。全帮的火堆要有两个人来打，即炮头和端锅的，别人不可乱伸手。打火堆的忌讳很多，比如柴禾不能乱放，必须摆顺当，柴禾放顺当，干啥都顺当，又如不能往火堆泼水、撒尿……火堆旺旺地燃烧，照亮整个营地，大家可安稳地睡上一觉，不用担心野兽夜晚来侵扰，篝火赶跑了它们。

赵永和躺在铺位上，身下的红根子（秋霜后割取）乌拉草松软而暖和。一种草和山里人结下缘分，几乎是人们到了哪里它便出现哪里，人们称它为宝——人参、貂皮、乌拉草——日常生活离不开它，有人写诗赞美它[②]。他带弟兄们到黑瞎子沟来，虽然原来的狩猎计划中有，但是总觉得远不如鹿角山，眼看要过年了，全村父老乡亲等着猎获到牲口当嚼裹儿（好吃喝儿）过年用。野猪这个季节很肥啊！

白狼山间没有明确打猎的地盘，哪个猎帮都可以随便选择。赵永和选定鹿角山之前，曾观过山景，而且还码了踪，确定有猪群活动，才确定来鹿角山围猎。

有人抢先一步到鹿角山，这儿便是他们的场子，得让给先来者，后来者另寻场子。黑瞎子沟除了黑瞎子外，还有狍子，此场围猎完全可能打到狍子。

---

① 篝火。

② 诗人金朝觐曾写诗赞乌拉草："草名乌拉古无传，近与村农用最便。露重芒鞋侵晓去，霜凝葛履觉春寒。山中跏趺名称异，王不留行义可捐。几处芊眼平野绿，拟随谢屐到峰巅。"还有一首写道："参以寿富人，贫者不获餐。貂以荣贵人，贱者不敢冠。唯此草一束，贫贱得御寒。"

通常遇到被人抢了场子的事情，炮头二话不说，带猎帮离开，再也不去想那个场子。单一用胸怀来解释还不全面，谁愿意离开选好的围场啊！赵永和此刻寻思鹿角山，是他猜到谁在哪儿狩猎。

周庆喜，普通一个炮头。在白狼山猎帮中不算太出名。赵永和之所以想到他，因为他们之间的仇怨。一个人忘记不掉一个人，他们之间要么是爱要么是恨。无爱无恨所有交往烟云一样飘去，不再被记起和提及。赵永和一生不会忘记周庆喜，同样周庆喜不会忘记赵永和，他们之间的恩怨河水一样不住地流淌。可能出现漩涡、波浪、涟漪，短暂的断流、干涸也可能，终究不算完，这一点他意识到了。

人啊人，人怎么能这样啊！林子大了啥鸟都有！

"赵炮，是我，大杆。"孙大杆在地仓子外面叫道。

"有事吗？孙老弟。"

"你睡没睡下吧？"

"哦，你进来吧。"赵永和披衣服坐起来，点亮一盏马灯，等待来访者进屋来。

吱呀，地仓子门推开，一股寒风吹过来。

"来，孙老弟。"

"我想唠扯唠扯白天的事情。"孙大杆说。

"什么事？"

"嗯，鹿角山是不是周庆喜围猎呀？"

"是，就是他。"

孙大杆憋不住心里话往外冒，说："他抢围嘛！"

赵永和没立即表态。抢围的事情一般不会发生，偌大白狼山哪里都能打猎摆围场，干吗要争抢一个山头呢？何况猎帮既定俗成的山规，正规的猎帮都不会故意违反。周庆喜不算正规猎帮，他现住周围里村，距离赵趟子村几十里，中间搁好几座山头，真的井水不犯河水。平常想碰都碰不上，别说争抢围场。

"周庆喜肯定知道鹿角山。"孙大杆说。

赵永和没看他，折了一根草棍剔牙。牙上肯定没塞什么东西，只是习惯罢了。

"我是说，周庆喜知道咱们来鹿角山。"孙大杆解释他没说明白的话。

四

猜测没边际不成，孙大杆显然是乱猜。一个猎帮到哪里去围猎，只炮头一个人知道，做二炮头的贴炮都不清楚。打猎不指路的规矩决定贴炮和全体猎手都不知道。何谈事前泄露围猎行踪呢？赵永和有理由批评贴炮，胡乱猜测嘛！可是他没批评，还是有原因的，孙大杆是猎帮老人，清楚赵家围帮的变故，自然知道赵永和和周庆喜两人的恩怨情仇。

"孙老弟，这件事这样看，周庆喜带猎帮到鹿角山围猎，实属自然的事情，我们看中鹿角山他们有可能也看中，先来后到，围场理应让给他们，你说是不是呀？"

"理是这么个理，可是……那么巧，咱们要来他抢先一步就来了。"孙大杆闪烁其词，还是没道出真实想法。

"也许就是巧合。"

"我不认为是巧合，故意，或者说周庆喜的猎帮盯着你，一举一动他都掌握。"孙大杆逐步说破道。

赵永和认同孙大杆的周庆喜猎帮盯着自己的说法，不相信自己一举一动都被周庆喜掌握，他没这种本事他不是自己肚子里的蛔虫，说："我身边没有他的嘱托，我的一举一动他无法掌握。"

嘱托一词和伪满洲国一起来到三江，词儿挺新鲜。日本人为掌握社情民意，更为搜集情报之便，委任一批嘱托。担任嘱托一职都是有一点地位，有头有脸的人物，在三江各个角落有些知名度和担任一点角色的人。赵永和只是猎帮头头，这个组织结构松散，日本人不会太拿他当回事，必然不选他做嘱托，也就不能派嘱托监视他什么的。炮头这样说，只能当是一种戏谑一种诙谐一种玩笑话。

"你还别说，周庆喜真可能是日本人的嘱托。"

"哦？怎么说？"

孙大杆讲他的所见所闻。猎帮歇炮的日子里，终年以狩猎为生的炮手孙大杆平时经常独自外出，到山里转一转，打打小围，多是菜围。有一天走到周围里村——十几户人家的小山村。白狼山中这样袖珍村子星罗棋布，随处可见。多数是某个猎人、挖参、采金人看上山间某一个地方，留恋美丽山水，住下来逐渐形成村落。周围里村龄很短，周庆喜在此围猎，村子就是他建立的。

两个日本人从周庆喜家里走出来被孙大杆意外撞见，穿着宪兵制服的人最易被认出。他们是山下三江县城日本宪兵队的。

"哦，你说你看见日本宪兵？"赵永和问。

"是，绝对是宪兵。"

赵永和警觉起来，日本宪兵不可能随便进山，找周庆喜干什么？此前，听说周庆喜跟日本人走得很近，认贼作父不敢说，起码有来往。白狼山中有多绺土匪，还有反满抗日组织什么的，日本人冲着他们去的吧？猎户周庆喜整日在山里转，日本人真的用他做瞩托吧？赵永和想到这里，鼻子里发出轻蔑的声音，哼！他说："周庆喜跟日本关系好赖与我们无关，别管他，道儿是弯是直他走去吧。"

"那倒是，"孙大杆还是有自己的看法，他说，"周庆喜跟日本人打成帮连成片，要防备他点儿啊。"

"防他什么？"

"借日本人手祸害咱们。"

赵永和沉默下去，孙大杆的话不是耸人听闻。如今满洲国是熊瞎子打立正日本人一手遮天，说不让打猎就一句话，三江那个日本宪兵队长角山荣就有这个权力。收缴了一次民间枪支，如果枪被日本人收走，还拿什么打猎呀？打不成猎。

"吃掉咱们，剩下周庆喜一个围帮，打猎没人跟他们争地盘。"孙大杆进一步分析道。

赵永和有些不安，不是完全因为孙大杆的分析，炮头设想的情形自己早已想到，只是没太重视。

"周庆喜那两把刷子（本事）谁不知道，他能做到的咱们做不到？小菜一碟嘛！"

"喔，什么意思？"

孙大杆诡秘地一笑，说："周庆喜能跟日本人狗炼丹……"炮头糙话，狗炼丹指交媾，也指关系密切，贬义说法，"咱们也能，赵炮，日本宪兵队长角山荣有个嗜好。"

"干什么？"

"耍钱。"

一个县日本宪兵队长赌博？倒是奇闻了。

"你听说三江最有名的赌徒徐四爷了吧？"

"有耳闻。"

"他俩经常过手，还有今天半道上遇到的王警尉，他也是耍钱不顾命的主儿。"孙大杆经常进三江县城亮子里，听说不少赌徒的逸闻趣事，他说，"角山荣还有一个喜好，收藏名贵动物的皮张，主要是狐狸皮。"

"你的意思是……跟日本人套头搁脑？"赵永和说。套头搁脑意思是故意但有不自然地拉关系，还可以说成套拉蹄管儿，较前句话套头搁脑程度更深一步。

"就是那意思。"

赵永和轻易不能那么做，同日本拉关系他难以接受的建议。孙大杆好心，为围帮长久生存着想。日本人他没好感，短期内不考虑同日本人来往。三江围帮，或者说成气候的较大猎帮，目前只知道周庆喜跟日本人来往密切，究竟是怎样来往不清楚。他表态道："我们打我们的猎，日本人没说不让吧？真的有一天不准打猎，我们哪儿打铧哪儿住犁。"

"也对。"孙大杆没再坚持。

第三章
地仓子里回忆

打春的狍子，立夏的猫子，要吃它们的肉，不如啃棉花套。

——《打猎节气谣》

一

"时候不早了，我回去睡觉，赵炮。"孙大杆起身告辞。

赵永和送他出地仓子，主要是给火堆加柴禾，朝炭火上复加湿柴，控制炭火不燃烧太快，有保证烧到天亮。

猎人都深信炮头地仓子前的火堆越旺越吉利。孙大杆站在火堆前稍停片刻，火燃烧得很旺，大棒子柴烧成的炭火块扛炼。旺旺的篝火让他对明天的狩猎充满信心。

赵永和填完柴禾便回到地仓子里，等身上的寒气散尽，他迅速脱掉衣服。寒冬里赶紧钻进温暖皮筒——被窝里明智，和钻女人被窝急忙脱衣服一样，心情不一样，一个急不可待，一个为避寒。

冬天的夜很长，一时不能入睡。作为炮头赵永和更不能高枕无忧，猎帮全靠好炮头，他一直努力做一个好炮头，力争每次出围都打肥围。

"想当猎人，就要当个好炮手！"爹对他说。

023

赵永和的父亲出名的趟子手赵老白，三江地区猎帮无人不知白狼山中的赵家趟子，当然包括赵家的几位先人都是猎手，后来形成的村落被人称赵家趟子村。

"爹，我跟你打猎。"十四岁那年，赵永和第一次正式跟爹提出，"我想当炮手。"

"唔，人不大，口气倒不小。"赵老白暗自惊喜，自己制造出来的裤裆里带把儿（男孩）的人长大了。

"爹……"他缠磨父亲道。

"你还没读完私塾，要学认几个字，别像爹瞪眼瞎，一个大字不识。"赵老白还没认真考虑儿子将来做什么，先念完私塾再说，至于未来当不当猎人到时候再考虑，"眼目下你还小，好好读书吧。"

"爹，我都长大啦。"

"大？多大？个子还没枪高。"

"人家不是还长吗，爹，这次打猎，让我去吧。"他央求父亲道。

赵老白组织这场围猎是大红围，捕猎对象是虎，去老虎岭布设地枪、地箭，随去的成手猎人行动时都要万分小心。倒不是怕野兽伤害，而是自己布的陷阱，人不小心要丧命。如此危险的行猎，能让儿子跟着去吗？赵永和是根独苗，他身上两个哥哥都没站住（夭折），身下三个妹妹。传宗接代，用猎人粗话讲赵家全靠他打种呢！金贵的种子需要特别保护，丝毫闪失不得。

赵永和一门心思去当炮手，根本不理解父亲怎么想的，继续缠磨。赵老白烦了，瞪起眼睛道："不行，别磨牙！"

赵永和不敢吱声，怕爹乌烟发炮（大发雷霆）。但他没有死心。偷偷坐着准备，要跟父亲去下趟子，捕猎老虎实在太刺激了，一定去看看。孩子动脑筋，如何跟爹走。明晃晃地跟在后面是他第一个方案，跟爹走，跟猎帮走，像游戏跟我走，歌谣：我的兵，跟我走；不是我的兵，架屁蹦。爹要是架屁蹦我不怕，大不了闻臭味。几个时辰后他否定了自己的方案，跟着走不成，爹可不是小伙伴那样架屁蹦，要用脚踢，根本跟走不成。第二个方案他想出来，爹领人出猎要套家里两辆花轱辘——两个轮子的，全车除了车轴和轮子外圈是铁的外，几乎都是木质的，所以还称花轱辘木车——拉着布地枪、地箭的东西，及几袋子米面和几花篓蔬菜。爹和猎手们都骑马，花轱辘跟在后面，有时候马队先到营地，花轱辘车后到。赵永和决定藏身一只花篓里。

捕老虎，赵老白选在五花山——晚秋——季节，白狼山色彩斑斓，同老虎身上花纹融合，老虎过重高看自己的保护色，认为一身巧妙的伪装颜色在这个季节出来活动比较安全，有经验的猎人抓住它麻痹大意的弱点，布地箭地枪猎获它。

赵老白带了六个猎人，四人随他骑马前面走，两人分别赶两辆花轱辘车后面随行。行进一个中午，快要到达营地时，赵老白口渴，勒住马等待花轱辘车赶上来。

"吁！"赶车的猎人喝停牲口，问，"赵炮，有事儿？"

"给我拿根烧瓜。"赵老白说。

烧瓜三江人当水果吃，有两个品种，青皮和花皮的，顾名思义，青皮烧瓜一色青皮，长得更长些；花皮的烧瓜相比较短些，熟时花皮的烧瓜甜酸口味更好。赵家菜园子里种的多为花皮的烧瓜，打猎时带来给大家吃。

"哎！"赶车的猎人去翻动装蔬菜的花篓，惊人地发现，"啊！少爷！"

赵老白目瞪口呆，他看见藏在花篓里的儿子。

"爹。"赵永和爬出来，胆怯地不敢抬头看父亲严厉的目光。

"回去，麻溜给我滚回去！"赵老白呵斥道。

"爹……"赵永和求饶，恳求爹留下他。

"赵炮，青草没棵的，让他一个人回去怎么行啊！既然少爷跟来了就留下……"赶车的猎人一旁帮孩子求情说好话，被炮头粗暴地打断：

"奢嘴子！"

奢嘴子意为好多言多语的人。赶车的猎人挨了炮头的训斥不敢吭声，嘴里嘟囔句什么声音很小谁也没听清。

前面的几个猎手过来，也想替少爷说几句话，看炮头一脸的怒气，顿时哑言。

"我们规矩你忘了？"赵老白似乎还没完，要教训猎人，他说，"我们猎帮来单回双山规①，难道你忘了吗？"

　　猎人明白，行围中炮头权力至高无上，人人必须服从。他们心里为少爷着急，如果真的被赶回去，钻山越涧、野兽出没的几十里的山路，一个十四岁的孩子怎么走啊？

二

　　躺在地仓子里如今已经是猎帮炮头的赵永和，回忆十几年前被爹赶下山的情景，至今心还酸楚楚的。终生难忘的事件恰恰是他猎人生涯序幕，那个富于刺激、危险的围猎舞台他从那一刻登上去。

　　一切善意的良苦用心未必都被理解，比如赵老白轰赶儿子一个人下山回家，便是一次不被人理解的良苦用心。甚至让人骂他不近人情，虎毒不食子，当爹的竟然如此狠心这样做。

　　"爹！"赵永和扑通跪在父亲面前，哀求留下，他不是自己下山怎样害怕，就想看看猎虎的场面。

　　"走吧，趁早。"

　　赵老白毅然决然轰走儿子，维持炮头尊严，按照山规行事。人人都这样理解，离炮头良苦用心还差得远。他心里打算不能对任何人讲，包括儿子。让孩子下山，意义不在维护炮头尊严和严格地执行山规上，考验一下儿子的生存能力，他能战胜重重困难，事后就答应他做猎人。

　　"爹我走啦。"赵永和坚强起来，抹了一把脸上的泪水，说。

　　"带上它！"赵老白给了儿子一杆猎枪，和几张煎饼，还往他身上扬了几把枪药，"回家走吧，路上别贪玩。"

　　浓浓的枪药钻入男孩的鼻孔，他不清楚父亲为什么往自己身上扬枪药？这是炮头对儿子的婉转爱护。怕他半路上遇到野兽，一定要遇上，谁来保护他？多年打猎积累了经验，野兽怕火，宿营地的地仓子前夜晚打火堆，吓唬野兽。在密林中行走，野兽可能突然蹿出扑上来。往衣服上扬枪药，野兽闻

_____

　　① 围帮人数要单数，即三人、五人、七人、九人……几十人的大围帮，也要单数。这是狩猎中讨口彩，讨吉利。

到火药味儿便不敢靠前。

人怕逼，马怕骑。赵永和在他十四岁那年秋天，独自一人下山回家。从来没见过山里大型野兽，初生之犊不畏虎，赵永和以身上这杆铁器为荣，觉得自己俨然就是一位炮手。在他这个年龄还没人拥有，甚至都没摸过的猎枪就扛在自己肩上。

一路走下来，他恨父亲的心情薄云一样淡，最后完全消失。那一天，一个人心始终提吊着，赵老白不跟任何人说自己忧心的东西，闷头抽烟。儿子走后，他还是有些后悔，不该让一个从没进过山的孩子独自一个人下山。路很远，恐怕要天黑才能到家。猎人四大怕：麻达山，遭熊舔，滚砬子，不开眼。其中一项发生在孩子身上怎么办？

麻达山，经常发生的事情。遮天蔽日的原始密林里，连终年在山里活动的挖参人都容易迷路，正如人们所说：走走走走走啊走，又回到了老地方。采参人称为麻达山。那山林中迷路的事情都能发生在放山人身上，何况头一次进山的孩子啊！迷路人心慌意乱，在林海中越走越远，最后弹尽粮绝，结局饥饿劳累而死。

第二个危险可能被孩子遇到，遭熊舔。熊生性凶猛，会主动攻击人，避险成为猎人必修课。黑瞎子追人一趟线，这句俗语表明了熊追撵人特点，人与熊遭遇，拐弯跑才能脱险。还有，熊眼睛周围长满长毛，迎风跑长毛便可遮住眼睛……这些以前没教授过儿子，他不懂一旦遭遇熊如何脱险？

失足落崖滚砬子事件时有发生，白狼山多沟壑，即使山林中不迷失方向，脚下的危险难以躲避……

唉，我真混！赵老白恨骂自己。

纵使做父亲悔青肠子，也无法改变赵永和独自一人走山路的事实。然而事情并没赵老白想象那么坏，十四岁的男孩，有了意外的艳遇。不该发生这种男女事情的年龄却发生了，走出白狼山男孩成了一个男人，他再也不是处男。这次深山密林发生的奇遇，意义不仅仅是浪漫，重要的铸成一个恩怨情仇故事的开头。

遮天蔽日的山林，小路突然消失，赵永和忽然转向，分不清南北。周围都是树，一模一样的树，不知朝哪个方向走。

"爹!"他本能地呼喊一声。爹!爹!声音如小鸟飞过树梢,传向远方,只是没有他期待的回音。停下脚步不行,必须往前走,选准一个方向后继续向前,边走边喊:爹!不知走了多远,喊了多少遍。声音嘶哑,嗓子火辣辣地疼。他再也喊不出声音时,不喊了闷头朝前走,希望遇到什么人,带他走出密林到下山的道路上去。忽然,一个人出现,穿着黑色衣服,个子很高,膀大腰圆,他高兴地奔过去。到了跟前,才看清是一棵雷劈的松树,黑黢黢外形酷像肥胖的人。

嘎!怎么是棵树,明明看着是一个人啊!无助的男孩目光茫然而悲伤,从喜到悲瞬间发生,他差不多要哭了,强忍着没哭,还是身背的猎枪给他力量,走下去,一定能走下山。被雷击的树被他看成是一个人,显然是产生了幻觉。完全看清楚是木头不是人,他不在指望遇到人,伸手摸摸雷劈树,好像听大人们说,雷劈木有什么神力①,摸摸它说不定就能找到下山的路。

赵永和努力回忆在山里转了向,大人们说如何走出去的话,可惜一句都想不起来,平日未留心这些。知道日后自己在林子中迷路,问一问这方面知识不就用上了吗!胡思乱想一阵,赵永和上路。

他像一只迷途小鹿东撞西蹿,绕一圈儿,重又回到雷击树前,怎么还在原地打磨磨(转来转去,打转转)啊!正当他无助急哭时刻,有一个人朝他走过来。

三

起初赵永和以为自己又看花哒眼,先前误将雷劈树桩子当成人,这回是不是又……因此坐那儿没动地方。

"孩子!"一个女人站在面前,叫他。

赵永和使劲眨了眨眼睛才看清楚,她左胳膊挎着柳条圆筐,里边装着松塔和青核桃。他的目光虫子一样爬到一张脸上,她三十左右年纪,清瘦,但胸前洋棒子(玻璃瓶)奶子几乎要顶破打着补丁的带大襟的夹袄。

---

① 迷信说法,雷劈枣木,又称"雷劈木、辟邪木",是道家法术中至高无上的神木。雷击枣木制作法器可祈晴祷雨,统摄三界,遣召鬼神,斩妖除邪,差遣符吏,炼度亡魂,发送野鬼,印敕符绿,镇宅护身,治疗疾病,扫除瘟疫等。

"你是人？不是树？"男孩梦呓般地说。

大奶子女人惊讶，她说："你怎么啦孩子？我咋是树呢！"

赵永和看清楚站在面前的是个人不是树，哇地一声哭起来。

"孩子别哭！说说你怎么到这里来的。"大奶子女人说。

委屈一阵，赵永和止住哭泣，鼻子还一抽一抽的，他说："我转向了，找不到南北。"

"你肯定是头一次来，谁头一次来都蒙头转向，这儿叫裤裆圈，"大奶子女人引用一首歌谣讲道，"裤裆圈，迷魂圈，谁进来都蒙圈。"

"我咋走到这里来啦？"赵永和像是在问自己。

该女人问男孩的话，男孩自己却问了，男孩显然不能回答。她说："你是干什么的，还背着枪？"

枪，一个阳刚的字眼，足可以使男孩陡然昂扬雄壮。赵永和不假思索地说："我是炮手！"

"炮手？你这么小就当炮手？"大奶子女人惊异神色道，明显是个小尕子，迷路还抹眼泪孱子，没见过这么窝囊的猎人。

"嗯哪！"

"你一个人打小围？"

赵永和毕竟是猎户的后代，耳闻目染会些打猎术语，譬如女人说的打小围，用词很准确，一个人、两个人，最多三个人出猎称打小围。另指打动物大小而言。小围一般打兔子、野鸡、松鸡。大奶子女人根据赵永和独自一个人，年龄恁小猜测是打小围。

"我还没正式上场。"赵永和说了实话。

"哦，我说吗，你岁数不大打猎……"大奶子女人转而问，"你要去哪里？"

"回家。"

"家住在哪儿？"

"赵家趟子村。"

大奶子女人内心一抖，赵家趟子村对于她意义超乎寻常。赵家趟子村大部分人姓赵，外姓也有。姓赵？不会这么寸（巧）吧？她打量男孩，准备仔细询问他哪股老赵家，话到嗓子卡住没说出来，她见到一双雄性动物目光怦然心动，骆驼疯（发情）是这样，毕竟是过来的人，对那种想什么渴望的目光理解，他瞪大眼睛盯着自己前胸，目光完全粘在上面，如一束灼人的阳光，正慢慢将一个躯体烤软，像蜡一样融化。

赵永和目光发直，望到树上的果子，确切说两只水灵的梨。三江地区有条谜语：一棵树结俩梨，小孩看到干着急。谜底便是奶子。他确实见到一对梨，想吃一口不言而喻。

大奶子女人向四处扫了一眼，她不敢确定林子中没有藏第三双眼睛，白狼山秋天里有人拣山货。这里什么事儿都做不了，万万做不得。难以遇到猎物，不能让它逃掉……带他回家！大奶子女人望眼天色，说："快贴晌（傍晚）了，今天你走不到家。"

"那可咋整啊？"

"跟我走，到我家住一宿，明天再走。"

赵永和乐意这样，累啦走不动，遇到好心肠的女人，心被颤巍巍两只大奶子吸引，多看几眼都好。他满心欢喜地跟着她走。那个年代交通不便，旅行基本靠步量，中途天黑走到哪里随便找户人家借住，称找宿，不要担心没人收留。

半路上，赵永和问："你家住哪个村子？"

"在前面，没名。"大奶子女人说。

白狼山里面规模多小的村庄都有，小到三五户人家，大山褶皱里虱子似的几间木屋、窝棚就可能是一个村子，或者被称为村子。女人大概就是住的这样村子。

"我家房后的山有名，阎王爷鼻子。"

十四岁男孩未谙世事，阎王爷鼻子是什么地方？最不可触碰的地方。俗语说人死是摸阎王爷鼻子，家住阎王爷鼻子旁边？好在不知阎王爷鼻子含意的十四岁男孩心里没负担，别说房后面是阎王爷鼻子，就住是阎王爷他家也没关系，反正不知道阎王爷老大贵姓。

任何地名都有来路，女人的家后面的山体被刀砍斧劈，形成耸立高崖，形似人的鼻梁，故称"阎王鼻子"。她家的木屋如一个马蜂窝吊在山崖下面，外墙皮抹着牛粪和泥，枯草颜色，表面不光滑，牛未消化的草刺猬毛似的向外扎刺着，蜻蜓蝴蝶都不敢落。不然，山间小屋外墙壁上是有昆虫落到上面的。

"狗剩儿，狗剩儿！"木屋前，女人朝里面喊。

一个十一二岁大小的男孩跑出来，他接过母亲手里的圆筐，眼睛盯着筐里的山货，食物的诱惑力统治全部神经，似乎没见到母亲身后还跟着一个背枪的男孩，自顾挑选一只个大的榛子塞入嘴里，松鼠一样用牙直接咬碎榛子壳儿。

"你就认吃，狗剩儿！"母亲顺手拍下后脑勺说。

他们一起进屋。

四

"狗剩儿，你跟小哥玩，我做饭。"女人说。

这时，叫狗剩儿的男孩才来到赵永和身边，伸手去摸他的猎枪，被制止："别碰，真家伙。"

"我摸摸，摸一下。"狗剩儿央求道。

赵永和还是想到自己要在别人家吃住，摸一下枪总该可以。猎枪是杆沙枪，里边没装沙子火药走不了火，同一根铁棍子差不多。他舍不得是太喜欢枪，长这么大爹第一次让他背枪，异常珍惜。他说："小心，别弄坏喽。"

"不能啊！"狗剩儿端起枪，瞄准赵永和，做射击状。

女人端着半葫芦瓢小米看见儿子端枪，吆喝道："干啥呢狗剩儿，枪怎么对着人，不准对着人。"

"空枪，没子儿。"狗剩儿说。

"空枪也不行！快挪开！"母亲说。

狗剩儿放下枪，他本来对枪不感兴趣，拉起赵永和，雀跃地说："我俩到外边玩去！"

谁愿圈在屋子里，赵永和随狗剩儿出去，路过热气腾腾的厨房，白色水雾中女人扎着围裙在锅台前忙活，说："别走远喽，饭快好啦！"

"听见啦！"狗剩儿答应道。

出了木屋的狗剩儿像一只活蹦乱跳的小狗，蹦跳着走路，只差没摇头尾巴晃。

"你叫啥名呀？"狗剩儿问。

"赵永和。"

"有小名吗？"

"没有。"

"那你不好养活，有小名才好养活。我大名叫周庆喜，小名叫狗剩儿。"

两个孩子，确切地说在狗剩儿带领下，爬上木屋西山墙旁一棵山杨树，那棵树至少有两百年树龄，距离地面一丈多高处分杈，四个树杈向上笼起如人的手掌，掌心部位是一个树洞，成为狗剩儿玩耍场所，一天大部分时间都在这里消磨。

"看看我的家巴什儿。"狗剩儿说。

家巴什儿，或说家伙什儿，一般指工具、武器，在孩子身上应指玩具。其实不然，狗剩儿的家巴什儿是几盘踩夹、钢对撸①。

"狗剩儿你弄这些东西做啥？"

"整物（野物）呗！"

"你能整到物？"赵永和觉得狗剩儿年龄小，惊奇道。

出生在海边儿上的孩子会赶海，出生在山里的孩子会跑山，拾个榛子采个蘑菇啥的很正常。像狗剩儿会打猎——下踩夹和钢对撸属于狩猎行的趟子活儿——山里的孩子不多见。

"年嚼管儿都是我整，兔子、狍子……"狗剩儿炫耀他的战绩。是啊，一个十一岁的孩子，就能做趟子儿，捕获到肥狍子，实在不简单哟！

"你整到狍子？"

"嗯，还整到一只狼。"狗剩儿说当年勇。

猎人捕狼为取其皮，狼肉味道并不怎么样。狗剩儿下踩夹弄到狼显然目的是肉。狼肉不是绝对不好吃，比不上狍肉、鹿肉、青羊肉鲜美，吃总是可以的。狼油却是好东西，它可以用做治疗烧烫伤。

---

① 捕猎用具。

"你跟谁学的捕猎？"

"我爹。"

"你爹呢？"

"给熊瞎子舔死了。"狗剩儿说时比划自己的脸，"娘说爹的半拉脸的肉都没了，露出骨头。"

赵永和打个冷战，猛然觉得自己的脸丝丝发凉。走到三江城的街上，时常看到半张破相的面孔和缺一只耳朵或缺鼻子的人，不用问是给熊瞎子舔的。

"你打住过黑瞎子？"狗剩儿问。

"我现在还不是炮手。"

"那你打住过啥玩意呢？"

"啥都没打到过。"

狗剩儿感觉比眼前有枪的大哥哥强了，自己毕竟弄到许多野物，小的不说，狍子、狼、青羊都弄到过。成就感足以让一个孩子骄傲，值得骄傲，小小年纪谁有他的捕猎本领和战绩？肯定不多。纯粹的猎杀是一种快感，狗剩儿体验到了说不出来。实际情况是纯粹猎帮炮头的血正在他身体里流淌，狗剩儿本身并不知晓，出生的秘密暂时不能公开。

如此说来，百年老杨树洞里的，是猎人两个后代的对话。他们两人都未意识到这一点，苛求两个孩子去想他们长大后必须关注的事情不合情理。

"明天我俩去后山，下夹子。"狗剩儿提议道。

"能打住啥？"

"狼。"狗剩儿讲他找到一条狼道，"把夹子下到那儿，保证一勺一个。"

任何动物都有自己行走的路线，即所谓狗有狗道，狼有狼道。狼自选的行走路线自认为安全，轻易不会走其他道路。捕猎经验赵永和相比较没有狗剩儿多，问："你咋知道狼肯定走那条道？"

"那定然，"狗剩儿一副成竹在胸的样子，说，"有新鲜狼屎。"

狼道出现新鲜狼屎说明不是一条废弃的狼道，埋设夹子才能打住狼。赵永和信服，因为不懂才信服。

"那我们说定了，"狗剩儿伸出手指，耍孩子们的把戏，"拉钩！"

三江孩子有自己信守约定的动作，便是拉钩游戏。用拉钩表示不准反悔和坚决守信，歌谣为：拉钩上吊，一百年不准变。或是：拉钩上吊，一百年不准要。

按规则赵永和伸出小拇指，马上缩回来，说："可是不行呀，明天我还要回家呢！"

狗剩儿的小拇指还伸着仍然不死心，他说："呆两天，过几天再走。"

"那不行。"

"咋就不行呢！"

"不行就不行。"

"我说行就行！"

树洞里两个孩子争执起来，面红耳赤，认真劲儿如两只斗鸡，一时不能停止，没分胜负。

"狗剩儿！"

两只斗鸡停下来，侧耳听树外的喊声："狗剩儿，吃饭啦！"

"你妈喊你回家吃饭。"赵永和说。

狗剩儿说："回家吃饭！"

第四章
木屋青涩偷情

风劲角弓鸣，将军猎渭城。草枯鹰眼疾，雪尽马蹄轻。忽过新丰市，还归细柳营。回看射雕处，千里暮云平。

——唐·王维《观猎》

一

土炕上放着炕桌子，三人盘腿大坐围桌子吃饭。山里人的简单饭菜，熬蘑菇，咸腌肉炖豆角，凉拌肉，小米干饭。

"吃，狍子肉。"大奶子女人从菜中挑出块肉夹给赵永和，"呜，你叫什么名儿？"

"赵永和。"狗剩儿抢答道。

大奶子女人愣然。

两个孩子没在意大人表情，继续吃饭。狗剩儿说："我下钢对撸打住狍子，娘腌上的。"

一顿饭吃完，两个男孩在炕上玩弹李子核，又叫李子骨。玩法简单，弹出李核打中对方的李子核，对方死，自己赢一个李子核，最后谁赢的李子核最多谁为赢。

狗剩儿唱歌谣的声音很难听，他还是毫不羞涩地唱：

一弹弹，

二马莲，

三小鬼，

四要钱。

屋地间，马杌子上放一个铜盆，大奶子女人将烧热的酸菜水倒在里面，她用酸菜水洗头，三江家家积酸菜，酸菜好吃自不说，酸菜水也有妙用，女人用它洗头滑溜、不生头皮屑、乌发、驱虱子，天然洗发剂。

大奶子女人头发太好了，油黑锃亮，铺散开盖住脸盆。这个时候不能说赵永和只是个孩子，他的心根本不在弹李子核的游戏上，在地下洗头的女人身上，不时瞥一眼，黑发瀑布似的遮挡，他看不见她的脸，有那么一次收获，披在女人肩头的那件衣服滑落下来，啊，她什么内衣都没穿，仅见到大奶子一部分，就那样诱惑人。

女人哈腰拾起衣服重新披在肩上。她发觉男孩火辣辣的目光，佯装没看见拾起衣服故意直起些腰，使两座山暴露明显，并让它们兔子似的跳动一下，吸引男孩。

一股热流样的感觉注入十四岁男孩血管里，夜色渐浓加快注入。大奶子女人湿润的头发高高地盘在头顶，散发着酸菜的味道。她跟没事儿一样盘腿大坐在炕上纳鞋底，也不看两个孩子一眼，像是他们根本不存在。其实不然，她用眼角余光观察赵永和，想着晚间她计划的细节，想到兴奋的地方，禁不住地窃笑。

"永和哥，我俩玩猜草棍。"狗剩儿还想玩，平日缺少玩伴，很难见到一个年纪相仿的孩子，可下子有个男孩住到家里来，变着花样玩耍，玩到天亮也玩不够。

年龄上说赵永和只比狗剩儿大三岁，两个孩子心思天壤之别，想着不是一件事。赵永和盼望早点吹灯睡觉，期望夜里发生什么事情。他求助的目光望着大奶子女人，她泰然处之，纳鞋底，男孩心思她就是装没看出来，吊胃口——越是被吊胃口期待度就越高（即越想得到），想得到的欲望越强，当真正得到的时候也就越高兴——和随便就得到不一样，对待小馋嘴巴子更要这样。

赵永和怎么说还是个孩子，他看不透女人在吊他的胃口，男女事情朦朦胧胧，哪里真正懂啊！要说懂了，从今晚开始，教唆的人还是女人。

哧！哧哧！哧！女人手中的线麻绳通过千层布鞋底，发出的哧哧声音，锯一样锯开沉沉的夜晚，夜色豆腐那样柔软，被麻绳隔开立马合上，转眼找不到缝隙。这就让男孩绝望，打不碎夜色狗剩儿就不会困张罗睡觉，女人心里十四男孩怎么可能揣摩得透，哦，她也许什么都没想，今晚什么都不能发生，明天早晨上路回家，赵永和失望了。

大奶子女人若论心情比赵永和急迫，十四岁男孩未见得沾过女人边，即使沾到知道什么。她怀有绝对目的将男孩带回家，表面像是热心为旅行者提供食宿，实际是要在今晚达到目的。事情是否能够顺利进行，障碍不是村子中的人，本来村子就没几个人，房屋相距很远，山里人谁管这种事啊！倒是十一岁的儿子狗剩儿，说这小子懂不尽然，当着他的面做那种事肯定不行，背着他是必须的。木屋就这么大面积，一铺小炕做那事必须在狗剩儿睡着的时候。

赵永和当然不清楚女人在等他儿子玩够了困了睡觉，才去做那件他渴望的事情。

狗剩儿比喝了大烟还兴奋，他缠着赵永和玩耍，他只能陪他玩。猜草棍游戏规则每人各握一把草棍，每人一次只能出十根草棍以内，将手背在身后让对方猜，以此比输赢。

"你先猜。"狗剩儿将草棍做好，说。

"五根。"

狗剩儿伸出手展开掌，是四根草棍，他说："你输了。"

赵永和按照游戏规则，赔付给狗剩儿与猜错相同的草棍，往下他做狗剩儿猜，并口说歌谣："猜草棍，猜草棍，猜不对，给草棍！"

大奶子女人停下手中的针线活儿，一旁看热闹，心想：这俩孩子赢什么不好赢草棍，家里一大垛草，草棍有的是啊！

狗剩儿最后赢光赵永和全部草棍，玩趣依然浓厚，说："永和哥，我俩玩……"

"中了狗剩儿，天不早了，睡觉。"大奶子女人最后发话道。

二

故事按照故事中的人物在世外桃源一样的山间小木屋里发展，不会受到外界任何干扰或节外生枝。

大奶子女人铺被，两个孩子睡炕梢，大人睡炕头。一铺小炕来客也只能如此睡。三江民间睡炕有些讲究的，譬如来客人住宿，主人要把炕头让给客人住，依次是主人、家人。此时小炕主人是这个女人，家人只她的十一岁儿子。最关键的是她没把赵永和当成客人，甚至是大人，往下发生的一切故事都与她的错误判断有关。有时错儿反倒能促成一件美好的事情发生。

火炕小三人距离就近了，炕头的女人跟炕梢两个孩子间的距离不过一尺宽窄，能够容下枕头或叠起的被卷类隔离物。女人觉得没那必要，她与男孩赵永和之间毫无障碍，象征的障碍没有设置，这将意味着什么。

吹了灯，三人睡觉。

月亮好奇地从窄小的窗口爬进来，寡妇家夜晚多了男人——尽管赵永和只有十四岁，他确实和同年龄的孩子不太一样，身体壮实，嗓音早变粗了，出现了喉结，嘴唇有了茸毛。还有外界鲜知的秘密，他身体某些部位越界成长了，逐渐成熟，根本的原因在他爹赵老白。作为猎帮的头儿，赵老白家有鹿鞭、虎鞭，全家人经常当菜吃，比如炒辣椒。赵老白吃后有场宣泄，忽略了儿子是否也有自己面临的问题需要解决……今夜月亮窥视，如此行为说来月亮很骚。

骚闷在寡妇心里最难熬的是夜晚，二人转小帽《寡妇思五更》其中一段唱出她心情：

> 二更里寡妇好心焦，
> 躺在牙床睡也睡不着，
> 红绫大被闲着半边儿，
> 鸳鸯绣枕就在一旁搁（读音 gāo）……

炕梢，近在咫尺的两个男孩呼呼大睡。

大奶子女人铺被时赵永和不住地瞅她，渴望得到某种暗示，她如同平常侍候儿子睡觉，先铺褥子，再放枕头，并在枕头中间部位，用拳头压凹些，怕扛儿子脖子，睡高枕头长大易成水蛇腰。所不同的是今晚一个褥子上挨排摆放两个枕头，为找宿的客人预备的。家庭拮据，两个男孩供盖一双棉被铺一双褥子。

"睡吧，狗剩儿。"母亲对儿子说，连客人一起捎带上，"都睡吧。"

"永和哥，进被窝。"狗剩儿说。

亢奋的狗剩儿迟迟未睡，熬鹰似的煎熬赵永和，跋涉一天疲惫压碎他身体，连同可怜的欲念，比狗剩儿早进入梦乡。

炕头的女人欲念是一团火，如纸的道德、伦理根本包不住，此刻连纸都一起燃烧起来。赵永和鼻腔发出风吹进窗户缝的尖细声音，它像浮游生物在黑夜中游荡，她鱼一样追过去，无法掩饰的占有、捕捉、获得欲望迸裂而出。内心这样问："他年龄究竟有多大？怎么不像十四岁？"继而又想，"十四岁……那种事能做吗？喔，他不是十四岁，像是十六七岁，完全熟啦，准行。"

寡妇心里有一团烈火在燃烧。渴望的事情赤裸直白，控制不住手向身边躯体摸去，那一时刻她极力让自己不想他十几岁，是一个大小伙子，林子中他盯自己奶子直咽口水，心里肯定想要干那事儿……是激动兼或心虚，想到达的地方明确，路程并不遥远。那只手行进迟迟缓缓，停顿超过向前的时间，尽管心比手急迫，如此速度接近目标还需要一些时辰。

偷窥的月亮还在屋内停留，从炕上照到东墙上，不像开始那样心急看到人类风流场面，迟迟没有发生，像是失去兴趣昏昏欲睡。女人并没因偷窥者漠然而终止，那只手继续前进，到达了她想到达的地方，开始施展她的本领……赵永和以为一只猫钻进被窝来，家里养猫夜晚钻入人的被窝睡觉，人的被窝暖和。他醒来意识到猫在自己的下身顽皮，过分的顽皮，它竟然……伸手去赶猫，触摸到一只手，讶然之际，一支有力的臂膀将他从被窝拉出，紧紧搂在怀里……

以后的若干年，赵永和接触几个女人身体，都是在接触中想到山间木屋里的第一次，因为懵懂而经久、反复回味还有滋味。完全在熟女启蒙下激情整个过程，第一口吃下很香，欲望失控。

天麻麻亮时，大奶子女人先醒来。赵永和像一只青蛙浮在柔软的水面上大睡，他丝毫未觉得自己不是在水面而是在女人肚皮上。冬天夜晚木屋冷的时候，儿子狗剩儿爬到母亲肚皮上睡觉。此时，肚皮上不是青蛙不是儿子，是个小男人，实际操作中，男孩行，很行！单从这件事情上说，他绝对不是孩子。噢，男人，男人啊！她渴望太久，昨晚意外得到……她抚摸他光滑的躯体，同狗剩儿皮肤差不多，光滑而细腻。她希望他成为永远的青蛙，永远浮在水面上沉睡。

炕梢被窝蠕动一下，狗剩儿要醒来吧。她略显慌张，儿子看到自己被窝里的情景会怎么想？他懂不懂啊！做母亲的在儿子面前做这种事，总是让人难为情。狗剩儿的被窝安静下去，看来他还没睡醒，不过快要醒来，消除痕迹抢在他醒来之前。她慢慢撼动肚皮上酣睡的小男人，低声道："喂，醒醒。"

赵永和慢慢睁开眼，稍微抬起头，涎水在两座白颜色的山间被押长。

"下去吧，天亮啦。"

"嗯，不嘛。"赵永和贪恋温暖而柔软的地方。

"听话，"女人的手虫子一样在他脊背上爬行，"狗剩儿快醒啦，下去吧。"

色胆包天，赵永和全然不在乎什么狗剩儿不狗剩儿，提出让女人惊喜、惶然的要求，喃喃道："我还要……"

"天……"女人何尝不想再跟他……天亮得迅然，身盖的被子上的荷花图案清晰可见，这种事情实在不适合在此时做，"下晚吧，今下晚儿。"

赵永和哪里听劝，不管不顾自己行动起来，动作比昨晚熟练，冲锋陷阵，女人很快成为俘虏。

三

早饭桌上多了一样菜，马鹿鞭炖土豆。女人是如何弄到这东西的，什么时候弄到的不清楚，入口肉丝干硬存放的时间不短，方法一定是风干。山里人都会晾肉干，弄到大牲口肉一时吃不完，晾成干肉储备日后享用。马鹿鞭不是普通的肉，女人晾它储存它，包括今早将它烹饪端上桌，意味深长。

"娘，这是啥肉啊，硌牙！"狗剩儿撕咬下块鹿鞭，咀嚼吃力，抱怨母亲做这种肉菜，不好吃。

儿子倒是小，马鹿鞭是什么，娘为什么做这个菜？家里存有狍子肉干她不做，偏偏做嚼不碎的东西。

"咬不动少吃点儿。"大奶子女人说。

她私心想让赵永和多吃点，意图很明显，吃马鹿鞭能够什么连赵永和都不能理解女人的良苦用心。他认为好吃的东西在女人身上，世界上最好的东西莫过眼前大奶子女人！

乐不思蜀的事情发生在十四岁男孩身上，（尽管他早熟）总让人有些不信服。不合常理的奇闻怪事总要发生，它就发生在十四岁的赵永和身上。当然不能说他迷恋女色，精准说尝到某种甜头，怀念没吃够还想吃。

"娘，我跟永和哥下夹子去。"狗剩儿说。

大奶子女人没表态眼望赵永和，她即使用眼神传达心里愿望，赵永和未必理解得了。眉来眼去的事情还不是他这个年龄的人能够做到的。她不指望他明白她的挽留，猜测此刻撵他未必能走。心想："他很馋，很恋。"

非处男非处女才能理解寡妇这几个字含意和所指，馋什么恋什么不言而喻。

"娘，永和哥今天不走啦。"狗剩儿说，他似乎代替赵永和回答女人眼神提问，"我俩去弄狼。"

"唔，去吧，你俩加小心。"大奶子女人说。

狗剩儿拉赵永和走了，身背踩夹的两个身影消失，她一屁股坐在门前木桦子上，在深秋树木的落叶中发起呆来。

赵永和，赵家趟子村，他不会是赵老白的儿子吧？如果是，可就有意思啦。大奶子女人想，我这辈子什么稀奇古怪事情都经历过了……当家的（丈夫）在世时哼唱的《寡妇难》，她还帮着唱，谁成想自己竟然成了唱词中的小寡妇，唱词：

九月里小重阳，

小寡妇做了梦一场，

梦见丈夫回家转，

瞅得奴家酥又痒。

　　大奶子女人今年三十一岁，地道小寡妇。当家的线儿黄瓜——本地人称
瘦而高的人——半路途中眼前落叶一样扔掉她。嫁给猎人线儿黄瓜住进他狩
猎时搭建的这座木屋，火炕上自然而然制造三年后，男人不得不承认失败，
他说："我从小就打猎，趴冰卧雪落下病，不好使啦！"

　　"别，千万别灰心。"大奶子女人鼓励道。

　　"唉，种子没成瘪子，能种出苗吗，不能啊！"线儿黄瓜凄然说，瘪子原
指种子不饱满，用在男人身上含蓄地指没生育能力。

　　大奶子女人清楚自己男人身体状况，恐怕难制造出人来。不过，炕上他
还很行，她满意他。

　　"光是开谎花不行。"线儿黄瓜说。

　　丈夫主动说自己的先天缺陷，他把夫妻被窝里正常操练而没法生育比喻
成谎花，开满一架谎花不成，要做纽结瓜才行。

　　"你行，很行。"大奶子女人满意他的被窝里的表现，说，"谎花有啥不
好，我觉得挺好。"

　　"我们做夫妻三年了，你还没开怀，咋也得结个瓜不是。"

　　"别着急，俗话说，当年媳妇当年孩，当年没有过三年，三年没有过六
年……"

　　"六年？得了吧，你我还不变成老黄瓜秧，连花都开不出来喽！"线儿黄
瓜有紧迫感，不隐讳自己的致命缺欠，说，"天啥时候刮风下雨不知道，我啥
毛病我还不清楚啊。唔，趁早想办法。"

　　大奶子女人迷惑地望着丈夫，想办法，想啥办法？她不明白他说的想办
法是啥意思："你说啥？"

　　"想办法。"

　　"这几年你没少打住马鹿梅花鹿，鞭没少吃呀，你想淘换虎鞭吃……"女

人往补品、壮阳方面想。

线儿黄瓜摇摇头，然后说："那事你不是经受过，很行的。打种结瓜跟被窝不是一码事。我的毛病就是吃只老虎也不顶事。"

"那你说想办法，想啥办法？"

"借种！"他语出惊人。

"啊！你说什么？"她愕然。

猎人线儿黄瓜遭强霜打植物似的蓦然蔫萎，头耷拉下去。感觉在妻子面前抬不起头。一个男人光耕种不收庄稼，多没尊严和面子。制造不出的男人当地贬称骡子，被称为骡子的男人将被人瞧不起。他悲哀地说："你愿人家叫我骡子？[①]"

女人能够理解丈夫的心情。如果他们最终没生育，人们不只称他骡子，也称自己是骡子，两口子都是骡子啊！

"你说呢？"

"被别人看不起啥滋味？我当然不愿意。可是，借种……"大奶子女人望着丈夫，没说出口的东西希望他能意会到。

四

世间许多事物只能意会不能言传，借种这种事情不仅是意会，要偷偷摸摸地进行，万不可大张旗鼓。男人因自己种子难发芽借用他人的种子种在自己的私田上，本来够丢人的。一亩三分地（妻子）绝对的私人产权，怎可给他人耕种。作为田地来说，地主（丈夫）如何耕种都行，有无收成，甚至撂荒自己都没权提出换个地主。既定俗成由地主主动提出借种，才有借种的陋俗发生。

线儿黄瓜提出借种经过三思，随便做不出这样的决定。如何绅士也不愿让外人碰自己老婆。他爱这个女人，不舍她才出此下策——借种。将自己的女人让陌生男人睡一次——借种风俗，要通过第三者，找素不相识的人牵线

---

① 骡子是一种动物，有雌雄之分，但是没有生育的能力，它是马和驴交配产下的后代，分为驴骡和马骡。

搭桥，只和女人睡一次——很难接受。

"我们还是这么地吧，别借啦。"大奶子女人说。

线儿黄瓜沉默半天才说话："实逼无奈，还有什么好办法呢！"

"要个孩子养……"大奶子女人说抱养一个孩子，不生育的夫妻多这么做，"到山下三江城要一个月窠儿的（未满月的婴儿）抚养大，不就是我们的儿女嘛！"

"羊肉贴不到狗身上，"线儿黄瓜却这样想，他想自己种不出苗，妻子还能生育，她生比抱养来的近不是，"你一定给我生个带把的，接我的手艺。"他还希望后人跟他学下踩夹捕猎。

"养活孩子不是种地，生男生女谁敢保准。"大奶子女人说，她提醒丈夫，种你能借，我可不能保证就生出个带的。

"只要是你生的，都是我的亲儿女。花花喜鹊长尾巴，你我两家结亲家，生个儿子下踩夹，生个闺女摘豆角。"线儿黄瓜篡改了歌谣第三句，原词是生个儿子打羊草，他得意自己的篡改。"喜歌都唱了，你随便生，下踩夹摘豆角都成。"

大奶子女人的心里是苦是甜是悲是喜十分复杂，生男生女跟谁生的呀？她觉得丈夫的心里更是五味杂陈。佩服他竟有这种心情，唱什么婚礼喜歌。

"明天我就去找人办。"线儿黄瓜指借种这件事。

大奶子女人漠然地看着丈夫，他们像是谈论一桩买卖不带感情，与他们没有什么关系。借种到这份儿上，纯粹是一个微不足道的事件。

"家里高粱米还有多少？"他问。

"一瓢吧。"她心里画魂儿，谈借种怎么转到高粱米上，两口子胃都不好不吃高粱米，剩下的还是一年前的陈米，"干什么？"

线儿黄瓜显得心烦，说："你就别问了，我去磨高粱。"

"磨高粱……"

两三片山杨树叶一齐落下来，砸到大奶子女人的前额，有点儿疼。她从往事中走回来，羊肠山道上两个男孩身影早已消失。树叶纷纷降落像鹅毛雪花，覆盖住地皮。

"这两个孩子去哪儿下夹子？"大奶子女人担起心来，顺手拿起柳条筐，打算到林子中找他们，秋天林子中走常有意外收获，榛子、松塔、核桃，晚秋还有许多野果可食。

回忆总是碎片，借种那事儿已经飘走，接踵而至的是她婚后不久的冬天，丈夫要去下踩夹，她坚持去跟着看热闹。

"别去了，嘎巴嘎巴冷的天儿，消停呆在家里得了。"线儿黄瓜心疼妻子劝阻她，事实白费口舌。

"哼！"她只从鼻子发出一个声音，态度很明显。

"真拿你没办法。"他妥协道。

两口子趟着没过膝盖的积雪往林子中走，丈夫在前面开路，妻子踩着他的脚印走，省力又安全。

"你下夹子打什么？"

"獾子。"

她眼望四周，除了雪还是雪，白茫茫中只有树，见不到一只活物，别说是獾子了，问："獾子在哪儿？"

"躲在洞里。"

"你知道它的洞在哪儿？"

"不知道。"

不知道夹子下在哪儿？女人没有捕猎经验没法理解，她问："不知道它的洞，也不知道它在哪儿出现，随便下夹就能打住？瞎猫碰死耗子吗。"

"谁说我随便下夹子？我那么傻？"线儿黄瓜告诉她说，"我们正在獾子道上，找个合适地方下夹子。"

"哦，獾子道？"

"是啊，我发现獾子道几天了，观察还不是一只。"

"你从哪儿看出是条獾子道？"大奶子女人见丈夫领她走的路，积雪上并没见动物蹄子印儿，"平整的积雪，什么都没有哇。"

"仔细看看。"线儿黄瓜说。

第五章
狼自断爪逃脱

> 风吹号，雷打鼓。松树伴着桦树舞，哈哈带着弓和箭，打猎进山谷。哟哟呼，哟哟呼。

——《打猎歌》

一

大奶子女人哈下腰，鼻子顶到雪面，怎么看也没见有什么蹄子印儿。如果觉得异样的是雪面上有层浮雪，同周围的雪面有差异。

"发现没？"线儿黄瓜问。

"发现个六！"她说，六在东北方言中最大的数，意为什么都没发现。

"你打不了猎，码踪不行。"线儿黄瓜有向女人炫耀的东西——打猎经，他说，"春看土，夏看草，秋看霜，冬……"

大奶子女人撇下嘴。

"你不服气？别不服气，叫猎人都会码踪，不见兽踪咋下夹子呀！"他没讲太多，女人对这些不会感兴趣。汉族一般女人不打猎，原因说法很多，有的说女人天生胆小，见到野兽害怕；有人说女人柔弱翻山越岭、趴冰卧雪吃不消……总之是说女人不适合打猎，归根结底还是男人舍不得女人，不让她们遭男人打猎的罪，"獾子蹄踪最特别，雪地上很难见到清晰的蹄印。你看这儿，它的蹄印儿用尾巴扫雪盖上了。"

"它真尖（聪明），故意埋上自己的蹄印儿。"她赞叹道。

"獾子还没那么尖，它四肢特短，走路时尾巴拖到雪面上才盖住蹄印儿。要说埋自己脚印不让人看到是狐狸，它走路用尾巴扫去蹄踪。"

"听人说，雪地能撵上獾子。"她说。

"我就撵上獾子抓住过。"他说，话匣子给她打开，谈打猎他兴趣盎然，"貉自己不打洞跟獾子同居一洞……"

"你下夹子八成能打住貉呢！貉肉好不好吃?"

"打不住貉，它在洞里猫冬贼懒，轻易不动弹。"线儿黄瓜说，"它的皮很好，打它都为要皮。"

大奶子女人清晰听见自己脚下发出咕兹声音，踩积雪和踩踏枯树叶相似，差别是雪踩上去听着声音更清脆。比较之中，她听见林子中两个孩子戏闹的声音，仔细辨出他俩做一种儿童游戏，听到赵永和说：

一个雀，两个蛋，

雀飞喽，蛋熟了，

你个蛋，我个蛋。

噗嗤，大奶子女人忍不住笑了，三江民间儿童游戏很多，有些游戏不分年龄，稍大一点孩子能玩，小一点也可以玩。有的儿童游戏大人们也玩，但是像一个雀长两个蛋，他们早过了玩这个穿活裆裤的孩子玩的游戏年龄，自语道："唔，这孩子咋说这个。"

林子中的两个孩子一起跑过来。狗剩儿没问便说："我俩下完夹子。娘，你来拣榛子?"

"嗯。"大奶子女人没说出来看他们的真实意图。

"我俩帮你拣吧。"狗剩儿说。

母亲一眼看到儿子裤裆出现意外情况，果真是"一个雀，两个蛋"，诙谐地说："狗剩儿，给狼掏了咋地?"

嘿嘿，狗剩儿傻笑，手捂住裤裆无济于事，裤子扯破的面积太大了遮掩不住私密物件。

"赶快回家去换条裤子。"母亲说。

"嗯哪！我回来找你们！"狗剩儿说着跑远。

"裤子在炕琴里！"大奶子女人喊道。

赵永和始终一声不吭，见到女人，心里的东西都被赶出去，只留下她。方才在树林里狗剩儿突然问一个赵永和吃惊的问题："永和哥，今早上你趴在我娘身上干啥？"

"胡呲！"赵永和呵斥他，否认道，"没这事儿。"

"有，就有，我看见啦。"狗剩儿坚持说。

两个男孩呛呛一阵，没有个头绪。狗剩儿先前下夹子下蹲时挣破裤裆，露出小鸡，给赵永和戏弄狗剩儿的机会。这个游戏本来是稍大一点儿的孩子要看年龄更小男孩活裆裤露出的小鸡鸡，小男孩夹紧裤裆不让看，大一点儿男孩说的歌谣。狗剩儿穿的死裆裤不可能露出小鸡鸡……因此女人听来好笑，赵永和怎么说这首歌谣。狗剩儿跑回去喝水，她问眼睛直勾勾地盯着自己下身的赵永和："你们俩玩什么？"

赵永和咽下一口涎水。

"大白天的，快别瞎想了。"大奶子女人说。

初生之犊不单不畏虎，世界上没有害怕的东西，一头发疯小公牛似的冲上来，顶架的姿势将她撞到，然后猴急去解她的腰带……她安慰孩子，说："别着忙，"她将他朝林间枯叶厚的地方引领，"那儿喧腾。"

很厚的树叶上，赵永和比昨晚炕上有进步，女人觉出来。时间很短，赵永和从她身上下来便跑开，到一棵大树后面去系裤腰带。大奶子女人迷惑，这孩子怎么啦？

狗剩儿跑回来情戏提早谢了幕，榛树棵子里大奶子女人和赵永和拣拾坚果，柳条筐里已经有了大半筐榛子，三人又拣了一阵，她才张罗回去，说："我们回家，该烧下晚火（做晚饭）。"

"娘，我想吃地瓜。"狗剩儿说。

"烀地瓜。"女人答应儿子的要求。

狗剩儿和赵永和两人抬着筐走在前面，他们边走边玩，跑跑停停，速度比女人快。一个十四岁男孩子的背影，令女人心里粥样感觉，味道一时说不清。

二

小男人十四岁就行啦，令大奶子女人吃惊。三江地区早婚有十五岁男孩结婚做父亲的，常常引来人们阴暗地想：是公公的吧？十五岁郎能会那事儿吗？大奶子女人亲身体验到，赵永和十四岁就会，还很行呢！

一晃几年未沾男人边儿，昨晚本来没抱多大希望，赵永和毕竟是个孩子，谁承想他还真行。今天早晨睁开眼睛就要……刚才在林子又来一次，他挺恋啊！

"娘，快走啊！"狗剩儿在前面喊。

女人整理稍微凌乱的头发，摘去沾在上面的一片枯树叶，先前在地上沾上去的，心里猜测说："他准呆几天。"

此时，用鞭子赶赵永和，恐怕他都不肯走了。

赵永和恋上什么屁股沉了，在小木屋里缠绵四日。其中一天夜里，山风很大，吹折树枝的响声咔嚓咔嚓传入屋内。最先惊醒狗剩儿，他摸索着被窝空了，赵永和的去处已经发现，打算爬到炕头去将他从娘的被窝里拉回来，不小心枕头弄掉地上，惊动了炕头的两个人，她推他一把，极低的声音催促："麻溜……"

气囊囊的狗剩儿正要质问的当口，一声狼的嚎叫传来，狗剩儿立刻想到他下的踩夹，说："八成打住狼了。"

"像。"已经返回狗剩儿被窝的赵永和说。

山林中布在狼道上的踩夹子两天没有动静，他们上山去检查过，原封未动还下在那里，自从下了踩夹狼没有走那条道。今天是第三天晚上，恶劣的天气狼外出寻找食物吧。

呜嗷——

夜深人静狼的哀嚎凄厉而惊心，狗剩儿稳操胜券地说："明早，我们去把死狼抬回家来。"

"要是不死呢？"

"夹子口紧它跑不掉，狼气性大，逃不掉活活气死。"狗剩儿说，夹子突然打住狼，意外冲掉了狗剩儿对赵永和的追究，他对狼更感兴趣，"气性大的，除了狼，还有家贼儿（麻雀）。"

狼自己气死，赵永和没见过，麻雀被捉挣脱不了，不吃不喝活活生气死的情景他亲眼目睹，暴怒的麻雀周身羽毛挓挲开，像个充满气体的皮球，浑身哆嗦，嘴角、眼睛流血气绝身亡。他说："狼要是没气死还活着，我们咋弄它啊？"

"那好办，有招儿。"狗剩儿说的招儿猎人普遍采用，狼在夹子上人靠近不得，垂死挣扎它疯狂、凶残无比，猎人用长木杆将狼身体压住，然后弄死它。

显然这一夜不能睡觉，两个孩子兴奋，闲不住地说话，大奶子女人插不上嘴，不想插嘴，一声不吭地缩在被窝里听，他们唠嗑和远处的狼叫，放心不下两个孩子跑出去，那是极其危险。

狗剩儿抹黑下地。

"干啥狗剩儿？"母亲问。

"娘，起夜。"狗剩儿说。

外屋置放尿罐子，夜来小解都在那里解决。家家户户都这么做，山里住着夜间外出解手危机四伏，说不准一头黑瞎子就在门口等着你呢！

"点灯吗？"母亲问。

"不用。"狗剩儿闭眼都能找到尿罐子位置，摸到它跟前，哗哗尿泼子很长。

大奶子女人想趁此对赵永和说一句，今晚老实呆在自己被窝里不要再偷偷爬过来，但没说成，狗剩儿解完手回来，进来就问赵永和："狼叫唤没有？"

"没听到。"

"八成死了，气死了。"狗剩儿说。

狼一直没叫。赵永和对狼不像狗剩儿那样兴奋，不知不觉中睡去。今晚他又在大奶子女人被窝里劳作了，一次比一次卖力，所以比较辛苦、疲劳。一铺火炕上的三个人，统一战线的两个人看着一个人睡去，他暗中得到伸入自己被窝一只脚的邀请，动作轻轻地去赴约。如果不是狗剩儿半夜发觉搅局，他又要脸埋在柔软、温暖的大奶子里幸福地甜睡。

"永和哥……"狗剩儿扒拉身边的人，见没回音，扫兴地躺在一边，不久睡去。

天大亮后，狗剩儿带上斧子和一把砍柴刀，叫上赵永和："走，溜夹子去，把狼抬回来。"

赵永和问带不带上枪？

"没枪药，不如烧火棍。"狗剩儿水说，他说话口气、用词有时很像大人。姿势、做派更像猎人。

"我跟你们俩去。"大奶子女人说。

"娘你在家等着吃烀狼肉吧。"狗剩儿说。

男孩不怕狼，他们直接奔下夹子的地方，根本没考虑林子是否藏有危险。昨夜狼嚎能呼唤来一群狼，它们在救不走同伴的情况下，等待猎人出现，从林子中蹿出猛扑过来，两个身单力薄的孩子有生命之忧。幸运的是昨夜被踩夹打住的是条孤狼，离群索居的原因不甚清楚，肯定有原因，狼族的争斗不逊色人类。它即使嚎破嗓子，也没人来帮助它。

"停下，狗剩儿。"快要接近下踩夹的位置，赵永和多了一个心眼，"看看情况再往前走。"

"你怕死狼？"狗剩儿问。

"我不怕死狼，就怕狼没死。"

"没死也没事儿，腿夹住动弹不了。"狗剩儿说。

三

下踩夹的地方黄菠萝树很密，它们拥挤在一起生长，酷像儿童做游戏挤香油①，狼道狭窄部分在那里，狼的必经之地。狗剩儿选择在那儿下踩夹子，聪明而经验。灵性动物中狼是佼佼者，狡猾的程度可与人类相比。在它走的道儿上下夹子、下套子、布陷阱之类，选择地点不当，容易被它识破，继续

---

① 儿童一种群体游戏，多人靠墙站，朝中间挤，并口说歌谣："挤香油，挤香油，挤出香油卖香油。"谁被挤出谁是熊包。

绕行避险。

狼的必经之地捕获的机会增加，仅此还不够，夹子要埋得好，然后伪装，别让狼看出破绽。一只老狼要比一个缺乏狩猎经验的猎人智慧，捕获它并非易事。

"没冒！保准弄住它。"下完夹子，狗剩儿用树枝将夹子上的浮土扫了扫，清除掉一切人类痕迹，像是给风吹过一样，还朝上面放两块灰白的狼屎，他的胜利在握有些孩子幻想，离实际结果究竟有多远谁知道。

昨晚狼的哀嚎，小猎手狗剩儿的判断相当准确。一只狼沿着自己的道行走，到了下夹子的地方还是对地面的变化产生怀疑，风蓥形成的浮土好像不是这个样子，辨别的方法闻气味儿，它小心翼翼地嗅危险，动作像工兵在寻找地雷。那块狼屎迷惑了它，自己的排泄物无疑，里边还有尚未消化掉的一团草，狼在饿扣食（胃内没有任何食物）的时候，连草都吃，用来充饥。今晚出洞，就是因为实在太饿，打算去人类居住的地方找些食物，目标正是大奶子女人的木屋，未承想在半路误踏上致命的猎具踩夹，一只前爪被死死夹住，挣脱很困难，于是就嚎叫。

狼嚎叫的目的为了相互联络，用呼唤聚集散在各处的伙伴。有时也不完全出于此目的，嚎叫为祭月，它们面对残缺的月亮嚎叫。狼啸聚伙伴和祭月的嚎叫声音沧桑而苍凉；还有一种瘆人的嚎叫——鬼哭狼嚎，则可能是遇到危险、濒临死亡哀伤且绝望的嚎叫。昨晚，小木屋里的人听见的就是后一种嚎叫。

"停下，狗剩儿。"赵永和扯住狗剩儿衣服后襟，说，"没有狼，好像没打住狼。"

狗剩儿停住脚，向黄菠萝树扎堆的地方望，那里空空荡荡，的确没见狼影儿。他不相信，说："兴许死在树棵子里，我们离得远看不着，到跟前瞅瞅！"

"慢慢走过去……"赵永和年纪长一些牛犊子气少一些，心眼多了几颗，要是狼没死，或者装死，藏在雪窠里待人走近，忽然跃身发起攻击，"瞅好了，再往前走。"

狗剩儿握紧手中的砍柴刀，架势随时与狼搏斗。

一步步接近下夹子的地方，还是没见到狼。他们大胆子走过去，见到一摊血，踩夹深陷土里，狗剩儿将它提拎出来，惊诧道："啊！狼爪子！"踩夹上夹着狼的一只前爪，花白骨茬裸露。

"这是咋回事？"赵永和问，他没有狗剩儿经历多，小小年纪的狗剩儿曾经打住过狼和其他动物，"剩下爪子，狼呢？"

"跑了呗。"狗剩儿显得从容不惊，他放下夹子，用脚踩着掰开拿出狼爪子，拿在手上摆弄、端详，得出两个结论："白狼，它自己咬断爪子。"

白狼在三江的历史接近尾声，它们的祖先在山里大量繁殖，庞大的族群成为这里主要动物，山便以它们命名——白狼山。现今的白狼山剩下的空有其名，白狼很少见，最后一批白狼迁徙到山下的草原后神秘消失。狗剩儿下踩夹打到一只稀有白狼，其实是一只狼爪子。白狼黑狼赵永和都不感兴趣，他对狼咬断自己的爪子说法发生兴趣，问："狼咬断自己的爪子，你不是瞎白唬？"

"乐信不信。"狗剩儿说，拿出依据，"黄皮子放屁崩跑长虫（蛇），蝈蝈掉腿逃跑……"

大自然生存竞争中，动物进化出了形形色色的逃生技巧——鼠遇到敌害时，它躺下来装死；黄鼠狼遇到敌害时，它连放几个臭屁，敌害稍有迟疑，它便乘机逃遁。蜥蜴被敌害抓住，它会断掉尾巴以迷惑敌人，从而乘机逃脱。

动物为了自身的生存，学会防身和逃生的本领。即使是这样，狼咬断自己的爪子从踩夹上逃生的事情，赵永和还是不太相信，他说："没听说狼咬自己……"

白狼从夹子上自断爪子逃脱，令男孩无比沮丧。狗剩儿气呼呼地将狼爪子扔到赵永和的面前，意思是你不信这是什么，你的腿呀！

赵永和犹豫是否捡起地上的狼爪子，狗剩儿跑远，去相距不远的另一盘夹子，打住只兔子，身体已经僵硬。

"永和哥，你过来看。"狗剩儿喊。

赵永和跑过去。

"打住一只大跳猫。"狗剩儿咧嘴笑，炫耀他的战利品。

布设在狼道上的夹子打住兔子，可谓意外收获。狼道一般动物避而远之，不会到狼道上送死。兔子怎么这样大意到狼道上来，没被狼吃掉，给人类捕获，狼和人都是掠食者，终没逃脱他们的口。厄运降落到倒霉蛋兔子身上，喜在捕猎者心上，狗剩儿背着兔子前面走，说："回家，让我娘炖上。"

赵永和还想那只逃跑的狼。

"酸菜炖跳猫好吃，香。"狗剩儿兴致勃勃地说。

狼到底怎么逃脱的？赵永和心里想，没有答案，想不明白。狗剩儿说的蝈蝈掉腿逃生倒是见过，黄皮子放屁崩跑长虫情形没见过。一只被踩夹打住的白狼的确自己断爪子逃走了。动物求生欲望有多强烈，两个孩子受到生动的教育，无疑成为他们一生某种生死关头的参照。

四

"我和狗剩儿送你下山！"大奶子女人说。

泪水在赵永和眼眶内打转，他嘴唇哆嗦，要说什么，说不出来女人不让他说，她的手使劲捏他的肩膀，被牙咬的地方隐隐作痛。

"穿鞋呀，拿上你的枪。"大奶子女人催促道。

开始遭到逐客时，赵永和赖着不动地方，想法腾下来使女人改变主意。其实事态没有转机的希望。大奶子女人毅然决然赶走厮守几日的小男人，还是有原因的。

酸菜炖山兔味道不错，三人享受一顿美味。饭后，赵永和在炕上摆弄他的猎枪，爱不释手，虽然是没有沙子和火药的空枪，拿在手上还是令人激动、兴奋。他心想，爹捕虎回来，答应我做猎手的要求，我就是一个响当当的炮手，可比拎着踩夹……他想到狗剩儿，目光在屋内寻找，才发现狗剩儿母子不在屋子里，他叫了声："狗剩儿，狗剩儿。"

没有人应答。

赵永和放下枪，穿鞋下地，从屋里找到屋外。他找寻一圈未见踪影，嘴上叨咕道："干啥去了呢？"

饭后大奶子女人带儿子朝阎王爷鼻子悬崖上走，找一个僻静的地方说话，为的是不让赵永和听见，母子谈话背着他显然是谈他。

"娘，你们俩我都看见了。"狗剩儿说。

尽管做母亲的有些心里准备，但是儿子说出来的事情，她不免一惊。问："你看见啥？"

"压摞。"

一种东西压在另一种东西上称压摞，或摞摞，小虫交配俗称压摞。多称碟子碗摞在一起，和叠放物品，比如被摞子。可是人摞在一起是什么情形，男孩用压摞来比喻赵永和和母亲是含蓄还是生动呢？

大奶子女人顿然明白儿子说的是什么，否认没用，承认也没必要。儿子不追问这件事她装着什么都没发生。狗剩儿应该在昨晚就问的问题，拖到吃完早饭才问，他刚要张口问赵永和，就被母亲发现及时拉了出来。

"娘，昨下晚你们俩鼓求啥？"狗剩儿问，鼓求之意暗中摆弄、捉摸，鼓鼓求求则有偷偷摸摸的意思。

世间不是所有提问都能回答的。大奶子女人面对十一岁儿子提问觉得无法回答。男女压摞能干什么，所干的事情不能言表，尤其母亲更不能对儿子说干什么。她说："狗剩儿，听话，你别问啦。"

"不嘛。"狗剩儿很犟，他未说出来自己心里想什么，嘟嘟哝哝道，"那是我的，不给他。"

大奶子女人迷惑，儿子说什么？

"娘给我，不给他。"儿子还说。

大奶子女人惊愣地问儿子："你说啥，狗剩儿？"

"咂（乳房），咂咂！"儿子终于道出他要的东西。

唔，大奶子女人心里一块石头终于落了地，儿子要咂咂。她哄慰道："是你的，娘就是给你长的咂。"

"那永和哥……"儿子又说压摞。

母亲在思考如何来解释，给儿子定心丸，咂咂属于他的。

"娘，今晚我挨你睡。"

"干啥？"

狗剩儿说他挨母亲睡，防止赵永和过来，再不准靠近她，宣示他的主权，不准外人占领。

迷情就是迷瞪，大奶子女人沉醉乐趣中忽略了儿子的感受，燃烧的情火需要扑灭了，再下去狗剩儿要有过激行为，到时候不是尴尬那样简单，寡妇跟一个自己儿子大小的男孩……人们嘴损，鬼混什么的，不行，打铧住犁。

大奶子女人决定赶走赵永和。

"我再住一宿……"赵永和努力争取、拖延道。

"一袋烟工夫都不行，麻溜走！"大奶子女人生气样子很骇人，鼻孔老牛一样喷着粗气，横倒胸前的两座山，旋即变成两只愤怒拳头，发威要打过来，赵永和怕挨揍。

"我走。"赵永和说。

三人走下阎王爷鼻子山崖，一路除了狗剩儿不住地说话，女人没吭声，赵永和除了回答狗剩儿有几句对话外，基本没出声。

"我给你背枪。"狗剩儿说。

"不用，我自己背得动。"赵永和没同意。

"你家有李子核？"狗剩儿问。

"没有。"

……

这样的对话能进行下去吗？明显不能。大奶子女人明白男孩心里有气，怎会好言好语回答。气是对着自己，肯定不是狗剩儿。此时此刻女人的心里绝对不比十四岁男孩好受，苦守空房多年，邂逅早熟的男孩，解了干渴，度过四天欢乐时光。突然结束，重新面对孤灯长夜苦熬……她越想越心酸。狗剩儿已经长大，在他面前自己是母亲，就要有个做母亲的样子，这才咬牙结束和男孩偷欢，重新走回孤独的生活。

看到一座山口，雾气糟糟中有狗吠，大奶子女人停下脚，平静地对赵永和说："照直往前走，就能看到你们赵家趟子村。"

赵永和后来如何回忆都没想起同寡妇母子分手时自己说没说话，要是说了都说些什么呢？走出林子见到熟悉的村子轮廓，他一屁股坐到地上，放声大哭，致使一路人上前问："谁家的孩子，你咋啦？"

赵永和伤心地哭，不回答。

从小到大那是一次最伤心地哭泣，把身体里的泪水都哭干涸了，致使长大后几次该哭的场合他都没有眼泪。

第六章
码踪遭遇黑熊

棒打狍子瓢舀鱼，野鸡飞进汤锅里，胖胖野兔钻锅底。
——民间歌谣

一

地仓子内温度升高，炮头赵永和觉得热了，将皮筒朝下退了退，上半身露出来。外面的火堆正旺，热气不住往地仓子里涌，加之他如一只貂在往事的夏天里奔跑，回忆有时滚热发烫。

十四岁那年在那个只有三四户人家的小村，阎王爷鼻子山间的小木屋里，跟一个年轻寡妇厮守四天，第五天他不愿意离开，被女人强行赶走。大奶子女人板着面孔，不容违拗的口气赶他："你回家吧，立刻就走。"

躺在皮筒里的赵永和下意识地摸下自己的肩膀——垂直背于一侧肩上的叫肩枪，竖背，猎人不准横背炮——右肩处的一块伤疤硌手，十四岁时肯定没有，寡妇嘴咬自己的肩膀，疼痛鞭子似的鞭策自己努力满足她。后来一头狗熊在她牙咬的位置舔去一块肉，深深牙印给舔走了，记忆熊舔不走，留给他作回忆。

唉！赵永和总是以一声悠长叹息结束，回忆结束，他感到寒冷，重新钻回皮筒内，蜗牛一样宿回壳里，渐渐睡去。

如果站在近处高一点的山头眺望猎人宿营地，炮头地仓子门前的火堆，在夜晚山间红堂堂，老远都能看见。这一天夜里天要亮的最黑暗时刻，有人瞄着火堆奔过来，一直走到宿营地，都没人发现他。猎人的营地不像土匪的驻地，有人站岗什么的，山里的一些行帮如挖参、放排、淘金、伐木……夜晚都打着火堆，不怕你知道，怕你不知道他们在哪里。

夜里赶到赵永和猎帮营地的人，一身猎人打扮，他一眼在几座地仓子中确认炮头的宿处，首先要见炮头。

"谁?"地仓子里的人问。

"一位朋友。"来人答道，他的嘴被鬼呲牙天气冻飘偏（变形）了，字音中风了似的颤抖且混沌不清。

地仓子内赵永和刚才忽悠一下起身，他睡觉能听到仓子外边动静，哪怕熟睡中一只紫貂从门前经过他都能听得见。传闻赵炮头睁一只眼闭一只眼睡觉，睁的那只打更。火堆将一人影儿映在门上的声音轻得谁都听不见，赵永和却能听见。神奇的是他还能辨别出人和野兽，准确区分出夜里来访者是人是兽很关键，炮头睡梦中突然被惊醒，他疾速动作操起猎枪，抵御猛兽的袭击。如果是人，当然用不着反应过激。

"进来吧，门没插。"炮头允许道，他点起一盏灯。

来访者进屋，按照猎帮的礼节问好："赵炮快当!"

"朋友快当!"他们彼此并不认识，赵永和问，"你是?"

"哦，拜访赵炮。"来人摘去狗皮帽子，露出一张颧骨突出，棱角分明的面孔，用手抓掉胡须上的冰碴子。

"抽袋烟，暖和暖和。"赵永和递上烟道。

暖和，三江人发"脑唤"音，听者才真正感觉到暖和，不然听着都让人觉得冷。

"谢谢，赵炮!"来人接过烟袋，狠吸一口，关东烟解乏、过瘾、驱寒，心里不痛快尚可解忧，飘偏的嘴恢复原形，他直说来意，"嗯，我扑奔（投奔）炮头来。"

猎帮在某个场子打猎便是一个雪团，不断有人赶来加入一起打猎，通常说成一起打个好，猎帮队伍雪球似的越滚越大。赵永和以为来人就是要加入他猎帮的，说："欢迎啊，咱们一起打个好！"

"赵炮，我不是来打猎的。"

赵永和迷惑地望着来人。

"我姓刘，叫德海……"来人介绍自己的姓名后，说明来意，"我来求救的，求你帮助我。"

刘德海讲述他被警察追击，已经在山里跑了大半天，腿给追捕警察打伤，无路可逃，听说赵永和的猎帮在黑瞎子洞，就跑到这里来了。

"你是抗联的人？"赵永和问。

"是，我们一个小队密营在紫貂崖，今冬日军大清剿，队伍被迫向大北面走，"刘德海解释大北面指苏联，接着说，"副小队长负伤不能随队伍北撤，留下我照顾他，我们两人隐藏在一个山洞内。我俩今早突然被七名警察包围……副小队长牺牲，我逃出来，警察追赶我……"

听完刘德海的讲述，赵永和之前没见过刘德海，没跟抗联有联系，忽然冒出一个抗联的人来找自己……别落到什么人布下的圈套。他试探着问："你怎么知道我不会向警察告发，把你交给日本人领赏金？"

"你不会。"

"根据什么？"

"口碑。"刘德海说他们的抗联小队在白狼山中活动几年，对山中各行帮基本了解清楚，"你对日寇痛恨。"

赵永和还是不能完全相信，继续他的察言观色，像是随便唠嗑，他说："警察怎么准确找到你们藏身的山洞？"

"我们被人告发。"

"知道是什么人吗？"

"猎帮，周庆喜。"

赵永和一愣，听到这个名字像是突然跌落雪瓮子（深积雪）里那样没心理准备。怎么还是他，怎么就是他啊！

"赵炮认识周庆喜？"刘德海问。

二

旱烟在黄铜烟袋锅中灭掉，藏在赵永和心中的秘密再次雪藏，让其永远呆在内心深处角落，它想出来都要加以限制。猎帮炮头避讳一个人名：周庆喜。

"周庆喜向警察告发你们藏身的地方，你确定？"赵永和避开回答是否认识周庆喜，问。

不愿回答刘德海不再追问，大概猎帮炮头有什么难言之隐，看出他不愿谈及相识周庆喜话题。他说："想必赵炮知道紫貂崖，西北处悬崖间有个山洞很隐蔽，我和副小队长就藏在那里，绝少有人到那里。几天前周庆喜带猎帮到紫貂崖打猎，赶仗的发现山洞，就此我俩藏身地点暴露。"

赵永和重新装上一袋旱烟，划火柴点着，抽了一口说："你太大意啦。"

炮头的话刘德海理解，既然有人发现山洞，应立刻挪地方，还呆在原地不是等着出事吗？实际情况是他曾想转移走，可是去哪里呢？大冬天的找到一个适合藏身的山洞并非易事，不像夏天随便一个山洞、一片林子都可以藏身。眼下季节白狼山冰天雪地，露宿能被活活冻死，避风尤其是暖和的山洞十分难找。还有一点使刘德海行动迟缓——他已经有了另找藏身处的打算，只是动作慢了些——的原因，是对猎帮的信任，周庆喜见到刘德海眼里惊慌和不安，说："我看出你们是干什么的，放心，我们不会说出去。"刘德海相信了猎帮炮头的话。他对赵永和说："你们猎帮说话从来算数的呀，没承想，他是那种人。"

赵永和只抽烟，不吭声。

"警察准确找到山洞，把我俩堵在里边，副小队长中枪死在洞中，我拽着山葡萄枯藤爬上崖顶逃脱。"

"嘎，你受了伤！"赵永和猛然想到来人中枪负伤，撂下烟袋，说，"伤在哪儿，我看看。"

刘德海伸出左腿，慢慢脱下靰鞡，絮在里边的乌拉草都给血染红了。他说："好像没伤着骨头。"

白狼山流传一个俗语：一个炮头半拉医。就是治疗红伤来说，炮头相当于一个专科医生水平。猎人受红伤经常的事情——枪走火、炸膛、误伤、野兽反扑、跌崖……受伤要及时处置治疗，炮头充当随猎医生角色，很能胜任。

"唔，骨头没事儿。"赵永和检查完伤口，说，"我给你上药。"

任何一位猎帮炮头都有自配红伤药、接骨药，出围前制好装入葫芦里带在身上备用，发生意外取药即用。

"你躺下，躺平。"赵永和处置伤口，让刘德海躺下，然后担起他的腿，先端起酒壶，说，"要用酒清洗，挺疼，你挺住。"

"嗯，没事儿。"刘德海刚强道。

受伤的面积不小，枪虽然未伤到骨头，却打烂了小腿肚子，血肉模糊。刘德海真是位铁打的汉子，伤这样严重还能翻山越岭，逃脱了警察的追击，跑到黑瞎子洞来。

清洗完伤口，抹上红伤药。刘德海觉得伤口疼痛明显减轻，他说："好多啦，谢谢赵炮。"

赵永和没有停手，处置完伤口他接着处置冻疮，刘德海的腿部还有冻疮。炮头用猎获的动物配制许多药，譬如治风湿的虎骨酒，治眼疾的熊胆粉，治痔疮的獾子油，治冻疮的狼油……狼油涂抹在冻疮上，凉哇哇的舒服，还不仅是舒服，几天便痊愈。

"赵炮你的药真神。"

"所有炮头都有药，都一样。"赵永和不以为然道，炮头用动物配的药还不止这些，治妇科病的鹿胎膏、全鹿丸，补肾壮阳、风湿、心脏、起死回生珍药特效药也会配制。炮头配这些药不止给猎人用，民间谁来取用从不收钱，他说，"你躺着别动，静养七天准能好。"

刘德海沉默一阵，说："警察恐怕要找到这里来，他们不能放过我。"

警察追捕的人腿受了伤，大雪荒天他能跑得掉？赵永和开始为面前这个人处境着想起来，抗联的人来求救，到底救不救他，又如何救。

"赵炮。我暂时无处可去。"

"嗯，我清楚。"

刘德海求助的目光望着猎帮炮头，等待他做出决定。

"好吧，我安排。"赵永和说，他有了打算，有几件事情要问清楚，"警察认识你吗？"

"不认识，他们距离我很远。"

"就是说，认不出你。"赵永和希望警察认不出他，让刘德海以炮手的身份加入猎帮，混在猎人中间躲过追捕。

"也不成，周庆喜猎帮的人认识我。"

"唔，是个问题。"赵永和觉得装猎人此计不可行，还有一个办法，他说，"先把你藏在营地附近山洞中，我们一边打猎一边照顾你。"

"可是、可是要给你们带来麻烦。"刘德海为猎帮着想，说。

"这你就甭管了，好好养你的伤。"赵永和说。

猎帮炮头想好如有何处理——帮助刘德海，他起身要出去，找孙大杆商量此事，让刘德海躺着别动，困了就眯一觉。

"哎。"刘德海答应道。疼痛减轻疲倦袭来，身体软得拿不成个儿，身下的乌拉草热乎，真的想睡了。从傍晚和警察交火，奔逃了一小天时间，一个晚上都在逃命。警察骑着马，他的两条要跑过马的四条腿才能免遭擒获，受到枪伤的腿影响速度，趔趔趄趄，有几次差点儿被追上，已经在枪的射程内警察未开枪，推测他们要抓活的。日本宪兵命令三江警察，要抗联一个活口，警察局长按照日本主子意图命令他的下属，王警尉执行不走样地抓活的。他低估了刘德海的能力，拖着伤腿竟然跑赢马，而且在七八个人眼皮底下逃走。

三

"抗联的人？"孙大杆对刘德海的身份有些怀疑，行围中某个猎人突然来加入打猎队伍平平常常，冷丁冒出一个抗联的人，并求救猎帮的帮助，多少有些突兀，至少缺少铺垫，"白狼山中应该有抗联，刘德海，嗯，没见过这个人。"

"做派像，他确实带着一把短枪。"赵永和从来人携带的武器，区分与猎人不同，猎手持沙枪打野兽，刘德海带短枪用来打人的，仅通过带的武器确定是抗联还不成，宪兵的嘱托、密探都可能佩短枪，他说，"据说他们的小队在日军冬季清剿前北撤到苏联那边去，留下他照顾一名受伤的副小队长，藏在紫貂崖秘洞内，被猎人告发遭警察追捕。"

"谁告发他们？"

"谁，还能有谁呀！"赵永和故意不说那人名字，等于是说了，他相信贴炮立马就明白，果然如此，孙大杆说："周庆喜?"

"嗯，三江猎帮没第二个跟日本人舔舔（溜须、殷勤）的。"赵永和极瞧不起地说。

"咋让他看见啦。"

"刘德海说他藏身的山洞很隐蔽，在紫貂崖悬崖间，很难发现。周庆喜带人打猎，赶仗的偶然发现。"

"唉，真倒霉。"孙大杆说，换一个猎帮遇上受伤的抗联，非但不会告发，暗中帮助说不定。何况猎户大都是穷苦人，他们多数不会帮助日伪宪特。更不能有人为赏钱去告发，不然孙大杆不能说倒霉，"怎么就给他碰上了，这么说，王警尉带人去抓他们。"

"应该是。刘德海逃出来，那个副小队长被警察打死在山洞内。"赵永和说，"天亮后，警察说不定撵到我们这儿来。"

"赵炮你想……"

"哎呀，还想什么呀就是救，找你商量怎么救。"赵永和说。

炮头决定帮助刘德海，贴炮孙大杆立马出主意道："藏。"

"我也是这么想。"

猎帮所处的山叫黑瞎子洞，以黑瞎子命名的地名不少，如黑瞎子沟、黑瞎子岭，既然叫黑瞎子洞，山上一定有很多山洞。的确是这样，山间大大小小几十个，被称为九九八十一洞，究竟是多少，至今没有准确数字。山洞有大野兽，经常有黑瞎子来此蹲仓。

"近处就有一个洞很适合藏身，你看行不行?"孙大杆征求赵炮头的意见。

"你看行就行，"赵永和讲所选山洞必具备的条件，"能睡觉，不冷，方便我们照顾，他腿有伤。"

"方方面面都合适。"

"那就定。"赵永和把安置刘德海的任务交给贴炮，嘱咐说，"山上有雪，处理好脚印，别让警察看出来。"

"放心吧，赵炮。"

"天亮前你就办这事，越早越好。"赵永和说。

"嗯，我明白。"

"安置好刘德海，你今天带大家拿蹲，我去观山景。"赵永和说。

每一次狩猎，炮头要布围，首先要观山景。黑瞎子洞并不是洞洞都有黑瞎子，在哪座山哪道沟的岩洞中，需要炮头来确定，然后才去合围。发现黑瞎子在哪一带，接下去要码踪。

"派一个人吧，跟你做伴吧。"孙大杆说。

炮头可以是一个人出去码踪，也可以带个助手，需要与否由炮头自己来决定。

"我自己去吧。"赵永和说，"你安置好刘德海。"

"哎。"孙大杆答应。

舔地风在漆黑的凌晨刮起，放在夏天这种贴地皮刮的风，是落雨前的征兆，在冬天里则与落雪无关。黎明前，月牙蔫不唧的，星光暗淡，没有乌云遮蔽它们，甘拜黑暗下风。积雪泛着的光，还是照明了进山的道路。

"我扶你走吧。"孙大杆说。

"不用，我能走。"刘德海坚持自己走路，身子摇晃有些不稳。

黑瞎子洞的山势险峻难攀登，有平坦的地方。天然山洞分布广泛，高陡的地方有，平坦的地方也有。孙大杆为刘德海选定藏身的山洞，处在一面陡崖下面，需要攀登上一块巨石，洞口像鲶鱼嘴，朝上撇，在下面往上看，很难发现洞口。还有一个特点，洞口外小内宽敞，藏三五个人没问题，且朝向南，阳光直接照射到里面，使洞内温暖。

"你在下面等，我先上去，再帮你上去。"孙大杆带着一根绳子爬上巨石，身体灵捷像只猴子，上去后他用脚踢净巨石顶端积雪，放下绳子，说，"系在腰上，我拉你。"

刘德海系好绳子，说："好啦。"

"一、二！"孙大杆喊号，拉绳子，汲水似的把将刘德海吊到巨石上来，待他站稳后，说，"上面就是了。"

"还是我先上去。"孙大杆提醒道，"石头上风大，你站稳。"

"嗯哪！"

一阵攀登，他们爬入一个山洞。

山洞内地铺着厚厚乌拉草，岩壁挂着一盏马灯、还有一块狗皮等一些生活用品。

"这里住过人？"刘德海惊异道。

"一个老冻狗剩儿①，不过，他春（天）上死了。"

刘德海走到洞口前，这时天已放亮，朝远处望去，见到猎人营地，他说："我看见炮头地仓子前火堆。"

"照直走过去，没多远的路。你在这里望到营地，营地的人却看不到你。"孙大杆嘱咐一些事情，最后说，"我回营地，端锅的给你送饭，他来到巨石下面不上来，你放下绳子，把饭篮子吊上去。"

四

码踪是猎人必具备的本领。炮头赵永和带猎帮来到黑瞎子洞，目标并非就是熊，观山后要码踪，见到兽踪才能布围。大雪过后，山里的动物无论大小，只要出来活动便要留下蹄印爪印。他就是要识出是什么野兽留下的蹄印，然后追踪下去，确定它们所在位置，数量多少，是公是母，是出洞还是进洞等等，都需了若指掌。

码踪谚语曰：春看土，夏看草，秋看霜，冬看雪。猎帮人人知道的常识。赵永和加入猎帮跟爹学的，后来成为炮头必须有这个本事。不同季节码踪方法不一样，例如秋天码踪，最困难的码踪，野兽活动蹄印在枯草叶上，让人看不清。即使踩在早霜期间，由于太阳一出霜很快化掉，蹄印随之消失，很难追踪下去。因此说，冬天码踪倒是最佳时节。

白雪皑皑，山林完全被覆盖，没有路可走，全靠经验前行。黑瞎子洞赵永和熟悉，每一条沟壑，每一个山坑位置都清楚，以前多次带猎帮来这里打猎，一年四季都来过，地理环境熟悉不用担心掉落到雪瓮子里去。

走过一片树林，他发现兽踪，蹄印比狼小且浅。搭眼便识出，喔，豹的。豹漫山遍野游荡，走到哪里住在哪里，没有固定的洞穴，很难追踪到它最后的落脚点，无论是追踪打，或者是踩踪打都效果不佳。赵永和决定放弃码名

---

① 东北山区的一种人的称呼，冻狗剩儿又叫洞狗剩儿。胡东林著《野猪王》一书解：老冻狗剩儿是当地人对光棍一人隐居深山，靠打猎、挖药材自食其力谋生的人的称呼。

字最多的家伙①的踪，不是对猎获它们没信心，围帮上山，第一场围猎战果很重要，开个好头，往下的围猎肯定场场炮顺，场场肥围。

放弃豺踪，有一段时间没遇到兽踪，也是常有的事情。这丝毫未动摇炮头码踪的信心和计划。觉得有些累了。身靠歪斜的树干休息一会儿，口有些渴，抓一把积雪填入口中，清洁的雪水有点甜。

阎王爷鼻子崖下小木屋里喝到过这种味道的水，时常还能回忆起来。大概是火炕太热，或是女人身上激烈运动，他身上起了痱子，痒得钻心他要抓挠，被大奶子女人制止。她有办法治疗痱子，从一只封口坛子里舀出一碗水，搽在痱子上，神奇的水赶跑痱子。他好奇这碗神水，竟然尝了一口，略带甜味儿。大奶子女人告诉他是雪水②。

噢，痱子，此刻炮头身上要是起什么的话，应是鸡皮疙瘩，寒风寻找皮袄的缝隙朝里钻，毕竟在冰天雪地的野外，停留不动血液不流通，人感觉到冷。不能再待下去，时间长了要被冻伤冻僵，走动是抵御严寒最好的方法。

前面的山谷豁然开阔，赵永和眼前为之一亮。沟谷宽而深通常有大兽。他下到沟谷里面去，推断积雪下面是冰，显然是有水。不过，这个季节水冻成了冰，被积雪盖住。狩猎经验：山谷有水流，必多兽。无疑发现水流令他兴奋，找到兽踪只是时间早晚的问题。

沿着夏天的水流走下去，眼盯着雪面，不久就有了收获。雪地出现蹄踪，蹄印很大，且踩下去很深，说明体重。

黑瞎子！炮头确定是熊，蹄印很新鲜。熊冬眠呆在洞里，也有例外，兴许是漫长冬季呆在洞里太过孤独，恐怕自己患上忧郁症，出洞走走散散心，不过它可是半冬眠状态，神情旁若无人，摇摇晃晃像个醉汉，活动范围在洞附近，顺着蹄印追踪下去，便能找到它的洞穴。

第一场围猎捕到一头熊也成，大家吃上熊肉，迎接下一场围猎。炮头赵永和幻想捕捉到熊，猎人们吃大块肉的情形……雪地骤然响起咯吱、咯吱的

---

① 豺俗名：豺狗，野狗，红豺狗，柴狗，赤狗，马狼，紫豺，彪狗，神狗，马彪，马将爷，掏狗、红豺、斑狗、棒子狗、扒狗、绿衣、马彪、赤毛狼等称谓。
② 李时珍的《本草纲目》中记载雪的药用价值："腊雪甘冷无毒，解一切毒。"三江民间，人们常用冬天储存的雪水搽痱子，效果颇佳。雪水对治疗红眼病、皮肤烫伤、冻伤都有良效。

声音，他立刻警觉起来，回头的一刹那，惊愕。

一只黑熊离他很近了，停下来观察他。赵永和见到是一只个头不大的熊，体重大约二百来斤重，判断野兽体重为掌握它的攻击能力。身上背着猎枪现在用不上，码踪不像追踪打，要装好火药和沙子，现装枪已经来不及。唯一逃命方法就是跑。

冬眠的熊毕竟同其他季节的熊不一样，头脑不很清醒。观察目标中见目标移动，便猛扑上去，确切说是追撵，再笨的熊跑得也比人快。没膝深的积雪限制了炮头逃跑的速度，很快就要被熊追上了。一旦追上，它扑倒人，爪子抓，舌头舔，后果可想而知，非死即伤。

跑！拐弯跑，迎风跑……黑瞎子追人一趟线，赵永和不时转弯跑。此招有时灵，有时也不灵。赵永和奔跑过程中出现意外，他卡前失——朝前摔倒，故有歇后语，喇叭匠子卡前失，触了杆儿——使自己陷入危险之中，马上被熊追上了。

赤手与熊搏斗，傻子想法。如何脱险？装死，是人类从动物负鼠、鸽子、青蛙、蛇们那学来聪明的逃生本领。炮头是被一截埋在雪里足有半人高的树桩子绊倒他崴了脚，一时不能动弹，干脆躺着不动装死，一定脸朝地趴着。

黑瞎子来到赵永和跟前，用闻来确定他死没死，要是死了就走开，它们从来不舔死人。这只熊似乎与众不同，它像是没对赵永和的装死怀疑似的，坐到他的身上，晃悠、抓啃，看人到底死没死。

毕竟是二百来斤重的熊，还使劲儿朝下坐，赵永和觉得五脏六腑给熊压扁，真的快支持不住了，可是一丁点儿都不能动弹，被它发现别想活。挺下去就可能给它坐死，好在是一只小熊，不然三五百斤的大块头一阵坐，非压碎不可。活命的机会终于来了，坐在身上的是一只小公熊，自救的办法揉它卵子！这是猎帮有人使用过的方法，赵永和没用过，他要试试。

小公熊的两只卵子肉乎乎的捧在手上，当年大奶子女人的咂咂比它大比它柔软，这样想他就不害怕了，权当抚摸女人的乳房。熊的卵子被揉搓得十分舒服，希望继续揉搓下去。炮头趁熊放松警惕，对他失去敌意，甚至产生好感的时机，将一条小绳拴在卵子上，而后从熊的肚皮下慢慢爬出，将绳子一头系在树桩子上，运足气力爬起撒腿逃跑。小公熊缓过神来，想去追撵，卵子给拴着不敢挣，越挣越疼，待咬断绳子，赵永和已经跑出很远。

第七章
秘救抗联战士

　　素呀肯哪哎，莫里根啊，木兰塔尔依阿里希哟哟唠昊，撒唠含都尔阿林，阿里希咳嘞哟，空齐哟唠昊！

——《打小围》[1]

一

　　逃脱突然而至的一头小公熊的袭击，炮头赵永和并没被吓退，捕猎这只送上门的小熊的计划在心里萌生。他站在一个山头上，遇险的山谷就在下面。那时候小公熊正为失误懊悔不已，恼怒自己的卵子被人系住，不敢使劲挣扎，挣扎卵子很疼。

　　从愤怒中冷静下来，它找到挣脱的方法，咬断绳子。锋利的牙齿几下将绳子咬断，而后四处寻找，人已经没有了影儿，气味闻不到，空气中都是冰雪和冰雪中树木的味道。再说了，洞就在附近，是一个地仓子，它选择蹲地仓。

　　赵永和远远地瞄着熊的一举一动，看它到底朝哪儿走。冬眠的熊不会走得离窝太远，还没到觅食季节，凶残的本性、强烈的食欲都未苏醒，懒惰控

---

　　① 这是清代一支行围的满语民歌。其歌词大意是：打猎的英雄啊，哨鹿围场去围猎呀，赶仗呀，围猎呀，锥山上去围猎呀，跳着舞，赶仗围猎哟！

制它的行为，重新回去蹲仓。

嘎！原来你的洞在那儿啊！赵永和见小公熊走入一块竖起的巨石下面再也没出来，断定它在那里蹲仓。好家伙，看清你在这儿，明天来捕猎你，就不是拴卵子那样简单，抓到你，剥你的皮，吃你的肉！

炮头锁定了目标，记住了熊蹲仓的地方，他朝营地走。太阳偏西，出来大半天了，猎帮他不操心，有贴炮孙大杆支呼着，拿蹲大家没事，吃饱饭后可以玩玩马掌——纸牌玩法之一，通常说看马掌——听听二人转，大的猎帮请小戏班，或是他们主动来唱。赵炮头的猎帮有吴二片，就不用请戏班子，他给大家唱戏解闷……总之大家闷屈不着。

赵永和惦记的不是围帮的人，是那个受伤的抗联刘德海，他一个人在山洞里，孤独寂寞，山洞无窗户无门，肯定要比地仓子寒冷，还有他的伤，虽说上了红伤的药，但子弹还残留在腿里面，伤口难说就能愈合。想到这些，他加快了脚步，尽快回到营地，方便时出去看看刘德海，再给他送床皮褥子，铺着暖和些。

远远地见到营地有几匹马，鞍子是铜的，太阳下闪着光。显然有客来访，备这种高级鞍子的人绝不是小老百姓。赵永和一直猜测着。

"赵炮！"端锅的吴二片出地仓子泼泔水发现炮头回来，手拎着锅走过来，"你回来啦。"

"谁来啦？"赵永和问。

"警察。"

赵永和一路猜测来访者想到了警察，果真就是警察。他们肯定奔刘德海来的。

"王警尉带人来，等你没走，在孙大杆地仓子里。"吴二片说。

"喔，我过去。"赵永和向贴炮住的地仓子走去。

警察上午到的，始终没走，说是等炮头回来。王警尉在一个地方呆工夫大了，手就发痒，于是跟几名警察玩起纸牌，不是动真赢的，干磨手（无彩头）也没意思，赢喝酒的，按和算，输够一百和罚喝一盅酒，猎帮带着三江名酒七星泉烧刀子酒，该酒度数高，冲，劲儿大。手气背的两名警察，喝得烧膛，敞开制服列着怀，十分不雅地在那儿玩牌。

赵永和进来。

"唔，赵炮！"王警尉撂下牌，来了一套特殊、滑稽的礼节，喊他的部下，"集合，列队，立正！"

警察经过训练听口令，马上拥挤在地上，狼狈相招人笑。赵永和忍住笑，面对警察，不亚于面对一群豺狼，丝毫不敢放肆。

"给赵炮敬礼！"王警尉恶作剧下去，喊道。

警察敬礼。

"不敢当，不敢当！"赵永和拱手给警察作揖，被恭敬得有些惶然，"快别这样，得罪，得罪！"

"稍息，解散！"王警尉发令，警察散开。

"王警尉你这是干什么呀？"赵永和说。

王警尉嘿嘿一笑，说："赵炮，弟兄们应该尊敬你不是。"

"哪里的话啊，我理应尊敬警……"

"得，你越说越远。好啦，等你半天了，说正事吧。"王警尉扫在场警察一眼，将说话不方便的意思传达给炮头。

赵永和立刻明白，说："王警尉你跟我来。"

王警尉随炮头出地仓子，到了外面，见无人在跟前，他说："赵炮，有件事单独同你说说，他们在场……"指随来的警察，套近乎，"凭我俩多年的交情，我得先问问你。"

"什么事儿，你说吧？"

"我们是来执行公务，嗯，抓人。"王警尉故意停顿下来，不把话说完，盯着炮头的眼睛，观察他的反应。

"抓谁？我的人谁犯了事儿？"赵永和心里发慌，脸上平静，问。

"一个抗联拒捕跑了，我们码脚印，直奔你的营地而来。"王警尉表演得出色，低声说，"嗨，我不是怕你吃亏嘛。"

"什么意思，王警尉？"赵永和绷脸问。

二

"这儿说话不方便。"王警尉又一次故弄玄虚地说。

　　警察老是这样神兮兮说话可不好，表面上像是关系近偏向自己，送你人情，其实不然，猎帮炮头了解警察，了解王警尉到一撅尾巴知道拉几个粪蛋，越是这样说越表露居心不良。赵永和给表演者机会让他充分表演，尽量听他说，看他到底说什么。既然提出此处说话不方便，提供给你好了，说："到我仓子里说吧。"

　　"好。"

　　王警尉跟着走进炮头的仓子，赵永和说："请坐，抽袋烟？"

　　"嗓子有些发紧，不抽啦。"王警尉说，"我觉得你我两人相处不错，怕你吃亏，遇事我得保护你。"

　　"嗯，是。"

　　"还说我们追捕的这个人，他活动在白狼山中，靠近三江县城亮子里最近抗联的人，这伙秧歌……"他用轻蔑的口吻说，"扒毁过铁路，袭击军用货场，杀死过皇军……在三江宪兵队那儿挂了号，今冬大清剿中他们逃脱，剩下两个人藏在山洞内，我们抓捕他们时打死一个，跑了一个。赵炮，我说了一大堆话，想必你明白。"

　　"没明白。"

　　"没明白？"

　　"没明白。"

　　嘿嘿，王警尉冷笑道："赵炮是明白装不明白哟！"

　　"我不明白还能装明白吗？"

　　"不明白，那我就说明白吧。宪兵队长角山荣命令我们逮住这个人，交给他。"王警尉敛了笑容，严肃地说，"这个人沾不得边，沾上了必受牵连，没好果子吃。"

　　赵永和听出警察说什么，不能老装听不明白，要给警察一个态度，他问："王警尉，你怀疑我与那个人有涉？"

　　王警尉望着炮头，未回答。

　　"你认为我藏起那个抗联？"

　　嘿嘿！王警尉这次笑声大一些，而后他说："反正我该说的都跟你说了，赵炮你是个聪明人，咋做你自己掂量，我就不多说什么啦。"

"王警尉，你七绕八绕的，有话直说，老要我猜谜似的。"

"给我来袋烟。"王警尉主动要烟抽，烟在三江人交往中角色不可替代，谁像你讨烟，表示跟你不见外，有跟你友好的意思，他接过炮头递过来的烟口袋，连同插在烟口袋里的烟袋，拔出玛瑙嘴的烟袋，装上一锅烟，"他的腿被我打伤，你说他也能耐，单腿跳兔似的翻山越岭逃跑。"

赵永和划火柴为警察点上烟。

烟这种神奇东西渗透人们生活，即是关东一大特色，又是一怪：关东山，三大怪，养活孩子吊起来，窗户纸糊在外，十七八姑娘叼个大烟袋。烟能治病——烟灰涂抹刮破的皮肤止血、解毒；烟能防止毒虫咬伤——蛇、蝎子、草爬子（蜱虫）怕烟袋油子。

"我们码他的脚印，找到你的领地。"王警尉说到此故意停顿，吧嗒抽几口烟，然后说，"赵炮，我以为你看见他了呢。"

"没看见。"

王警尉没有朝下追问的意思，说："既然赵炮没看见，我不问了。时候不早了，我带弟兄们回去。"

"在我们这儿……不好好找找？"赵永和问。

"不找了。"王警尉站起身，说。

赵永和不完全真心地说："你们不吃完饭再走？"

王警尉听出猎帮炮头不是真心实意地留吃饭，留下吃饭也没意思，说："等你打住野物，我带弟兄们来吃肉。"

"欢迎啊！"赵永和说。

警察走了，孙大杆走进炮头地仓子说："驴粪球子①，跑这儿来打巴巴场②。"

"他们是警察。"

"狗屁！一帮驴马烂子，日本人来之前他们都是干什么的？"孙大杆一个一个地数落，"王警尉整日麻将、骰子的，输耍不成人；那个田嘎啦眼（眼白

---

① 指社会上杂七杂八、不正经的人。也说成驴马烂子。
② 小孩拉屎弄得哪儿都是，也说成打巴巴溺。在此指瞎胡闹、打搅混的意思。

多），窑子里的常客，嫖……"

"如今不是当了警察吗？就得拿他们当警察看。"赵永和说，"日本人给他们背后仗腰眼子，得意着呢！"

"呲！还不是人家的一条狗。"

"他们来找刘德海。"

孙大杆说："他们好像猫着什么须子，找到这儿来。"

"王警尉说码脚印。"

"刘德海逃跑，可能在雪地留下脚印。"孙大杆分析道。

逃出紫貂崖确实在雪地上留有踪迹，接近黑瞎子洞，刘德海防备警察将脚印追来，沿着猎帮爬犁轧实的辙印走，临近猎帮营地没有留下足迹。警察分析逃跑的人朝黑瞎子洞来了，的确不是真正看到足迹。

"警察不管是怎么来的还是来了，打死抗联那个副小队长，追踪刘德海到这里，来者不善啊！"

"奇怪啦，警察没搜查。"孙大杆说，警察反常，怀疑人跑到营地来，带人追上来，却没搜查地仓子，只是等炮头回来，"他没跟你耍驴吧？"

"没有，王警尉搁话点我，警告我不要藏匿抗联战士，日本宪兵正要这个人。"赵永和说。

"我寻思警察杀猪不吹，咋蔫退啦。"孙大杆心生疑虑道。

三

警察离开猎帮营地，随来的警察对他们头头的命令有些不理解，田嘎啦眼问："我们也没找找，就回来啦。"

"找？找啥？"王警尉反问。

"抗联呀！"

王警尉嘲笑下属，说："你有多少黑眼仁啊！能看出什么，我不翻找就是最大的翻找。"

田嘎啦眼紧翻白眼，眼睛里白哧啦地一片，谁知道黑眼仁跑到哪里去了，他说："根本没找，咋个是最大翻找呢？不明白。"

"赵炮头是人精儿，抗联战士跑到他的营地来，他会将那个人放在明面让我们逮？肯定藏起来，能翻得到他？"王警尉狡黠地一笑，说，"我们不找人便走了，让赵炮头想不明白，为什么到了营地不搜查？给他心里造成压力，说不定扛不住，乖乖把人交出来，难道这不是最大翻找？"

黑眼仁重新回到眼睛里，田嘎啦眼幡然警尉为什么这样做，还有疑问："光秃秃的山……赵炮头能把那个人藏在哪儿呢？"

"你说猎帮的营地，叫什么名？"

"黑瞎子洞。"

"藏在洞里，到处都是山洞，我们没处找去。"王警尉说。

"可是，赵炮头死活不交出这个人呢？我们一走，那个人挠杠子（逃跑），还上哪儿逮他？"田嘎啦眼说。

王警尉要永远小看田嘎啦眼，恐怕要蔑视几辈子，他说："你再翻翻白眼，好好寻思寻思，那个人往哪儿跑？往山里，大雪封着山跑不远，往城里跑自投罗网他傻？"

"这么说他只能藏在猎帮营地。"

"嗯，猎帮行猎期间照顾他，那收围呢？那个人还怎么办？"王警尉聪明过人，他为那个亡命天涯的抗联战士，设计好了出路，"猎帮收围回村，那个人无法在山洞里待下去，带着伤，吃喝什么？"

"我们等猎帮收围再来？"田嘎啦眼问。

王警尉心里盘算好没说，要说只能对上司陶局长说，不能什么都对下属讲。他命令道："回城！"

警察愿意接受这样命令，在山里转悠不及回家好。

骑在马上的王警尉寻思如何向陶局长交差，两个抗联打死一个跑了一个，任务算是完成还是没完成，受到表扬还是被骂呢？回城这一路上他一直想这个问题。

三江警察局长陶奎元听汇报，脸被不满意情绪拉长，粗糙的呼吸清晰可闻，局长室内沉默，一个思考怎么说，一个等待另一个说什么。陶奎元开口："打死一个，跑了一个，就是说一个活的都没逮住？"

"是这样，局长。"

"你们不是把他们堵在洞里，怎么会逃走，长了翅膀飞了不成？"陶奎元话里话外不满意。

王警尉一只老鼠站在猫面前，大气不敢喘，挨训、挨骂都要挺着。心里不承认自己行动失败，本来也没失败，两个抗联击毙一个击伤一个，至少人没囫囵个儿地逃走。局长的话说得刺耳难听，什么叫长翅膀，人长翅膀还是人吗，怎么逃的告发者没说清楚那个洞的情况，他说："洞有两个出口，我们哪知道。"

"周庆喜没讲清楚？"

"周庆喜根本没说有第二个出口。"王警尉算是为自己找到开脱责任的理由，他说，"不然他们跑不掉，插翅难逃。"

"说啥都没有用，人终归还不是跑了。"陶奎元不满意这样结果，说。

"我们打伤了他。"

"打伤了怎么啦，他又不是见血就死的动物，养好了伤还反满抗日。"陶奎元说。

"是。"

"他跑哪儿去啦？你们没追？"

"追了局长，没追上。"

陶奎元皱眉头，嘲讽地说："受伤还能跑过你们的马？奇了怪了吗！"

"他是只兔子。"

"受伤的兔子你们飞马都撵不上，真屌！"警察局长已经很不满意，他说，"你们都回家抱孩子算啦！你可是个老警察，逮个人你办不好。"

王警尉低下头，赔等着局长训斥。陶奎元的气儿生不太长，别还嘴，他数落够了就自然停下，如果争辩像是往火上撒盐，他非爆炸不可，生气大劲儿还要掏出枪，用枪敲桌子震唬你，但没见他毙过做事不利的警察。

"你说你们追到黑瞎子洞？"

"嗯，脚印朝着那个方向跑的，有一个猎帮在那儿打围。"王警尉说。

"哪个猎帮？"

"赵永和。"

陶奎元听到这个名字眼睛眯一下，警察局长心里有一串所谓的"不怎么样人"的名单，有时候将他们排列一遍，靠前的人进入到危险行列。以前猎帮炮头赵永和不在这里，要说猎帮行当真有一个人在他心里不怎么样，老是想找机会收拾他，这个人是周庆喜。时间要追溯到满洲国成立之前，那时陶奎元还是民国的警察署长，他就对周庆喜反感，那时周庆喜还是赵永和猎帮的贴炮，自己还没拉起猎帮。警察黑上谁谁就要倒霉，专心磨眼找个借口收拾你不难。三江县本来没有多大，想不到念不到就可能撞到陶奎元的枪口上，因为他要收拾你。事情在后来有了转机，满洲国成立三江有了日本宪兵队，令陶奎元没有想到的是宪兵队长角山荣对警察局长说，要他特别关照周庆喜，明确说周庆喜是三江宪兵队的瞩托。陶奎元不傻，因为角山荣，他不能再收拾周庆喜，这个名字也渐渐淡出他的心里。没多久，周庆喜便把赵永和送进来……赵永和在警察局长心里——"不怎么样人"的名单中——排得很靠前了。他说："赵永和?"

"赵永和。"王警尉说。

四

关上地仓子的门，赵永和点上油灯，一盏带铁皮马灯①，炮头和贴炮两人密谈。

"王警尉可没那么简单，他蔫退肯定有原因。"赵永和正如王警尉推断的那样，对警察只是简单询问一下，没对营地进行搜查，不像追捕倒像是应付什么，炮头觉得警察不正常，反常的行为可疑，必须引起足够重视，"他对我们怀疑是肯定，撤走可能是假象，离开并没走远，突然杀个回马枪。嗨，错翻了眼皮，我们怎能上他的当。"

"我觉得警察没那么轻易就放弃，定有什么诡计。"孙大杆说。

"警察怀疑咱们藏匿抗联战士，想逮的人是刘德海，藏好他警察抓不到证据，怀疑白怀疑，人他也抓不到。"赵永和惦记藏在山洞中的刘德海，生命安全以外，是山洞内寒冷，还有他的伤口，在此之前素昧平生，几种原因使自己迅速跟刘德海靠近：他是抗联战士；他被周庆喜出卖；他被警察追捕。三条主因以外便是见面的直觉，对刘德海印象不错，冥冥之中就想帮助他，"山

---

① 旧时没有玻璃，马灯罩是全部铁皮外壳。用时将铁皮窗子打开照明。

洞晚上冻死人，再给他送些铺的盖的。"

"狗皮褥子准备好了，吴二片送饭时捎过去。"

"山洞行吧?"赵永和不放心地问。

"老冬狗剩儿留下的住处，嗯，还可以。"刘德海介绍山洞的情况，那个山洞还有一个特点，洞向里转了弯，正好挡住风寒，就是说洞底不冷，"洞口朝天开，位置十分隐蔽，从下面很难发现。"

"安全就好。"赵永和心放下一些，说，"刘德海的伤口很麻烦，虽然没伤到骨头，面积太大了点儿，子弹还在肉里边。"

"取不出来?"

赵永和摇摇头，过去猎帮出意外有人受伤，炮头用刀尖抠出嵌入皮肉的枪弹。刘德海这次不行，把握不大他没敢动，说："不是铁沙，是独子儿（步枪子弹）我不敢碰它。"

"怕是炸子儿①?"

"嗯，是的。"赵永和说，炸子儿应是猎人发明的，把子弹头在石头上蹭几下，打到野兽身上以后子弹就会爆炸，正面是一个小孔，背面就是一个大的窟窿，"子弹打进去太深了……"

"那咋办? 子弹自己不会跑出来。"孙大杆说。

"没办法，等咱们收围他伤口还不好，带走他回村子，找大夫给他治。"赵永和说出打算。

"行，只能这样啦。"

"咱们照顾好他，别冻着别饿着，警察可能还要来，总之让他安全等到收围回村。"赵永和叮嘱贴炮道，"我忙顾不上，这事儿交给你了，辛苦你啦。"

"打围的事儿够你忙的，放心吧，这事儿交给我没问题。"

"兄弟出来不能整日拿蹲，我尽快安排开围!"赵永和说。

"哦，今天码踪怎么样?"孙大杆问。

---

① 其原理为：在将弹头磨出一个小的斜面后，弹头围绕其轴心的质量发生变化，出膛后，不会极其稳定的围绕其轴心旋转，而是边摆动边旋转。当弹头遇到人体等明显的阻力时，由于斜面的存在，以及此前弹头就不是处于稳定旋转的状态，会横向翻滚，像绞肉机一样搅动，扩大创伤面积，更可能造成致命伤。

往下他们谈打猎事宜。

"我遇到黑瞎子……"赵永和讲述遇熊逃脱的经过，最后说，"我趁它没反应过来，跑远。"

哈哈！孙大杆忍不住大笑起来，说："拴住熊卵子，传说的事儿真叫你摊上，乐死人啦。"

"虽说黑瞎子个头不大，铆劲儿往下迫（读音 pái），老肠老肚子差不点儿让它坐出来。"赵永和说他急中生智，趁机绑熊卵子不是他的发明，以前听说过，猎人有人遇狗熊这样做过，"它气坏了，咬断绳子。"

"万幸没来追你。"

"冬天蹲仓它们不会离开洞太远。"赵永和讲咬断绳子的熊没再追撵他，完全是它的习性所致，"我远远地盯着它，看准它洞的位置，明天我们就打它。"

"好。"孙大杆高兴，打熊开眼意义不同，以后将打到大牲口，猎人信这个，"头一围猎熊，过瘾！"

"大家吃一顿熊肉，鼓鼓劲儿。"赵永和说，"我观山景，这一带有鹿踪。"

"鹿群大不大？"

"不小。"赵永和说，他待熊进洞后离开山谷，往营地走的途中发现两个大瓣蹄印，"我没往下码，看样子是一大群。"

年前猎到鹿，过年的嚼管儿解决了，谁不高兴啊！赵永和说："出现熊的那条沟谷，我估摸有香獐子。"

"再打些香獐子，嗯，好！"孙大杆说。

白狼山里香獐子多，多到棒打獐的程度也不是。时常便可以见到它们的身影罢了，雪深时香獐子踪好码，它们走路一趟沟。

"赵炮，没事儿我走了。"孙大杆起身告别道。

"别忘给刘德海送铺盖。"赵永和叮咛。

"嗯哪。"孙大杆答应，走出地仓子。

赵永和准备躺下，打开皮筒卷儿，蜗牛一样缩进壳里。他没有马上入睡，是睡不着，开始想事儿，具体说寻思一个人：周庆喜。

第八章
过去的没忘掉

内家最爱海东青，锦鞴掣臂翻青冥。晴空一弓雪花坠，连延十里风毛腥。初得头雁夸神俊，一骑星驰荐陵寝。

——金·赵秉文《春山》

一

地仓子里蜷缩皮筒中的赵永和，现在只剩下躯壳，肉体和灵魂飘回到若干年前的时光里，踏进一条往事河流。

被寡妇大奶子女人撵离温柔乡，赵永和伤心地哭了好半天。对一个十四岁的男孩来说山间小木屋不是美色迷人之境，他喜欢的东西很具体，女人的瓶子形大奶子，它无比温暖舒适。自己的娘还健在，小时候也摸过，记忆深刻娘的咂咂很小，扁扁地贴在胸脯上，怎么也没寡妇的奶子大。还有，和大奶子女人干那事……最不愿意进村还是得进村，他回家了。

赵老白那年猎到一只老虎。

"儿子，你行！"当爹的夸奖儿子，赵老白问，"几天走到家的？"

"四天。"

四天，赵老白算计一下时间，别说走了，就是爬回到家也用不上四天，他说："麻达山？你头一回自个走山路，难免入麻魂圈子（迷路圈子）。"

赵永和想好了不跟父亲说实情，隐瞒了路遇大奶子女人同她厮混几天这一节，说："我迷路了。"

"碰到野兽没有？"

"没有。"

"一切顺利，那就好。"赵老白欣慰道。

"爹，你答应我的……"

"哦，当炮手，爹说话算数，从现在起你就是炮手了。"父亲宣布道。

"爹！"赵永和乐得一蹦多高，像只跳兔，"教我打枪。"

赵老白说："你先学趟子活。"

"趟子……"赵永和撅嘴，当猎人打枪多过瘾，说："我不想学趟子，没意思。"

"胡嘞！"赵老白骂儿子道，"下趟子是咱家祖传绝活，你必须学会，哪怕将来用不上也得学会。"

"趟子活有什么好，还不就是下套子，下踩夹……"赵永和险些说漏兜，顺嘴溜出狗剩儿下踩夹打狼什么的，多亏醒悟得早，急忙改口道，"没枪，真没劲（没意思）。"

"没劲你也得学，不然，你还是去念书吧。"

"我学，爹。"

十四岁那年秋天赵永和如愿以偿当上猎人，由于爹是著名的趟子手，他从趟子活学起，先从猎活货——活物最简易的下铁丝套，逐渐到笼子活、窖子活，正式摸枪大约十七岁，在爹答应他做猎人三年后。下套子套住野猪时刻最兴奋，捕猎的成就感冲淡一些他对大奶子女人的思念，有时一个人坐在一旁发呆，做母亲的揣测儿子长大了，歌谣怎么唱：

> 小胖子，坐门墩，
> 哭着喊着要媳妇儿，
> 要媳妇儿生孩子，
> 生了个孩小胖子。

“我说当家的，你看出来没有哇，永和想心事。”夫人赵冯氏说。

“啥？小尕子想媳妇……”

“十七岁，可不小啦。你十七都给永和当了一年爹。”赵冯氏举的例子恰当且有说服力，赵老白十六岁给赵永和当爹，嘲弄道，“你别饱汉子不知饿汉子饥呀！”

赵老白相信夫人说的是实情，他为自己忽略儿子的婚姻找借口才装出怀疑的态度，其实他认为儿子早到了想女人的年龄，自顾忙乎打猎，把儿子的事儿搁在一边，遭夫人奚落立刻重视起来，说：“你当娘的着急，我当爹的别一旁看热闹，给他找媳妇。”

“怎么找？光嘴找？”

“看你说的，我还能瘸子打围——坐着喊哪，托媒人。”

“哪天去托？”她心着急道。

“等这场围猎下来，我就办。”

夫人知道丈夫正准备去打大围，招来的猎手比哪一次都多，就没急着赶着追他，说：“抓紧办，别说完就没影儿啦。”

“不能啊！”儿子婚姻大事赵老白没独断专横，想听听夫人的意见，“有没有谁家姑娘你看上？”

“你说咱村子里？”

“要是有，不出村子娶进门，省事。”

“咱就这么一个儿子，你可别图省事，还是托媒人，下山进城找徐大明白说媒。”

“用谁都不用他。”赵老白马上反对说。

“为啥呢？”

“请那德性的人保媒，张三（狼）哄孩子——信不着他。”

赵冯氏呆了半天才揭底说：“你对他没好看法。”

“烦，很烦他！”赵老白说，谁烦谁，总有原因。著名趟子手赵老白反感职业媒人徐大明白有来头，对他的评价，一个字，“狼！”自然不能用狼为儿子保媒。

二

三江有名的媒人徐大明白，保媒一般都请他。猎帮炮头赵老白不请他因为过节，说来事儿不算大。一次徐大明白进山保媒，半路上拣了一只狍子，脖子上勒着钢丝套，显然是猎人套住的。三江人遵守路人不摘猎趟子的规矩，职业说媒的徐大明白大嘴叉子吃遍东家西家，哪里去想什么猎人规矩，遇到死兽就拣回来，狍子太肥啦。

三江地区民风淳朴——路人不摘趟子，穷掉底儿的人家也不会摘猎人的趟子。大到马鹿，小到野鸡，见了也不摘，更别说拣回来自己家。徐大明白拣起狍子，得意地哼着双思五更：一更里呀月儿出在了东山啊，林黛玉呀潇湘馆内呼唤声紫鹃，快把那月琴搬哪，悲哀抚出千般叹，好姻缘变成了落泪姻缘……赵老白坐在路旁石头上抽烟，等拣趟子人走近，要问个明白。

"喔，赵炮。"

"从哪儿弄只狍子？"赵老白明知故问。

徐大明白心里盘算怎么对付赵老白，趟子是他下的，拣的物就是他的。是赖着厚脸朝他要，还是干脆就不承认是他套住的。寻思到最后，决定不承认拣的是他的东西。徐大明白说："我打住的。"

"打的？用什么打的？"

"棒子。"

"棒子能打住狍子？"

"那当然，"徐大明白那张嘴保媒拉纤练出来了，死人都能说活喽，三个五个猎人炮头搁在一起说不过他一个人，"歌谣怎么唱，棒打狍子瓢舀鱼，我撇棒子打住一只。"

"哈！一张纸画个鼻子——你好大个脸，还是张厚脸皮，锥子都扎不出血。你拣我趟子上物我看见了，在这儿路上等着你。"赵老白说。

"你说这狍子是你套住的，你叫，它答应，你拿走。"

"这……"赵老白不知怎样说好，气得手直哆嗦。

"叫啊，叫答应喽。"

"徐大明白，平时听你说话巴巴的，怎么尿炕哗哗的。拣了人家的东西，还这样说，白拣人家东西还有理。"

"你愿怎么说就怎么说，说我白拣就白拣，我走了!"徐大明白将狍子狼叼羊①似的甩到肩上，一溜小跑下山。

"狼!"赵老白咬牙切齿一句。

徐大明白被猎帮炮头称为狼，一成不变多年。当夫人提出找徐大明白给儿子永和保媒，赵老白坚决反对。

"那你还请谁?"赵冯氏问。

"谁也不请。"

"那咋个办?"

赵老白心里有谱，夫人没提口之前就有目标——为儿子物色的媳妇，他说："记得蘑菇岭的花把头?"

"怎么不记得，训鹰那个花把头，到咱家来过。"那年花把头带闺女到赵家……呵，小人长得挺俊的。赵冯氏说，"没跟人家提过口，不知道……"

"其实，花把头早跟我提过，当时我没表态是咱家的永和太小。"赵老白说。

赵冯氏心里留有那个俊俏姑娘的影子，多少年里都没消失。她说："这事要是成了怪好的，花家是正经人家。"

"这么说你看中花家姑娘?"

"那什么你没看中?"赵冯氏反问道。

赵老白笑微微的，他相中，早就相中了。他说："咱们两家门当户对，挺合适的。"

"那当然，亲家是鹰把头，你是围帮炮头，都吃打猎这碗饭。"赵冯氏说，婚姻讲究门当户对，直白地说法，鲶鱼找鲶鱼，嘎鱼找嘎鱼，"你去跟花把头说，外边的媒人不用，两个孩子的生辰八字还是要合的。"

"八字还没一撇呢，张罗这些早了点儿。"赵老白说，鹰把头说将女儿许配的话毕竟许多年以前的事情，是不是搭嘴话（随便说说）呢? 如果是八字

———————————

① 狼咬死羊后，将其甩到背上驮走，俗称背羊。如果是猎猪，便是口咬住猪耳朵，用尾巴当鞭子抽打，将猪赶走，俗称赶猪。

真的没有一撇，现在姑娘是什么情况不清楚，许没许配人家，出嫁了说不定。

"抓紧！"

"抓紧。"赵老白顺着夫人的话，心里有安排，打围回来就去蘑菇岭，去找花把头。他想得更周全些，说，"咱俩忙活圆盆了，还不知永和咋想的呢，是不是啊！"

"说媳妇是好事，咋想，还能不同意呀？"

"你还是问问，省得日后落埋怨。"他说。

问什么？没这必要吧。父母为儿女婚事做主天经地义，不存在征求意见这一环节。

"问问好。"

"你告诉我怎么问，问什么？"

"真不懂，还是装气迷？"

赵冯氏怎么不懂，不愿意去问。她觉得问是多此一举，婚事先张罗着，有了眉目再跟儿子说也不晚。

"去不去说你决定。"赵老白说。

赵冯氏背后一想，还是跟儿子通个气透个话，让孩子高兴，喜事冲邪。对养伤中的人有好处。

三

围帮离开赵家趟子村，此次围猎赵永和想去没去成。前不久，赵永和孤身一人进山办事，走路防备野兽袭击，枪里装着药。半路遇到野猪，一头獠牙猪，他心就痒了。端起枪的瞬间他犹豫一下，父亲告诫过他，打猪不打孤。原因是身体强壮的公野猪，长大后离群索居，孤独的生活。它生有尖利獠牙——犬齿发达，上犬齿长达 70 毫米，下犬齿更长达 120 毫米——被称为獠牙猪，这副利器足以让一些动物畏惧。世间所有一切动物的天敌是人，野猪对付人时表现出谨慎，轻易不会主动去攻击人类。如果是天敌挑衅则不同了，它要使用锐利武器——獠牙同天敌决一死战。野猪除了獠牙之外，还有防御天敌法宝，挂甲——雄猪到泥沙中去打滚，将松油脂蹭在身上，形成一层厚厚的松油泥沙铠甲，虎豹咬不动，猎人枪打不进、刀割不透。

赵永和面对一头这样獠牙挂甲猪，有经验的猎人见之避逃，他年轻气盛，是那杆猎枪使他见到猎物热血沸腾，什么父辈猎人的告诫，什么獠牙、铠甲，通通抛在脑后。

野猪天生胆不大，听到响动本能地逃走。如果遇到人的枪口深知自己逃不掉时，会变得凶残无比。赵永和犯了一个致命的错误，向孤野猪开枪。一枪击中要害还好，不然后果可想而知。任何一个宝贵经验都是用血甚至是生命代价换取的。

赵永和的枪法的确不错，扣动扳机前的瞬间，他还是想起父辈的教导：打野猪一定要打前半身，十拿九稳，若是没有瞄准，打到后腿上，野猪没死还有反击力……他瞄准野猪右前胸，扳机一扣，并未一枪命中，受伤的野猪疯狂地扑过来，一颗弯曲的下犬齿插入他大腿，带着鲜血的尖利牙齿刺向他胸膛的生死攸关时刻，一个路过此地的猎人枪响，野猪当场毙命，赵永和才拣条小命。

伤口未痊愈不能跟猎帮上山十分沮丧，坐在院里石头上吧嗒掉眼泪，目光鸟那样飞出大门，向村口眺望，父亲的猎帮从那里消失，视线内密匝匝的林子，同自己一样寂寞而无聊。他的目光始终没离开，那看不到，但能寻思出的入村的那个沟口、那条山道。多年前，大奶子女人送自己到那里，转身拉她儿子狗剩儿消失再也没出现，他的思念从此开始，山间植物似的一个季节里枯败了另一个季节里又萌发了，反反复复永无穷止。萌生过去阎王爷鼻子崖找她，念头几次打消，反反复复永无穷尽。男女情事如丝扭不断、抖不尽。

一个十四岁男孩被年轻寡妇勾引，尝了禁果做了男人，应该跟情爱没关系，本能作为前提而后有了被称为爱情的感情比比皆是。赵永和同大奶子女人此前只是本能，以后会发展什么样谁都不能预料。当时看是这样，三年过后，也就是今天，基本可以说没故事，他们之间像是什么事情都没有发生，如果说还有那么一点藕断丝连，就是十七岁的赵永和独坐在岩石上，思念在苍茫山色间徘徊，不知是走是停还是去哪里，大奶子女人不断出现，是在土炕上，他甚至还能回忆起某些迷人细节，连温暖和柔软都感觉到了，只是美好感觉太过短暂，挽留都留不住……

"永和。"柔和的声音响起。

赵永和转过头，是母亲站在面前。

"娘。"

"永和，我跟你说个事儿。"赵冯氏站到儿子身边，伸手将一颗沾在他头发间的夏天早熟的草籽摘下来，在手里捻一捻，坚硬且有些硌手，她说，"你年龄不小了，该成家啦。"

赵永和望着母亲。

"你爹打围回来，就给你张罗提亲。"

儿子的反应并没像做母亲想的那样如何惊喜，或是腼腆，赵永和很平静，神情有些漠然，像是不太感兴趣。问都没问，哪家的姑娘，像是给别人提亲与己无关。

"那什么你不愿意娶媳妇？"母亲问。

"你们愿娶就娶。"

"啧啧，你看你这孩子，给你娶媳妇，怎么是我们愿娶呢？"

赵永和处在心烦意乱时刻，大奶子女人在心里、脑子里、血管里幽灵鬼火一样出现，隐约隐约、闪闪烁烁，一切空间都给塞满，强硬将一个陌生女子塞到本来拥挤不堪的空间，情况会怎么样呢？

"永和，眼看奔十八岁，你睁大眼睛看看，村子里还有几个十七八大小伙子没成亲的？家庭太困难说不起媳妇打光棍的不说，基本一个没有。"赵家趟子村开村辟屯就是老赵家，就是赵永和的祖辈，论财富全村首屈一指，以猎户为主的村子，人人敬仰赵家、高看赵家人。家中有女因门不当户不对，羞于高攀上门提亲者寥寥。不然，赵永和早定了亲。父母却不知儿子和大奶子女人曾经有一腿，还以为孩子这方面发育晚，不懂，于是母亲说，"男大当婚，女大当嫁，你该当爹啦。"

赵永和像一块石头，不吭不响地撮在那儿。

"永和，跟娘说说你要娶一个什么样的媳妇？"

"你们愿娶啥样就娶啥样的。"

"怎么又是我们愿……"

赵永和有话不肯说出来：大奶子女人以外的女人，谁都无所谓，谁也取代不了她，代替不了她，根本不存在愿不愿意一说。他把婚姻看得纯粹，女人是嫁汉嫁汉穿衣吃饭，有了就过没了就散；男人是娶妻养活孩子、喂猪打食锅台转。母亲问他相中谁爱谁娶什么样的媳妇，能怎样回答呢？大奶子女人以外的任何女人他都不感兴趣，他又不能说出自己跟大奶子女人曾经的秘密。

结果是母亲赵冯氏没问出个子午卯酉。

四

蘑菇岭以出产蘑菇而获名。白狼山主要蘑菇品种：榛蘑、松蘑、猴头蘑、白蘑、黄蘑、元蘑……这座山上成了野生蘑菇的大观园。那个以此山命名的小山村就在山腰间。

赵老白鞭马疾驰朝蘑菇岭屯赶，倒不是给儿子提亲心急，他给花把头带的一个新鲜熊心。论珍贵不及熊胆、熊掌，但是鹰把头就喜欢吃这一口。打猎回来便送熊心过来。

清代的渔猎习俗延续至今，鹰把式撒鹰捕猎，有一个行当与渔猎密不可分，那就是训鹰。蘑菇岭屯出名恰恰不是蘑菇，却是训鹰。全村住户十之六七从事驯鹰、养鹰，鹰把式二十几人，名副其实鹰王称号的是花把头，他是鹰屯的第五代鹰猎传人。

进屯遇见胳膊站只鹰的女人，女人玩鹰不多见，在鹰屯随处可见玩鹰的男女老幼，还有出色的女鹰把式。

"大妹子，请问花把头在家吗？"赵老白下马，问。

"哦，你来得正时候，再晚就看不到他啦。"

女鹰把式的话让赵老白震惊，他问："花把头怎么啦？"

"前些日滚砬子，人不行啦。"女鹰把式说。

赵老白急忙朝花家赶，人被看家狗拦在院门外，它不准生人进院，汪汪地狂吠。

"看狗噢！看狗！"赵老白喊主人道。

一个穿着素花带大襟衣服的十六七岁的姑娘跑出来，吆喝住狗，怯生生上前，问："大爷来我家串门？"

"唔，你是花把头的闺女？"赵老白简直不敢认面前的姑娘，几年前她可不是这模样，真是女大十八变越变越好看。

"嗯哪，大爷是?"

"你不认识我啦? 小时候你跟你爹到我家去过，"赵老白手比量她当时的个头高矮，说，"我姓赵，赵家趟子村的。"

"赵大爷!"姑娘想起来了，认出来人，先接过马缰绳，在门前拴马桩上系完马，"快到屋! 大爷。"

"你爹怎么样?"

"不好，"姑娘顿时神色哀伤，想说什么欲言又止，房门已经为客人推开，"进屋说吧。"

花把头躺在炕上，头朝外，听见有人进屋，头向一边动一下，露出骷髅似的面孔，望向里屋门。

赵老白迈进门槛，上前道:"花兄弟，你这是咋整的啊?"

"坐，坐。"花把头说话有气无力，攒足力气让座，对女儿说，"丫蛋儿，给你大爷装袋烟。"

"哎!"丫蛋儿答应。

赵老白坐在炕沿上，接过来烟袋，艾蒿火绳吊在幔帐杆上，他扯过来对着火绳头点着烟。

"回腿，上里。"花把头让客道。

三江民间待客最高礼节就是回腿上炕，有时鞋都不用脱就炕上坐，抽烟唠嗑。

"从家里来呀?"花把头问。

"嗯，刚打了一场围，我给你带只熊心。"赵老白对站在屋地上的姑娘说，"筐我放外地锅台上了，那里有个熊心，还有块大腿肉，把它拿出来，你们爷俩吃。"

花把头感激的地望着赵老白，说:"你惦记我。"

"你得意熊心。"赵老白说。

他们唠一阵围猎，多是赵老白讲鹰把头听，为节省气力，花把头只是哼哈地回应。唠着唠着就唠到花把头滚砬子上。花把头极其简单地讲了事情的经过。

驯鹰的过程分为拉鹰、熬鹰、跑绳三个阶段。花把头带着一只鹰到山上放鹰，也就是跑绳阶段。一不小心连人带鹰滚落悬崖，摔成重伤。

"没到县城亮子里去看看?"赵老白问。

花把头一脸的绝望，说"没有用啦，肋条骨都碎了，从前胸扎出来。唉，治不了。"

赵老白掀起被子朝里望一眼，看到的情景大吃一惊，胸前支出两根肋条的花白骨头茬子，如何血腥场面猎人炮头没见过? 还是被眼前的情景惊呆了，他不敢看了，撂下被。

"赵大哥，我这辈子啊……"花把头说着扑簌簌落下泪来，"像是前世杀了大牛作孽，什么倒霉事都摊上了。"

"常在山上走，难免失足落崖……这个跟前世积德作孽没关系。"赵老白尽量安慰他，"你要往敞亮想，别寻思乱七八糟的。"

"心啊连条缝都没有，哪有敞亮地方可想。"花把头极度绝望道。

没一个人想死，鹰把头亦如此，心情可以理解。多年的老朋友，此时此刻该为他做点什么，再不做恐怕没有机会了。安慰已经没有什么意义，为他做些实际的事情。他说:"兄弟，你有什么不放心的，尽可能跟我说，千万别把我当外人。"

花把头向外屋望。

"丫蛋儿?"赵老白问。

"我走了，扔下孩子孤孤单单的，没亲没故的。"花把头道出他的担忧，"丫蛋儿命苦啊!"

赵老白用手巾给花把头擦泪，自己鼻子发酸，掺着泪水说:"兄弟你怎么忘啦，不是还有我吗。"

花把头哭得更伤心，不止是对女儿一个人留在世上的担忧，更是遗憾一件事，这件事正是与赵家有关……

第九章
悲情鹰把头之女

山神爷老把头啊，在上有神灵！求你保佑俺们猎帮。打着大山牲口，平平安安回来！

——猎帮祷词

一

"兄弟，你尽管放心，丫蛋儿我经管（收养）。"赵老白揩着眼睛说，"有我吃的就有她吃的，有我穿的就有她穿的。"

花把头伸出精瘦鹰爪般的手，抓住赵老白的手，不住地抖动，内心无比激动，他道出心里话："我早有一个心愿，让丫蛋儿做你儿媳妇。"

"那就做呗！"赵老白爽然答应道。

不料猛然松开手，再次哽咽起来。

"怎么啦，兄弟？"

花把头直劲儿摇头，落泪不止。

"兄弟……"赵老白发懵，你的愿望嫁女给我儿子，我同意帮你实现愿望，这是怎么啦？

"大哥，不行啊，不行。"花把头说。

"不行？"赵老白诧异道。

"过去行，现在不行。"

赵老白心里犯嘀咕，难道出现了变故，比如丫蛋儿定了亲，他问："兄弟，这话怎么说呢?"

"丫蛋儿残废啦!"

啊! 赵老白大为吃惊。

的确发生了一件不同寻常的事情，而且极少见。住在山里，被动物咬伤极其平常的事，但是丫蛋儿被咬的部位决定这次野兽袭击人稀奇而不同寻常。

丫蛋儿在十二岁那年独自一人上山采猴头蘑，以前她一个人去采过，出门离家不很远基本安全。

白狼山植物最茂盛季节，丫蛋儿像只松鼠穿行生命蓬勃中，采摘猴头蘑，大约采到半筐时，她想解手，无人的山间到处可做厕所。选择在一棵百年大树下面，毕竟缺乏山里经验，都没看一眼，一墩子野葡萄遮住一个树洞，一只獾子母亲和它的两只幼崽在里面，它们一定睁大惊异的眼睛，见到白皙圆浑的东西，母獾精神错乱，行为异常——动物大概嗅到人类血液中的盐分，要嗜那带有咸味的血——照着丫蛋儿私处狗似的掏去，她尖叫一声，昏死过去，后被山民救起……

"孩子的东西被掏坏，恐怕这辈子不能生育了。"花把头说。

赵老白听后脊背发凉，打了一辈子猎，跟白狼山形形色色野兽打交道，见过听说过袭击人事件，没有一起动物咬人的屁股部位的，脖子是首选，其次是肚子，鹰够稀奇鸽狼瞎眼睛……他说："獾吃花生、大豆、玉米、谷子，也吃青蛙、老鼠，从来没听说主动袭击人，而且还是掏那地方。"

"要么我说前世杀了大牛，摊上倒霉事。"花把头把遭遇的厄运归结到前世杀了大牛作孽，没丝毫道理，稀奇古怪倒霉事发生在父女身上，允许他胡思乱想吧，不然心怎安宁，"不是发生这件事，我真打算托媒人到你家提亲。唉，现在不能提这些啦。"

赵老白需要改变主意，他家儿子是独苗，娶个不能生孩子的媳妇不成。同情归同情，现实必须面对。娶儿媳妇不行，抚养她行，他说："兄弟，我还是那句话，经管丫蛋儿。"

花把头重新摸索着握住赵老白的手，说："你帮我照看她，丫蛋儿有了安身之处，我死也闭眼了。"

伤感的话题继续中，丫蛋儿烀熟熊心，她进屋来带进来一股蒸气和熊肉的味道，说："爹，烀好了，现在吃吗？"

多美的美味花把头也没胃口，什么东西都吃不下。他望着女儿想说不吃，见她希望父亲能吃一点儿，半天才吐出个字："吃。"

"趁热吃吧！"赵老白对丫蛋儿说，"端上来，用手撕一撕，弄点咸盐花儿。"完全是猎人的吃法，丫蛋儿没有吃过熊心，听猎帮炮头的，到外屋擀了咸盐面，和撕好的熊心一起端上来。

"爹，吃。"丫蛋儿夹熊心送到父亲嘴边，他不张嘴，实在吃不下不想吃，她劝他道，"很烂糊，吃一口吧。"

"吃一口，兄弟。"赵老白帮着劝。

昔日花把头爱吃熊心，到猎帮营地上去，赵老白吩咐端锅的给他烀，蘸着咸盐花他吃下一个熊心，还嫌不够。如今一口也吃不下，说明什么，鹰把头不行了。吃多少，吃得香不香，验证生命走到哪里。疾病原因厌食，可治疗不算什么，重伤的鹰把头是吃不下东西，生命这盏残灯，即将熄灭。

丫蛋儿用在父亲的嘴唇边虫子似的蠕动，希望唤起他的食欲，没有效果。正常人早经不住肉香的诱惑，张口吞下送到嘴边的美味。花把头心里完全理解女儿、朋友的心思，他实在没有丁点食欲，身体极度虚弱，连张开嘴的力气都没有，别说咀嚼。自从闻到嘴边的肉味他一直努力张开嘴，想吃一口，意义不是自己希望喜欢，而是让他们欣慰，不使亲人故友失望。努力到最后，伸出舌头，舔了舔熊心，而后做出不要了，拿开熊心的表情。

"端下去吧。"赵老白说。

丫蛋儿不肯，还要做努力喂父亲吃。

"他不能吃了，端走吧。"赵老白说，猎人眼光看动物生死有经验，他看到面前重伤人很不好的东西，死亡走近的脚步尽管很轻，他真切地听见，比一只偷袭的豹子脚步还轻，多么凶残的野兽都可以用猎枪赶走它，甚至消灭它。只有死神谁也制服不了，猎人任何方法都捕捉不到它，只能眼睁睁地看着它无情杀戮。

丫蛋儿手端熊心并没走，扭过头脸冲墙，肩膀颤抖，压着声音啜泣。她还没看到死神面孔，心疼一向胃口很好的父亲现在一口东西都吃不下，只是感到他伤得很重，还没跟可怕死亡字眼联系在一起。

二

人死后躯壳一定很轻，像一片干枯的树叶，一丝轻风都能将其吹走。看来灵魂这类东西很沉，它们离开了，留下的东西让怀念它的人去怀念，让记忆它的人去记忆，最后都是忘记。

花把头悄然离开了。那时老友赵老白还坐在身边，给他讲述围猎的故事，丫蛋儿在洗父亲的一件衬衣，打算明天早晨起来给他换上。猎帮炮头讲猎鹿，讲取鹿肉，他说："一架鹿茸吃三年。然而取打到的鹿容易，取鹿茸并不容易，它受伤后，感到生命危险，不能让天敌得到，奋力撞向岩石或大树，撞碎茸角……"

"那咋办呀?"丫蛋儿停下手，问。

那时，油灯芯啪地跳闪一下，一道很亮的光闪过，继而是昏暗，眼看着灭掉。

"捕鹿时要迅速抱住它的头，防止它撞碎鹿茸……"赵老白的话猛然停住，伸手到花把头鼻子下试试，已经没有了呼吸，而后沉痛地说，"丫蛋儿，你爹走啦!"

"爹!"丫蛋儿嚎啕大哭。

一个生命就这样结束，鹰把头长眠在他熟悉的林子里，那是每年他放海东青①回归的地方，伤心别离。洒泪最多的地方成为他的葬身之地。墓地是他临终前自己选择的，他对老友赵老白说："丫蛋儿你领走，我放心了。还有一件事儿，麻烦大哥给我办一下。"

"你说，兄弟。"

---

① 鹰科鸟类，矛隼东北亚种的汉语俗称。矛隼是一种猎鹰，分布在北极以及北美洲、亚洲的广大地区，其东北亚种在中国原产于黑龙江、吉林等地。满族人的先祖肃慎族人语称其"雄库鲁"，意为世界上飞得最高和最快的鸟，有"万鹰之神"的含义。传说中十万只神鹰才出一只"海东青"，是肃慎（满族）族系的最高图腾。代表，勇敢、智慧、坚忍、正直、强大、开拓、进取、永远向上、永不放弃的肃慎（满族）精神。

"墓地选好了，我死后把我埋在那儿。"花把头说了那个地点，"鹰从那儿回家，我……"

花把头始终没说出来他要回到哪里，鹰要回大海边；花把头要去哪里，也是大海吗？寻找他一辈子相伴的矛隼吗？世间有一些事情无法知道它的真相，也不需要知道。

赵老白实践他许下的诺言，埋葬花把头后带着他的女儿离开蘑菇屯，回到赵家趟子村。

"唔，你办事够煞楞（干脆利落）。"安置好丫蛋儿后，赵冯氏满心欢喜地说。

"什么呀？"

"你去提亲，人都带回来了，真煞楞。"

赵老白叹口气，说："不是那么回事呀，事儿有变啊。"

"变？变什么？"

"恐怕我俩当不成公婆，这回要做爹娘啦。你听我详细对你讲……"

赵老白讲述道。

赵冯氏听得伤心，女人本来眼泪窝子就浅，禁不住流泪。

"本不想跟你讲，看看你，抹眼泪薅子。"

"太惨啦，谁听了心好受？"她说。

突然变故使娶花把头女儿的计划泡汤，赵家夫妇不得不另作打算。赵老白有些不死心，说："丫蛋儿这孩子没场找去，贼啦地孝心。"

"可是……"

"花把头是那么说的，我还不彻底相信。哎，你搁眼摸摸，到底伤到啥程度，要是能……我们还娶。"

"嗯。"赵冯氏说她马上去弄清楚。

"先别着忙急，孩子刚进咱家，熟悉一段再说。"

"也是。"

丫蛋儿来过赵家大院住一宿，跟父亲鹰把头来做客是多年以前的事情，印象的东西还保留一些。大房子、马棚子、晾晒在木架上干肉和直接钉在墙壁上的动物毛皮，还有厨师——她不知道吴二片是猎帮端锅的，常年住在赵家大院内——做的白面片，但是没见到重要人物赵永和，说他重要，他们将成为一个故事的男女主角。

赵家院内有多栋房，分散在各处，丫蛋儿住处靠近主人赵老白堂屋附近。赵家这辈人没姑娘，上几辈都有，闺房就是她现在住的房子，因此条件不错，朝阳，宽敞明亮。门前有一块卧牛石，还有人种植的普通花草，大芍药、芨芨草、高粱菊、爬山虎……开始她坐在石头上想家，眼泪汪汪的，赵永和晾晒皮子时见到她走过来。

"你是丫蛋儿？"他问。

"是，你是谁呀？"

"赵永和。"

"永和大哥（赵永和比她大半年）。"

一个十七岁男孩，一个十七岁女孩，未见面前彼此听说过对方，别人描述和实际见面感觉不一样。赵永和觉得面前的小妹妹很好，父母对他讲的前后有变化，爹骑马出去娘说去给他说媒，用马驮回一个姑娘，又让他朝她称妹妹。难道父母说的姑娘不是她？

"你会打猎？"她问。

"嗯，我是炮手。"赵永和忘记谦虚，年龄相仿的人面前能是一名炮手，令人刮目相看，他说，"参加打围快三年了。"

丫蛋儿有话要说，不在意男孩是不是炮手，即使是猎帮炮头她不稀罕，她问："打猎你用鹰吗？"

"哦，现在没用。"

丫蛋儿像是扫了兴，眼睛去看落在大芍药花上的一只蜻蜓，她对打猎不怎么感兴趣。

赵永和对打猎总是兴趣浓浓的，如果有人听他讲打猎求之不得，不啻是一种享受，还是幸福。面前这位姑娘问打猎用不用鹰，像是说了半截话，下面跟鹰有关的话她肯定没说出来，引示她说。他道："我爹说你爹是鹰把头，训鹰……"

"俺爹没啦。"丫蛋儿伤感地道。

三

长到十七岁，赵永和近距离接触两个女人，一个大奶子女人，一个比自己小两岁的女孩，她们的出现说缘分不能包含全部意义。如果谈对两个女人的感觉，赵永和感到她俩是自己一只左手一只右手，相同没有远近、轻重之别。

"我会训鹰。"丫蛋儿说。

"啊，你会？"赵永和惊喜。他因年纪的关系没见过鹰把头，却见过训狗，想像的鹰把头应该是长须飘飘的长者，生有一双鹰隼般的眼睛，无法跟前柔弱女子对上号，他说："女鹰把式？"

"有什么稀奇，俺村多得是。"

"女子训鹰？还是稀奇。"赵永和脑海不灭的鹰爷形象，鹰王就该是男人，擎鹰捕猎就该是男人，弱女子训鹰无法想像。

"你别不信，我会训鹰。"丫蛋儿说。

羸弱女孩丫蛋儿意外被獾子咬伤，毁坏下身的严重后果她还不清楚，应该娘告诉她的事情因为没娘不得已爹告诉她：你这辈子不能生孩，不能做媳妇。丫蛋儿慢慢才明白，身体怎么啦。她对爹说：我不嫁人啦，我跟你爹学训鹰，当鹰把式。父亲为有这样勇敢的女儿无比欣慰。可是，训鹰行当苦啊，一个女孩怎么受得了？

"爹，我想当鹰把头。"

"有志气，闺女！爹教你。"花把头为有这样女儿感到骄傲，说。

打造出一个鹰把头，要从基础学起，就是说要迈进猎鹰圈的门槛，敲门不使用砖，要用江湖春点，譬如：跳拳——近距离跳或飞到人手上；砸桩——在空中直线大头冲下攻击低空或地面的猎物；开食——新到手的开始吃东西；打条——排泄……然后是拉鹰，熬鹰，放鹰。丫蛋儿苦练三年，成为蘑菇屯最年轻的女鹰把式，打算冬季去架鹰捕猎，还没熬到那个冬天，父亲刺猬一样滚落石砬子……

"怎么没见你的鹰？"赵永和问。

父亲出事她放弃冬天鹰猎的计划，全力以赴侍候他，鹰提前放飞掉，所以没有鹰。

"你要用鹰，我给你训一只。"丫蛋儿说。

猎帮的规矩赵永和学会遵守，凡是打猎的事情不能擅作主张，赵老白是父亲，更是炮头，打猎使用什么方法，什么武器，都由炮头决定、安排，炮手只有老牛赶山听喝的份儿。赵永和倒是想拥有一只鹰，打猎时用它，平时架在胳膊上，人前走走好不威风哟！

两人有时在一起说说唠唠，引起了父母注意，是否娶丫蛋儿？他们决定弄清事实。赵冯氏单独跟花把头女儿谈，她说："我问你，丫蛋儿。"

"大娘问啥？"

"呜，你不能做媳妇？"

"先生（大夫）说的。"

"不能生养？"

"嗯，是的。"

赵冯氏坚持弄清楚实际情况，亲眼看了才相信，她说："脱了，脱了裤子我看看。"

"大娘……"丫蛋儿羞于亮出被獾子破坏的部位，她自己都不敢看，有时无意识触碰到它，全身哆嗦不止，野兽袭击太可怕了，"别看了大娘，吓着你。"

赵冯氏坚持看。

丫蛋儿迟疑半天，最后让赵冯氏看了受伤部位，吓得她冷汗直冒，现实生活中，见到被野兽袭击致伤的人：黑瞎子舔去半张脸的，貂咬去手指头的，鹰鹘瞎眼睛的，豺咬碎卵子的……有些只是听说未真看到，给獾子伤成这样，还是个女孩令人震惊。

"真吓人。"赵冯氏对丈夫学说见到的骇人一幕，仍然惊魂未定，"整个浪儿（全部），要坏了。"

"不能生啦？"

"还生什么，疤疤瘌瘌……"赵冯氏找不到恰当的词汇来形容一个女孩的私处，说，"这辈子确实不行啦。"

"噢！"

"可惜了那副小模样，画儿似的俊。"她深深遗憾地说。

"唔，要么说人别长得太周正，一点儿不缺彩不好，早晚有一站（劫）。"赵老白迷信，信这毫无道理的"美人必有一劫"的迷信说法，"我们看到几个这样的人……"他举了三江地区几个女人命运多舛的例子，因美丽遭难英年早逝、暴死、被杀、被休……"丫蛋儿长相太好了，躲不过坎儿。"

讨论"美人必有一劫"没有意义，赵冯氏即使承认丈夫说的对，也不希望惨事发生在丫蛋儿身上，毁坏不止是一个美女，是一桩婚，一个儿媳妇，她说："耽误事不是吗！"

"谁说不是。"

"要不的今年冬天就能给他们办喜事，明年抱上大孙子。"赵冯氏想得很圆美，说。

"做梦。"

"是做梦，败家的獾子……"赵冯氏骂野兽，罪魁祸首獾子挨骂，她说，"唉，没缘分啊！"

赵老白帮着夫人叹息。

"过去没跟丫蛋儿在一起不知道，太好一个孩子，懂事会办事，管家是把好手。"赵冯氏看到一个女孩的才能，像是随便说的话，成为一种预言，未来花把头的女儿成为赵家的管家。

四

丫蛋儿在赵家生活第二年，赵老白在一个春天用马驮回一个男孩，此举对赵家的生活意义深远。

驮回花把头的女儿他没对夫人如何解释，她知道她是谁，为什么驮回大院来。这个十五岁的男孩，就必须要解释清楚，赵冯氏问："这是哪一出啊？他是谁呀？"

尽管赵老白想好了到家如何跟夫人说，故事都编排好了。亏欠心理总让他不好开口对夫人讲。

"拣个野鸡兔子我就不问了，可是拣个大活人，总归有个来路吧？"赵冯氏说。

冬天在山里转悠，拣个冻麻爪野鸡、兔子什么的很平常，尤其大雪天，野鸡在积雪上跑，遇到危险它拼命跑，遇到雪堆便一头扎下去，身体前半部分是藏起来了，尾巴却露在外边，最后被逮到，一句俗语就这样诞生：顾头不顾腚。其实世上还有鸵鸟也如此，它遇到敌人会把头埋地里，屁股露在外面，白狼山没鸵鸟。

男孩可不是野鸡，他与顾头不顾腚毫无关系，这一点赵冯氏看得出来。平白无故丈夫会将别人家的孩子带回家？所以她追问。

"他小名叫狗剩儿。"赵老白想好隐瞒男孩身世，不隐瞒他的真实姓名。

"狗剩儿，大名呢？"

"周庆喜。"

"姓周？"赵冯氏咀嚼这个姓，想在姓氏上找到线索，"哪门周家？他爹是谁？"

"呜，呜！"赵老白支吾起来。

支吾的样子引起女人疑心，赵冯氏倒不是要查看、检点男人什么，在那个三妻四妾时代，有钱男人只要你能养活得起，娶多少个女人一帮一群都正常，她身为大太太只想知道实情内幕，没别的意图。她说："难道这个孩子，跟你有瓜连（牵连）？"

埋藏在心底十几年的秘密赵老白想说出来，过去几次想说他没说。不是顾虑什么，是风俗决定的。他是相信妈妈令①的人，老人古语很有实用性。借种大大超出老令的范围，这是一种奇风异俗，其中的规矩，既定俗成人人都要遵守，无论是借种一方，还是被借一方，都要严守秘密，孩子非正常伦理下制造出来的，身世永远不可泄露。赵老白拿这件事当作一场梦。梦中与女人，一个皮肤很好的大奶子女人一夜情，一枪命中有了孩子……梦醒了，剩下的只是回忆梦中令人幸福的时刻，一些细节没忘，终身难忘，一个人悄悄地回味，不能跟任何人分享梦中的快乐，对枕边的夫人不能讲梦，秘密一生烂在肚子里。

---

① 又称婆婆令、老令，即有关生活经验、为人处世、迷信禁忌方面的一些讲究。如：娘见女儿血，穷掉锅儿铁。

"你以前好像认识这个孩子?"赵冯氏把以前两个字说得语气很重,故意强调是让丈夫听出来她的怀疑和推测,"不是吗?"

"唔,唔。"

"跟你过了大半辈子,从来没见你这样,说话枪药受潮卡壳、哑子儿似的。"赵冯氏说,猎帮炮头的老婆,耳濡目染学会猎人的术语,很贴切地运用上。

"唔,唔。"赵老白二心不定(拿不定主意)道不道出借种秘密。

赵冯氏善解人意,丈夫心里肯定装着什么秘事,不肯说活是不好说,不能深逼他,骑马从外面驮家来个孩子,咋个来路是谁家的先莫论,打算如何处置他?她问:"周……狗剩儿,你咋打算?"

"我们养着他。"

"养着?"

"嗯,养着。"

"平白无故,养着二姓旁人?"

二姓旁人——外人,在不明真相的赵冯氏眼里是,在赵老白心里不是,他没有说出狗剩儿身世,难免夫人误解。

"他爹,我们老夫老妻,你在外边做了什么事,不好对别人讲,对我也不能说吗?"赵冯氏猜测丈夫在外边有女人,并生了孩子,都十五岁才领回家,她问,"狗剩儿是不是姓赵啊?"夫人问话算是直白,也算是婉转,不然直截了当地问:狗剩儿是不是你的儿子?

那一刻赵老白觉得自己像一穗玉米,外皮被人剥去一层,里边的棒子即要露出来,如果她继续扒,无法坚持下去。借种说出来不是丢人和磕碜,是风俗规矩不能破啊!

"狗剩儿要是你们赵家的骨血,领会来养着没什么不妥,永和一个人孤孤单单的,哥俩是个伴儿,多好。"赵冯氏换个方式,说法极尽人情,期望丈夫听出她的心思,无论丈夫做出什么过格,甚至对不起她的事情,都能原谅和理解。

"可是怎么说呢!"赵老白迟迟疑疑的样子。

"不好说,就不说啦。"赵冯氏宽容道。

她越是这样，赵老白越是要说，再也不躲躲闪闪，承认道："狗剩儿真是我儿子。"

儿子！赵冯氏虽然精神有准备，丈夫说出她推测的事实还是让她惊讶，他不是花屎蛋、老豆包——专在女人身上下工夫的人、老色鬼，一向正经的男人突然从外面领回个活蹦乱跳的儿子，谁不讶然？

"不过他来路很正的。"他急忙解释说，生怕夫人想歪了，同外边的女人有一腿，还生了孩子，肯定不是名正言顺，风流事磕碜事。

一切解释都苍白，如何解释都解释不了婚外生子这一事实。不能明媒正娶的女人，有理由说她不是良家女人，风尘女子也说不定。允许妻妾成群的时代，相中的女人娶回家无可厚非，再正常不过。大大方方地做夫妻，即名誉又理直气壮，偷偷摸摸算什么？

"狗剩儿她妈是干什么的？"她问。

赵老白一时回答不上来。

第十章
民间陋俗制造

天寒曳靰鞡，地冻著麻衣，积雪爬犁出，灯残猎马归。

——杨宾《宁古塔杂诗》

一

夫人终于问到关键问题，此时女人的身份关乎猎帮炮头的品德。假设狗剩儿妈是这样面貌的人——妓女、卖大炕、半掩门、寡妇、有夫之妇，赵老白制造出儿子的性质不同了。卖大炕、半掩门属于娼妇、妓女，同她们鬼混还有了孩子，显然不名誉；同寡妇和有夫之妇属于通奸、风流韵事，生了孩子虽然不名誉，生了领回家来也说得过去。

"她是寡妇？"赵冯氏问。

"当时不是，后来是。"

赵冯氏听糊涂了，什么是当时不是，后来是？哦，可以推断出他们睡在一起时，那个女人是有夫之妇，后来女人丈夫死了成了寡妇。她说："就是说，你做（读音 zòu）狗剩儿时，她男人还在。"

"是，可以这么说。"他说。

不难确定他们是怎么回事。同有夫之妇通奸、妍居三江人称搞破鞋，被人鄙视和瞧不起。还有一种情况被世俗包容不被谴责，拉帮套——由于丈夫患重病，不能抚养妻室、赡养老人时，在征得丈夫同意后，另外寻找一名心地善良的男人担负全家生活，丈夫去世后与此男人结为正式夫妻继续生活——或称带饭。猎帮炮头除领人上山出围外都呆在家里，肯定抽不开身去拉帮套，她排除丈夫拉帮套。他明确说狗剩儿是那个女人的男人还在世时制造的，这又是怎么回事呢？

"你别猜了，我告诉你，借种。"

借——种！赵冯氏突然大笑起来。

"咋啦？"

"借种！"赵冯氏止住笑，说，"你岂不是成了大泡卵子！"

泡卵子对公猪的称呼。当地人有一套称呼雄性动物的专用词，例如：儿子马——公马；叫驴——公驴；牤牛——公牛；牙狗——公狗；郎猫——公猫；趴子——公羊……有时诙谐用这些名称称男人不都是贬损，有时还是赞美之词。从赵冯氏嘴里说出来，可以理解因夫像头公猪一样雄壮引以为骄傲，哪个女人不希望自己的男人是头强壮的公猪？绝不会喜欢克朗（阉割的猪）。

"我、我是泡卵子！"赵老白嘟哝道。

"是，到处留种。"女人说。泡卵子到处留种说出三江民间一个风俗。家家户户养猪，过年杀猪吃肉，但是很少养繁殖的老母猪，即使饲养母猪也不饲养公猪。那么母猪繁育怎么办？可以赶着母猪到养有公猪人家去配种，可以收钱可以不收钱，要看你跟养公猪人家的关系。赵冯氏说留种借喻母猪要生育寻找公猪配种，便和人借种有些相似。区别是猪借种公开交配，人借种受伦理道德等因素制约，要私下暗中操作不可示人。

"看你说的。"

"泡卵子！"她又戏弄地说一句，大哈哈凑趣玩笑话丝毫不影响夫妻关系，相反增进感情，"我只听说有借种，没见过呢？说说怎么借，我听听。"

"啥好事咋地，还要听听，又不是二人转，有啥好听的。"

"炕上、被窝里二人转，孩子都转出来了，还没听头？"赵冯氏说，她想听不是被窝里的她熟知的事情，是想知道借种风俗，"他爹，怎么就借到你头上来啦?"

赵老白苦笑。

"看你裤裆鼓溜……"赵冯氏幽默得可以,卵子和裤裆密切相连,"你过去也不出名啊!"

"嗯?你说什么?"

"卵子。"

三江民间还有一句糙话说公猪,提拎着卵子到处跑膘——找母猪。赵老白很明白夫人玩笑话的意思。委屈啊,借种可不是拎着那玩意到处找啊!实际情况是有人找上门来。受托的中间人彭山燕子,该人说话唧唧喳喳,人送外号山燕子。

"赵炮,有件事跟你商量。"彭山燕子说。

"要啥你直说吧。"赵老白说,经常有熟头熟脸的人向猎帮炮头讨上些山物,有的治病,有的解馋,小来小去的张口了不好意思不给,珍贵的虎骨、熊胆、鹿茸、皮张也不会张口要。

"今天要的东西蹊跷呦。"彭山燕子挤咕他那双小眼说。

"啥?星星月亮?"

"那倒不是,"彭山燕子往猎帮炮头身上望,说着莫名其妙的话,"不错,是不错,满合适的。"

赵老白糊涂了,彭山燕子玩的什么鬼吹灯(鬼把戏),平素猎帮炮头瞧不起彭山燕子,谁不知道他是跪炕沿儿的货,加上说话唧唧喳喳,男人味儿不足的男人十分招人烦。他上来直性劲儿,说:"有话说,有屁放。"

"嘻嘻,真有个小屁,憋不住要放。"彭山燕子自贬自嘲,是一种取悦对方的办法,运用得当效果很好。鼓起腮帮子,看情形要用嘴放屁而不是用屁眼儿。

赵老白活活给逗笑了。

"呒,有人想借你的炮使唤。"彭山燕子说的炮可不是打野兽用的炮,民间称男子和女人干那事为打一炮。

三句不离本行,猎帮炮头往他行当里想。借炮,也是一种狩猎风俗,即宁借人不借炮。意思是家里的炮不能借,人可以借。每家的炮都有特点或者说毛病，有火慢的，火急的，上跳的，下坠的，左挣的，右挣的……林林总总的毛病，炮的主人掌握，借给外人，不清楚这些缺点毛病，使用不当容易出现哑炮、炸膛的。因此家里有炮不外借，实在要借，主人跟着炮去。赵老白以为是围猎，问："谁打猎？"

"不不，借你裆里的炮。"

"啥？扯鸡巴蛋！"赵老白粗口骂道。

二

挨骂彭山燕子不生气，反倒笑么滋儿（脸略带笑意），不语。

"没事儿山燕子你去衔泥垒窝，下蛋抱崽多好，跑到我这儿扯闲白。"赵老白失去耐心，轰赶彭山燕子。

彭山燕子看出眉眼高低了，不再扯大谰（瞎说一气），奔了正题，说："有人想借种。"

"借？种？"

"借你种。"彭山燕子说。

赵老白咣然。

"有人托我……这不是我抓（读音 chuǎ）大脸（硬着头皮）找你。"彭山燕子不好意思道。

借种是暗中操作的东西，细节不向外泄露。见多识广的猎帮炮头赵老白只是听人讲过借种，没见哪一个借种实例。彭山燕子说得很认真不像开玩笑，好奇充满心房，赵老白问："谁借种？"

"这不能说，借种规矩。"

"不说谁家，咋借？"

"借种绝对不能说出谁家，赵炮，这事儿你就说行不行吧？"彭山燕子问。

面对野兽极为复杂情况赵老白都未犹豫过，他的性格像他手中的炮，直筒筒地放出去不会拐弯。借种，让他一时没了主意，点不点火开炮呢？好奇，还是好奇，他舍不得放弃机会，说："都有啥要求？"

"你不要问谁家，女人的姓名，打一炮就走人。"彭山燕子说游戏规则，"到时候我带你过去。"

"那家男人……我是说他同意？"

"笨寻思啊，男人不同意，女人敢吗？"彭山燕子说，"借种都是男人主动提出来，因为他的家什儿不好使，才向外人借。"

"跟女人上炕，那个男人在哪儿疙瘩？"

"当然不在屋里，蹲在外边窗户台根儿底下。"

"干啥？"

彭山燕子一种复杂的笑，而后说："你要是跟女人说什么，他可是都听得见，什么也别说，打完炮就走人。"

一炮就成——造出人？谁有这把握呀？赵老白说："要是没中上呢？"

"那与你没关系，另外借种，嘻，别想放第二炮，没那好事。"彭山燕子唧喳起来，有些兴奋。

"这么懂借种，你咋不借给他们。"赵老白问。

彭山燕子给鸟鹰鹛了似的蔫萎下去，没说失意原因，道："我哪有那个艳福，小胳膊小腿的，谁得意这样的种啊！"

"你家不是有一窝小燕崽？"

"有多少崽儿还不是燕子，借我的种生的是燕子，借你种生的炮手、炮头，能骑马上山打猎。"彭山燕子这段道白，透出几分不如人的不自信和自卑，"谁希望自己的后代囊囊不喘儿（软得拿不成个儿），膀大腰圆的多好啊！"他不会说魁梧、阳刚、雄壮。

年轻的血气方刚，赵老白被人当种，人种，很是自豪。借他种的女人没见过面，管她姓甚名谁，你需要打一炮，爷们就给你打一炮，多装沙子多装药，力争一炮命中。

同意借种，具体细节还要交代。彭山燕子说："不让你白打一炮，奖赏还是有的，东西不多，半袋子高粱米。"

"啥，我要高粱米干啥？"赵老白大惑，赵家有的是高粱米，用来喂马。他说，"别寒碜我了，高粱米我不要。"

"你得背走，这是风俗。"

"不要不行？"赵老白问。

"不行！"

长篇小说
大猎帮

106

"为啥呢？"

"你干活了出力了，力不能白出不是，给你半袋高粱米酬劳，谁也不欠谁的，就此两清。"

"噢！"赵老白理解两清的意思，从此再和那个女人没来往，"要是那样，我要高粱米。"

彭山燕子介绍借种这不是第一家，以前介绍过，轻车熟路，借种过程烂熟于心。他交代道："你完事出来，躲在外边窗户台下的男人，要在你的腰上打一棒子。"

"干啥？"

"风俗。"

又是风俗。赵老白对这个风俗心里没底，那个男人用棒子打人，什么样的棒子？腰虽算不上人最脆弱的部位，一棒子下去，会不会打断腰筋骨啊！腰筋骨打折了人可就废啦。

"瞅你不放心似的，棒子打你不过做做样子，没事。"彭山燕子说。

男人用棒子打男种人真正意义是心理疗伤，自己的女人在自己眼皮下，被外人睡了，能不恨吗？这种恨上帝都可怜他。让他打男种人一棒子，解解恨，平慰一下心理。

"谁保证不打坏我？"

"我！"彭山燕子拍着胸脯，打保票说。

赵老白细想借种的人不会下死手，人是他们主动请的嘛！放下这个心，他问还有什么令儿。

"有。"

"那你说。"

"不准对任何人说起这件事，一字都不能露。"彭山燕子说。

"啥光彩事儿，我能说出去呀"赵老白说。

三

彭山燕子满心欢心就算介绍成一件事，男女事情上拉皮条有时还有趣儿，有人愿意干这个，自己不是当事者，想想他们炕上、被窝的事情，蛮有趣儿，过瘾。

"山燕子，我问你，你怎么就相中我了呢？"赵老白问。

"你是猎帮炮头。"

"炮头咋啦？"

"炮头生喝鹿血，吃鹿鞭。"

赵老白无言以对，他是抬高自己吗？喝鹿血，吃鹿鞭是事实，这又怎么啦？

"你那玩意肯定行……"

赵老白想想十几年前发生的事儿想笑了，夫人说自己大泡卵子，跟彭山燕子说的一个意思，喝鹿血，吃鹿鞭的大泡卵子！

"你别不承认。"夫人赵冯氏说。

"嗯？"

"他爹，你借种给人家做了好事，白白得个大儿子。"

赵老白望着夫人，猜不透她心里的真实想法，问："你说的是正话，还是反话？"

"正的反的，难道我不希望赵家香火粗？"赵冯氏说。

唯恐身后人稀，没有子嗣传宗接代，猎人线儿黄瓜有这种思想才导演了借种剧，男女主角选择他和彭山燕子做了分工，彭山燕子去跟猎帮炮头赵老白说，他跟屋里的（媳妇）谈。

"真要借种啊？"大奶子女人说。

"你以为说着玩的？"线儿黄瓜迷惑地望着她，说，"我俩不是说好了吗，动真章儿（实际行动）你变卦了？"

"不是，我是为你……着想嘛。"

"唉，我要是有能力……"线儿黄瓜伤了根——黄瓜伤根果苦——似的，从根苦到稍，万般无奈道，"就不会去借呀！"

"我寻思再等等，过几年再说。"大奶子女人说。

"还等啥，再过几年你多大？瓜秧老了，还能结瓜吗？"线儿黄瓜说，生怕媳妇错过生育期，"你争点气，一勺成。"

大奶子女人说不出心里啥滋味，丈夫想后代想疯了吗？舍出媳妇去跟陌生男人……这需要多大决心啊！现在看来他心铁了，借种，同情可怜他就得争气，一炮打出个后人来。

"大枣炖猪排骨。"线儿黄瓜刚打来一头野猪，说，"听说很有效果。"

"我不亏气不亏血。"

"多吃总没错，肯定有好处。"线儿黄瓜说。

大奶子女人心跳加快几天，一想到借种心发慌，做女人后只跟一个男人线儿黄瓜一被窝骨碌（睡觉），男人那事儿很行她满意，突然同陌生男人干那事儿，不免让人紧张和激动。

"也有些说道儿，我给你讲讲。"线儿黄瓜讲一遍借种的规矩，问，"听懂没有哇！"

"嗯，懂。"大奶子女人不是腼腆之人，尤其在自己丈夫面前，从来没什么顾忌，说到跟别的男人睡觉，现出羞涩状，丈夫嘱咐她，到那时候不点灯，抹黑迎接那个男人上炕，什么话都不要说，直接进入实战，完事走人，她问一个实际问题，"那阵子你在哪儿？"

"屋外窗户台底下，留一扇窗户不关。"

山里的窗户台并不高，男人蹲在那儿窝着身子很是受罪，最受罪的是看着自己女人跟别的男人……大奶子女人说："我看还是别借啦。"

"你说你，又变卦了。"

"人家不是为你着想吗……"她委屈地说。

线儿黄瓜遭曝晒似的蔫下去，媳妇为自己他知道，可是有什么办法，谁让自己的枪炮不好用，发出去臭子儿。他宽慰媳妇和自己，咬咬牙说："也就一次，能咋地。"

一次发生在秋高气爽的夜晚，月亮圆圆地挂在天上，人说月圆时刻制造人成功率高，还易得子。

"我洗个澡。"

"到石砬子那儿，我陪你去。"线儿黄瓜说。

石砬子下有一股泉水，虽不是温泉水不凉，它是他们的天然浴缸。大奶子女人洗身子他一旁看着，女人皮肤白皙瓷儿一样光滑，他看不够喜欢不够，猛然上前抱住她的酮体。

"干啥?"

线儿黄瓜不说话,只是紧紧地抱着。女人看明白他的心想什么,深深叹了口气……

晚上,大奶子女人灭了灯等着,和线儿黄瓜初夜心急的等待感觉重新走回来。第一次同男人在身下这铺炕上,那晚好像也有月亮,只是不很明亮。她好了方便那事进行的准备,等待那一时刻来临。

一个黑影进来,月光中炕上白亮亮一片,他向一只青蛙扑通跳到水里。畅游的感觉真好。青蛙的体力很好,游泳的时间很长……结束时走出房门,蹲在窗户台下那个人忽然站起来,青蛙驻足,两个雄性动物怀不同心理默默对峙。一个男人看见另一个男人手中的大棒子,片刻,青蛙腰部挨了一棒子,的确不是很疼。随后,青蛙背起撂在墙头上的半袋子高粱米,消失在山林间……

以后的几天,线儿黄瓜和大奶子女人谁都不提,像是根本没发生借种这件事。小木屋里的日子一如既往地过着,线儿黄瓜雄风未减,女人还是从前的满意。

月亮再次圆时,大奶子女人觉出身体异样,说:"我有啦!"

"有啦!"线儿黄瓜惊喜道。

大奶子女人想酸的,线儿黄瓜乐得直蹿高高,叨念:"酸男辣女,嘿,我有儿子啦!"

四

未来的狗剩儿在娘肚子里迅速成长,他不计较自己怎么来的,亲爹是谁,有了手脚狠劲蹬踹母亲一下,大奶子女人说:"咦,他真不老实。"

男人线儿黄瓜正躺在她的身边,常年端猎枪的手伸过来一只,拇指勾枪状在隆起的肚皮走过,他说:"长大跟我打猎。"

"你们男人都喜欢枪。"大奶子女人深有感触地说,她有所指男人听不出来,制造孩子的那个男人身上有熟悉的枪药味,有一只手的拇指也是勾枪的姿势走过她的乳房。

"嗯,还有女人。"

大奶子女人除了线儿黄瓜以外，能回忆到第二个男人就是那天夜晚抹黑进屋的男人，借种规则——男女如何身体接触都行，就是不能语言交流，防止两人互留姓名、再见面、再幽会什么的。聪明的大奶子女人还是通过男人身上的枪药味推断出他是常年摆弄枪的人，最后确定是个猎人，便有了以上她的感触：男人都喜欢枪。

线儿黄瓜盼望孩子早日出生，他几乎忘记了借种这一节，好像女人肚里的孩子自己做的。他说："给我儿子起个名字。"

"孩子没露头，谁知是男是女，起啥名呀！"女人说。

"儿子，肯定是儿子。"

大奶子女人不跟丈夫争辩，他说是男孩就男孩，随他心愿。她说："你当爹的，名字你起。"

"狗剩儿，吃奶的名字（小名）叫狗剩儿。"

三江地区孩子叫狗剩儿的多，随便问个人的乳名就可能叫狗剩儿。劫后余生的大命之人称狗剩儿，给孩子起这个小名，以求得好养活，与之意思相近的名字还有狼掏。

"大名吗，周庆喜。"线儿黄瓜说。

土炕上，他们把孩子的大名小名都起好了。好像以后没日子起名似的，大概老天指使，线儿黄瓜鬼使神差给未出生的孩子起名，还说了莫名其妙的话："儿子是我的，就是我的。"

"是你的，谁说不是你的。"大奶子女人觉得丈夫怪怪的，说的鬼话嘛！

"你向我保证，儿子永远姓周……"

"看你说的，你儿子不姓周姓啥？"

线儿黄瓜行为反常，说话更怪，他说："哪一天看不着他，你能保证他随我行姓，姓周。"

大奶子女人那天无名心烦意躁，昨晚被窝里丈夫说奇怪的话，让她越想越恐慌，后悔今早应拦住他外出打猎，别出什么事儿啊！线儿黄瓜出生在山里，熟悉每一座山头，每片林子，常年打小围，该不会出什么事。预感是什么她不知道，丈夫背猎枪走后预感便有了，他说的鬼话不可思议的效验了。

线儿黄瓜打小围一般都走不远，阎王爷鼻子山野物足够他打。野鸡、兔子随处可见，他很少用枪，节省金贵的枪药，下药、下套子、下踩夹。木屋后面山道树枝一样分杈，一条山道向东，一条向北。向北他经常打小围的地方，向东走则是另一座山。今天他选择向东走，且走出去很远。

林子中的动物闻到猎人的气味，赶紧躲藏起来。线儿黄瓜溜达一天，遇见几只松鸡，再没遇到其他动物，这本不正常。空手下山？狩猎风俗，打猎下山不空手，认为空手下山不吉利。

呜哇、呜哇——难听的叫声传来，他抬起看树梢，黑黢黢的老鸹在树梢上叫唤。倒运鸟①不能打，不然打一只乌鸦拎着下山也算不空手，万不得已不打它。

一条小溪出现在面前，有水的地方有动物。他坐在溪水旁等待动物出现，执著地等待。石头饱和了太阳光，像家里的热乎乎的炕头，放上身体舒服一会儿，解解乏。枕着双臂，仰望水洗一样纯净的天空。白云从树梢顶上飘然而过，老鸹顽皮鸹着云彩。如果云彩是树叶，肯定被它鸹碎落下来。

落叶砸在脸上感觉最深刻的一次是借种那个夜晚，他佝偻在窗台下面，屋里炕上的特别声音钢针一样刺痛他的心。自找的疼痛又是一种疼痛，痛觉里裹挟着无奈和悔意，男人不是媳妇找的，是自己硬塞给她的……啪！一片树叶骤然落下来，不偏不倚正砸在他的脸上，意识突然给砸清醒，驱赶走一切杂念，眼前情景看成是一个农夫播种，希望他认真耕作，春播一粒种，他期待秋收不是万担粮，而是活蹦乱跳的儿子。春种秋收，种子已经发芽，出苗指日可待……破土而出的苗将迅速成长，身边多了一个背着猎枪的男孩，他摸着儿子的鬼见愁——留在枕骨上的发辫儿——说爹教你打围。

"爹，我长得怎么不像你呀？"

"胡呲！"

"你个子恁高，我个子恁矮……"

"二十三蹿一蹿，二十五鼓一鼓，你现在才几岁！你是我做出来的，就是。"

"爹，什么是做呀？"

---

① 指猫头鹰、乌鸦、秃鹰，打倒运鸟会带来厄运、败运，不吉祥。

长篇小说 大猎帮

112

"做，就是做人！"

呜哇、呜哇——

老鸹突然飞起，树梢顿然空荡，最后一朵云彩被摇动的树梢割碎后飘走，夕阳泼下一片红光。

"今晚不走了。"线儿黄瓜做出决定，过去曾经有过，在山林过夜，猎帮称打小宿。

猎人打小宿再平常不过的事情，可对线儿黄瓜说来，就不那么简单了，当晚出了大事。

第十一章
再遇借种女人

老夫聊发少年狂。左牵黄，右擎苍，锦帽貂裘，千骑卷平冈。为报倾城随太守，亲射虎，看孙郎。

——北宋·苏轼《江城子·密州出猎》

一

线儿黄瓜忽略周围环境，小溪旁便是一条深沟，这种地方獐子、狐狸出没，还常有野猪和熊出没。

打小宿的地方选择溪流旁，天当被子地当床他裸身而睡，打起火堆，以为这样野兽不敢靠近，猎人积累的山野露宿经验。猎人都这么睡，没听说出意外。

所有的经验都不是终极的，完美无瑕、无懈可击的经验少之甚少，起码山间露宿靠打火堆阻止野兽袭击有效，但不是百分之百安全。线儿黄瓜在篝火燃烧中昏昏睡去。

第一个到访者是夜间猎手猞猁——白天躺在岩石上晒太阳，或者为了避风雨，静静地躲在大树下。它离群独居、孤身活跃在广阔空间里，无固定窝巢夜间出猎——来到线儿黄瓜附近，蹲在一旁，两眼警惕地注视着四周的动静，观察岩石上卧着动物的动静，它喜欢捕杀狍子等中型动物，是不是把线儿黄瓜当成一个猎物呢?

籁火燃着,火苗奄奄一息。猞猁仍然静伏着,思考如何行动。它的天敌突然出现,一只黑熊走出沟谷,它的嗅觉极为灵敏,比犬类强几倍,远远嗅到猞猁和人的气味直奔过来。

性情狡猾而又谨慎的猞猁,遇到危险时会迅速逃到树上躲起来,有时还会躺倒在地假装死去,从而躲过敌人的攻击和伤害。此刻,它躲避天敌,在黑熊到达前逃走。聪明的家伙走脱了,招来敌人给熟睡的线儿黄瓜带来危险,生命危在旦夕。

黑熊见到石头上直挺挺地躺着一个人,暗自高兴,跑了猞猁剩下人,都是美食。肉质上说人肉更佳,人肉有盐味儿,野兽中它们是较早尝到盐味人肉的一族,基因中遗传着人肉好吃的信息,致使它的后代袭击人,舔食人肉。

丝毫未察觉的线儿黄瓜,正在梦乡里和一条雌鲶鱼对话,他向鱼提出荒诞问题:你的配偶死掉了,你怎样繁殖?鲶鱼被高端问题考住,线儿黄瓜说:你真笨,借种!鲶鱼茫然,借种是什么?

黑熊吃东西很挑剔,活物吃死物不吃,它要检验面前的是活人是死人,要是死人丢弃走开。检验开始,闻他有没有呼吸。线儿黄瓜被弄醒,是一股腥臊味儿熏醒他(此前它吃了一只狐狸),大为吃惊,一只熊闻脸,明白它在做什么,于是忍着刺鼻味道一动不动装死,鼻子在差不多就要躲过危险的时刻受刺激打个喷嚏,致命的喷嚏招来灾祸,黑熊确定是个活人,伸出带刺儿的舌头,一顿狂舔……

后来狗剩儿出生见到的就是这张熊劫后余生的骇人的脸,线儿黄瓜的双目被舔瞎了,他没看到狗剩儿的长相,摸着儿子的脸问:"狗剩儿,你鼻子长得像不像爹?"

"像。"狗剩儿看父亲的鼻子同自己的鼻子没区别,说。

"嘴像不像?"

"像。"

"脸像不像?"

"不像。"

"哪儿不像?"

"爹是半拉脸，还露着骨头。"

线儿黄瓜给盐腌了似的极为蔫萎，黑熊给他留下命，没留下完整的面孔。猎人失去双眼不是歇炮那么简单，再也扛不了炮打不了猎。躺在木屋里听到林子里野兽叫声他心发痒，围猎的心不死，自己身体不行让儿子去，于是他摸索教儿子趟子活儿，下套子、下夹子……狗剩儿七八岁便能到林子里下夹子弄野兽，线儿黄瓜死时他九岁，跟着寡妇娘过日子。

大奶子女人从此陷入孤独，山风、残月难以填补她心中缺少男人那块空白，这就不能不使她想到那个男人——狗剩儿的亲爹。线儿黄瓜在借种后做了病似的，魔魔怔怔，有意无意嘴便溜出跟借种有关的话语，外人冷丁听不明白，她完全听得懂。他临死前摁着她身体某部位说："它、它是我的，就是！"

"是，这辈子是，下辈还是。"大奶子女人不得不说假话，不能让一个人心不静走吧。

"狗剩儿是我做、做的。"

"是你做的。"

线儿黄瓜这才放心走了。

大奶子女人控制自己一年不想男人，第二年她控制不了。第一个要找的便是借种的那个男人，可是他姓什么，家在哪里确实不知道。她想起一个人——彭山燕子，是他找的人。

"你想知道那个人？"彭山燕子见到雌燕子那样兴奋，"真想知道他是谁？"

"你知道不知道吧？"她问。

"那你说我知道不知道？"彭山燕子说。

"你告不诉告诉我？"

"告不告诉你？嘻，我得想想。"彭山燕子拿捏，有他目的的刁难，说。

"我给你一张狐狸皮。"

彭山燕子不是没看上眼，他想要的显然不是皮张。

二

女人最读懂男人目光，千百种动物中人类的目光最赤裸，心灵深处的东西爬出来。女人有特异功能，听见男人要死要活的"我想和你困觉"①！大奶子女人清楚想从彭山燕子那儿得到自己想要的东西，恐怕要满足他的一些要求。

果然，彭山燕子说："想知道，你得舍出孩子。"

"孩子"是含蓄说法，特指的东西大奶子女人明白，"舍出"相当赤裸。舍不出孩子，套不住狼。

"舍不舍呀？"他逼问道。

大奶子女人狠狠心，能够得到那个男人确切的消息，豁出一头，她极简单地说："舍！"

彭山燕子指指近处的一片野葡萄丛，说："那儿背静。"

钻入野葡萄丛，他们把事儿办了。彭山燕子大发感慨，说："我这回没白活，死了都行喽！"

"别说没用的，麻溜告诉我。"大奶子女人可没有面前猥琐男人那般美好感觉，纯粹交易心理完成一次被迫交易，她要兑现合约，"他是谁？"

"赵老白！"

赵老白！大奶子女人多次听已故丈夫线儿黄瓜说过这个人，赵家趟子村，猎帮的炮头。"他经常生喝大牲口血，体格好着呢！唔，你领教过。"彭山燕子说。

大奶子女人扭头便走，后面传来男人淫荡的声音："想我，随时来找我！"

"呸！"大奶子女人啐口唾沫，心里说：美出你鼻涕泡！想美事儿！

知道了借种男人是谁又怎么样？赵老白知道不知道啊！借种风俗决定他不知道，狗剩儿是他的儿子更不知道了。大奶子女人重新陷入一种苦恼里，寡妇身份决定失去很多很多。有一段"寡妇叹"云：六月里数三伏，天长夜短太阳那么毒，哭一声娘的娇儿别把娘闹，娇儿你的命孤，寡妇没男人滚下泪珠，咳！为奴守空屋。

"明天找他去！"夜晚大奶子女人起誓发怨，去找猎帮炮头。那个夜晚他离开恋恋不舍，可是到了天亮，她便像泄气的皮球瘪下去，没有了勇气。就

---

① 鲁迅《阿Q正传》中的一段话：吴妈，我想和你困觉……

这样反复多次，终没去找赵老白。

忽然有一天一个男孩进入了麻魂圈，她拣榛子遇到他，领他回到家里来，惊奇发现是十四的男孩熟了，稍加引导竟然会做那事儿。呵，他上了瘾，恋得很。更令她惊奇的是，男孩家住赵家趟子村，而且姓赵……难道这么巧？十几年前借种的是他爹，如今是他，父子两代人都是自己的男人。她没有说破，需要男人遇到男人，其他都不重要。本应多留小男孩几日，儿子狗剩儿发现，唯恐事情败露，她将那个男孩赶走……

几年里借种欢娱一夜的另一方赵老白，土炕上的女人永远难忘。男人回忆性事比实际操作时间多，有了两个女人难免要比较，得出结论是不知姓名女人身体柔软，皮肤细腻，有股苦艾淡淡馨香的体味，大概她经常用艾叶洗澡的缘故。他同样有几次想打听出那个女人的准确信息，彭山燕子肯定知道，去问彭山燕子。终了没去，十几年没去打听也没忘记她。

人间许多故事被安排，那只能量巨大的手把赵老白和大奶子女人十几年编到一起。入夏后歇炮，赵老白暂没有组织大围帮的想法，一个夏天不干呆着，偶尔出去打打小飞（禽鸟类）什么。到自家趟子去转转，随手下个套子，套住什么算什么，没有明确的目标。当玩当消化食儿，他骑马去了趟子。

赵家趟子过去很出名，山景相当好，即有水源又有沟谷，山险林密，套住过老虎和黑瞎子。如今只剩下旧址遗迹，再也没有大型野兽出现，一些小动物还有，趟子房——狩猎和收山货的在山里修建供休息用的简易房屋——还在，赵老白累了进屋去歇脚。

赵家趟子长足有十几里，从头走到尾得半天工夫。头晌他到来没去遛趟子，坐在趟子房前晒太阳。几天前下的套子没去遛，准备过晌去遛，看看套住物没有。远处的趟子看不见，近处还是看得见。目力到达的那棵黄菠萝树下就有一盘套子，肯定什么也没套到，套到能看见。

忽然，林子中有黑影一闪。经验告诉他不是什么野兽，是一个人，个子不高。他起身朝黑影闪现的地方走去，喊道："谁？出来！"

过了一会儿，走出一个男孩子，愣然地望着自己。

"你是谁？来这儿干什么？"赵老白问。

"套貉!"男孩出口惊人。

赵老白仔细打量面前的男孩，不太相信他的话，问："你套貉?"

"啊，对呀，套貉。"

跟一个猎帮炮头说套貉，口气又那么大，赵老白对男孩刮目相看了。问："你姓啥?"

"周。"

"你爹是谁?"赵老白推测男孩肯定是猎户家的，不然会下套子? 还要套狡猾的貉。

"阎王鼻子山前周家……"

赵老白咯噔一下。借种的地方就是阎王鼻子山，那家人家就在那儿住，难道是他们家，详细问："你今年十几啦?"

"十五。"

嚯，这么巧? 赵老白眼睛不离男孩，似乎在他身上寻找什么，问："你爹打猎?"

"嗯哪，他死啦。"

赵老白惊讶。

三

"你家还有什么人?"

"我娘。"男孩说。

"你叫什么名儿?"

"狗剩儿。"

"大名叫啥?"

"周庆喜。"

"你爹打围?"

"嗯。"

白狼山有多少棵树不知道，三江有多少猎人赵老白基本清楚。住在阎王爷鼻子山的周姓猎人，使猜测的范围大大缩小。姓周? 他并不认识，记忆中有这么个人，好像当过炮手，枪法不怎么样，误伤一个赶仗的，歇炮回家抱孩子——猎人对无能男人鄙视说法——再不敢称猎人。没想到自己被他借种，他的女人怀上没有，就是说面前这个孩子是不是自己做的呀？可能是，可能不是，借种一个人只能借一次，不中再借另一个人。时间上算，面前狗剩儿符合，但是仅凭时间对上号还不成。是与不是，女人的话也能证明，他问："你娘呢？"

"在家，她病了。"

"啥病？"

"走血。"狗剩儿补充一句，"娘说的。"

男孩如果不说是娘说的，赵老白还不信呢！十几岁尕伢子懂什么走血，那是妇女病哟。他说："病得很厉害？"

"血都流没了，娘站不起来了。"狗剩儿伤心的样子，说出来趟子的目的，"娘说她要死啦，我不让她死，听说貉肝炒菠菜补血，我来这儿套貉。"

"噢！"赵老白望着男孩，问，"你娘需要补血？"

"是。"

"貉肝不是很好，狗血都比它强，最好是鹿血。"赵老白说。

"我去套鹿，我要救活娘。"

狗剩儿很志气地，仍然是孩子气，鹿是说套就能套住的吗？即使成熟的猎手也不是随便套得住鹿的，尤其获得一头活鹿更不易，只有活鹿才能得到心膛血，鹿心血补血效果才更好。

"狗剩儿，我们去看看你娘。"赵老白决定帮助充满孝心的男孩，见见那个女人，看看她的情况，再决定弄鹿补血。

"不，我套鹿！"

"我帮你弄鹿。"

"帮我，你帮我？"

"是啊！"

狗剩儿扑通跪在猎帮炮头面前，磕了三个头，说："救我娘，我给你磕头，磕头。"

"起来，狗剩儿。"赵老白赶忙叫起他，接受不了如此敬重大礼，男孩为救娘亲给人磕头，感动了炮头，无论这个孩子是不是当年自己借种的结果，

长篇小说
大猎帮

都要帮助他，完成他忠孝心愿，"我要看看你娘病情，看还需要什么，然后帮助她治病。"

狗剩儿被说服，同意带赵老白回家。

离开赵家趟子，狗剩儿给母亲病压得沉默不语，山一样负担压垮了稚嫩的肩膀。赵老白找话说，找男孩感兴趣的话题，他说："你都套住过啥？"

"狼，狍子。"

"喔，不简单。跟你爹学下套子？"赵老白趁机问。

"爹还教我下踩夹，钢对撸。"狗剩儿兴奋地说。

看得出他十分喜欢打猎，赵老白心里高兴，男孩这一特点蛤蟆没毛随根儿嘛！自己就是只老蛤蟆，打猎的根儿传给下一代，儿子赵永和是，还有这个尚未弄清身世——是否自己制造的儿子——男孩，也爱打猎。赵老白继续打猎话题："你爹没教你打枪？"

"爹眼看不见，没法教我打枪，下套子，下夹子他摸索着教我。"狗剩儿说。

"你爹眼睛怎么啦？"

"熊瞎子舔瞎了他的眼，半拉脸肉也给舔光了。"

赵老白吃惊，他能够想象出来人被熊舔的惨象，遭遇熊破相留条命还是幸运，多少人被熊舔死啊！

"那是我爹坟。"狗剩儿指着林子中的一座坟茔说。

赵老白望了一眼，天下坟墓都相似，坟里埋葬的人不同。无论天王老子，草民百姓，死后都安静在荒冢里，谁也不比谁高贵，谁也不比谁富有。狗剩儿他爹他爷都一样，那堆就如瞎猫触子（土拨鼠）遗弃的土堆一样没任何意义。

"前边就是我家啦。"狗剩儿说。

赵老白的心给完全拽回来。十五年前的那个夜晚，彭山燕子送他到的大体是这个位置。彭山燕子说："看见了吧，那个房子，"他指月光下的孤零零的木屋，"嘻，那个小娘们可好，细皮嫩肉的，咂咂贼大。"赵老白第一次当人种，去播撒种子，跟相好女人幽会不是一种心情，如何也提不起来浪漫的情趣。男女到了这份儿上，跟满街跑的公狗母狗无差别，都是狗炼丹（交配，丹即蛋讳语变调）鹅扎绒（交媾）！排除感情色彩无偿不是好事，避免由此生情，关系保持下去便麻烦了。

"娘，娘！"狗剩儿跑到前面去，手拽门把手喊叫，"来客啦！"

赵老白简单地整理下衣物，使自己整洁一些。心思没完全回来，还有一部分在十五年前的夜晚行走，接近木屋门口石头有道坎儿，需要高抬腿迈过去，迈不好要摔倒。陌生和熟悉的门出现在面前，他的心还像十五年前那个夜晚跳得那样剧烈……

四

大奶子女人身体像一张白纸贴在炕上，胸前干瘪如七八十岁老女人，毫无血色的脸很难看，病态的丑陋骇人。

"你是谁？"纸还能说话，声音如蚊鸣，大奶子女人问。

"听孩子说你病了，来看看你。"赵老白说。

"我要死啦。"大奶子女人绝望地说，直勾勾地盯着他，"我们不认识。"

赵老白寻思说什么，如何说。十四年前夜晚的事情，女人还记得吗？她会不会想不起来呢？

"我们不认识。"大奶子女人又说一句，像是故意说给在场的某一个人听。赵老白猜测不是说给自己，像似另一个人，果然如此，她说，"狗剩儿，去揪点倭瓜花，我想吃倭瓜花酱。"

"哎，娘。"狗剩儿跑出去。

屋内剩下赵老白和大奶子女人，他们两人先是对望，大奶子女人突然说："你的声音变粗啦。"

"啊，你认出我来啦？"他惊喜道。

"十五年，唉，说长也长，说短也短。你怎么才来呀？"她埋怨道。

"呜，呜。"赵老白吞吞吐吐，他想说借种的规则，到了如此程度让规则见鬼去吧。

"我打听过你？你呢？"大奶子女人心里冤屈，为打探他的消息，被迫躺在野山葡萄下，被知情者蹂躏。

赵老白哪里知道这些，借种后他没忘记这个女人，想他但没实际的行动，没向彭山燕子询问过。弥补总是带着缺憾，他说："我不是来了嘛！来晚啦。"

纸的某一位置湿润了，从心里流出的东西浸湿它。大奶子女人的话湿漓漓并带有苦味，说："你知道我一个人有多么难过啊！"

"我能寻思出来。"

"你早该找我。"

痛苦如片风中的叶子在赵老白心里摇曳，如果说以前只是对女人本能的欲望，现在掺进被称为情感的东西，伤悲都是感情酿造的，他说："你这是怎么啦？"

"我俩到底没缘。"她怆然道，"缘分可想，不可求。"

他了解了她悲怆的经历，不禁黯然泪下。

"你看到狗剩儿了吧？"

"嗯，好孩子。"

大奶子女人语出惊人，她说："你儿子！"

儿子！天上掉下一个儿子，地上长出一个儿子吗？春种秋收，自己十五年前的夜晚播下的种子，在女人丰腴土地上长出苗。惊喜、欣慰、幸福，加上淡淡的悲伤，悲喜交加赵老白控制不住自己，上前抱住她的头，狂亲那张纸……猛然被女人推开："别让儿子看见。"

赵老白平静下来，再次凝望，深情地凝望。女人面容虽然病态但依然姣好，十五年前的夜晚没看清，肉体的读和目光读感觉不同，肉体读到的肉体全天下都一样，目光读到的则不同。他后悔道："当时我们应该开口说话，可惜我们没有。"

"他蹲就在窗户台底下，窗户敞开着……能说什么呢？"

激情易使人忘乎所以，使人昏厥，赵老白在那个夜晚奋力耕作，土地满意犁铧，终有了收获。

狗剩儿捧着倭瓜花进屋，说："娘，揪来啦。"

"去给娘打倭瓜花酱，去吧。"大奶子女人说。

狗剩儿答应着走出去。

"你别说出去。"大奶子说。

"嗨？"

"我答应他爹，不更名不改姓，你心里知道这码事就行。"

"嗯。"

"到什么时候，对谁都不要说，就是对狗剩儿也不能说。"大奶子女人叮嘱道。

赵老白能做到，向她表示一定做到。他说："狗剩儿说你走血？"

"走血。"

"没看看？"

"先生请了，药汤子喝了，不见效，始终哗哗的。"大奶子女人说她来了身子就不干净，血量太大，哗哗的有些夸张，但确实不是正常的量。

"咋落下这病？"他问。

大奶子女人愣怔。病根是不能说的秘密，涉及四年前一个少年，那年迷路的赵永和同狗剩儿相差三岁，尝到女人味道男孩既恋又贪，一夜几次，她不是不希望这样。不巧，次日便来了身子，男孩还要那个，她说：我脏身子（月经期自谓），不行！男孩就想要，坚决要。她说：等一等，过两天，走了你再……男孩犯瘾抓心挠肝，用拳头砸自己的东西。她怕他砸坏喽，深知闯红①对自己不好，弄不好落下病，但可怜他，便同意冒得病危险满足他的要求。结果很坏，她真的患了病，行经流血，大走血。

赵老白见她不愿回答不再追问下去，说："鹿血补血好使，我给你打鹿去。"

"鹿不好打吧？"大奶子女人问。

"你就别管了，一定弄头鹿回来。"赵老白说，"我这就去。"

一听去猎鹿，狗剩儿要跟着去。

"留在家照顾你娘。"赵老白说。

"带我去吗……"男孩央求道。

大奶子女人说话了："让他去吧，跟你打鹿……"

赵老白从女人眼里读出不止是带孩子打猎，让父子呆在一起时间多些，相处才有感情。他不能读出女人全部的想法，同意带狗剩儿去猎鹿。

---

① 妓院术语。指月经期发生性关系。

第十二章
炮头带回男孩

断竹，续竹，飞土，逐肉。

——《弹歌》

一

赵老白走在前面，狗剩儿跟在身后，公狍子经常这样呵护小狍子，它们去翻山越涧，躲过天敌捕杀，度过饥馑，顽强地活下去。

那一时刻，大奶子女人像一只狍子，眼看小狍子回到族群里，它可以得到保护，能够生存下去。她凄然的笑揉皱苍白的脸，准备在夜晚实施她的计划。

"大爷，"狗剩儿叫他，是他让孩子这样称呼的，"我们去哪里打鹿?"

"狗剩儿，你长大了成为猎人，记住不要问，打猎不指路。"赵老白开始对未来猎人的启蒙教育，猎帮的规矩太多，所有的行帮规矩都多，同样有不指路规矩的还有放山的参帮。围帮打围不指路的风俗，少数民族也有，最典型是鄂温克猎人出猎都不告诉别人，近亲好友也不能告诉。

山规男孩难以理解，狗剩儿还没入猎帮，还不是猎人。他是猎人自然自觉遵守流传下来的老规矩。他也懂事，不让问就不问，乖乖跟着走就是，能去参加猎鹿总是件快乐的事情。

"我们先码踪。"赵老白说，夏天码踪比其他三个季节都难，看土看霜看雪都能找到野兽蹄踪，夏天却没有这些，"夏天码踪要看草。"

狗剩儿去看路旁的草，青草还青草，有一只扁担勾（中华蚱蜢）爬到草尖，他顺手逮住，孩子的天性时时展现出来。儿童有一个游戏，抓住扁担勾，捏着它的两只腿，让它跳动，诵歌谣：扁担勾，扁担勾，你挑水我馇粥！

倒是个孩子！赵老白看在眼里，心里说。狗剩儿就是个孩子，母亲病得那样恐怕日子不多，他并未看到死神脚步逐渐走近他的母亲，乐颠颠地跟着去打猎。确定狗剩儿是自己儿子，赵老白的心里多了些想法，女人一旦死去，撇下狗剩儿一人无法过日子，到时候把他接走，回到赵家大院里去，相信女人也是这样想的。还是要尊重她的意愿，保守狗剩儿身世秘密，继续姓周，叫原来的姓名。

"大爷，我听到鹿叫。"狗剩儿说。

走到山林里，赵老白突然生出数只耳朵似的，耳听八方，且听出很远，多年打猎生涯练就的本事。绝对没有鹿鸣，附近即使有鹿群，此季节鹿也不会叫，鹿发情才叫。孩子听到鹿叫，是他太想猎到一头鹿，取到鹿心血救母亲，出现幻觉幻听很是正常。

狗剩儿侧耳向林子听着，相信自己听到了，想再听细致一些。夏天风走过山林，不断变幻脚步声，有些声音听上去便像某种动物啼叫。

"狗剩儿，悬崖的响声，不是鹿叫。"赵老白说。

"悬崖是石头，它咋会叫？"

"风吹的，吹疼了它，那它就要哭要叫。"

狗剩儿生活经验极其有限，家住在阎王爷鼻子山悬崖下，古怪的声音听到过，娘说是鬼哭或是狼嚎，她从来没说过石头会喊疼啊！他说："阎王爷鼻子不能摸，娘怎么说她要去摸阎王爷鼻子呢？"

"娘这么说的？"

"嗯，她还说有一天她要走了，叫我别去找她，大爷，我娘要去哪里啊？"

赵老白心里像冬天冻炸的冰咔吧一声，猛然停住脚，说："狗剩儿，我们回去，回家！"

"不去打鹿啦？还没弄到鹿血。"狗剩儿对赵老白的决定不理解，问。

"走吧！狗剩儿快走！"

赵老白抽风似的决定有原因，狗剩儿学说他娘说的话，联想狗剩儿娘病得那么重，不把儿子留在身边，支他出来……他实在不敢往下想了。摸阎王爷鼻子就是去死的意思，狗剩儿小不懂其含义。她要自杀！赵老白心慌得不行，催男孩快走跟上他。

"大爷，我娘要用的鹿血呢？"狗剩儿赶上来就问。

赵老白不回答他的问题，叫他快走快跟上。怎么说也要些时间，他们走出很远。

"大爷……"

"别说啦，少说话节省气力。"赵老白说，望向西边天际，厚厚的云团包围着夕阳，还有云彩朝一起涌，夕阳猎物似的被围在中间，场面酷像一场围猎。

终于见到阎王爷鼻子山，但还是有段距离，正所谓望山跑死马。赵老白鼓励男孩说："咬咬牙，快到家了，就看到你娘啦。"

见娘的愿望是最大力量源泉，狗剩儿抹一把额头的汗水，努力跟上大人。跟上善于走山路的猎人，真是不容易，何况还是一个孩子。

赵老白最先看到的一幕，令他大惊失色。

"咋啦，大爷？"狗剩儿个子小看不远。

阎王爷鼻子山下的小木屋燃烧到了最后，赵老白见到它轰然倒塌的震惊一幕，即使一下子飞到灰烬木屋前，什么意义都没有。他关注的不是两间木头房子，而是房里的人，猜到可怕的事情已经发生，回来晚一步。他没回答问话，将男孩紧紧揽进怀里，说："狗剩儿，你听我对你说，你家房子失火了。"

"我娘呢？她跑没跑出来呀？"

"我们过去看看便知道了。"赵老白拉起男孩跑过去，一片灰烬前几个村民在救火，说看护火场使之不向外蔓延。

"人……出来没有？"赵老白问。

一个村民说："那还出来啥，她自己在里面点着了房子。"

二

今天下午，大奶子女人让赵老白领走狗剩儿，便开始了她准备已久的计划。身体的血眼看要流尽，身体树枝一样干枯，生命即将完结，她感到支持不多久。四年前和一个男孩的欢娱付出了代价，谈不上后悔，不舍这个世界是有些事情没做完，狗剩儿没长大成人，他的父亲是谁尚不知道。确认他的父亲不为自己，是将狗剩儿送回父亲身边，自己心静地走。

她计划将狗剩儿送给赵老白，然后自杀，方式她想好了，上吊。在她考虑如何送、怎样方式送之际，赵老白突然出现。十五年后与他见面，人种变成儿子他爹，心里一块石头落地，像做完人生最后一件事。

赵老白带狗剩儿去打猎，她感觉一只跑出族群的幼崽，被狼王领回去，它以后的生存、安全问题都不用操心。如释重负使她从容面对思谋许久的自杀计划。

他们去猎鹿，为自己弄鹿心血。一切要在他们回来前结束，不然很难实施。上吊用的绳子事先准备好，藏在褥子下面，是丈夫线儿黄瓜经常扎在腰上一根线麻绳，外出打猎携带结实绳子用处很多，捆绑活猎物，攀爬悬崖……他说："绳子用处老大了。"因此他死去后，她烧掉了他生前物品，只留下绳子，那时她还没有自杀的想法。上吊需要一根绳子，死神提前为她准备好了似的，老话说人该井死河水死不了。放荡毁坏了身体，一日比一日衰败，纸似的生命相当脆弱，只要一点儿硬物碰，它都可破碎，日渐干枯的生命挤走所有的希望，绝望时刻她想到那根绳子，带上它去找线儿黄瓜，也许他在那面（阴间）还上山打猎，需要这样一根绳子。她渐入一种虚幻的境界，跑步给他送过去……还是回了下头，见到狗剩儿撵上来，不能让儿子跟自己来，阻止他！

"娘！"

"你别过来！"

"娘，娘！"

"跟你爹去，你爹是赵老白！"

"他不是，我姓周……"

大奶子女人从幻境中走出来，雾散去头脑慢慢清醒，她迷惑起来，刚才自己去了哪里，怎么让狗剩儿给撵上来？不，绝对不能让他看到自己，能让他找到自己……他会回来，到木屋来寻找来等待。要想动物不回它原来的窝，就是毁了那个窝，丈夫生前曾这样赶走屋后山洞里一窝狐狸。彻底赶走让狗剩儿回到生父身边去，唯一的办法就是毁掉木屋……她在窗户亮子上系好绞绳，将油灯打碎，灯油泼洒在被子、衣物等可燃物上，划取灯（火柴）点着，待火燃烧起来，蹿上房棚，将头颅伸进绳套……本来只几户人家的小村，白天进林子做事在家没几个人，等人们发现木屋起火，房屋已经烧尽，施救已没意义。

"娘！娘！"

在狗剩儿撕心裂肺的喊叫中，木屋成为一堆灰烬，大奶子女人只剩下几块骨头……

赵冯氏听丈夫赵老白讲述，揩了几次眼泪。她不再开玩笑说他泡卵子什么的，人借种比公猪母猪打圈子（交配）复杂百倍。这种事情发生在人的身上就有了悲欢离合，故事就没完没了。她问："狗剩儿知不知道？"

"啥？"

"你是他爹？"

"不能让他知道，我答应了他娘。"赵老白守诺，大奶子女人生前答应她的，现在人死了更要保守狗剩儿身世秘密，"这件事只能你自己知道，对谁都不要讲。"

"怎样对外人说呢？"赵冯氏问。

家里忽然多个男孩，总有人要问来历。赵老白想好了这件事情，他说："就说是我们远房亲戚的孩子，他的爹娘死了，咱们收养他。"

"叫你什么？"赵冯氏想到以后一起生活，辈分称呼要明确，问。

"狗剩儿现在叫我大爷，你自然是大娘，叫永和哥哥，叫丫蛋儿姐姐……"赵老白安排道。

"丫蛋儿比狗剩儿大三岁，嗯，叫姐对。"赵冯氏问，"狗剩儿住哪个屋？"

"永和屋子有地方，和他住。"

"中，哥俩是个伴儿。"赵冯氏说。

猎人吐口唾沫落地是个钉，说话算数，赵老白答应大奶子女人狗剩儿不改姓不改名，大名还是周庆喜，小名仍叫狗剩儿，跟赵姓没关系。他担心女人一时走嘴说出真相，叮咛道："你别高兴给嘞嘞出去呀，他们是哥俩却不是亲哥兄弟，漏兜了不好。"

"放心吧，我嘴又不是碟子，那么浅啊！"赵冯氏说。

"知道你嘴严不能说出去，只怕万一嘛！"赵老白说，知道她不是破车嘴（爱说话）。

"你不让说，哪有万一。"

"那就好。"赵老白说，短暂的接触他对狗剩儿很上心，血缘关系永远割不断，无论多少年未见面，见了自然亲近，"狗剩儿穿得破狼破虎（破破烂烂）的，扯布给他做几件衣裳。"

"可不是咋地，破衣挏梭（衣服破旧）……我马上给他做几身。"赵冯氏说。

"狗剩儿的娘刚死还没转过劲儿，让永和、丫蛋儿多跟他玩玩，小孩子嘛玩起来什么都忘了。"赵老白说，"今后你就是狗剩儿的娘啦，处处你多操心吧。"

没看谁做出的孩子？纯正赵家的根儿啊！赵冯氏刚要说出这些，话到嘴边还是咽了回去，现在可不是说俏皮话的时候。她明确态度说："我不能错眼珠待他。"

三

狗剩儿出现赵永和面前，他们互相认出来。四年里赵永和变化最大，如今十八岁，个子比四年前长了一头。

"永和哥，你咋在这儿？"狗剩儿问。

"这是我家，我不在这儿在哪儿？"

"赵大爷没说。"狗剩儿说。

赵永和见到狗剩儿第一反应，顿然想起大奶子女人，问："你自己来这儿，你娘呢？"

"娘死啦。"

"天老爷，死啦！"赵永和惊愕，继而问，"咋死的？"

"生病，走血。"狗剩儿说到娘的病时，下意识地望眼赵永和，尽管他对走血，和走血原因不明白是咋回事，朦胧感觉与面前赵永和有关系，他不能忘记他跟娘压撅的情景，这种印象在未来的日子里将要发生质变，此时只能算仇恨的胚胎，连芽儿还没钻出来。

走血，对此妇女病赵永和也朦胧，不过他比较狗剩儿年龄大，多少明白一些，依稀记得大奶子女人拒绝他的要求时说过来了身子、做病，和闯红一类话，走血是否跟这件事有关呢？赵永和觉得不能问狗剩儿。当年就是狗剩儿搅合，自己才被大奶子女人赶走，家里人都不知道自己迷路到了她家，更不清楚跟大奶子女人的事，如果让爹知道了，还不一枪打断腿啊！狗剩儿来了，那事还能瞒住吗？他问："狗剩儿，你对我爹说没说我在你家住过？"

"我压根儿（根本）不知道赵大爷是你爹。"

"你没说。"

"没说。"

赵永和放下心，嘱咐道："以后也别说。"

"不说。"狗剩儿答应。

他们俩共处一室，睡一铺炕。四年前他们是玩伴，现在还是。差异四年前赵永和背着一支没有沙子、火药的空猎枪，还说不上是个猎人，如今他已经是父亲猎帮的炮手，在一起时已不玩儿童游戏，而是谈论打猎。

"永和哥，下次打猎带着我。"狗剩儿说。

"那可不行。"

"咋不行？我会下踩夹。"狗剩儿不甘愿让人瞧不起，赵永和说打猎不带他，是瞧不起他，小小的自尊心受到伤害。

"狗剩儿，打猎可是真枪真炮地打，熊瞎子，狼啥的，老危险了。"

"我不怕。"

"光不怕还不行，要会打猎……"赵永和说你还不是狗剩儿，你是能赶仗，还是能做炮手？宗宗样样都干不了。

"教我打猎，永和哥。"

"等你长大吧。"

"我已经长大了。"

"才十五岁，再长长。"

狗剩儿不服气别人说自己年龄小，猎帮里有小孩，称为半拉炮，自己怎么就不能做半拉炮？他说："你不教，让赵大爷教我。"

赵永和没有阻拦，相信爹不会教他。现在他懂了传承人的意义，心想：你姓啥呀？姓周，哪盘菜啊！我是猎帮炮头赵老白的儿子，你不是！

狗剩儿申请做猎手自然没成功，赵老白没答应他。当然不是赵永和说的原因——他蒙在鼓里，不知道狗剩儿是自己亲兄弟这一节——而是认为他小，不宜学打猎。

赵老白自然有他的想法，两个儿子有一个儿子永和打猎就够了，狗剩儿长大可以去挖参、淘金、采珠①、伐木……还可以到三江县城里学些手艺，不能一家人死一窝，烂一块同吃一碗饭。

狗剩儿是有心道儿（心眼儿）的孩子，一次不成他不气不恼，以后再央求。他回到赵永和身边，没事儿似的。

"成没？"

狗剩儿摇摇头。

"我说不行吧，你不信，结果咋样。"

狗剩儿傻笑。

他们在一起睡觉以外还是要玩耍，狗剩儿觉得两人玩不及人多热闹，提议说："叫丫蛋儿来，咱仨一块玩儿。"

"你一个小蛋子（男孩），找人家姑娘玩？"

"啊，是啊！管什么呀！"狗剩儿眼中大院里，年龄相仿的只丫蛋儿，在一起玩很正常。

"你真没长大！"赵永和只能这样说狗剩儿，说更多话没用，男女授受不亲他不懂，"你玩你的，她玩她的。"

"丫蛋儿长得真俊。"

----

① 早年，东北地区盛产珍珠，珠子粒大、色美、品种纯正，称"东珠"，主要用来给朝廷进贡。应运而生采珠行当。

"哦，是吗。"

"给你当媳妇得啦。"

"胡呲!"赵永和伸手揪住贫嘴狗剩儿的耳朵，对他进行惩罚，俗称掀拧上下撤（抽打脸）。

狗剩儿顽皮不怕骂，怕掀拧上下撤，挣脱逃走，去找丫蛋儿玩，出门示威地喊："我找丫蛋儿玩，气你，干气猴!"

赵永和总要摆出哥哥的样子，没有追出去。找丫蛋儿玩他也十分愿意找，心里比狗剩儿复杂，单独跟丫蛋儿在一起有些局促、拘束，多少有些不自然。他透过开启的花格窗户朝外看，能看到院子，狗剩儿和丫蛋儿俩踢键子。

四

丫蛋儿穿着件花格布衫，底大襟掖在裤腰沿内，方便踢键子，她边踢边唱："一个键儿，踢两半儿，打花鼓，绕花线儿，里踢，外拐，八仙，过海……"

"好!"狗剩儿鼓掌加油道。

两人玩得热火朝天。

赵永和忍不住，走出去。刚一开门，见到母亲远远地向这边望，他急忙缩回门里。几天前，母亲单独问他："永和，你是不是看上丫蛋儿了?"

"没、没有啊娘。"

"说实话。"

娘的面前赵永和总说实话，多秘密的事，娘问到，他都竹筒倒豆子。是不是看上丫蛋儿，娘一提口把一件迷蒙的事情变得清晰，大奶子女人之后，他心仪的第二个女子，承认道："嗯，丫蛋儿挺好。"

赵冯氏慌了手脚，儿子喜欢上丫蛋儿以前只是怀疑、猜测，儿子亲口承认，成为事实可不了得。丫蛋儿有毛病，身体天大的缺欠——做不了女人。儿子肯定不知道。做母亲的怎样跟儿子说这件事儿呢?直说不行，弯说也不妥。直说暴露丫蛋儿缺彩不行，弯说怕儿子听不懂。寻思后说："永和，娘跟你说，丫蛋儿不可能做你媳妇，为啥你现在别问，将来你一定明白。"

赵永和迷惑地望着母亲。

"永和，听娘的话，娘能给你窟窿桥走吗？"

当地土语窟窿桥意为吃亏上当的道儿，也可以说成空桥。赵永和当然相信母亲不会让自己走窟窿桥。可是，丫蛋儿怎么啦？怎么就不能做媳妇？想问娘又不好意思，以后肯定要问的。

"少跟丫蛋儿玩，别老在一起打恋恋。"母亲的逻辑是，少接触，不经常在一起，避免产生感情。她没想想这样做是否奏效，男欢女爱是水是火，包裹得住了吗？"听见没？永和。"

"我听见啦。"赵永和回答母亲。

限制的结果是儿子行动走向隐蔽，尽量躲开母亲监视的目光。赵永和透过木板门的裂缝，眺望远处的母亲，见她进屋去，便自己走出来。狗剩儿和丫蛋儿还在院子里，踢毽子换成另一种游戏：大眼瞪小眼。

狗剩儿同丫蛋儿面对面地站着，他使劲瞪眼看她，她使劲瞪眼看他，谁先眨眼谁输。这个游戏还需要看热闹的人唱歌谣。歌谣：

> 大眼瞪小眼，
>
> 小眼变大眼。
>
> 小眼瞪大眼，
>
> 大眼变小眼。
>
> 两眼瞪两眼，
>
> 鼻尖对鼻尖！

赵永和玩过大眼瞪小眼游戏，会唱那首歌谣他没唱。心里不舒坦他们面对面地站着，别说鼻尖对鼻尖了。说赵永和嫉妒也成。

"你眨眼，你输啦！"丫蛋儿喊道。

狗剩儿接着学人，学人也是一种游戏。他学她道："你眨眼，你输啦！"

"你学人！"丫蛋儿说。

"你学人！"狗剩儿顽皮道。

丫蛋儿见狗剩儿学她，唱起歌谣反击："学人烂舌头，死了变蘑菇。蘑菇一条腿，死了变小鬼。"

狗剩儿立刻不学了，怕变成小鬼。

近在咫尺的游戏现场，赵永和几次想去跟他们玩，几次都忍住了。他俩打闹一旁看，他想参与其中，又怕母亲在哪儿看到他，羡慕他们无拘无束，自己就不行。

"永和哥，咱们玩坐轿抬轿。"狗剩儿说。

赵永和犹犹豫豫。

"永和哥……"

"玩吧，和哥。"她说。

丫蛋儿开口了，她请求一切都改变。赵永和加入进来。玩这个游戏至少三个人，两个人手脖握手脖，便是一辆轿子。两个男孩做轿子，坐轿的是丫蛋儿。

"花小姐，上轿。"狗剩儿滑舌道。

丫蛋儿坐上去，轿子颤巍巍地颠悠，心里美滋滋的。她不时扫眼赵永和，心里想的什么只她一人知道。

轿夫抬轿相当的辛苦，边抬边唱抬轿歌。狗剩儿却唱起另一首歌谣①，赋予此次游戏另外的意义，他唱：

> 呜哇喤，呜哇喤，
> 娶个媳妇尿裤裆！

坐轿变成了抬新娘子，丫蛋儿摇身成媳妇，她从没想过做媳妇什么的，显然被狗剩儿的歌谣引导，轿子颤颤微微地颠着，心悄悄向其中一个男孩靠近，一个恋爱故事揭开序幕……

---

① 歌谣词：坐轿，坐轿，面条腿不许掉。坐轿，坐轿，叫你坐个无底轿。

第十三章
风雪猎帮宿营地

> 威风万里压南邦，东去能翻鸭绿江。灵怪大千俱破胆，那叫猛虎不投降。
>
> ——辽代·萧观音

一

肉体和灵魂从若干年前的时光里重新飘回到猎人营地的地仓子，赵永和走出往事的河流，寡妇女人形象只剩下无法抹去的两只大奶子，柔软而白皙还能真切感觉到它的温暖和微微颤动。

仓子外火堆猛然旺起来，显然起了风。赵永和爬出皮筒——睡袋，要限制篝火在夜间燃烧的速度，不能过快。方法经常采用，向木柴上扬雪，湿木柴燃烧慢。赵永和忙乎一阵，火堆基本变得暗红葡萄火（文火），燃烧到天亮没问题，他准备回屋睡觉，听见一声咳嗽传来，一个人影儿向营地移动过来，等了一下，那人走近。

"赵炮。"

"孙老弟。"

孙大杆伸出手在火堆上烤烤，撅了撅僵硬的手指，说："这天哑巴冷（干冷），我去了那边。"

赵永和明白"那边"所指，问："他怎么样？"

"冷倒是不冷，伤口疼。"孙大杆说。

今夜起风时惊醒孙大杆，卷起雪粒打在地仓子门上，判断是起了东南风，他掂记山洞里的刘德海，洞口朝向要灌风，灌风山洞要冷，得给他送些御寒的东西。猎人带足了毛皮类的东西，他随手找了两件，直奔受伤抗联战士藏身的山洞而来。

那时候刘德海缩在毛皮里，实质是用皮子缠裹住身子，呆在洞底的背风处。东南风吹进洞中，被一块石头挡着没直接吹到他，因此不是很冷，但无法跟温暖的地仓子比。

嘎，嘎！貂的叫声陡然响起，而且是它在遇到极度害怕时发出的尖叫。这是他跟孙大杆约定的联络信号。刘德海拿掉身上皮张，向洞口走去，一直来到那块巨石前，见雪地站一个人，手里抱着东西。

"我给送你两张皮子，起风啦。"孙大杆说。

"已经有了几张，不冷。"

"接着吧。"孙大杆将皮子卷成卷，系在绳子的一头，"好啦，拉！"

刘德海跩上皮子，一共拽了两次。

"你的腿，腿伤怎么样？"孙大杆说。

"嗯，还是疼。"

"加小心别冻喽！明天白天我不一定过来了，我们去猎熊。"孙大杆说，"吴二片给你送饭，有啥事儿你跟他说。"

"哎，孙大哥你请回吧，天太冷。"刘德海说。

孙大杆回到营地，正遇上炮头出来弄火堆。他说："伤口一定很疼，不然刘德海不能说，他是个刚强的人。"

"伤口腾（拖延）下去不行，我们尽快收围，带他下山，回村里去治伤。"赵永和说。

"明天打住熊，我们以送熊肉为名，送他回去。"孙大杆建议道。

寻思一会儿，赵永和觉得不妥。王警尉念完秧儿（碎语低言使对方知其意图）走的，他不能这么轻易就放下这件事，在村子布下眼线暗中盯着也说不定。无论什么理由没收围回村必然引起警察的注意和怀疑，他说："这个时候送刘德海回村不成，等等看看再说。"

"好。"

"睡觉吧，明天要出猎。"赵永和说。

翌日，天气很好，围猎需要这样好天气。赵永和带着猎帮上路，直奔一个沟谷，很快到达。

赵永和的猎帮来掏地仓，事先炮头码踪确定熊蹲的地仓位置。掏仓本用不上赶仗的，只来几名炮手即可。大家都要来，第一场围猎，看看红围（猎大野兽）的场面使人振奋，赵永和没阻拦。

炮头布围，猎人们选择最佳位置四下埋伏妥当。赵永和命一位经验丰富的猎人说："你去叫仓！"

"好！"猎人欣然领命去做，叫仓就是把熊轰赶出洞。这需要胆大心细、经验丰富的猎人去做。

众目光盯着这个人。

赵永和离洞口最近，也是最危险的地方。今天他担任主要射手，遇到围猎大牲口，第一枪都是由他来打。原因是在最危险时刻炮头必须冲锋在前，二来他的枪法最准，可以一枪毙命或击中要害，不然受伤的野兽会发疯扑向人。挨着他的是贴炮孙大杆，他的角色相当重要，就是炮头第一枪没打死猎物也不能开第二枪，这也是狩猎的规矩。第二枪由贴炮来补，如失手或不见效，其他炮手才可补枪。

炮头和贴炮距离不远，他们都架好枪，一致对着洞口。这个洞在窝风向阳处，熊在里面冬眠。它成了一洞之王，尽情地享受无忧无虑的冬眠生活。昨天还爬出洞去闲逛，遇到装死的赵永和，炮头机智地给熊挠卵子，趁机逃脱，绝没想到逃脱的人今天来捕猎它。

乒乓！负责叫仓的猎人用树棍敲打石头，丝毫没有效果。改为向洞里投石头，熊还是不出来。

赵永和做了一个动作给叫仓的猎人，他立刻明白炮头的意思，点燃一捆干草，投向洞中。

二

投入洞中的是一种火苗小、烟特别大的草，滚滚浓烟灌入洞中，这样做像是向外驱赶熊，炮头的枪口等待它出洞。其实烟熏还有一个重要目的，激怒熊，获取熊胆。捕虎猎狼都不会这样做，完全没有必要这样做。冬季捕熊，名贵的中药材熊胆——味苦，性寒，无毒，归肝胆心经。有退热，清心，平肝，利胆，溶石，明目，杀虫作用。用于惊风抽搐，外治目赤肿痛，咽喉肿痛——药用价值和经济价值极高，得到一只大熊胆，胜过农民十亩田。

猎人发现蹲仓的熊，还有许多激怒它的方法，譬如敲打洞壁、朝里边塞木头、锯断大树；其他还有激怒方法，如捉熊崽、木桩夹、挖窖子窖……总之使它发怒，那样熊胆才丰盈不干瘪。

炮头赵永和伏击的位置离洞口最近，只要熊出洞，一枪即可使其毙命。然后，他不能一枪将熊打死，而是让它重伤，给它发怒的机会，贴炮及时补枪，一场猎熊便结束。

灌入洞中的烟倒反出来，还不见熊出来。熊相当顽固，不到挺不住不会出洞。还有一种情况，遇到觉大的熊，烟没能熏醒它。赵永和断定洞里边是只顽固的熊，昨天还看见它出洞，肯定不是深睡不醒。

叫仓的猎人继续朝熊洞里填柴草。猎手们目不转睛地盯着洞口，在雪地里趴着等待，天气很冷，近处一棵树枝上，有只冻僵的鸟。

呃——呃嘀！呃——洞里传出声音，令猎手们兴奋，熊咳嗽，说明它被熏醒，快要坚持不住了。

赵永和的拇指放到扳机上，只等熊出洞的一刹那激发。猎物的靶心醒目，熊胸前有块白毛，射入便是心脏，不过炮头要故意打偏点，不打老（死），打冒卤子（出血）。让它活着逃出几步远，发怒了贴炮补枪打死它。

熊像一个棉花包滚出洞口，身上缠绕着一团烟雾，赵永和透过白色烟雾寻找靶心，找到后开枪，砰！

嗷！中枪的熊猛然站起身，径直朝炮头扑过来，贴炮孙大杆未立即开枪，惊险时刻，他沉着冷静，精准掌握时间，即熊已经大怒，又没到炮头跟前适时开枪，不具备机敏头脑和极准枪法当不了贴炮。砰！孙大杆开枪，熊趔趄几步，一面墙似的轰然倒下。赵永和撂下枪跃身而起，用青子（短刀）趁熊刚咽气，血还没有凝，迅速开膛，取出胆。割下后将胆口扎紧，小心剥去胆囊外附着的油脂，用木板夹扁，拿回去后悬挂于通风处阴干，或置石灰缸中干燥。

接下去一幕有些血腥，讲述猎人故事无法越过这一节——喝生，即喝猎物生血，因为猎获的是熊，所以省略了吃生，如果是鹿，就要切鹿心、鹿肝蘸着咸盐花吃杂碎。熊膛血还是要喝的，赵永和咕嘟嘟像喝凉水似的。这是他做炮头的特权，他喝完依次是贴炮、炮手、全体猎人，人人有份儿。

"孙炮，你来！"赵永和喊道。

孙大杆上前，从炮头手中接过葫芦瓢，舀熊膛血喝下。

"李棍，你来！"

"哎！"李边棍接瓢喝熊血。

……

"回营地！"赵永和发话道。

猎帮将熊抬上爬犁，拉回宿营地。

第一场围猎，又捕获了大牲口，重要仪式要举行，炮头赵永和传下话："谢山！"

谢山仪式举行前，要举行剥皮仪式，赵永和的猎帮主要参考蒙古族狩猎剥皮风俗①，创造了本帮独有的剥皮仪式……有了肉做供品，然后才进入谢山程序。谢山，谢山神。猎帮谢山活动极为隆重，大摆排场。由于在山间营地仪式从简，猪头、公鸡、五样菜等供品有什么上什么，酒、馒头、蜡烛、纸、香带了，山神爷面前摆好供品，赵永和率大家磕头，念谢词：

---

① 酷龙《蒙古族的狩猎习俗》：围猎结束之后，人们开始剥猎物的皮子。这时由打猎头目将头一张连着狐鼻、狐皮和狐肉拎起来，转圈跳着步吟诵以下祝文：蒙蒙烟尘向那边，紫花额头朝这边，茫茫烟雾向那边，直立短耳朝这边。在别人围猎圈之外，在我们围猎圈之内。不分公和母，带着崽子来。杀死的地方堆着二三十，猎取的地方堆着三五十。首尾相连，成群结队，黄羊野兔，不分甥舅，都来投我们罗网！吟诵毕，大家齐声喊"呼列！呼列！"接着，将狐皮鼻和狐皮分开，把狐肉作为献给玛乃汗天神的供品，一刀一刀卸开，并让狐狸嘴咬着尾巴放在高地上……

山神爷老把头在上，

是你保佑小的们开了眼，

打到了大牲口，

让我们猎帮兄弟能过个好年。

你老人家的大恩大德，

我们都永远记在心间！

今天小的们备点薄礼，

感谢你老人家的保佑前来谢山。

你老人家千万不要嫌少，

小的们求你保佑今后打围平安，

开眼打到大牲口，

小的们还感谢你老人家的恩典！

一顿吊锅肉飘出香味。猎帮举行剥皮仪式时，端锅吴二片选择背风处，利用一棵歪脖树——由于长的不直，树弯的像人歪着脖子——准备吊皮锅，煮熊肉。

三

端锅吴二片煮肉有些煮豆燃豆萁的味道，他使用的是皮锅。煮饭的锅石、铜、铁常见，动物皮的锅呢？恐怕见到它的人极少，甭说使用了。赵永和猎帮的确有一口这样的锅，使用它是吴二片的绝活儿。

制造皮锅的有野猪皮，有熊瞎子皮。"皮锅煮肉的方法也很特别。把兽皮呈锅形吊起来。在兽皮底部扎几个眼。'锅'里装上雪，再装上肉。'锅'下生火。由于兽皮皮下扎了眼，火烧'锅'底时，雪水下流，不会使'锅'烧焦烧漏。'锅'里的雪水很快就会沸腾，用不上一个时辰，大块肉煮熟了。"[①]

熊肉煮在锅里，香味飘出，在营地弥漫。

猎人等在地仓子里，外边天太冷无法野餐，三五个人聚在一起喝酒。炮

---

① 此俗见孙树发编著《狩猎风俗》(吉林大学出版社)。

头叫贴炮到自己地仓子里。

"明天我去码踪。"赵永和说。

头一场围猎到大牲口无疑开了好头，炮头趁着吉利劲儿布第二场围，肯定炮顺、开眼。

"我跟你去。"孙大杆说。

"在家吧，拿蹲。"

"今年雪大，大牲口不易找到食儿，到处逛荡……"孙大杆担心炮头遭遇猛兽，饿红眼的大牲口要伤人的。两个人去码踪是个伴儿，"你一个人太孤单。"

"你我总要留下一个，"赵永和说，猎帮炮头是大把头，贴炮就是二把头，二三十人的队伍大撒洋不行，"照顾好弟兄，还有那一个。"

炮头不说明"那一个"孙大杆也知道指刘德海，赵永和一直把抗联伤员放在心上。他说："放心吧。"

"给他送块熊肉去。"赵永和吩咐道。

"我安排吴二片，留块好肉。"孙大杆说。

此时，端锅手里一只大海碗，捞出一块肉，拿上一双筷子，端到山神爷门前，跪下磕头，祷告道："山神爷老把头啊，在上有神灵！求你帮助俺们猎帮……"

一碗碗熊肉送到各个地仓子里。吴二片送到炮头地仓子里，说："赶热吃吧，赵炮。吃，孙炮。"

"唔，给他留了吗？"孙大杆问。

"留了，热乎在锅里，我过会儿送过去。"吴二片说。

"好，辛苦你老吴。"孙大杆满意，说。

吴二片走出去，不时到各个仓子里问问，谁填肉谁要骨头，等大家吃完，收拾一下碗筷便带上一块肉，走出营地。

几个时辰后，吴二片坐在山洞里，坐在一旁抽烟看着刘德海吃，问："味道怎么样？"

"忒好啦，一吃就知道是皮锅煮肉。"

啊！吴二片惊讶，问："你吃出来是皮锅煮的？"

"铁锅铜锅煮不出来这种原汁原味，味道格外鲜美。"刘德海说。

"你在哪个猎帮吃过皮锅肉？"

"我们队伍上。"刘德海说，白狼山中抗联藏在深山老林里，携带锅灶不方便，就地取材用皮锅煮食物，"我们跟你们猎人学的，当然煮不出这种好味道。"

抗联煮饭与猎帮煮肉，前者极端环境没有锅做饭，后者猎帮为获得美味采用兽皮做锅，不是一码事。

"你们吃过熊肉？"

"吃过。"

"自己打的？"吴二片问。

刘德海苦笑。

吴二片想听听猎熊的故事，却得到这样的回答，刘德海说："日寇追剿我们，三天没吃东西，也找不到充饥的食物。后来在山沟里遇到一头死熊，"他表述时呈现止不住呕吐的表情，"都臭了，生了蛆。"

"那能吃吗？"吴二片问。

刘德海再次苦笑，说："不吃，吃什么呀！"

猎帮端锅吴二片无法理解臭熊肉如何咽得下？据他所知，动物饿到程度，比如马啃食自己的毛；狼吃牛粪和草；人饥饿……他想人饥饿时干的事情。食腐肉的有秃鹫、老鸹、蚯蚓、蜗牛、蟹、蚌、螺……人食腐肉，万不得已啊！

一个不堪回首的话题没有进行下去。吴二片说："你觉得口重不？"

"嗯，还行。"

"我们吃盐豆子猪肉，怕你受不了。"吴二片说，猎帮以盐豆子为主，他怕刘德海吃不惯，"嫌口重，我给你单做。"

"这就够麻烦你的，蹚着大雪给我送饭。"

"说远了不是，你是赵炮头的朋友，就是我们的朋友，你可能不知道猎帮心有多齐。"吴二片说，特殊行当需要团结成一个人似的，结下亲人般的情谊，共同对付危险，"打大围，不是一个人两个人能干得来的。"

刘德海赞同端锅朴素的说法。古代打围最能体现一个民族的强盛，最初在脚下这片土地上的三江人先民，靠捕杀野鼠、野兔来维持生活。渔猎是为了获得珍贵皮毛和肉食，打猎是一种习武练兵，清政府设置的围场，为的是行围和演练。

"你呆在我们围帮里绝对安全。"吴二片说。

四

地仓子里赵永和干杯，撂下盛酒小饭碗，猎帮木帮，所有东北行帮都大块吃肉，大碗喝酒，至少用这种小饭碗，说："不要啦，喝好透啦。"

孙大杆比赵永和酒量大，炮头不喝他自己还要喝，自斟上一碗。他说："鹿角山是咱们的场子，愣是给人抢去，规矩都不懂。"

"先来后到，他们提早一步围猎，咱们理应退出。"

"可是猎场咱们先选定的呀，年年在鹿角山猎围。明明知道还……"孙大杆心里窝着气，借着酒劲儿发泄出来。

猎帮的美德体现在不争抢猎场上，猎人间避免发生械斗。山规是给遵山规的人制定的。赵永和说："我们遇周庆喜，让就让给他吧。"

"赵炮，你总佛心，对他太好啦。"

"兄弟，你知道我爹带他到家里来，一直到娶妻生子才自己要求出去，拉起猎帮，怎么说有这么一段过程……"

"恩将仇报嘛！"孙大杆说。

外人把事情看得那么重，赵永和却没有。他不回避跟周庆喜结了怨，但是保留心里那个狗剩儿友好形象，他们是伙伴。周庆喜则仿佛又是一个人，跟狗剩儿没关系。猎帮炮头嫉恶如仇，怎能说话无原则。他恨周庆喜，不恨狗剩儿，难弄的是想周庆喜时狗剩儿便掺和进来，一个绑架另一个，一个成另一个挡箭牌，分开他们不容易做到。

"看他挤着赶着，跟你过不去，大伙儿都气不公。"

赵永和没麻木，觉出了周庆喜处处跟自己对立、较劲儿，甚至还下绊子，体验当然比外人深刻，什么原因他知道，外人不知道，绝对不能对外人说原因。

"上山打猎，他这辈子在你之下。超不过赵炮他未必甘心，这不是眼目下他跟日本宪兵、警察打成帮连成片。咱们怕他杵坏（说坏话、挑拨）日本人，祸害你。”

孙大杆尽往尖锐上说，赵永和沉心，不能不往心里去了。嗾疯狗咬傻子，周庆喜干出来了，嗾宪兵、警察可比疯狗厉害几倍，他们不用牙齿用刀枪，咬上九死一伤。

“应该教训他一下。”

“教训？”

“你言语一声，我去办。”孙大杆实在看不过去，觉得有人欺负猎帮炮头，就是欺负自己，咽不下这口窝囊气，发狠地说，“弄折胳膊腿，让他永远歇炮。”

“不行。”赵永和绝对不允许他围帮的人这样做，说，“他打他的猎，我们打我们的猎，白狼山这么大，井水不犯河水，离远点。”

“大概他不会放过你。”

贴炮的话不是信口雌黄，赵永和同周庆喜恩恩怨怨看在眼里，太深层的东西不详，表面的东西了解不少。周庆喜从赵家出来，原是赵永和猎帮的贴炮，自己拉走一帮人，在山里扎下，建立一个村子——周家围子，明显跟赵永和猎帮对着干，几年发展下来，成为白狼山第二大猎帮，架势上，早晚一天要超过赵永和猎帮。

“让他放量折腾去吧，咱们尽量不跟他冲突，白狼山打猎的地方多得去，何必跟他争。”赵永和说，态度息事宁人。

孙大杆见炮头态度如此，心里有气还是压住、碾（读音 miǎn）拉咽了，说：“好在刘德海的事儿他不知道，要是知道了非得下蛆（说坏话、使坏招）。”

“两村离得远，碰不到他。”赵永和说。

同在白狼山中，赵家趟子村距离周家围子，中间隔着一座山两道沟。不是故意过去，谁也到不了谁的村子。

“一山难藏二虎。”孙大杆心里这样想，嘴上说，“咱村子不保掯没有他的人，周庆喜冲你使劲……”

“你的意思说刘德海将齐（最终）进村子，不行？”

“嗯，要是周庆喜咱不怕他，我担心警察，在村子等我们。”孙大杆撂下酒碗，说，"刘德海不是咱们猎帮的人，村子人眼生……收围带他回村，明明晃晃不行。"

"我寻思过，让他扮炮手，混在大帮里，嗯，你说的有道理，刘德海太扎眼，看来不行。"

"得想辙。"孙大杆说。

说想辙就能想出来辙吗？炮头和贴炮同时想。一桌菜凉了，吴二片进来，见他俩干坐着没动筷，说："肉凉了，我给你们回回勺。"

"拣下去吧，吃完啦。"赵永和说。

"哎，"吴二片收拾碗筷，发现主食煎饼没动，说，"光喝酒没吃主食，煎饼干巴，我给你俩做碗面片。"

"好，来一碗。"赵永和爱吃面片，吃不够吴二片做的面片，就因为独钟面片，猎帮解散后将无家无口的吴二片留在赵家大院，实际吴二片已成为赵家的厨师，拉起猎帮他又是端锅。

吴二片出去。

"喔，有了。"孙大杆受到启发，端锅的进来让他联想到吊锅，说，"收围的时候，我们往回运猎物，有些剥了皮的肉要装在皮子里……"围帮每每收围下山，爬犁拉猎物。已经剥了皮的猎物，大块肉什么的，就用动物的毛皮做成筒，将肉放在里边运回去，"刘德海委屈点，我们藏他到皮筒里，混在猎物堆里，不会引起外人注意。"

"嗯，是个好办法。"赵永和说。

"剥一张熊皮或鹿皮都成。"孙大杆想想受伤抗联队员的身材，用什么皮都想好了，"这样一路上也安全。"

"就这么办。"

吴二片端碗热气腾腾面片进来，他说："赶热吃。"

呲溜一声，赵永和喝口热汤，品出特殊味道："哦？味道挺特。"

"使熊油做的。"吴二片说。

"怪不得，鲜！"赵永和说。

孙大杆先吃口面片，问："他怎么样？"

吴二片知道贴炮问刘德海，回答："嗯，挺好。"

第十四章
收围前特别安排

狍子奔鞍儿，鹿奔尖儿，山羊起来可坡窜。

——《狩猎谣》

一

猎帮赵永和的营地抓起大堆——将打来的猎物全堆在雪地里，有了狍子、鹿、兔子、野鸡、松鸡……大小牲口逾百头、只，这是十天来猎帮全部战果。

"差不多了，我们该收围。"赵永和说，"今个儿腊月十九，再有十数八天过年啦。"

孙大杆点亮马灯，放到高一点的地方，高灯下亮，地仓子顿时亮堂起来，黑暗总使人憋屈、压抑，心情不悦。人在明亮中又是一种心情，豁然、愉快。

"可不是咋地，一晃过年啦。"孙大杆欣慰这次出猎，打住的大牲口超出预期，狍子二十多只，鹿九头，这些大牲口才出菜，大家能过好年。大家指参加狩猎以外人家，赵家趟子村还有一些不是猎户的住户，出枪出炮的按枪炮分得一份肉，什么都没有的其他人，只要你住在赵家趟子村里，都有野物肉过年。

"我看到狗晒蛋，要变天。"赵永和说，他们猎帮打猎不用狗，出猎一只

147

狗都不带，他说的狗并非指猎狗，指的豺狼狗子，也叫小狗，它其实就是豺。豺狼狗子凶似狼叫豺狼子，外形像狗称豺狗子，又像狼又像狗，又称豺狼狗子，挖参人称它老炮手，或老更倌。因为它是更倌便成了猎人的好朋友，于是有了猎谚：打狼不打豺。

设更夫防贼防盗，为安全着想。猎帮营地不设专人打更，也用不着打更巡夜。民谣曰：山东响马山西贼，要找土匪到东北。在白狼山里，野兽之外便是胡子（土匪）——人人痛恨、人人害怕——可是他们绝规不惹端炮人（猎人）。大牲口不敢靠近猎人的营地，土匪又不干扰，不用忧虑生命安全。

俩好嘎一好，友谊是双方。猎帮扎下营住后，将剩饭剩菜装好，放到仓子边儿上，留给小山狗吃。猎人以肉为主，啃剩下的骨头成为它们的美食。视豺狼狗子为朋友的还有挖参人，猎人、挖参人走到哪里它们跟到哪里，但不是寄生虫，只张嘴吃赏赐，也为人类做事——看堆儿。

猎人打了猎物一时运不走，堆放在一起称抓大堆。大堆抓在仓子外的雪地上，有一个问题来了，大牲口可能来偷吃，猎帮人手是一铆顶一楔，抽不出人看大堆。

豺狼狗子便主动做义工，它们肩负起看护猎人大堆的任务。不了解豺狼狗子习性的人要摇头，它们胜任？来偷吃的可能是虎是熊是豹是狼，巴儿狗大小牲口，能抵挡住大牲口？事实上这个灵性动物，身体和牙齿都没优势，克敌制胜的法宝：睿智。它们能制服老虎、野猪。以制服生着獠牙甚至比老虎还凶猛的挂甲猪为例。遇到野猪，它们用叫声唤来伙伴，将野猪团团围住，挑衅它激怒它，引它追赶自己，采用了疲劳战术，消耗它的体力，让它筋疲力尽失去反抗，它跳上猪背，牙齿咬住猪耳朵，情形像狼赶着野猪奔跑，它们获得一个绰号：小猪倌。最后野猪耗尽气力，瘫倒在地上，豺狼狗子照肛门掏下去，叼住肠子奔跑，猪没了肠子活不多大时辰便死去了。

大堆猎物有豺狼狗子看守，猎人放心。给它们奖励，将猎物内脏掏给它们吃。豺狼狗子爱吃动物肠子，肉一般不食扔掉，有时是一只野猪。山里人经常拾到没有肠子的野猪，明白这是豺狼狗子丢弃的。豺狼狗子来到赵永和猎帮的营地，从他们捉住第一只熊那天夜里开始，便在附近停留。它们是名副其实的流浪汉，四处游荡居无定所，走到哪里哪儿是家，谁的洞它都敢钻，借宿是常有的事情。

守卫赵永和猎帮大堆的五只豺狼狗子组成的队伍，动物称群。由一条全身赤棕色，棕黑色大尾巴的豺王——豺群在所有兽群纪律最严格，组织最严密，等级最森严；豺群中有豺王，有兵豺，有保姆豺，还有随时准备为群体利益而牺牲自己的苦豺，就像一个完美的军事组织——指挥，白天营地有人的时候它们不靠近，夜晚便绕着宿营地巡逻。

今早赵永和出仓子，看见豺王在地上亮白毛肚皮，俗称晒蛋。动物的动作被炮头注意，它们肢体语言表达出意愿，也传达某种信息。谚语有：狗晒蛋，天要变。他仰头望天，结合豺狼狗子晒蛋，得出来了天要下雪的结论。

"雪大路不好走，抓紧走。"孙大杆说。

这次围猎打到的大牲口多，运回家要费些力气。如果再遇上坏天气，搬运更困难。尽管猎人有一套搬运方法，如翻山搬、顺山搬、横山搬、仰山搬[①]……但是，积雪过大过深，搬运起来困难重重。

抢在一场大雪到来前，搬回猎物是明智的。赵永和说："剥一只鹿的皮，用风呲楞（吹）呲楞，阳湿不干好用。"

孙大杆立马明白炮头吩咐剥鹿皮做什么。他俩之前商议过，收围时带刘德海回村，回炮头家。考虑到路上可能遇上人，特别是日本宪兵、警察、特务，刘德海不能明晃地露面。需要藏起来，藏在皮子筒里，诈说兽肉混在猎物中搬运回去。

"你把皮子剥好后，去跟刘德海讲明……"赵永和说，"我安排吴二片头里下山，回村去安排。"

二

十天里刘德海藏在山洞内，冻是没冻坏，开口山洞不比地仓子，灌风灌雪寒冷异常，尤其早晨鬼呲牙时——太阳冒嘴，冻死小鬼——手脚冻得猫咬似的。寒冷同敌人追捕比算不得什么。十天十夜，在猎帮的掩护下，安全地

---

① 早年东北林区，采伐工人每逢要伐倒一棵大树，都要"喊山"。根据大树生长的态势确定大树倒下的方向，发出"顺山倒"、"横山倒"，或者"仰山倒"的呼唤，对同伴和可能路过的旁人加以明确禁示。猎人借鉴放术术语，运用到搬运猎兽上。

过来了。

"伤口咋样?"孙大杆问。

"见轻,明显见好。"刘德海说,受伤的抗联战士十分感激猎帮无微不至的关怀,仅冒着生命危险救助就令人感动。面前这位贴炮,一直负责保护自己,"孙炮,多亏你们悉心照料,不然……"

"不说这些了,你们出生入死为了谁?是凡有良心的人都明白。"孙大杆说,"马上收围,我们回村子。老刘,赵炮头决定带你走,到他家里养伤,过年。"

刘德海沉默一阵,说:"不,我不能再给你们添麻烦。"

"咋?"

"赵家趟子村不比山里,人多眼杂,我暴露倒不算啥,恐其连累赵家人。"刘德海为他人考虑,日伪人员触角肯定伸到村子,发觉自己生死无所谓,赵永和一家要遭殃,"我不能坑赵炮头。"

"赵炮决定的。"

"日本宪兵、警察轻易不能放过我……"刘德海分析了他的处境,最后说,"走出山洞,回村这一路都没法走,猎帮的人都是你们村里人,我这张生脸,最易被人认出来。"

"赵炮和我考虑了这一点,想出了带你回村的办法,老刘,你先听我给你说说。"

孙大杆讲了那条计谋,剥一张鹿皮,做成卷筒,将皮筒抠出几个窟窿眼,留做出气小孔,刘德海钻进去,皮筒混在野物之中,装在爬犁上,外人看不出来。

"你们想得很巧妙,确实行。"刘德海说。

"老刘,你不走,一个人留在山里怎么行?吃什么?还有你的伤口没好利索,需要调养不是。"孙大杆说,"你不是不信任我们吧?"

"那倒不是。"

"信任我们麻溜跟我们走,别的什么都不要想。"

刘德海又沉默。抉择不难,跟猎人走就是。难在往救助人安危上想,一旦因为自己他们受到株连,良心受到谴责。

长篇小说
大猎帮

"走吧，老刘。"孙大杆一番劝说。

猎人的真情让刘德海不能拒绝了，他怀着愧意，答应道："我跟你们走。"

"这就对啦。"孙大杆说。

往下他们俩商定钻进皮筒回村的细节，假设半路上遇到人，往最坏上想遇到警察，如何蒙混过去。猎人的智慧加上抗联战士谋略，一个计划基本完善。

孙大杆发现抗联战士心事重重，问："还有什么事儿，老刘？"

"呜，没有。"

"不对，我看出来，你心里有事儿。"

刘德海瞒不住了，说："嗯。"

"什么事儿？"

"你们为我做得够多的，真不好意思再要求你们为我做什么。"刘德海说，确实有桩心事未了。

"说吧。"孙大杆说，猎人的性格像猎枪筒一样直爽。

"最近我做梦，梦见……"刘德海讲了他的梦。

梦中是被出卖前，刘德海和副小队长在山洞中，喂给受伤副小队长草药，说："吃了这副药，伤口就好啦。"

"怎么可能，伤得轻重我自己心明镜似的，唉，不能好。"副小队长神情绝望，"我们赶不上战友们，再也见不到他们。"

"熬过冬天，你的伤好起来，我们去苏联找他们。"

"你走吧！去撵上他们。"

"要走一起走。"

"我的伤……"

"背你走！"

副小队长说："大雪封山，背我下山？"

"不能把你一个人丢下，这是组织交给我的任务，必须照顾好你。"刘德海说。

"啊，有个人影一晃不见啦。"副小队长指着洞口说。

刘德海望向洞口，苍白的冬日，光柱冰凌一样锋利地照射进来，送来的不是温暖是恐惧。他并没见到有什么人，说："没有，你一定眼花。"

"不，他戴不吊面的狐狸皮帽子，无袖皮袄……"副小队长说得有鼻子有眼，"他看我们俩。"

不吊面的狐狸皮帽子，无袖皮袄……典型猎人装。刘德海再次望去，大惊失色，见到日军关东军冬季作战老皮帽，还不是一顶……刘德海背起副小队长从另一个洞口跑出，日军在后面开枪追撵，他腿部中枪，落入雪窠子里昏过去……醒来，日军不见了，副小队长浑身流血，他冷得打哆嗦，直打牙帮骨（上下牙齿不住扣磕），说："我冷……冷啊！"……

孙大杆望着刘德海悲伤的脸，问："梦里副小队长说他冷？"

"嗯。"

"喔，我明白副小队长为啥说他冷。"孙大杆解梦道，"他这是给你托梦，老刘，现在他一个人在山洞子里面？没埋葬他吧？"

"警察追赶我，来不及。"刘德海说。

"一定是遗体亮在那儿，上面什么都没盖，因此他说冷，给你托梦是让你埋葬他。"孙大杆分析道。

"是，我也这么想。"刘德海内心愧疚道，"没保护他，遗体就那么暴露着，可是我……"

"别急老刘，咱们回到村里再说此事。"孙大杆说。

三

"你头里回村，打前站先走。"赵永和布置道，"到家办两件事，跟花管家安排好煮大锅肉；第二件事要办好，你先回去主要办这件事。"

吴二片心里基本猜到炮头要办的重要事情，认真听安排。

"他跟我们回村，"赵永和指抗联受伤战士，"到我家去，和你住在一起，你收拾一下屋子，你自己收拾不要第二个人参与，以后你跟他住在一起，你照顾他。"

"哎。"吴二片答应。

"你骑一匹马回去，今天就走。"

"哎。"

长篇小说
大熊帮

152

"带一块鹿肉回去，给我娘包饺子。"赵永和说，他惦记七十高龄的母亲，有好吃的首先想到她，这是在猎场，不然打到猎物，吃头一口是娘不是炮头，"我娘肯定着急我回村，你跟她说我马上带爬犁队回来。"

"哎，我马上准备走。"

"好，抓紧走吧。"赵永和说。

孙大杆剥下一张鹿皮，他用草将鹿皮楦起来，晾在有阳光的地方，吴二片说明儿要带一块鹿肉先走。

"怎么吃？"孙大杆问。

"包饺子。"吴二片说。

怎么吃才能决定割哪块肉，包饺子腰条肥瘦两掺肉质鲜嫩，炖着吃要肋巴扇，酱肉后鞧。

孙大杆卸下一块腰条肉给端锅的。

"给老太太包饺子。"吴二片说，"我这就下山。"

贴炮当然知道端锅回去干什么，临走向他请教鹿皮用法，吴二片虽然不是皮匠，摆弄皮子行家里手，问："皮干几天能挺实（硬实而不发软）？"

"这天头（气）怎么也得两天，"吴二片说，他就如何将鹿皮做成里边能藏人的皮筒，指导一番，而后说，"留好透气孔，人在里边憋闷。"

孙大杆记住端锅的话。

吴二片骑马朝赵家趟子村赶，小半天到了家。

"回来了，吴大师傅。"一个佣人打招呼。赵家大院内的人，从主人到佣人都称他吴大师傅，因为他是做饭的大厨子，当地人称为大师傅。

"花管家呢？"吴二片问。

"好像在老太太的屋里。"佣人说。

吴二片去找管家，他急于见花大姐。之前那个叫丫蛋儿的女孩如今已经是赵家的管家，帮助赵永和管理上下二十几口人的家，处理日常事务。丫蛋儿小名基本没人叫，如果说叫她小名的人也就三两个，老太太赵冯氏，赵永和有时在极特殊场合叫，还有一个人就是周庆喜。其他人多称她花管家，或花大姐。

此刻，花管家正和老太太在一起唠嗑儿。

丈夫去世后，赵冯氏独自住在全院最好的房子里，朝阳、暖和。她大部分时间呆在土炕上，身体浸在冬日阳光里，俗称晒阳阳，享受日头爷赐予的温暖。

花大姐老往这里跑，一有闲暇便来拜访。老太太也满心欢喜她来，两人唠唠贴己嗑，还有她们之间的悄悄话。在老太太眼里花大姐是闺女，亲闺女，和始终没长大的丫蛋儿。

"丫蛋儿，忙完啦。"盘腿坐在炕上的赵冯氏，见她进来说，"上炕，回腿上里。"

"不啦，我还有事儿，坐一会儿。"花大姐坐在炕边儿上，双腿垂吊在炕沿下，没脱掉那双骆驼鞍儿鞋（鞋口前后高，中间低）。

"啧啧，一天不够你忙的。"

"大娘，我忙好，还是不忙好啊？"花大姐这样问。

老太太脑瓜子没坏，反应灵敏，说："为谁忙我还不知道呀，忙好，忙好。这么些年，你出了不少力，帮了永和的忙。"

花大姐被老太太不经意的话推到一种情感漩涡，很少深知内幕的人中就有赵冯氏，她不仅是知情者，更是参与者。多年以来赵冯氏一直把花大姐看成亲闺女和儿媳妇，这样说问题复杂了，制造故事人之一赵冯氏，不能说今天就放弃了促成故事圆满结局，其中原因错综复杂，线头太乱，理清需要一些时间。

"永和没信儿？"赵冯氏问。

老太太指有没有信捎回来，猎帮离家那天起她就惦心儿子。人老了心胸干巴变小，盛装的东西不多，年轻时许多东西被水一样挤出，剩下的主要是亲人，儿子是她最亲近的人。一天见不到都想，唉，儿女是衰老生命的拐杖，残灯能燃多久，某种程度上取决于拐杖的支撑。

"估摸快收围回来，大娘。"每到这种时候她安慰她，人老很脆弱，时时需要安慰。安慰同样是一种支撑和遮挡，不然，风随时会将生命残灯吹灭。

"咋就不往家捎个信儿，走多少天啦。"赵冯氏嘟囔道。

"没有方便人捎话，永和哥就快来家。"

老年人注意力如一只蝴蝶，不会在一朵花卉间落更久，很快便飞走。赵冯氏思维跳跃幅度兔子不能比,一跳跃不止八个垄沟,她说:"夏天雨水大,院里水坑有了鱼,穿丁子和泥鳅。"

花大姐习惯了老太太跳跃式闲聊,从南朝扯到北国,反正她愿说什么就说什么,闲聊本也没主题,她高兴就行。

"鱼酱费饭,嗯,臭鱼烂虾,送饭冤家。"赵冯氏说。

吴二片在这个时候进来,先跟赵冯氏打招呼:"老太太!"

"吴二!"赵冯氏称呼极为特别,省略了名字中至关重要的"片",拆分开吴二则是排行,即吴家的老二,与面食毫无关系,乐呵道"你们打猎回来啦。"

"我打前站,先到家。"吴二片说。

四

一听是端锅的一个人回来,赵冯氏不高兴了,嘟哝道:"一起回来,一个人回来,干啥吗!"

"老太太,给你带回来一块鹿肉,包饺子。"吴二片说。

"永和没忘我爱吃鹿肉馅儿饺子。"赵冯氏立刻又乐呵了,说,"吴二,你亲自和馅儿,你和馅儿香。"

"嗯,我亲自给你包。"吴二片哄老太太道。

"包花饺子。"赵冯氏小孩似的说,真是老小孩,小小孩啊!包花边饺子本是哄小孩的,捏饺子边呈麦穗儿形状,称花饺子,也称麦穗儿,"吴二捏的麦穗儿招人爱看。"

"我给你包。"吴二片终于打对好老太太,他还有要事找花大姐,赶紧脱身,他说,"我跟花管家有事儿办,走啦。"

"忙你们的,别误正事。"赵冯氏不胡搅蛮缠,说话很贴溜子。

吴二片跟花大姐一起走出老太太的屋子,到了院子中的露天大锅台前停下,因是在家里不是在猎帮内,吴二片对赵永和称东家而不是赵炮,他说:"东家马上运猎物回来,让我下山找你,准备煮大锅肉。"

"你们收围啦?"

"嗯。"

"这次炮顺吧?"

"丰围,肥围。"吴二片眉飞色舞道。

一场肥围谁听了都高兴。花大姐说:"马上备劈柴,挑水……唔,几天能到家?"

"两天准到家。"

大院内安有一口大锅,此锅用印和驮①难以表示,这么说吧,煮饭足够二百人吃一顿。赵家这口锅有年头,至少在太爷辈分上便有,典型猎帮用品。猎帮打回猎物,全村人都来吃大锅煮肉,小锅煮肉哪里够吃。

"花管家,大锅煮肉的事你先张罗着,我忙点别的活儿,回过头来帮你。"吴二片说。

"中。"花大姐说。

"这次打住不少大牲口,有鹿有狍子,大家过个好年啊!"吴二片说,低头往锅底下灶膛里看一看,说,"上回下雨灌到灶坑,湿灰需要掏干净,免得欺柴药火。"

花大姐点头,心思不在煮肉不在锅上,她问:"东家寒腿犯没犯,冬天地仓子凉。"

"没有,挺好的。"

花大姐关心赵永和,管家关心东家理所当然,但是了解花大姐和赵永和关系的人,则不那么看。他们之间行多行少(或多或少)存在神秘关系,外人不知道的秘密,外人不可能知道他们之间到底是怎么回事。吴二片在赵家大院呆了七八年观景,眼见到的马马喳喳(影影绰绰),赵永和同花大姐这台戏中,还有一个角儿周庆喜,他们三人一台戏。谁是主角谁配角,唱的哪一出吴二片不知晓,东家私生活他也没必要清楚。

"花管家,我去忙啦。"吴二片说。

"大师傅,老太太饺子啥时候包?"花大姐问。

"你们吃几顿饭?"

---

① 锅大体分为两大类:印锅和驮锅。印锅以锅的直径划分大小,驮锅按重量计算,一驮重20市斤,几个锅为一驮。印锅又分为二、三、四、五、六、七、八、九、十、十一、十二印,以锅的口径大小而定为几印锅,如大九印锅直径2.6尺(木尺),大八印为2.4尺。

"两顿，你们上山后我们在家改吃两顿饭。"花大姐说。

冬天天短，一般人家都是两顿饭。不然这顿饭桌子拣（撤）下去，去做第二顿，一顿挨一顿地吃三顿饭，称紧三顿。赵永和在家不行，无冬历夏都吃三顿饭，他不习惯吃两顿，全家人随着他吃。

"晚饭吃吧，我包。"吴二片说。

花大姐说完走开，吴二片在锅前站一小会儿，木板垫的锅台上还残留着油渍，是上次煮獾子留下的。獾子很肥，油汁儿溅到落叶松木板上，吃进花纹里，使之呈现老红色。这口大锅数年里煮过白狼山差不多所有动物——天上飞的、地上跑的、洞里藏的，还包括水里游的，赵家趟子村没人没吃到该锅里肉的，有的人在娘肚子里便闻赵炮头家大院里肉香味儿。这口大锅，还是猎帮炮头的象征，做不上一定规模猎帮炮头，家里不会有这种煮肉大锅。

吴二片作为厨师，没少在大锅前忙活。近年大锅肉都是他煮，煮肉作料他配制，葱姜蒜花椒大料以外，他采集白狼山中一种野生香料加入其中，煮出的肉有特殊香味，任何人做不出他的煮肉味道。当年，他慕名来加入赵炮头的猎帮，赵永和看他的双手跟正常人不太一样，视他体格软弱安排做饭。还真因材施用，吴二片拿手的是做饭，尤其会做面片。响亮的外号表明他的面片绝技。

吴二片离开露天大锅台，回到自己宿处。这个房子需交代一下。位置在院子的东北角，山体像在那个位置打了个褶儿，鬼斧神工凿出半个屋子，接着垒石头，一半就山体，一半人工建筑，一座三间的石头房便建成。吴二片到来前，此房猎帮储藏猎物。吴二片来了没地方住，赵永和腾出一间给他当宿舍，另外两间仍然做储藏猎物的仓库。赵家大院这里是最肃静的地方，一般人不到这儿来。所以赵永和要把受伤的抗联战士安排在这里，与吴二片同住，此人可靠，刘德海才安全。

吴二片光棍一条，一套行李卷，全部财富全在行李卷里裹着掖着——木匠的斧子，瓦匠的刀，光棍的行李，大姑娘的腰——生人到来前，需要整理，该隐藏的继续隐藏，不能示人的永远不能示人。他不是简单挪动一下行李，倒出地方给刘德海住，赵永和特地叮嘱，藏好抗联战士。吴二片明白炮头的意思，动脑筋去做。

第十五章
煮肉全村人吃

> 冬鹰复春鹰，多少打鹰手。负网入空山，蒙皮入林薮。草暖捕鹰雏，草冷捉母鹰⋯⋯
>
> ——清·方登峰《打鹰歌》

一

聪明的动物不会在这个上午跑到黑瞎子沟到赵家趟子村三十几里的山路上来，赵永和猎帮七架爬犁满载猎物要经过，谁愿意碰猎人的枪口，相信没有一个动物不惧人类的枪口。

三架爬犁拉人走在前面，四架爬犁猎获物走在后面。满载而归的猎人心情很好，加上好天气，除了有点儿哑巴冷，没有一丝风。

啪！赶爬犁的人甩响鞭子，蛇一样的牛皮辫绳在凌空盘旋，发出震耳的清脆响声。拉爬犁的牲口也知道是回家了，厩舍总比露宿山间营地舒服，因此卖力拉着爬犁飞奔。

炮头坐在头一架爬犁上，吴二片不在没人唱二人转，大家就央求炮头唱，赵永和谦虚道："我的嗓子难听，招来狼咋办。"

"我们打呀！"猎人们说。

"嗯，你们想听，我来一段。想听啥？"赵永和问。

大家七嘴八舌——

"杜十娘。"

"包公吊孝。"

"猪八戒拱地。"

赵永和摆摆手，说："我自己选吧！呃！"他清下嗓，唱道，"王二姐坐绣楼泪盈盈，思想起我的二哥张相公。二哥赶考六年整，书没捎来信没通，想的二姐无主意……"

第七架爬犁，孙大杆赶爬犁，按理说贴炮赶爬犁没什么稀奇的，炮头赵永和也亲手赶过爬犁。然而，今天就是不同。猎帮队伍最末一架爬犁，上面横七竖八地摆着猎物，狍子、鹿、野猪瞧不出异常。看不出其中藏着玄机，抗联受伤战士便藏在其中，将他放在最后一架爬犁上，由贴炮亲自赶爬犁，都是精心设计和安排，再看看孙大杆猎枪搁在身边，顺手便可拿起来，为遇意外情况准备的，一切都为保护刘德海。

收围前鹿皮筒做好。一大早，赵永和对孙大杆说："你去接他吧，回来我们就动身回村。"

"哎。"孙大杆赶上爬犁，直奔抗联战士藏身山洞。

昨晚，孙大杆通知刘德海做好准备，明天早晨往回走。爬犁到达时，刘德海等在洞口，在贴炮帮助下从巨石上下，瘸腿来到爬犁前。

"钻进皮筒前，打扫打扫。"孙大杆说，他讲的打扫即清理的意思，在此指大小便，进入皮筒恐怕要小半天时间到村里，中间不能停，即使爬犁队半路停下，他也不能出来解手。

"你来之前我已经打扫利索，能挺到地方。"刘德海说。

"鹿皮就这么大，你在里边身子要团团（蜷曲），挺不好受的。"孙大杆能想出人躲入这样皮筒里，几乎是塞进去的，一定很不好受，"爬犁在雪地肯定颠簸，要遭罪。"

"没事儿，我能坚持。"

"进去后，找到窟窿眼儿……"孙大杆指出出气孔位置，在鹿前腿根处的白毛下，那撮白毛正好很长，巧妙地遮掩住割开的洞，"到营地装猎物，我将你的头摆在我的身边，有事儿你叫我，我能听得见。"

第十五章 煮肉全村人吃

159

刘德海按照贴炮安排的做，他蚕蛹一样进入茧子壳，孙大杆在外边系鞋带似的系好，又在皮筒开口处扬上积雪，使之看不到连接的缝隙。孙大杆问："老刘，怎么样？"

"行，行。"

"那我走啦。"

"走吧。"

孙大杆赶爬犁回到营地，装上猎物，随爬犁队出发了。前面六架爬犁碾压过，积雪瓷实些，爬犁颠簸小了许多。他回头低声问："喂，咋样？"

"行。"

"听见没，赵炮唱二人转呢！"孙大杆说。

"听有人唱，词儿听不清。"刘德海说。

鹿皮口袋隔音，里边人听不清楚。赵永和有滋有味地唱：

> 张廷秀未从说话身打一躬，
> 口尊声嗯妹你是听。
> 我问声岳父岳母可安好？
> 三叔三婶可安宁？
> 咱家大姐她可好？
> 二妹你身体可旺兴？
> 你休当我是花儿乞丐，
> 我是你的二哥转回家中……

歌声在雪地上鸟一样飞着，戛然停止飞翔。路旁雪地突然冒出白色怪物，差点惊了拉爬犁的马。

"吁！"赵永和吆喝住牲口，爬犁站住。

白色怪物是人的伪装，七八个人穿着纯白雪地伪装服，看清他们的面孔，猎帮炮头倒吸一口凉气。

二

"止（と）まれ（站住）！"日本宪兵曹长上前道。

赵永和下爬犁，走向日本宪兵他心里在想，半路雪地上忽然冒出日本宪兵，是偶遇还是埋伏在此等候的呢？如果是后一种情况，显然是奔寻找受伤抗联战士来的。究竟为什么要看接下来出现的情况，沉着应对。他走到日本宪兵曹长面前："太君！"

"你的是赵永和？"日本宪兵曹长问，他会说汉语。

"是，我是。"

"你们去哪里？"日本宪兵曹长问。

"收围回家。"

日本宪兵曹长扫眼猎帮爬犁队，最后目光落到赵永和脸上，日本宪兵的目光咄咄逼人，命令道："你的人统统下来，站成一队。"

"太君，您这是干什么？"赵永和闹不清日本宪兵曹长要干什么，想拖延一下。

"快快地干活。"曹长吼叫道。

赵永和清楚不按日本宪兵曹长命令做结果会怎么样，面前的黑洞洞的枪口对着，他们比被激怒的黑熊还可怕，不能跟他们来硬的，先照他们命令做，然后再说。他向猎人说："都过来，站排。"

雪地排队，猎人站了两排，赵永和站在队首，他的身后是孙大杆，回头瞅他一眼，用眼神问话："安排好他了吗？"孙大杆用眼神回答："安排好了！"赵永和放心地转回头。

孙大杆被叫过来之前，悄声对皮筒里的刘德海说："前面遇到日本宪兵，他们可能搜查，你注意。"

"嗯。"

"你挺着点儿，我在你身上压一只狍子。"

"嗯。"

孙大杆顺手将一只狍子摞在鹿皮筒上，而后掏出烟袋装上关东烟，抽烟暖和暖和，也为平静惶然的心绪。日本宪兵半路出现总让心生惶恐，藏在皮筒里的人不会轻易被发现，但也不是绝对发现不了，要看日本宪兵如何搜查了。

日本宪兵让全体猎人下爬犁站队，赵永和喊过去，喊大家他明显听出炮头提醒他："后面的人，把你们的爬犁弄好，系好牲口缰绳，别让它们乱动，以免出现危险，听见没？"

孙大杆离开爬犁前说："日本宪兵让去站队！"

日本宪兵曹长的军靴踩在积雪上咯吱响，他在猎人面前走动，一张脸一张脸地逐一细看，还用手指点着数完人数，像是不放心似的问："赵永和，你的猎帮多少？"

"太君您不是数过了吗？人都在这里。"赵永和平静地说。

"你的，回答！"日本宪兵曹长横眉竖眼道。

"二十一人。"

"一、二、三……嗯？怎么二十个？"日本宪兵曹长问。

"哦，一个人提前下山回家，我让他准备大锅煮肉……"赵永和解释道。

日本宪兵曹长指着站排的猎人，往下问，"他们都是你猎帮的人吗？"

"是啊，整个浪儿都是。"赵永和回答道。

"整个浪儿？"日本宪兵曹长不懂这句当地方言，问，"整个浪儿什么地干活？"

"一抹色儿都是。"赵永和故意说方言，有调侃日本人的意思，你不是懂中国话吗，看你懂多少方言。

"一抹色儿又是什么的干活？"日本宪兵曹长问。

"一水水儿。"

"一水水儿？"

"一顺顺儿。"

"八嘎！"日本宪兵曹长失去耐性，听不懂他恼羞成怒，喊叫道，"你的明白地说，不要一，一的！"

"是，太君，"赵永和指下猎人们，说，"他们全都是猎人，我的猎帮。"

日本宪兵曹长彻底听明白，说了半天只三个字，全都是。他相信炮头的话吗？不信。他还有检验办法要用，说："赵永和，你的人要一个一个跑给我看。"

"跑?"

日本宪兵曹长指着面前的爬犁，说："围绕它跑，每个人跑三圈。"

赵永和顿然明白日本宪兵干什么，找人，找腿受伤的人。心想，小鬼子你一撅尾巴拉几个粪蛋我都看出来了，你怀疑受伤的抗联战士混在猎帮的人中，想把他找出来，通过跑步看有没有伤腿的人，嘿嘿，你折腾吧，骡子尿白费！

"你，出来，跑！"

日本宪兵曹长命令一个猎人跑步。围绕爬犁跑了三圈，认为没问题让下一个跑，也是三圈，依次第三个人、第四个人……十九个人跑完，只剩下赵永和，他勒紧腰带准备跑时，日本宪兵曹长拦住："你不用跑了。"

"我不跑了，太君?"赵永和戏弄的语气道。

日本宪兵曹长没听出来，说："不用，你的不用。"

猎人们一齐看日本宪兵，看他们往下还咋折腾，还有什么阴招儿。日本宪兵曹长两只斗鸡眼挤咕几下，他亲自检查爬犁，主要是后面载着猎物的爬犁，赵永和给孙大杆使个眼色，他们俩一起跟过去。爬犁上横七竖八地码垛着野物。查看完前三架爬犁，日本宪兵曹长朝最后一架爬犁走去，孙大杆登时紧张起来，生怕出问题。日本宪兵曹长多看鹿皮口袋几眼，孙大杆的心剧烈跳动几下，日本宪兵曹长手还在鹿皮筒上拍了拍，好在巧妙的伪装——在皮筒外面浇些水，冻成冰——蒙蔽了怀疑者的眼睛，日本人绝对不相信结满冰的皮筒里能装人。

"你们开路的！"日本宪兵曹长说。

猎帮爬犁队重新上路。

三

猎帮爬犁回村，无疑是全村人的节日。消息由几个孩子到处喊叫传开，喜讯翅膀一样瞬间飞遍赵家趟子村。

"打围的回来喽！"

"到赵家大院吃肉啊！"

汪汪！报喜讯的孩子惊动了狗，它们主动加入进来。村子很快沸腾起来，人们不止是吃肉，聚集在村头，迎接猎帮进村。

赵家大院露天大铁锅提前架上火，劈柴在灶膛内劈啪燃烧，松香味飘溢出来。院子内摆放几张条桌做案子卸肉。木桩子挂着两挂一万响的鞭炮，准备爬犁进院时燃放。

管家花大姐是最忙的一个人，里里外外都要她招呼。猎帮归来，请全村人吃煮肉，男女老少二百左右口人吃肉，一人一只碗一双筷子，就得装几抬筐。风俗是这样的，猎帮回来全村人都来吃肉，全家人都来，一个都不少，一个都不能落下，俗语说：宁落一屯，不落一人。

大家来了不止吃肉，还要喝酒，炮头家有酒窖，白酒常年都不能断流。出猎前归猎后，祭祀、来人去客都要用酒。三江最好的白酒是七星泉烧锅的烧刀子，一买几篓——榆树条子编，内糊纸抹鸡血，即不漏酒又没邪味——白酒，回来倒入酒缸存放。

赵家的存放酒的地窖在吴二片住的房子里，准确说地窖的门开在他的房间里，还留有一个暗门，说它是秘密地下室也成。说秘密是少为人知道。这个暗门通向宽敞地窖。很早以前这个山洞住过老虎，但是肯定没住过黑瞎子，老虎的气味留在洞里，黑瞎子闻到避而远之。赵永和安排刘德海住在吴二片屋里，与这个地窖有关了，必要时刻地窖是可以藏人的。

吴二片做好了藏刘德海的准备，事先跟赵永和商定好，猎帮回来，他亲手接过鹿皮卷，孙大杆会帮助他。

"回来喽！"不知谁在院里喊了一嗓子。

花大姐跟着喊道："点炮！"

孩子跟着喊："放爆仗！"

鞭炮点燃，劈啪炸响，彩色纸屑蝴蝶一样飞舞，纷纷落到洁白的雪地上，又像花朵绽放。

"驾！"炮头赵永和威风凛凛，凌空甩响鞭子，第一架爬犁飞进院，接跟着第二架……七架爬犁陆续赶进院，最后一架孙大杆赶向院子深处，到东北角停下，等在门口的吴二片马上过来，两人抬起鹿皮卷，抬进屋撂到炕上，他对吴二片说："你自己忙活，我到前院去！"

"你去吧。"

"插上门。"孙大杆叮嘱一句道。

孙大杆出屋后，哗啦，吴二片在里边插上门。对着鹿皮筒说："老刘，皮筒外边都是冰，得化一化才能打开。"

"不忙吴师傅。"

站炉子（地炉子）烧着木桦子，室内很温暖。皮筒外表结的冰很快融化水流下来，吴二片解开几道绑绳，抻开皮子，说："老刘，出来吧。"

刘德海手脚麻木，活动一阵才恢复功能，他爬出皮筒，像乌龟刚从河里爬上岸，一身水涝涝的。

"冷不冷？"吴二片说。

"不冷，捂出汗了。"

"没冻着就好，你赶紧换下衣服，钻被窝歇歇，炕头被是你的。"吴二片指着炕头铺好被褥，"我去前院煮肉。我把你锁在屋子里，谁叫你不要答应。"说完离开，走前拖走那张鹿皮，在外边锁上门，脚步声远去。

一套衣服放在炕上，他换下浸透鹿肉腥味的衣服。野鹿肉要比家鹿更骚腥，加工——生姜丝、胡椒粉、酒除腥——可以去掉，沾在刘德海身上的不止腥味，一股子特别难闻的味儿。简单洗把脸，钻入被窝，炕很热乎，让人觉得舒服。

刘德海许久没住火炕，半年多时间住在山洞里，尽管乌拉草隔凉隔潮，硬板石头上还是扎骨甚凉。回到赵家大院，住在温暖火炕上，不遭寒冷侵袭的罪，重要的是安全了，再也不用考虑安全问题，腿伤也能得到治疗和保养。

他躺在炕上打量这个屋子，石头结构的房子给人第一感觉是结实坚固，然后是沉重，石头垒砌的墙壁没挂墙里子，岩石直接裸露着，青色大理石，未经打磨石面粗糙。猜测吴二片住在这里，炕稍那个行李卷是他的。屋角摆着一口水曲柳木疙瘩柜①，这种柜摆放在火炕梢上，怎么放在地下？现在他

---

① 又称炕琴。其柜分上高矮两节，上节也叫被格套，装被子。下节主要用于装衣服、针线、新做的鞋袜及女红等物件。柜面多涂以红色、褚石色及紫檀色的漆，柜门多画吉祥图案，暗八仙：笛子、葫芦、剑、荷花、扇子、阴阳板、花篮。八音纹：即钟、磬、笙、箫、古琴、埙、鼓、圉八种古代乐器图案，以及佛手、蝙蝠等。

还不知道疙瘩柜后面的秘密。知道它身后是两扇门，则不觉奇怪了。

有一只蝇子飞落在棚顶上，三江的冬天屋子见到蚊子，说明屋子相当温暖。刘德海觉得热了，盖不住被子，屁股底下的炕煎饼鏊子似的烙，他挪动一个位置，只凉一会儿，很快感觉烫，干脆披上衣服，凑到窗户前，猫洞大小一块明玻璃，镶嵌在纸糊的花格窗户中间，透过整扇窗户唯一瞭望口望出去，只能看到前院一角，露天锅台的一部分，一张条桌的一部分，很多人在那儿忙活，还有几个孩子穿梭大人们中间，嬉戏打闹，手里像拿着动物某段骨头……锅前，可见吴二片的忙碌身影，手持一个铁钩子翻动锅里东西，时常给蒸腾起的热气淹没……

赵家大院热热闹闹，像过年像办喜事。刘德海望此景象，觉得像在云里雾里，世外桃源的感觉，可以肯定地说，在三江、在东北没有第二个赵家趟子村这样欢乐景象，日军铁蹄下难得见到如此景象，令人称奇。

四

十几张桌子摆上，村民落座。顺序是参加狩猎的猎手，村中长辈、老人，其他人没座位就站着。坐着的人主要是喝酒，站着的人可以自己去倒酒，随便吃喝。

"东家，肉煮好了。"管家花大姐过来，众人面前她称呼赵永和东家，不是背后的"和哥"，她说，"香准备好啦。"

"敬神！"赵永和站起来，他走向大锅边，吴二片递过来兽骨做的千斤钎子，从锅中挑起一块好肉，众人随炮头来到赵家供奉的山神位前，供上肉，烧三炷香，敬三杯酒，磕三个头，祷告道：

> 山神爷老把头在上，
> 是你保佑小的们炮顺。
> 打到了大山牲口，
> 让我们猎帮兄弟吃上大块肉。
> 你老人家的大恩大德，
> 我们都永远记在心间！

小的们求你保佑今后打围平安，

开眼打到大山牲口！

敬完山神，赵永和带头回到桌子前，对管家说："开席，上菜！"

一盆鹿肉、狍子肉端上桌。

众人各自斟满酒，赵永和首先扎起一块肉，说："山神老爷送给我们肉，来！老少爷们，喝酒，吃肉！"

"谢谢山神老爷！"

"谢谢赵炮头！"

随即大家喝酒吃肉，有人高兴划起拳：

> 一条龙，
>
> 哥俩好，
>
> 三星照，
>
> 四喜财，
>
> 五魁首，
>
> 六六六，
>
> 七个巧，
>
> 八匹马，
>
> 九连环，
>
> 满堂红。

院子里酒肉席热闹地进行，吴二片悄悄离开锅台，回到自己住处，带回一块狍子的腱子肉。

"来，赶热吃。"吴二片说。

"院子里真热闹，像是过年。"刘德海羡慕，可惜自己不能参加，说，"多年没见到这场面啊！"

"猎帮传下的规矩，打猎归来，大锅煮肉大家吃，全村二百左右口人差不多都来了，腿脚不便的，派人给送肉过去，人人都要吃到。"

"真好！"

"牙捣蒜吧。"吴二片扒好几瓣蒜递给刘德海，直接吃蒜瓣称牙捣蒜，"蒜缸子都占着，我没给你捣蒜酱。"

咔嚓，刘德海咬碎蒜瓣，就大蒜瓣，肉撒了盐面，吃得很香，说："狍子肉好吃。"

"赵炮头让我告诉你，他第一天回来，家里事儿多，今晚过不来，明天抽工夫过来。"

"我没事儿，啥时有空儿再过来。"

"他掂心你的腿伤。"

"好多啦，眼看快好啦。"

吴二片向外张望一下，说："今晚东家配好药，我取来给你上药。"

刘德海想说感激的话没说，感激的地方太多，要说得说三天三夜说不完。他说："村子有多大？过去我没来过。"

"面积说没多大，山坳里三四十户人家……"吴二片讲赵家趟子村自然情况，"全村大部分人是猎户，没几户外巴秧（集团的圈外人），大家跟着赵炮打猎。"

"警察不到村子来？"

"时不常来，但毕竟天高皇帝远，来了晃一下，办些例行的公事便会去，很少住在村子里。"

"是不是警察来村，一定要到赵家？"

"赵炮是村子最大户，三江县衙官府的人都到他家，吃饭打尖（行路途中吃便饭）小户人家没酒没肉警察也不乐（意）去。"吴二片似乎明白刘德海问话有目的，说，"你寻思警察到这院来，不安全？"

"我怕给赵家带来麻烦。"刘德海说。

"这一点你尽管放心，赵炮头把你从山里带回家，自有妥善安排。"吴二片指他住的屋子，"这儿安全，大院里的人一般都不来，外来人更到不了这里。"

"没人来就好，我太显眼。"

"有我照顾你，放心吧。"吴二片再次向外张望，心里像是长草。

"一大院人吃喝，吴师傅有事儿你去忙。"

"嗯，下黑儿（晚上）咱俩再唠。"吴二片说，他忽然想到什么，说，"我把尿罐给你拿到屋来。"

刘德海没反对。

第十六章
集家并村消息

麻达山，遭熊舔，滚砬子，不开眼。

——山里人谚语《四大怕》

一

吃拿全带挂，猎帮圈里独创的一个词汇。意思是打猎归来煮肉全村人吃，这是一个层次，还有分肉全村人吃。分法一家一块，人口多的人家分大块，人口少的人家分小块。分肉还要带上一块骨头，回家同肉一起煮才有滋味，汤的味道才鲜美。

酒席结束每家每户带着肉离开赵家大院，管家花大姐扎上围裙，平日她可以是一旁支支嘴，家务活儿不用亲自动手，男工女佣几个人用不着管家。今天是特殊日子今天不行，她也上阵顶一个劳动力。

花大姐抱着一摞碗放到露天锅台前，用完的碗筷送到那里，集中清洗。赵永和走过来，她招呼道："和哥。"

"没来吃肉的，都送了吗?"赵永和问，村子里有几户人家，具体说几个行动不便的人。如果他本人不能亲自来赵家大院参加肉宴，家里有人来参加，会将肉带回去给他吃。还有一种情况，因为身体的原因行动不便，家里又没人来，要差人送过去，吃肉一个人都不落。

"都送啦，只剩下钱肚脐眼。"花大姐说，管家派人去给没能来吃肉的送肉，全村只一个人没安排，这就是钱肚脐眼，赵永和有话，钱肚脐眼的肉他亲自送，几年里都是如此。

钱肚脐眼何许人也？猎帮里赶仗的。真名钱焉，人们叫白了名字钱眼。又有歇后语香獐子的肚脐——钱眼。人们送外号钱肚脐眼。他没什么特别的，猎帮中数名赶仗的人其中一个。赵永和之所以对他特别重视，是因为在一次围猎赶仗时他滚砬子，摔折双腿，老婆不肯伺候一个瘫子离他而去。他养了半年挂着双拐，勉强能送屎送尿，糊弄一口饭自己吃，出屋走走是他的奢望。

"和哥，你累了，我打发人给钱肚脐送去吧。"花大姐见炮头疲惫不堪，关心地说。

"还是我亲自送过去。"赵永和说。

花大姐只好任他去，说："肉在吴师傅那儿，他给钱肚脐眼准备好了，和哥，我给你取来。"

"不用，我自己拿吧。"他说。

赵永和到厨房去找吴二片。

赵家的厨房是单独的房子，小三间，大厅摆得下四张八仙桌子，全家人在这里吃饭，同三江大户人家饮食习惯一样，每顿饭分两拨，俗称两悠。头一悠赵家人，二悠是男仆女佣。吃大锅肉全村人都来了，饭厅搁不下，肉席摆在院子里，虽说是冬天，人多天气暖，大家喝酒、吃肉，热热闹闹也不觉冷。

做赵家的厨师吴二片忙活大半天累了，回到厨房里抽袋烟解解乏。同时为准备明天赵家人的饭菜。

赵永和走进来。

"东家。"

"吃没？"

"吃啦。"吴二片说。

赵永和在吴二片身旁坐下来，现在他们的关系是东家和厨师，转换了炮头和端锅的角色。

"他吃着肉了吗？"

吴二片明白东家问抗联战士，说："肉刚出锅，我就给他送过去了。"

"刘德海先不让他露面，消停几天再说。"赵永和说，他讲的消停妥善安置刘德海后，确定大院内没危险，"然后再让他出屋，也别让其他人知道刘德海。"

吴二片觉得有一个人早跟她说好，瞒不住她的眼睛，也没对她隐瞒的必要，说："花管家大概发觉了，东家您看？"

"我来告诉她。"赵永和要亲口对管家说，花大姐再也不是昔日那个跟你踢毽子，玩抬轿扮新娘的小姑娘丫蛋儿，管理赵家的日常事务，大院没她玩不转。特殊的身世——东家赵永和及老东家赵老白的关系，决定她不止是赵家地位较高的仆人，更是半个，或者说大半个赵家人。大院里重大事情不能越过她，有必要知道。突然一个陌生到大院来，可能要长期住，管家不知道来路怎成，需要她安排照顾呢。

"早说比晚说好，看她沉心。"

"嗯，我今晚上就跟她说。"赵永和说，本意尽快告诉她，猎帮归来手脚忙乱，没工夫讲，送肉回来就讲，"我配好药，你给刘德海换上。"

"哎。"

"给老钱留的肉呢？"

吴二片掀开锅盖，盆子里装着肉，始终在锅里热乎着。他挑起一块，放入一只泥三盆子——家用泥盆分为大、二、三、小号——里盖上盖帘儿，用冷布——纱布，也称豆腐包——包裹系好，递给赵永和。

"晚上早点到我那儿取药。"赵永和端着盆，临出门特嘱咐一句道。

"嗯，慢走东家。"

赵永和走出厨房，走出赵家大院。钱肚脐家在山坳的最西边，离赵家最远的一户，大约有一里半地。平地上这么几步道，不经走一撒欢就到了，可是在山间需要些力气和时间才能到达。

二

从居住的房子外观便能看到主人家境和生活状态，直至他的精神面貌。三搂粗①的山杨树旁的两间木刻楞，木头已经糟烂，房檐生出青草，它酷像一只挂在树枝上被遗弃多年的老鸹窝摇摇欲坠，落地摔碎迟早的事情。

"钱大哥！"赵永和站在门前喊，钱肚脐眼长他两岁，总是尊称他大哥，"看狗！"

钱家有狗，还不是一条，不过今天没叫唤。一个人住在这里，保不准野兽袭扰，养狗很必要。钱肚脐眼喜欢狗，他过去在蒙古族一支狩猎队负责养狗、训狗，后到回到三江家乡，加入到赵家猎帮。赵永和打猎不用狗，钱肚脐眼手艺使不上，做了赶仗的。

"钱大哥！"

钱肚脐眼拄着双拐，出现在门口。赵永和走过去，眼睛四下撒目，再找狗，担心它从哪儿突然蹿出来，咬人的狗蔫下口，未必给你招呼就凶狠地掏你一口，这是最简单的生活常识。

"赵炮快当！"

"快当！快当！"赵永和没说手里端着的肉盆，先问，"狗怎么没叫？"

"还叫啥，没狗啦。"

没狗？钱家没狗就如天上没有太阳，怎么可能。赵永和问："咋回事，狗呢？"

"到屋，到屋说。"钱肚脐眼说。

一盆狍子肉放在钱肚脐眼面前。

"嘎，真香，赵炮又打个肥围。"钱肚脐眼眉开眼笑，肥美的狍子肉太诱惑人，他温了一壶酒，说，"赵炮头，喝点儿，这可是好酒。"

赵永和见他拿出瓶老龙口，奉天那边产的白酒，钱肚脐眼腿脚残疾出门不便，哪里来的酒？只一种解释，亲朋故友送给他，问："家里来客啦？"

"我那个当家警察的远亲，他送的。"钱肚脐眼说，他的一个七拐八拐亲戚，在三江警察局当警察的徐梦天，"老龙口可是好酒。"

"好酒，他来干什么？"

---

① 一搂儿，不挑不拣地卖。也做数量词，多用量树围，例如一搂粗、三搂粗。

"你问徐梦天?"

"嗯。"

"进山办事,一走一过看看我。"钱肚脐眼温好酒,到了两盅,端给赵永和一盅,"尝尝。"

"我刚撂下酒盅,尝一盅。"

酒打开了钱肚脐眼的话匣子,他主动向赵永和说起警察徐梦天,讲出一个重要消息:"快要并村啦。"

"噢?"

"徐梦天说宪兵队的命令已经到了警察局,陶局长正组织人实施,他进山里统计村、屯数。"

集家并村,赵永和心里一沉,三江以外的一些地方开始搞"无人区",集家并村修人圈——圈牛羊、猪狗的地方——日本鬼子把中国人圈起来,集团部落只是听说并未见过,更没听过那些流行描写人圈的歌谣①。他关心赵家趟子村的命运,关注赵家大院、赵家人,问:"警察说没说,咱村子动不动?"

"我还真问了,徐梦天说现在还不知道,不好说并不并到别的村子去。要是并可就惨啦。"

集家并村凄惨景象种种传说,赵永和有所耳闻,如果赵家趟子村并到别的村子去,损失最大的是他赵家,祖宗留下的家业——赵家大院,那些房舍都要扒毁……他不敢往下想,情绪迅速低落,想喝酒了,举过来空酒盅,"再倒一盅。"

钱肚脐眼给炮头斟酒,宽慰道:"方圆百里,赵家趟子村是大村子,小村子都朝大村子并,成立部落也得在咱村成立不是。"

"唉,日本人的事儿谁说得准,寻思一出是一出。"赵永和意思说日本鬼子胡作非为,他说,"是福是祸,一就一就吧(凭天由命)。钱大哥,我想到哪儿说到哪儿,你的狗?"

_____

① 此类歌谣很多,较为典型的一首:满洲国事真新鲜,并村集户砌土圈。扒掉民房无其数,砍掉树木有几万。昔日森林一扫光,今天到处是荒山。集家部落怪事多,男喊女哭苦连天。十冬腊月无处住,眼望旧房泪涟涟,新房木,抹黑烟,大瓦房,露着天。

钱肚脐眼迟疑一下，说："被人牵走啦。"

"谁牵走你的狗。"

"警察。"

"徐梦天？"

"要是他牵去还好了呢，至少不干什么坏事。"

赵永和迷惑，问："啥意思，我没懂。"

钱肚脐眼喝口酒，动静很大，然后将酒盅重重蹾在桌子上，愤懑之情，溢于言表，说牵走他狗的人："王警尉。"

"他？他牵走狗干什么？"

钱肚脐眼叹息一声，说："我担心的就是这个，干啥？警察牵走狗能干啥好事。"

"咋这么说？"

"赵炮，那天王警尉不是一个人来牵狗。"

"喔，和谁？"

钱肚脐眼望着赵炮头，半天才说："你烦的人。"

虽然平素不怎么得罪人的猎帮炮头，但也不是一个仇人没有，烦的人会不少，如此讲太宽泛，一时让赵永和想不出是具体烦谁。

三

"周庆喜！"钱肚脐眼口里吐出一个在赵永和听来扎巴拉沙（扎心）的名字。

"王警尉跟周庆喜来的。"钱肚脐眼说。

三条狗守卫木刻楞，陌生人休想靠近。这一天头晌，狗忽然狂吠起来，钱肚脐眼判断是人不是野兽，狗遇到危险叫声不这样。哪位生人来访？他猜测之际，听有人喊："肚脐眼，你要吃狗肉啊！"

打俚戏的一句话，熟人间见面才开玩笑。周庆喜听出是谁，心想："他怎么来了？来干什么？"

"麻溜出来看狗！肚脐眼！"外面的人还在喊。

钱肚脐眼一挪一蹭地出门来，吆喝住狗："嗉，别咬！"

周庆喜和王警尉走过来，三人以前相识。周庆喜说："我跟王警尉来找你，有事。"

"进屋。"钱肚脐眼让客道。

"日头爷挺足，在外边唠吧。"周庆喜说。

来访者不愿意进屋，钱肚脐眼也没深让，问："啥事找我？"

"我说吧，肚脐眼……"王警尉看一眼钱肚脐眼，因为使用的词儿跟他外号撞车，他说，"肚脐眼养活孩子——抄近儿来，警察局要征用你的狗。"

"啥？征用我的狗？"

"啊，是啊。"王警尉仗势的口气，说，"皇军征用。"

钱肚脐眼皱眉，要发问。周庆喜急忙说："是这么回事，三江宪兵队需要几条狗，训练后执行任务。"

"宪兵不是有狼狗吗？相中百姓养的笨狗，二细狗？"钱肚脐眼说。

周庆喜赶紧说："你养的虽说是笨狗、二细狗，但经一训练，就是只神狗。征用你的狗，去干大事。"

"打熊抓虎？"钱肚脐眼略带讥讽，问。

周庆喜诡秘地笑，说："不止，比打猎的事大。"

"啥事儿？"钱肚脐眼非要弄清，征用他的狗干什么，"要我的狗，总得有个用途吧？"

王警尉翻脸了，嚷道："日本宪兵的事儿你想知道？耳朵伸得太长了啦！想活得如作（舒服），该问的问，不该问的别问。"

满洲国警察面前，没理可讲，警察才是真正的狗——警察官，是洋狗，拖着尾巴满街走。东闻闻，西瞅瞅，不见油水不松口。叫洋狗，你别美，日本鬼子完了蛋，坚决把你打下水，砸碎狗头和狗腿——钱肚脐眼心里清楚，警察怎么看一个残疾猎人，一只蚂蚁，一脚便可碾死你！钱肚脐眼的目光落在周庆喜的一只胳膊上，向昔日的贴炮求救，他们都曾是赵永和猎帮的人，往可伶上说，以期博得同情，说："周炮，晚上经常有大山牲口来，我这瘸腿吧唧的，没狗不行。"

周庆喜一声不吭。

"谁不知道你尿性（能耐），装软鳖架，坐在地上能撂倒一头狗熊。"王警尉认为钱肚脐眼装可怜，真正可怜的人不是他这样的，说，"把狗拴好，我牵走。"……

钱肚脐眼将酒盅蹾在酒桌上，显然是摔警察王警尉，更是摔周庆喜，他说："周庆喜一点旧情都不念，警察面前连句好话都不肯帮我说。唉，赵炮，你亲眼见，我过去对他可以吧。"

"何止可以，很可以。"赵永和说，他想说你有恩于他，报恩才对，炮头不愿意这么说，他的情况跟钱肚脐眼相似。一次打猎，钱肚脐眼在野猪獠牙下救了周庆喜一命，至今胳膊上还留有伤疤。

"周庆喜走了我才明白过来，感情他跟警察一伙的。"钱肚脐眼说，"人啊真没场看去，要我的狗备不住是周庆喜出的主意。"

钱肚脐眼训狗绝技，周庆喜知道。钱肚脐眼乍到猎帮，周庆喜还跟他学过训狗呢！赵永和已经无法理解周庆喜的行为，说："跟警察走能拣到什么好粪，看归终怎么样。"

"那还有好啊！没好。"

"谁好赖谁自己带着，别人干涉不好使。"赵永和担心并村，他忧心忡忡道，"我们几辈人创下家业，那个院子和房子，真的并了……唉，还能剩下吗？还有猎帮，恐怕打围也打不消停。"

"小日本搞人圈，圈我们的目的，徐梦天还真跟我说了，防止老百姓跟山里抗联联系，生怕暗地帮助他们。"

赵永和心里不能不想到一个受伤的抗联战士就藏在家里，冒险救他不后悔。

"我看咱村子大，要并也许往咱村子并。"钱肚脐眼说。

即使这样的话，并村后的人圈里要设警察防所，还要成立自卫团什么的，刘德海安全令人担忧。赵永和心里画魂（犯疑）说："王警尉牵走你的狗，说是交给宪兵，他们究竟要干什么呢？"

"干什么，祸害人呗。"

"祸害人？"赵永和心里一惊，听说三江日本宪兵队的狼狗吃人，逮住反满抗日分子投入狼狗圈，喂狼狗，"不能吧？"

"咋不能，小鬼子啥事儿干不出来呀。"

赵永和还是不明白，周庆喜跟着警察颠儿颠儿的（跑来跑去）做什么？仅仅是献殷勤吗？

"帮虎吃食。"钱肚脐眼说。

赵永和跟钱肚脐眼想到一起去，看透了周庆喜，帮虎吃食还不是看虎强大，跟着它拣点残羹剩饭，或借助虎威抬高自己。

"没想到他是德性这么差的人，就说你跟他不是点头交情（极浅的交情）吧，对他无可（极致）的。他呢，好心当成驴肝肺。"

赵永和没吭声，说到周庆喜忘恩负义他更不愿多说，外人说什么是外人的看法，他对周庆喜看得深刻，入骨三分。

四

赵永和从钱肚脐眼家回来，自家大院恢复往日的平静。他进院见一个身影被夕阳浸泡着，她哈腰拾起一节骨头，还在清理院子。

"和哥，肉送去了？"花大姐说。

"小妹，"绝对私下场合，没有第三个人在场，他才这样称呼她，丫蛋儿长大了，不能再呼她的小名，大庭广众随大溜称她花管家，无论是称小妹，还是称管家，他们心的距离都是相等的，世上男女爱慕距离都是相同的，"我跟你说个事儿。"

花大姐走在头里，这是他们的一种默契。她回到宿处，他跟她进屋。还是赵老白带丫蛋儿进院来时住的小姐闺房，有十几年时间。在这十几年里发生了许多事，在两个男孩和一个女孩身上，后来是两个男人和一个女人，故事始终没结局地发展，谁也不知道结局。

"打猎很累吧？"花大姐关心地说，将烟笸箩推给他，抽烟唠嗑是习惯更是享受，"看你瘦啦。"

每每这种时刻，赵永和心里涩然复杂，丫蛋儿——花小姐——花官家，极其简单的列式，却包含剪不断理还乱的东西，世上再也没有比情感说不清道不明的东西。两个人的烟具——烟袋，都是由烟袋锅、烟袋竿、烟袋嘴构成，花大姐使用的烟具更小巧，称为坤烟袋。三江大姑娘小媳妇老太婆，抽旱烟使用烟袋是一道风景，因此才有著名的歌谣："关东山三大怪①，窗户纸糊在外，十七八的姑娘叼个大烟袋，生了孩子吊起来。"这样生活习俗，深阁未嫁的花大姐叼起烟袋不足为怪。

"这次出围开眼炮顺。"他抽口烟吐出，说。

"看出来了，大牲口没少打到。"她叼烟袋，半天抽一口，烟袋嘴是玛瑙材质，含在嘴里感觉柔软且有些微甜，"全村人过个好年，男女老少乐得合不拢嘴。"

"唉！"赵永和悠长地一声叹息。

花大姐抬头凝望他，寻找叹息的原因。是什么事情？在打肥围归来高兴时刻炮头忧伤？

"可惜好日到头，以后不会有。"

"和哥，我没明白你的意思。"

赵永和连抽几口烟，说："要集家并村了。"

"传说的修人圈？"

"是。"

"在咱村修？"

唉！赵永和又叹息，他遇事长吁短叹，当地人的话说就是嗨哩呼气，因此被父亲赵老白责骂，说大男人放屁都要丁当响——赵老白眼里，放屁不响的人做人也不会响亮——嗨哩呼气算什么？有话说，有屁放！

花大姐是女人，性格再直爽，也有细腻的地方，情感总耐人寻味。她喜欢赵永和豪爽略带霸气的性格，同样喜欢多愁善感，甚至喜欢长吁短叹的赵永和，觉得那时候他更好接近，也更可爱。

"并村的信儿准吗？"她问。

"我在钱家听说，肚脐眼的一个远亲在警察局当警察，他进山开始普查村屯，人口数，透出话三江县很快就要并村。"

"和哥，依你看，咱村会不会并到别的村子去呀？"

赵永和从钱家回来，一路上都在想。赵家趟子村并到外村去，还是外村

---

① 也说关东十大怪：窗户纸糊在外，大姑娘叼烟袋，养活孩子吊起来；嘎拉哈姑娘爱，火盆土炕烤爷太，百褶皮鞋脚上踹；吉祥喜庆粘豆包，不吃鲜菜吃酸菜；捉妖降魔神仙舞，烟囱砌在山墙外。

人并到本村来，他希望后者。当然，两种情况都不存在最好。村子还是那个村子，老邻旧居，一家知一家，和和睦睦。外村人并进来，或并到外村去，赵家趟子村像块玻璃给敲碎，再也无法亮堂地过日子。打猎回来，全村人还能聚在一起吃大锅煮肉吗？他说："村子并出去并进来，都没过去好日子过。修的是人圈啊！"

人在圈里，如牲口拴在棚子里，没有自由。花大姐可以想像得到并村的非人环境。

"打猎受不受影响？"

"恐怕打不成猎。"赵永和听传说集家并村后。人集中在人圈内限制外出，规定附近多少里地范围内不能去，即无禁作地带——不能种庄稼——和无人区，"不让外出打猎的面大（可能性）……"

"日本人这样折腾干啥呢？"

"抗联……"赵永和说到正题上，他说，"小妹，有一件重要的事情，跟你说说。"

"吴师傅屋里那个人？"

啊！赵永和惊讶。

"他是抗联？"

"是。"

花大姐磕去烟袋锅内的烟灰，重新装上一锅，问："你们打猎怎么遇上他的呢？"

"他和受伤的抗联副小队长，原来藏在紫貂崖的山洞里，被打猎的发现，报告给日本宪兵、警察，抓捕他们俩时，副小队长被打死，他负伤逃出来，跑到营地找我们。"

"哪个猎帮这么缺德，出卖抗联。"

赵永和没立刻回答。

"那个猎帮炮头，和哥你认识？"

赵永和苦笑，不答。

花大姐幡然，说："是他？"

"是，是他。"

花大姐和赵永和不用说出名字，都明白"他"指的是谁，她说："他咋那样，人真难看透！"

　　"咱俩不说他，说说怎样妥善安排刘德海。"赵永和说。

第十七章
心房拥挤三个女人

立春棒打狍，雨水鱼进瓢。小暑胖头跳，大暑鲤子闹。白露大马哈，秋
分把子涮。寒露哲罗翻，霜降打秋边。立冬下挂网，小雪闸冰帐。

———《打鱼谣》

一

插好门，撂下窗户帘。

"我给你上药。"吴二片说。

刘德海脱掉外衣，坐在褥子上，将一条伤腿亮出来，说："明显见好，不
一剜一跳地疼。"

"东家配得药可霸道，一般伤口涂抹两三回准见效。"吴二片一边敷药一
边说，"轻不撩的（轻）的伤，一次见效。"

"炮头懂医道。"

"猎帮炮头都是半个先生（医生）。"吴二片骄傲的口气道。

常年翻山钻林，猎帮跟野兽搏斗，遭遇危险受伤家常便饭，紧急关头处
置不及时将危及伤者生命，小伤自己便配药治疗，炮头练就半个医生。赵永
和从父亲手中接过猎枪同时，也接过来自悟的医术，肩负起全猎帮的治疗职
责，否则不配做炮头。

182

"你刚到这个院子，环境不熟悉，我给你说说。"吴二片描述赵家大院，多大面积，有多少间房子，院子里有多少人，大体人际关系，让刘德海了解大荒（粗略）。

"管家是女的？"刘德海问。

"花大姐。"

"女人做管家不多见。"

"她跟赵家关系特殊。"

吴二片像是随意说的话，其实不然。关系特殊包含了更多的内容，刘德海没法想像。

"她们是亲戚？"

"比亲戚多一层。"吴二片没想好跟不跟刘德海唠赵家的事，收拾起药包他还在想。这个时候刘德海要是问他会讲，不问他不会主动讲。

"管家知不知道我在这里？"

刘德海没问管家跟赵家的亲戚关系，问了另外一件事情，吴二片觉得比较容易回答，他说："东家说跟她说，估计已经说过。"

"这个院子有几个人知道我的事情？"

"面不会大，三两个人吧。"吴二片数了数，"东家、管家、我，眼目前就这些人。"

"孙贴炮……"

"他的家在村里，不住在赵家。"

刘德海大体清楚他所知道的几个人的关系。刚到赵家大院来，现在接触的人极有限，随着接触面的扩大，还要认识一些人。他问："吴师傅，我还不能出屋？"

"近期肯定不行。"

圈在屋子，如囚禁一般，刘德海希望早日到户外活动活动。即使现在腿伤允许也不能出屋，寻思这些他的情绪低落下去。

"大院里的人虽说基本可靠，但也不是绝对。上上下下、里里外外几十口，保不准没一个人泄密。"吴二片讲赵家大院的情况，"因为赵家是全村首富，官府衙门公干也要到他家休息吃饭，还有过路人歇脚打尖赵家也招待。这样一来，差不多每天都有外人进院，停留、吃饭、喝酒，你露不得面。"

"哦，我想问你，周庆喜是什么人？"

"什么人，说他复杂啦。"

"复杂？"

吴二片想想怎么说合适，见刘德海等着他讲，就说："你睡的炕，"他用手拍了一下，说，"周庆喜睡了几年。"

"噢？周庆喜跟赵家？"

"我讲不明白，我来大院里没多久，周庆喜就离开赵家猎帮了，自己出去另拉起一个猎帮，还建了一个村子。"

"周庆喜在赵家大院，在这铺炕上睡，他跟赵家是什么关系呢？"

"我说不清楚，只听说，当年老爷子赵老白，从外面先后用马驮来两个孩子，花大姐和周庆喜，他们当时都是十四五的年纪。"

"姓花，姓周，即使是亲戚也不是堂亲，顶多是姑表姨表。"刘德海分析道。

吴二片否认，但没细说什么。

刘德海揣度对方不愿讲，没再往下问。

"不过，赵永和是赵永和，周庆喜是周庆喜。"吴二片说，他的话好理解，无论他俩是什么关系，谁就是谁，一个跟另一个不一样，不能一概而论，"你只管放心在这里养伤，安全没问题。"

"是，我没担心不安全。"

"东家安排你住在这屋子里，你知道怎么回事儿吗？"吴二片神秘地说，望眼摆在地上的炕琴，说，"心搁在肚子里吧，全院这屋最安全。"

刘德海一时还理解不了吴二片话的全部，多少能感觉到他暗示这个屋子安全，有什么暗道机关？

二

"安全，着紧绷子……"赵永和说，着紧绷子是土语，意为紧急时刻，必要时候，"从暗道走。"

长篇小说 大猎帮

花大姐沉吟片刻，说出担心："不安全吧，周庆喜住过那间房子啊！他会不会知道那条神秘暗道。"

"住在那间房子时他年龄还小，家里始终对外保密地窖的存在，我也是在父亲去世前才知道，那时周庆喜已经搬出去几年。"赵永和说。

赵老白安排周庆喜住这间房子时他十五岁，住到十七岁，后来搬入另间房子。他留下地窖后人必须遵守的遗训，不可轻易示人，赵永和做到了，诀窍是不使用它，对家人守口如瓶。在三江大户人家几乎都修有地窖、暗道什么的，财宝需要藏，防抢防盗，暗道之类的秘密通道，危险时刻方便逃生。赵家前辈因打猎在山上修了寨子，巧妙地利用了一个自然的山洞，在洞口修起的房子，便是吴二片现住的这间屋子。

疑问来了，吴二片本是外姓，怎么让知道地窖的秘密？还让他住在那个屋子？故事要从吴二片的父亲吴石匠说起。守着白狼山，过日子用石头的地方多，碾子、磨、滚子、门前石兽、墓地石碑……石材做的用品进入人们的生活，制作、维修需要做石活儿的手艺人，一种职业工匠应运而生，歌谣道出木、铁、石三种工匠的职业特点：长木匠，短铁匠，不长不短是石匠。其意为：木头长了可以锯一块，铁短了加热后可接上一块，唯独石匠手中的石头活儿既不能长也不能短，必须长短正合适才行。也可以解释为：木匠下木料宁长勿短；铁匠下料宁短勿长；石匠则必须不能长也不能短。歌谣中看出三种工匠中石匠难做，吴石匠却在锤子叮叮地敲，镵碾子盘磨刻字凿石劳作中出了名，猎人赵老白的父亲将石匠请到家，利用原有的山洞修凿成一个私家地窖。到了赵老白的这辈，他扩宽地窖，请来吴姓石匠。石匠丧妻带着个双手看上去不十分灵活的男孩——吴二片。工程完工，吴石匠结算完工钱，人从三江消失，也有不暴露赵家修地窖一事的意思。

若干年后，赵老白临死的前半个月，吴二片从蒙古族的一个狩猎队出来，扑奔赵家猎帮。吴二片提他爹当年带着他在赵家修建石洞地窖的事儿，赵老白对吴石匠带在身边的男孩印象相当深刻始终没忘记，他命令儿子收下吴二片，猎帮里吴二片因为双手不很灵活，放不了枪赶不了仗，正好他有做饭的手艺，做了端锅的。从此跟赵家老少结下情谊，同赵永和处得像亲个兄弟似的。他们关系如何从赵永和告诉吴二片地窖的秘密——修凿地窖时吴二片还穿着活裆裤——这一点上便能说明。

吴二片住在那个房子里，肩负赵永和特意交代的任务，守地窖口。管家花大姐当然清楚这一点，只是后来周庆喜来赵家住过这间房子，怕他发现地窖的秘密，才觉得藏受伤的抗联战士不安全，她说："万一周庆喜知道，他再向宪兵、警察举报。"

周庆喜毕竟住过几年，究竟知道不知道呢？赵永和不敢肯定，心里不落底儿，没问过周庆喜，从来没听他说过。就周庆喜的性格而言，发现屋子内的地窖入口他不能不说，一定张罗进去看看。

"提防着点儿好。"花大姐说。

"谨慎小心总没错。"赵永和赞同，他说，"没抓到受伤的抗联，日本宪兵、警察，还有周庆喜，他们不能死心。警察到营地找过，王警尉给我念央儿，回来半路上遇日本宪兵检查……留神生人来咱家大院，特务、暗探什么的说不定就混进来。"

"近日别出屋。"

"我让吴二片跟他说了，猫着。"

花大姐想到集家并村，问："咱们是不是做些准备，管它传言准不准，宁信其有，提早准备，到时候省得手忙脚乱的。"

"先不用，再等等。明天我下山进城，到亮子里扫听下消息，顺便买些鱼过年。"赵永和说。

"也好。"

赵永和屁股仍然很沉，没有走的意思。

"回吧，和哥。"花大姐赶他走，说。

"我再坐一会儿。"赵永和恋恋不舍道，"唠唠嗑儿。"

"天不早了，明天唠。"

"大长的夜……"

花大姐沉默一阵，说："和哥，你咋还这样啊！"

他俩之间有割不断的情丝，当年赵老白答应鹰王花把头抚养遗孤，之前还有更大愿望和打算——娶他闺女丫蛋儿做儿媳妇，突发獾子咬伤她下身的事件，打乱了原有定亲计划，将人领回家来，放弃迎娶当亲闺女抚养。节外还是生出枝杈，赵永和和丫蛋儿互相看上，父母不得不出面阻挠，干涉的效果很苍白，母亲赵冯氏不得不对儿子道出丫蛋儿身体已经残疾，不能那个不能生孩子，赵永和还是对丫蛋儿一往情深。父母急忙找媒人为儿子从三江城里娶来一房媳妇，女子青莲——鱼帮马大把头①的女儿。人长得挺俊挺白，像条白莲鱼。

三江地区有条著名河流清河，还有月亮泡子以及其他数条小河。人类落脚这片蛮荒土地从渔猎开始。鱼帮和猎帮是关东形形色色行帮中最古老的行帮。赵老白十分满意这桩婚姻，打猎的儿子娶打鱼的女儿，门当户对……父辈忽略子辈的感受和状态。

赵永和少年时给大奶子女人占去一块，丫蛋儿又占去一块，硬是把马青莲塞进来，三个女子蜗居在面积不大的心房里……与她们相处并不是一碗水端平，感情投入还是有多有少。不言而喻，对丫蛋儿最多。十几年里丝毫没有改变这种状态。

"青莲嫂子等你，回吧！"花大姐再次说。

赵永和极不情愿地离开女管家的屋子。

三

马青莲像她名字那样马莲——开两次花，结两次果实——五年里生两男两女四个孩子，第五个已经做胎六个月，并以显怀。土炕的故事通常不讲什么创作技法不分俗雅，男一样女一样，吹灯上炕，无师自通，人人都会，自然的事情自然而然发生。

"瞅你……行吗？"赵永和顾虑，马青莲明显见鼓的肚子他能不顾虑吗？"我怕那什么……"

"你怕？"马青莲觉得奇怪，说，"我带小四时，都要生了你也没消停，哪天你没整？"

赵永和承认老婆说的话，她怀第四个孩子时，那年打围炮最顺，老是打住马鹿，且公鹿多，吃什么补什么理论在他身上得到验证。过去也经常吃雄

---

① 鱼帮组织名称，依次大把头、二把头、领网的、跟网的（又称小股子）、做饭的。

性动物的鞭子之类，目的不是为壮阳，为占有、为征服、为表现勇敢，猎帮炮头同样是族群之王——狼群、鹿群、猪群、豸……都有头领——追求王者至尊，围猎的风俗中充分体现了这一点。打住鹿，鹿膛血炮头独享，只有他喝不了时别人才能去喝。生食猎物杂碎是遗存的古老风俗，生吃、生喝认为可以壮力壮骨，弱肉强食没有强壮身体不行。打猎现场赶热食猎物的膛血和杂碎，第一个人是炮头。食动物鞭类不属于风俗范畴，纯是炮头个人爱好。并非赵永和对吃啥补啥——以形补形，以脏补脏——古老的中医食疗学说观点的信然。而且是喜欢炮台——鞭和睾丸——味道，筋头巴脑，特别是睾丸炒辣椒……享受美食同时，赵永和某些功能得到助威，他在那一年也就是老婆深有感触言说的"我带小四时"，他日夜征战，没停枪没停炮，凸着大肚子马青莲不是不喜欢，有些招架不住，他真的把自己肚皮当成山岗，奋力追杀猎物的劲头让她有些担心，慢声慢语提醒道："你慢点儿，太大劲儿……别小妊（流产）喽。"

鬼使神差足可以使赵永和不顾一切，现在是鬼撺掇神怂恿，他真的不顾后果。最后没出现不良后果，第四个孩子正常出生，健健康康。小五现在面临的不是小四时的情景，赵永和此时冷静和控制，完全可以放弃追踪的猎物。他最后求证道："行不行啊，不行我就不那什么啦。"

"行，咋不行。"她说。

"你要行，我就那什么。"

"你想那什么就那什么。"她被挑逗的炮弹射中，毕竟丈夫外出打猎多日不在家，不提口则罢，要是提口真的想了。

"那我就那个啦。"他的动作比语言快，麻利登上山冈。

"嗯，那个吧。"

那个在土炕上进行，治疗烦恼、痛苦、沮丧、缺憾……情绪疾患的良药，温暖的被窝才让人忘记一切，宣泄是减压的好方法。土炕上该进行的事情进行完，马青莲独自睡去。

赵永和休息片刻，比先前更精神，一丁点儿睡意都没有。心里有事今夜难眠。马青莲睡熟的标志是，从鼻腔内发出嗯哨的声音，不很响却有节奏感，说不上悠扬悦耳，但也不令人生厌。睡不着或是不想睡的人，听听免费的音乐也不错。猎帮经常在山间野地露宿，听惯了各种声音，悦耳刺耳扎耳……石头、树木、溪流、动物、风霜雨雪都能发出乐律，心情好坏界定优劣是美声还是噪音。身边老婆的鼻息，多数情况下是天籁之音——古琴之音为天籁，土埙之音为地籁，昆曲之音为人籁——像今晚未必如此，天籁地籁人籁老婆籁，他围被子坐起来，炕上放着火盆，像搂抱老婆似的跟它亲热，睡觉前她弄好火盆，装上燃烧时间较长的秋板子（秋草）柴禾炭火，直到天亮火也不会变成灰烬，可以热一宿。

一股暖流通过手传到心里，人类是渴望、离不开温暖的动物。温暖中孕育出善良，满山遍野奔突动物，就是缺乏温暖所致。温暖包涵很多东西，情爱是一种温暖，友谊是一种温暖，关怀是一种温暖……赵永和时常回味一只手，十分柔软的手指，泥鳅一样爬过酸痛的肩胛，她说："和哥，我给你捏一捏。"

"嗯，这个？"他顾虑重重的样子。

"你呀。"丫蛋儿站在他的身后，夏天的包装织物很薄，像外张扬的东西抵到他后背上，柔软的东西微微跳动，她的手在他肩周动作，说按摩还是抚摸他一时分不清。

温暖这个词汇那一刻如同只蚱蜢蹦到他的身体上，赵永和感受到后一直没忘记。她的手柔若无骨，即使是块石头也要被它柔情磨平。几次要转过身来，被她阻止："别动，和哥。"

和哥叫了多年至今一直在叫，不过赵永和还是听出语气的变化，从初始纯粹的称呼，到含有只有他感觉到的意味深长，后来听到叫他和哥就是一种温暖。

"和哥。"

"嗯。"

"我看你一直想娶我。"按摩未停，她说。

"你一直不同意。"

"跟你说过我的情况……"

赵永和猛然转过身子，和她面对面，准确说是他的脸在她的双峰间，山脉对猎人来说是最感兴趣的地方。向前追溯他十几岁的时候，山林对他无比神秘和诱惑，大奶子女人胸前是高耸的山峰，丰茂的植物间便是太虚境，他懵懂中激情畅游，了解、领略女人从此开始，本以为世界不会出现第二个他喜欢的女人，但还是出现了。丫蛋儿没法让他不喜欢。他禁不住，猛然抱住她，狂吻山峰。

山峰岿然屹立，接受风雨抚爱。生长需要风需要雨，这是不可回避的。任何回避的理由都是虚伪和苍白。她说："我何曾不想，我很想。"

"我娶你。"

"不要说傻话了，这辈子不行了……"她的声音无比苍凉。

四

一座山也好，一棵树也罢，在赵永和丫蛋儿身后有一双眼睛窥视演变到攫取，再后来就是赤裸裸的抢夺，至今未停止。

丫蛋儿爱上赵永和，含蓄，不像赵永和那样直白表达，身背炮筒的人难以做到含蓄，管直快当才是正常。猎帮炮头职业养成的习惯用到了谈情说爱上，莫论它合适否，出现了他几次向她求爱（在他还不知道她身体情况时），对话如下：

"丫蛋儿，你是不是烦我？"

"不烦。"

"没看上我的营生（职业）。"

"不是。"

"你心里有别人？"

"也不是。"

"那你为什么不愿意嫁给我？"

"问我赵大爷。"

当时赵老白还活着，赵永和去问父亲。做爹的觉得跟儿子谈小姑娘的隐私不好，支走儿子：问你娘，她知道。他去问赵冯氏，娘俩儿有了一次专题谈话。

"永和，你俩没缘。"

"咋没缘？丫蛋儿被爹领回家来。"

"领回家来抚养，她爹死了再没有什么亲人，没场去到咱家里来。"母亲说。

"娘，你说爹去给我跟丫蛋儿订婚……"

"那是以前。"

"现在怎么啦？"

赵冯氏犹豫，说不说出丫蛋儿的遭遇，是现在说，还是以后再对儿子说，她犯难。

"娘，要是不娶丫蛋儿，"赵永和拿出撒手锏，要挟父母道，"那我谁也不娶！"

当娘的经不起吓唬，赵永和是独根儿，全靠他打种结果——传宗接代呢！干脆告诉他真相，让他死了心，说："丫蛋儿小时候蹲树底下拉屎，被獾子咬坏屁股。"

獾子咬人屁股闻所未闻他不相信，咬坏屁股他更不信。他说："娘啊，你听说过獾子咬人？獾子不咬人。"

"你可是说呢，獾子确实咬了丫蛋儿。"赵冯氏说耳听为虚，眼见为实，"我亲眼看见。"

"见到獾子咬丫蛋儿？"

"不是，我看到獾子咬丫蛋儿留下的伤疤，"赵冯氏表示不能接受事实的表情很有感染力，她那张脸纸似的地揉皱，足可以蓦然把人心绪揉出褶子，一时不能抻平，"我看后身上起鸡皮疙瘩，噼里啪啦地往下掉。"

即使没被她的表情震撼，也被夸张语言打败和崩溃。形容听见令人惊骇的事情说身上起层鸡皮疙瘩，赵冯氏不但言起了鸡皮疙瘩，而且鸡皮疙瘩还从身上掉落下来，更甚噼里啪啦地往下掉，倒豆子还是落暴雨啊？儿子能够理解娘的话，说明丫蛋儿给獾子咬了，伤得很重。所不能理解的是屁股被獾子咬了，怎么影响到结婚做媳妇？他嘟哝道："我不信！娘搁话搪我，不让我娶丫蛋儿。"

"你不信什么？"

"獾子咬屁股，咋就影响到……"

"你是没看见啊，确实不行了，彻底完蛋了，废啦。"

赵永和调动全部想像寻思娘讲的话，到底还想不明白，就打以（即使是）獾子咬坏丫蛋儿屁股，也不影响……娘下面的话使儿子大为震惊，她说："獾子咬了她那儿，前面，不是后面。"

　　前面好理解，人的前面不是背后，屁股长在人的后面，那前边所指不言而喻。赵永和领教过女人的前面，大奶子女人教授的知识。母亲含蓄的话——屁股、前面——连在起，拼成一个他感到悲怆事实：丫蛋儿的什么什么被獾子毁坏。

　　"永和，你娶半拉人？赵家指望你留根儿呢！"赵冯氏努力说劝儿子放弃丫蛋儿，"我和你爹商量，给你说个人儿（娶媳妇），找个囫囵个儿的。"

　　"多囫囵也不要，我就要丫蛋儿。"

　　"丫蛋儿残废了，干不了那事儿。"赵冯氏含蓄地说同丫蛋儿结婚同不了房生不了孩子。

　　"干不了那事不干。"

　　"你傻呀，结婚不干那事儿？"

　　"丫蛋儿是我媳妇就行。"

　　赵冯氏给儿子气笑了，她知道儿子不傻不茶不缺心眼，娶媳妇不干那事娶媳妇干什么？赌气可以这样说，事实上是这么回事吗？做娘的倒是跟儿子什么私密的话都可以讲，但是太私密的东西讲还是碍口，总还要含蓄，能够让儿子听明白道理的恰当含蓄比喻最好了，她说："永和，你一辈子总不能一朵花不开吧，没沾过女人的边儿还叫男人？"

　　赵永和一冲动暴露了天大的秘密，说："花我开了，早就沾了女人边儿，啥滋味我知道。"

　　"啊？开啦？沾……"赵冯氏惊奇道。

　　"好几年啦。"

　　"谁？"娘追问道。

　　赵永和猛然又明白，这种事儿对谁也不能说的。父亲怎能容忍自己敢做这种事，怕父亲发火收拾自己，说："娘别问了，我不能说反正有，说了爹还不一枪崩了我呀！"

　　"我不告诉你爹，跟娘说了吧。"

犹豫再三后，赵永和说出那个藏在心里的秘密……

火盆还很热，赵永和紧紧抱在怀里，感觉拥抱着女人，显然不是马青莲，也不是大奶子女人，无疑是另外一个他念念不忘的女人……

第十八章
捅破那层窗户纸

成群引着犬，满膀架其鹰。荆筐抬火炮，带定海东青。

——明·吴承恩

一

著名趟子手赵老白，一生看到无数动物死去，恐惧、悲怆、绝望、留恋……现在到了别人看着他的死，赵冯氏昼夜守在他身边，他一阵糊涂一阵明白，生命这个弦太过坚韧轻易难以扯断，世上所有的活，苟活是最没皮没脸，可也是，求生还顾什么羞耻，最后一口气难咽也不好咽，赵老白就这样在为他做好寿材后半死不拉状态赖活了十二天。

"他爹，你还有什么心事？"赵冯氏觉得再不问，没机会问了，不能让他带着遗憾走，"你说出来吧。"

"……"赵老白语言极为含混，听不清他说什么。

赵冯氏一遍一遍地问，耳朵贴在丈夫耳朵边听，在一天夜里听清楚了，赵老白说他想让叫狗剩子朝他叫一声爹。赵冯氏迟疑，尽量满足行将就木的人的要求是她的想法，他忽然提出这样的要求，按理说不过分，父子相认，孩子问起自己怎么来的呢？她迅然想到那个不可公开的秘密：借种。赵老白

194

一撒手离开，赵家伦理常纲还讲不讲？狗剩儿能不能接受得了？全院人又咋看赵老白，名誉可能被毁掉。即使有一天告诉狗剩儿，也不是现在，要在以后的某一时候。这是她迟疑原因之一。其二，有些涉及一个人的心胸和观念。儿子永和自己道出在他十几岁的时候，跟狗剩儿的娘那个大奶子女人有一腿，任何男人无论年纪大小，男人跟女人有一腿都自然。问题在于狗剩儿娘借种生狗剩儿，怎么说狗剩儿和永和是一根藤上的两个瓜，也算一个父亲的亲兄弟，可是他跟狗剩儿娘有那么一节这又算什么？乱伦最被人看不起。思来想去还是不公开狗剩的身世好，他姓他的周，还叫周庆喜。

"呜、呜……"

赵老白心里急，嘴呜呜些什么。轮到赵冯氏语言含混不清，其实她心里十分清楚丈夫要干什么，用装不懂来阻止跟狗剩儿见面，像是跟丈夫患了同样的毛病，说话第二个人听不懂。

"他爹你说啥，说啥？"

"呜、呜、呜……"

属于赵老白的时间极其有限，看来他只能带着遗憾走。不能说赵冯氏心有多狠多自私，死去两眼一闭腿一蹬万事皆休，活着的人还要活着，在世俗的泥潭中挣扎，谁不怕指指戳戳，唾沫星子能淹死人啊！赵冯氏背着丈夫掉眼泪，未能满足丈夫临终要求，让他带着未了却的心愿走，揪心地难受。她能做到的是好好待承名叫周庆喜的赵家后人，他就是永和的亲兄弟。

赵老白走完他五十二岁的生命，埋葬在白狼山中，跟他狩猎的动物后代同处，它们再也不怕它，可能在他枪口下逃脱的一只狐狸，觅腐臭掺和着枪药的味道儿找到猎人的坟头，浇上一泡腥臊的尿液。有些动物它将复仇、恐惧的基因传给后代，人们很少见到动物报复的案例，但是怕人则是恐惧最明显的表现。

白狼山中各种行当中的人不断死去，哪个行当都有继承者，行当生生不息地存在。著名的趟子手赵老白离世，他打猎的故事结束，然而他的借种故事远没结束，未来还可能戏剧性的发展。赵冯氏因为是故事中的人，她本人无法跳出故事情节，只能按照自然规律走。她对儿子这样说："永和，你爹活着的时候驮狗剩儿来咱家，当自己儿女一样待，他走了，现在你当家，好好待承狗剩儿，你爹在九泉之下才安心。"

"嗯。"

"要像自己亲兄弟，一奶兄弟哥两个。"赵冯氏表明心意并未说破真相，将来是否说破留在将来考虑。

"我知道啦，娘。"赵永和从来没把狗剩儿当成外姓人，尽管他姓周。姓什么无所谓，丝毫不影响他们亲如兄弟的关系，类似情况还有一个人，他不能不提到她，说，"娘，我们哥仨。"

"仨？"

"丫蛋儿，我们的亲妹妹。"

花把头的这个女儿，在赵冯氏眼里要比狗剩儿复杂些。狗剩儿和赵永和同父异母兄弟，丫蛋儿绝对是外姓人，跟赵家没关系。儿子说丫蛋儿是亲妹妹，感情上讲赵家人能够通过，几年中花姓丫蛋儿融入了异姓家庭，相处一家人似的。没有血缘，赵冯氏心里还是有些距离，怎么说羊肉贴不到狗身上，一锅搅马勺可以，完全是一家人还不是。她立刻想到儿子看中丫蛋儿，如果不是当爹娘的横巴掌竖挡，他非要娶她。唉，总归是藕断丝连。她告诫说："永和，青莲手上抱一个，肚里又怀一个，你眼瞅是两个孩子的爹，别没正事啊！"

母亲的婉转告诫赵永和听得明白。他跟丫蛋儿始终处在几年前的状态，相互爱慕并没有太实质的内容，父母来个强扭瓜——娶房媳妇进门，马青莲生养速度惊人，结婚三年竟然有了两个孩子。俗话说强扭下的瓜不甜，父母不管你甜不甜，生瓜熟瓜都是瓜。

有了瓜，赵永和丝毫未改变什么，他一如既往心仪丫蛋儿，同样丫蛋儿心仪他。他们就如两座山，对面相望走不到一起，中间隔着沟谷。一条山间沟谷并非是万丈深不可逾越，或许有一天，两山真的就碰了面，心中充满希望。

既然是条沟谷，谷底流淌着水，或长满蒿草。总之空隙就要用什么来填满。周庆喜出现在谷沟中，此事不是少年时代的窥视，而是要攀登，引起赵永和的恐慌，他日夜忧虑，唯恐……然而最不希望的事情到底还是在那个夏天发生了。

二

需要交代一下三个童年伙伴自然状况，有助对他们三人故事的解读。赵老白死后，赵永和世袭当家，年轻的东家二十二岁，他还是赵家猎帮的传承人——赵炮头。娶了妻子马青莲，有了一儿一女。周庆喜在猎帮中做贴炮，年十九岁，那时仍然住在赵家大院。年方二十二岁的丫蛋儿做了新东家手下的管家，做管家是赵冯氏的主张。中国封建官场的东西蔓生到普通百姓家，赵永和当家，母亲赵冯氏垂帘听政，赵家大院的事情她有至高无上的权利。赵永和带领猎帮出围得心应手，管理油盐酱醋柴他笨手笨脚，急需有个帮手，赵冯氏趁此安排丫蛋儿做管家。

丫蛋儿做了赵家的管家，权利抬升了她的地位，下人不能直呼她丫蛋儿，尊称她花大姐，或花管家。

"花管家。"周庆喜来找她。

"你也这么叫，狗剩儿。"花大姐起初听别人这么叫觉得别扭，尤其是一起长大的童年伙伴。

"再不能叫你小名了……"周庆喜讲了道理，做管家管理赵家大院事务，男工女佣十几人归她管，称她乳名有失体统，"慢慢听习惯就好啦。我找你有事儿。"

"啥事儿？"花大姐问。

"炕面子塌啦，烧火冒烟，我睡不了觉。"周庆喜说。

"我去看看。"

花大姐没想别的，跟着周庆喜走。哪里知道这是一个陷阱，她正跟着阴谋走。周庆喜住的房子单在一处，赵家大院内所有的房子都不挨着建，与地势有关，山间平展的能够建筑多间房子的宽敞地方找不到。单独的房子给阴谋以帮助，他要实施的计划，蓄谋已久。

花大姐迈进门槛见窗户帘撂着，大白天撂着窗户帘不正常，她忽然意识到什么，转身时，周庆喜正在插门，她蹦起脸问："你干什么，狗剩儿？"

嘿嘿！周庆喜平静地说："你寻思呢？"

"炕面子……"

"炕面子好好的，不这样说你能来？"

撵着窗户帘拴上门，花大姐不难猜出他的目的。如何挣脱魔掌是个问题了。周庆喜虽然长得不是人高马大，车轴汉子，对付她这个小女子绰绰有余，喊叫没有用谁也听不见。咋办？斗智斗勇，同一只眼放蓝光的狼较量没那么简单。她往他的目的上说："狗剩儿，你以为你这样做有意思？"

"我要扔把条扫占碾子。"周庆喜也算用幽默的语言，表达出他赤裸裸的要求。

"占上，碾子也不是你的。"

"我不管，占上再说……早晚是我的。"周庆喜竟然信心十足道。

花大姐惊惶，面前这只饿狼，轻易不会放过嘴边的食物。自己身单力薄肯定不是他的对手，怎么办？

"丫蛋儿，我从小就喜欢你。"周庆喜开始表白，他想让她更服帖些，自然而然占碾子比暴力强行好，"我没离开赵家，全是为了你……"

"赵家人对你不错，你为什么要离开呢？"花大姐故意转移话题，意在扑灭他的欲火，拖延时间，万一谁到这所房子来，还能意外得救。

"还是为了你。"

"为我，不离开？"

"我看不了赵永和对你……"周庆喜厚脸皮道，"你是我的，永远是我的，谁打你的主意也不行，我跟他拼命！"

"我不是你的，也不是赵永和的，我就是我。"花大姐申明道。

"从今以后，你就是我的。"周庆喜说着动手，手脚很是粗鲁，活生生将她摁在炕上，而后去剥碍事的包装物。

花大姐控制自己情绪，努力保护自己不受侵犯，伺机反抗。周庆喜力气大得可以摔倒一只狗熊，不靠智慧靠力气挣脱显然徒劳。

"丫蛋儿，想死我啦。"周庆喜还没得逞，人已经陶醉在激情中，女人穿得咋这么多？他解不开衣扣就粗暴薅拽，衣服撕破发出刺啦的声响……老天爷看到花大姐求助的目光，决定帮助她。

刚来赵家几天的吴二片来找周庆喜，咣咣敲门："庆喜，鹌鹑烧熟啦，我给送来了。"

周庆喜一愣神，无疑给了花大姐反抗的机会，她用尽气力，照压在她身上人的脸上猛击一拳，脆骨断碎声音听来瘆人，周庆喜哎哟一声，满脸花——鲜血糊住脸，花大姐趁机逃掉……

赵永和听到这件事的信息是吴二片告诉他的。吴二片神情气愤道："东家，周庆喜欺负花管家。"

"欺负？"

"欺负！"吴二片学说一遍，最后说，"我送鹌鹑时撞见。"

赵永和气得呼呼喘着粗气，如果真像吴二片所说，他要过问此事。先找花大姐核实情况，他问："小妹，周庆喜对你动手动脚？"

"他骗我到他的屋子里……要不是大师傅来冲一下，我可要真的吃亏。"花大姐说。

"驴！王八蛋！"赵永和震怒，骤然成了一杆装满弹药的猎枪，大步流星跨出屋子。

"和哥！"花大姐想叫住他，阻止赵永和去找周庆喜，气头上怕赵永和伸手，周庆喜也不会老实挨惩罚，两个人为自己打起来咋办啊！她本着息事宁人，宁愿自己受些屈儿。

"你别管啦！"赵永和一摆手，人气囊囊地快步走远。

他带着气找周庆喜，花大姐能想出结果会是怎么样。赵永和是一只虎，周庆喜绝对不是狼，二虎相争两败俱伤。她越想越怕，去搬兵，找一个能够管得了他们的人。花大姐去找赵冯氏。

三

赵永和走进屋子，周庆喜头朝里脚朝外，正躺在炕上。愤怒的赵永和忽然来了天大的力量，手抓周庆喜的双腿扔到地上，摔得周庆喜惊愣。

"你、你干什么？"周庆喜坐在地上，问。

"干什么？问你自己。"赵永和威严的目光令人发悚，见周庆喜要站起来，扬起脚踹倒他，"你不配站起来。"

"你凭啥呀？"

"装糊涂是不是？我问你狗剩儿……"

"我有大名。"周庆喜不准赵永和叫他的小名,打断对方的话道。

"你欺负谁啦?"赵永和质问道。

周庆喜冷笑,讥嘲地说:"有你啥缸,有你碴吗?"

"你欺负丫蛋儿就不行!"

"丫蛋儿是你什么人?你管?"周庆喜出口不逊,说,"吃着碗里的看着锅里的,谁不知你是花屎蛋。"

花屎蛋意即在女人身上下工夫的男人。该话激怒了赵永和,他顺手操起门后的一根木棒子,抡起来朝地上人打下去,恰在这时一声严厉吆喝声身后响起:"永和,你给我住手!"

赵冯氏出现,她身后跟着花大姐。

木棒子滞在半空中,距离周庆喜头顶不到半尺,一根长长烟袋杆担着木棒子,赵永和不敢砸下去。赵永和说:"他短捶!"

"你不管脑袋屁股就打,打坏他怎么办。"赵冯氏训斥儿子,"你这哥哥怎么当的,有话不能好好说,还动起手来。永和,你出息!"

"娘,你问他都干了什么,丢人!"赵永和收起木棒子,说。

"你还有脸说别人丢人?"周庆喜抓到最佳的反击时机,老太太赵冯氏和花大姐在场,揭赵永和的丑,他说,"你十四岁就花花,花屎蛋!"

花大姐迷惑地望着赵永和,这样让他受不了。谁的目光都不在意,唯有她的目光必须在意。周庆喜大概是疯了,不管不顾一切咬人,要下死口咬人,往要害的旧疤上掏,赵永和顿然惊惶。

赵冯氏心里的惊慌程度绝对不比儿子差,周庆喜要是说出儿子跟他妈的事儿,捅破的不止是层窗户纸,是一件涉及赵家两代人名声,完全令儿子从此在人前抬不起头的不伦家丑。这一刻她希望周庆喜闭嘴,千万不要说出什么,她说:"庆喜,你咧咧啥,别胡咧咧!"

"大娘,我没胡咧咧,那年他下山迷路,在我家……"周庆喜到底还是给捅了出来,而且越说越来劲儿,通过此事搞臭赵永和,让花大姐因他少年恶行烦他恼他,"你跟我娘……"

"中啦!庆喜,你糟贬(贬斥)谁呢?"赵冯氏极力压服,不让周庆喜说得太多,"一点都没说糟践(浪费),她是你娘啊,这种事情不能随便乱说的呀!"

"我娘死啦,好赖她不在乎啦。"周庆喜扫眼赵永和见他羞愧难当,就想要这种效果,心里幸灾乐祸,继续往伤口上撒盐,"扒了皮才露出你是啥玩意了吧,嘿嘿!"

赵永和愧悔无地,他见花大姐把头低得比自己还低,人家是未出阁的姑娘,好意思听这些花花事?尴尬局面如何打破,难堪时刻花大姐说:"大娘,我们走,让他俩咬去。"

"嗯,走!"赵冯氏生气,借管家给搭的台阶走下来,转身朝外走,迈出门槛子说,"互相埋汰吧,你丢了他也拣不着。"

观众离场,两个演员表演停止,大眼瞪小眼,谁也不说话。年纪稍小的时候他们有过这样情形,合伙做了一件错事,等待大人的惩罚。不过,那会儿他俩团结一致,共同赴难——接受熊尾巴责打。赵老白有一把熊尾巴做的鞭子,说它是把鞭子形状像鞭子罢啦。三江人使用的鞭子主要是两种,即赶马车的大鞭子,和骑马用的小鞭子,也称马鞭子。有些家庭马鞭子挂在堂屋的显眼地方,给外人看的目的,他家有马主人外出骑马——人家骑马我骑驴身后有个背包的——张扬身份,放在家里的马鞭子还有一个用途,教育孩子,平常挂在墙上便起到震慑作用,孩子不怕爹怕马鞭子,爹借鞭威,爹嗷嚎一声孩子吓断脉,怕挨鞭子抽。

猎人赵老白为人父,膝下有儿子要管教,则需一把威严的鞭子,于是他就地取材,在某次出围猎获一头黑熊,剁下尾巴稍加处理做成一把鞭子。此种鞭子打在身上不像牛皮鞭绳造成皮开肉绽的后果,表皮青紫,却内伤肌肉,很是疼。这把厉害的熊尾巴鞭子赵老白没有真正使用过,他舍不得用它打儿子们。

如今掌执这把鞭子的人已经死去,他们犯怎样的错儿也不会遭熊尾巴鞭子惩罚。周庆喜同赵永和大眼瞪小眼彼此不说话,像是无话可说,又像有说不完的话要说。僵持一阵后,赵永和先开口,他平静了许多,说:"你说那事干啥?对吗你?"口气想缓和。

"屈赖你了吗?有没有那事吧?"周庆喜毫不回心转意,拒不认错道。

"有也轮不到你说。"

"我不说谁知道，"周庆喜理直气壮地说，"不揭老底你装，鼻眼插大葱——装象。"

"我不知道你非要这么做？"

"你心里明白，别颠憨（装傻）。"

赵永和心里彻底明白，狗剩儿不念多年情谊，不顾情面这样做为了丫蛋儿，如同从自己怀里抢东西，大有图财害命的架势。他想让执迷不悟的人清醒过来，说："丫蛋儿根本不喜欢你，咋努力都白费。"

"那是因为你。"

"所以你就败坏我的名誉，使她对我反感，你好达到目的。"赵永和从来说话没这样犀利，从没对周庆喜有过这种态度，"狗剩儿，我从来把你当亲兄弟。"

"我姓周，和你是什么亲兄弟？"周庆喜绝情道。

四

眼看一棵树要分杈，赵冯氏极力维护一棵树的完整，它们是同根儿生的。赵冯氏跟儿子说："永和，你别跟狗剩儿一样儿（一般见识），你是哥，他是弟。"

"我是想让着他，他挤着赶着跟我作对。"赵永和说。

"还不是因为丫蛋儿，以为丫蛋儿不跟他好，根儿（原因）在你。"赵冯氏说，母亲看明白三个孩子的关系，说，"相比较你跟丫蛋儿近，他能不恨你吗。"

赵永和不否认跟丫蛋儿好，过去好现在好明天好，这辈子可能好到底，周庆喜半当腰插一杠子，硬要丫蛋儿跟他好，他说："他够（巴结）丫蛋儿，人家不喜欢他，没皮赖脸纠缠。"

"我也看出来了，丫蛋儿对狗剩儿没动心思，"她望儿子，意思说对你倒是一往情深，"永和，你跟丫蛋儿也不能成。"

"我们不想成什么，她心里有我，我心里有她就行。"赵永和承认现实，屈从现实，父母给自己安排了媳妇，已经做了两个孩子的爹不可改变的现实，暗中跟丫蛋儿好谁也休想破坏，不能容忍周庆喜欺负她，"娘，狗剩儿太不像话，对丫蛋儿动手……"

"丫蛋儿跟我学了那事儿，狗剩儿脑袋瓜想偏到胯骨肘子上去，说要占碾子什么的，是气人。"

"这等货儿，娘，我揍他不对？不揍手懒。"

"他不对你也不能打，万一使错手打坏他咋办，不能打。"

"打瘫吧大不了养活着他到头，还能咋地，省得他胡来。"赵永和说，他说的是气话，让他打他也不会打坏周庆喜，心里没有这样狠想法，"真气死我啦。"

两个孩子争斗，赵冯氏心里比当事者复杂，并非因为自己是长辈，心里藏着一个秘密，他们是一棵树的两根杈，绝对不是两棵树，根儿是赵老白。两根树杈至今蒙在鼓里不清楚，为一个女子互相争斗还动起手，告诉他们实情吗？不，等他们年纪再大一大，完全懂事年龄再说。眼目前自己能做些什么？极力维护两个孩子的团结，绝对不能成为仇人，多从中说劝，对于赵永和来说自己是娘，亲娘的话儿子还能听；对狗剩儿其实也是娘，因不知真相称大娘，说话狗剩儿也听，两面一起劝，面似的朝一块儿和，她问："永和，娘说话你听不听？"

"娘你说什么我都听。"

"那好，娘要你答应，你跟从前一样对狗剩儿好。"

赵永和没立刻答应，跟周庆喜的气儿还没消净，他说："他尽说噎脖子话，说自己姓周跟姓赵没关系，连狗剩儿都不让叫。娘，他吃咱家饭长大，这么没良心，狼嘛！"

"打仗没好手，骂人没好口，他愿怎么说就怎么说，咱心要放正。不看活的，还看死的呢！你爹希望你们成为亲哥兄弟，"赵冯氏一语双关，其实你们就是亲哥兄弟，手足兄弟怎能相互争斗，"让你爹在那边心里安宁，你做哥哥的，要有个哥哥样儿。"

"他是王二小放牛，不往好草赶。"

"你告诉他哪块甸子草好呀，兄弟嘛！"

赵永和听母亲不止一遍说到兄弟、亲兄弟，没往其他方面想。狗剩儿来赵家大院，他们就以哥兄弟相称相处，拿周庆喜当弟弟时间更早，在他十几岁初识女人身体，炕梢被窝里的狗剩儿就是小弟，年龄决定两个男孩一个是哥哥一个是弟弟，除此再无他意。

"哥俩还要一起出去打猎，你是炮头他是贴炮，你们相互配合和照顾多么重要啊！"赵冯氏往点子上说。

抛却恩怨不讲，一个猎帮中炮头和贴炮是什么关系，犹如生死弟兄。伏击野兽，炮头身边只有贴炮一个人。猎帮风俗不打第二枪，一旦第一枪未中野兽要害，炮头将面临野兽的疯狂反扑，补第二枪的正是贴炮。

赵永和是炮头，周庆喜是贴炮。

赵老白卸任炮头让赵永和接替位置，掌领赵家猎帮时，左手牵着儿子，右手还牵着儿子，来到家里供奉的山神老把头神位前，敬上三杯酒，他带头磕头，两个儿子跟着磕，而后他虔诚地祷告："山神老把头在上，请你老人家保佑我儿子，今后打围平平安安，炮顺开眼打到大牲口……"仪式进行完，他说："永和，从今个儿起，你就是赵家猎帮的炮头，带领大家出围打猎，别给祖宗丢脸。"

"哎，爹。"赵永和答应。

"狗剩儿。"

"有。"

"你做贴炮，协助好你哥，好好干，长心眼多学打猎经验，以后自己好当猎帮炮头。"

"嗯，赵大爷。"

赵老白看小儿子狗剩儿一眼，心情酸甜苦涩杂陈，这孩子不知道我是他爹，还朝我叫大爷。大爷、大爷爹……叫什么我都是你爹，走到哪里你都是我儿子……做娘的在两个孩子发生矛盾，丈夫又不在的情况下，提到炮头和贴炮关系显然睿智，果真在赵永和心里起到作用。几年里，狗剩儿跟着自己打猎，很够格的贴炮，凶残的野兽面前他们是兄弟，肝胆相照一致对敌，那一时刻谁都没想自己，因此没恩怨而言。

人类何时能够消灭敌对同类情绪呢？共同对付自然灾害、食物需求、疾病死亡、其他动物。或许真有那么一天，没有战争没有物资财富无谓的消耗，生活将会怎么样？人类要做到这一点，恐怕要加紧进化，尽快走出动物的行列，打开心灵门窗，让阳光照进去，赶走一切龌龊、阴暗的东西，变成玻璃人通体透明。只有藏不住，才不会去藏。此时，赵永和还走在漫长人类进化的路上，自私、狭隘，还有那么一点点阴暗都是可以说得过去，他赞成娘的话，炮头和贴炮默契配合和照顾不仅重要，还是必须。至于自己是不是再需要狗剩儿做贴炮，他一时没拿定主意，打算去问一个他信任的人……

第十九章
借熊杀人未遂

一枪不打俩，打俩双眼瞎。
                                    ——猎帮俗语

一

没拿定主意的赵永和，去找他信任的一个人——吴二片，有事儿愿意跟他叨咕叨咕。

"东家，老太太逼你跟周庆喜和好？"听完讲述，吴二片问。

"算是吧，不然我真的翻脸不认人啦。"赵永和还是带着气，说的不完全是实话，尽管狗剩儿做得很不地道，他发火甚至挥棒子揍他，绝情轰他出赵家大院还是做不出来，"娘生怕我真的跟周庆喜闹掰了，你说，周庆喜都这样了，我还跟他处？"

吴二片对赵家人错综复杂的关系尚未理出头绪，周庆喜、花大姐两个人都是老东家赵老白用马驮进院，当成自己孩子抚养，他俩跟赵家少爷赵永和除了姓不一样，其他无二致。怎么看都觉得蹊跷，产生无穷联想。周庆喜公开欺负女管家，老太太主张制裁才对，出面袒护周庆喜，还劝儿子一如既往地对待犯错之人，让人费解。他说："老太太为什么这样做呢？"

"顾念我爹。"

"老爷子临终有啥特别交代？"

"我想也是，不然娘不能那样护着他。"

"会是什么交代呢？"吴二片问。

问到关键点上。父亲在世时赵永和心头缠绕一团疑云，爹为什么驮狗剩儿来家？非亲非故，过去从来没听说有周家这门亲戚。父亲无缘无故抚养狗剩儿？他问过母亲，她回答不清楚，爹他不敢问。周庆喜来路至今是个谜！丫蛋儿被爹领回家，最开始计划娶她做媳妇，丫蛋儿不幸遭獾子咬伤，计划改变时花把头去世，爹把举目无亲的丫蛋儿带回家抚养，怎么都说得过去，可是狗剩儿呢？

"老爷子临终还是交代了啥。"吴二片推测道。

"爹交代啥只我娘知道，她不肯说问不出来。"赵永和说。

一家不知一家，家家都有自己的经念。赵家是本怎样的经外人不知道，姑且不去探究，就是说事儿，赵永和面临如何跟发生冲突的周庆喜相处。不久就要一次围猎，吴二片试问道："东家，你还用不用周庆喜做贴炮？要是用什么都不说了，要是不用，及早物色一个贴炮。"

"孙大杆怎么样？"

"他做贴炮挺相当。"吴二片说，接着问，"东家，你不打算用周庆喜？"

"嗯，我娘倒是让继续用他。"

"老太太让用不好不用吧？东家，以我的看法，不能惹老太太生气，人还是要用。"吴二片出谋道，"用双贴炮。"

"双贴炮？猎帮没有先例。"

"先例都是人闯出来的，咱猎帮趟浪（创造）个先例。"

赵永和立刻去想猎帮设两个贴炮的情形，在一个山口，赶仗的把大牲口轰赶过来，身左一个贴炮，身右一个贴炮。他开第一枪打偏，身左贴炮没补枪，野兽眼看扑向他的千钧一发之际，身右贴炮及时补枪打倒猎物……吴二片肯定是这样想的，问："你怕危急时刻周庆喜不补枪？"

"谁也没钻谁的心里看去，防着点儿好啊！"

人就能坏到见死不救吗？赵永和此时还没把周庆喜看到底，认为他没那么坏，心存一两层对他的信任。丫蛋儿和打猎不是一回事，谁进入围场，共同的敌人就是野兽，抱成团拧成一股绳才能克敌制胜。一个人打不了红围，只能打小飞什么的。这样道理人人明白，尚未出现猎帮在围猎时见死不救的情况。赵永和说："周庆喜再没良心没下水，总不能在我失手时他不补枪。"

"理是这么个理，事情总有例外。"吴二片没说例外准发生，讲了一个道理，"有备才能无患。"

赵永和相信了吴二片的话，去找炮手孙大杆。

"周庆喜呢？"孙大杆一听让自己做贴炮，谁不愿做贴炮？赵家猎帮原有贴炮啊。

"我设两个贴炮。"

孙大杆不是头脑简单之人，听出赵炮头话里的楞缝儿，问："赵炮头，你不是心血来潮设两个贴炮吧？"

"你觉得一个猎帮设两个炮头不妥？"赵永和说。

从安全角度说，一个贴炮比两个贴炮更保险。一条龙涝，两条龙靠。危机关头，你以为我补枪，我以为你补枪，结果都没补，炮头性命难保。孙大杆说："一个人做贴炮无第二个指望，才一心一意。"

"假如一个贴炮不负责呢？"

孙大杆一头雾水，炮头咋问这样古怪问题。贴炮不负责任就不配做贴炮，换人不就结了。他心里有数，没说出来而已，问："我没明白你为啥这样做？"

赵永和说："瞒不过你，其实你听出来了。"

孙大杆诡秘地一笑。

"既然给你听出来，我隐瞒干啥。"赵永和说，他跟炮头孙大杆交情很深，讲了跟周庆喜之间发生的事，最后说，"老太太那头盯着，我不能惹她不高兴，无奈之举才采取的下策。"

"看人不能看一时一事，周庆喜到底咋样，还是事儿上见。"孙大杆劝赵永和慎重处理此事，说，"毕竟一个锅里吃饭多年，能不伤和气还是尽量不伤。"

"你说我咋办好？"

"嗯，给他机会，出猎时考验他一次，看真的不行再……也算仁至义尽。"

孙大杆说，他比吴二片想的更周全。

赵永和赞同。

二

举起的木棒子虽然停留在半空未打下来，周庆喜觉得还是被打了心很疼，仇恨芽儿在那一时刻疯狂生长，整死赵永和的心都有了。仇恨有时也寻找理由，害母之仇和夺爱之恨，他找到的这两个仇恨理由很充分。小时候发生的事情懵懂，并非头脑不清楚是不能明辨事物，他装睡发现赵永和跟母亲在炕头做那事儿，对男女事情细节他懵懂，但不久他完全懂了，还知道母亲得的什么病，找到她得病的根源——自从赵永和在娘身上压摞后她患病，最后死在这个病上。从此一粒仇恨种子便埋下，几年里土壤、温度、水分多种原因始终没有胚芽。

娘病死，赵老白成为恩人带自己来到他家大院，绝没想到赵永和是恩人的儿子。这笔账咋算？父亲是恩人儿子是仇人，假若钱财可以顶缸①，恩怨不是随便可以扯平的。赵家大院成为自己第二个家，得到赵家老两口无微不至的关怀。虽然称他们大爷、大娘，心里跟爹娘一样亲。赵永和也像大哥哥一样呵护自己，仇恨逐渐被冲淡，至少暂搁置一边。不久，搁置的东西再次响起来，都因为丫蛋儿。他开始对丫蛋儿只是单纯的喜欢，长了一两岁后则完全变了，初恋感觉在十七岁时有的，强烈的程度用他自己的话说，可以为丫蛋儿去死。爱恋到这个份上，一切障碍他都要扫除，无疑涉及赵永和，他眼见丫蛋儿跟赵永和关系比自己近。

周庆喜一边靠近丫蛋儿，一边排斥赵永和——将他从她身边推开。悄悄行动中来了好机会，赵家为赵永和娶来马青莲，本以为这下子赵永和有了媳妇，不会再跟丫蛋儿好了，自己趁此机会冲上去，捕获猎物最佳时机。可是，炮并不顺，第一次去跟丫蛋儿求婚卡了壳，撞了一鼻子灰。

"狗剩儿你真敢想啊！"丫蛋儿说。

"我真的喜欢你……"

_____

① 比喻承担转嫁而来的灾祸；代人受过。在此指恩仇相抵消。

"那没用，我不喜欢你。"

"丫蛋儿，你总要找婆家嫁人吧？"

"不一定，嫁人也不嫁给你！"

周庆喜绝没想到丫蛋儿会是这样态度，平常在一起有说有笑，相处得很好呀，怎么一说自己喜欢便遭白眼呢？噢，丫蛋儿心里有人？赵永和，就是他。赵永和跑进丫蛋儿心里必须将他拉出来。幼稚的想法很难达到目的，周庆喜不死心，几年里一直努力，效果并不佳。期间他还央求赵永和一次，说："永和哥，求你个儿事。"

"说吧，狗剩儿。"

"你从丫蛋儿心里出来。"

赵永和茫然，半天才明白他讲的什么意思，说："丫蛋儿不喜欢你，强求不来……你说是不是。"

"她不喜欢我，全因为你。永和哥，你有媳妇都当爹了，我啥也没有。"周庆喜可怜兮兮，说，"你帮帮我。"

"咋帮？"

"我说了，你从丫蛋儿心里出来。"

"咋出来？"

周庆喜想好的话说出来："你别跟她好，她就跟我好啦。"

"是这么回事吗？狗剩儿。"

"就是。"

周庆喜的求情丝毫没起作用，丫蛋儿还是冷淡自己，赵永和像只头插入雪堆里的野鸡——屁股露在外面，头在丫蛋儿的心里。住在阎王爷鼻子山的木屋时，在一个大雪过后的早晨，他去遛昨晚下的套子，半路见到花花绿绿羽毛在风中摆动，确定是一只野鸡。顾头不顾腚的成语，就是说的野鸡这个愚蠢行为，以为自己藏起来了，屁股还露在外面，轻易被人发现并逮住。赵永和不是野鸡那样简单，他故意露出屁股，不是自欺欺人的表现，是向自己示威——他喜欢丫蛋儿！

用计！周庆喜思考许久，要对丫蛋儿动手，扔把条扫占盘碾子。先把她煮成熟饭……于是他谎称炕面子塌了，骗丫蛋儿到自己住处，强行……事情进展并不顺利，半捞（中途）给人冲了——吴二片可不是碰巧撞见，他暗中盯着周庆喜，见他和花大姐一起去他住处，路上周庆喜东瞅西望觉得可疑，才敲门冲散——未能得逞。

赵永和找自己问罪，还抡棒子打人，周庆喜彻底被激怒，他要跟赵永和算账，赵冯氏和丫蛋儿在场，捅出赵永和跟自己娘的风流事，就是为搞臭他，让丫蛋儿心生厌恶。是否达到目的现在还看不出不来，计还是要使，比扔把条扫占盘碾子更毒辣，计策要在出围行猎过程实施。

鹿角山那场围猎在初秋展开，炮头布围，这次打坐围①。赵永和布置赶仗人——也称撵山的、赶山的、追山的、撵山牲口的、赶山牲口的、追山牲口的——围起山牲口，赵家猎帮设有八仗：上下左右，东南西北共八个赶仗人。炮头对赶仗人做了细致分工，指定每个人的具体位置：

"你去北面岔道上。"

"你到东面，黑樟松下。"

"你入南面沟口。"

"你进西面的水曲柳林子。"

"你登上面崖顶。"

"你下下面沟底。"

八个赶仗人拎着棍子，他们的工具就是一根木棍，用它敲打树干、岩石，将野兽从山洞里、林子里轰出来，赶入包围圈。

三

同样围猎打法不同分为打圈围——也称坐围；横山围——追赶猎物打，如游山货野猪漫山遍野转悠，撵上它们炮手上枪。

布置完赶仗的，再安排伏击点上的人，摆枪阵。山口即野兽进入这里，炮头在最前面，炮头赵永和身旁是贴炮周庆喜，在他俩身后是三名炮手再后面是四名炮手，进入伏击圈的野兽要被九杆枪射击，撂倒。三排枪手相距一丈左右远。

_____

① 把山牲口赶入包围圈，然后紧仗，炮头上枪。

孙大杆在第二排，他今天的使命同以前围猎不同，具体做什么只有他和赵永和知道，他们要做一件围猎以外的事情，全猎帮没人知道。

噤——噤！

赵永和敲响锡锣①，两声。

分散四处的赶仗人听令号声，一声是停小息，两声是继续赶仗。噤——噤——噤——噤——噤——噤！则是加紧赶仗。

一只坐殿的熊——在洞外睡觉——被赶起，轰它进入伏击点。赵永和屏住呼吸，等待熊走近。

呼哧！呼哧！熊粗糙的呼吸声音传来。赵永和看清了熊前胸那块白毛，击中白毛即是它的心脏。炮头的枪头子硬，百发百中。今天不能打老（死）熊，挂重了（受重伤）就行，不是为激怒熊获取丰盈熊胆才这样做，而是另有目的。

砰！

炮头一枪射出，熊身子趔趄一下后站稳，它仇恨的目光寻找藏身石坑内的赵永和，那一刻他的枪口还冒着硝烟，熊觅枪药味扑过来。贴炮需要出手了，周庆喜朝熊开枪，只是打偏，熊身子摇晃几下迅速站稳，就是说第二枪没有击中要害，后果是炮头将被熊咬到，九死一生。赵永和生死攸关时刻，孙大杆及时出枪，将熊打倒，轰然倒地的庞然大物重重压在赵永和身上，他有些喘不过气来，炮手一齐跑过来，七手八脚挪开死熊，拉起炮头。

周庆喜同赵永和默默相望一阵，几名炮手一旁看着他们。周庆喜做出一个惊人的动作，当着大家的面，垫在膝盖上撅弯猎枪，随手扔进草丛，说："炮不顺，我下山！"

赵永和没吭声。

周庆喜空手走了。他的行为符合山规：炮不顺，必须歇炮下山。直到他的身影被林子淹没，赵永和才对孙大杆说："不出你所料。"

"从这件事上看，周庆喜不聪明，明晃晃地让熊轻挂了（受轻伤）。"孙大杆轻蔑玩阴谋不得法之人，"撅了炮，他不打猎啦？"

---

① 多数猎帮采用吹牛角号，羊角号，还有吹葫芦的。

"哪能呢，肯定打。"赵永和比在场所有人都了解周庆喜，识破他的鬼把戏，或者说巨测居心暴露，没脸了撅炮离开猎帮，猎他还是要打的，只不过不在赵家猎帮里打，他说，"他可能离开，不再跟我们打围。"

"他去哪儿？"孙大杆问。

赵永和猜不出，分析他继续从事打猎，自己拉起猎帮，加入其他猎帮都可能，总之不会离开白狼山。除了山里野兽多以外，丫蛋儿在他岂能走得太远。

"弟兄们，从今天起，孙炮就是贴炮……"赵永和当场宣布新的人选，为抬举新任的贴炮，他将属于炮头给熊开膛的特权让给孙大杆，说，"孙炮，你下第一刀！"

孙大杆会意操刀，上前押熊腿，其他人扯住另外三只腿，他解剖开猎物胸膛，熟练地掏出内脏，并取下熊胆……

狩猎进行七天，归猎下山爬犁拉满大牲口。一场肥围对赵永和来说不是收获，比猎获物更有价值的是他认识了一个人，周庆喜补枪时故意打偏，借熊杀人。这样说赵家老太太不信，她说："你错怪狗剩儿了吧？他心能那么狠？"

"娘，熊离他只两步远，胳膊长的伸出来都能碰到它，凭狗剩儿枪头子那么硬，想打哪儿打哪儿，可是……"

"谁都有失手的时候，别看一时一事。"赵冯氏说。

"娘，我也不愿意那样想，可是事实。"赵永和说。

赵冯氏不想错怪任何一个人，永和、狗剩儿都是老白的后代，绝不偏向谁，哪个错了说哪个。有一个局面她没成想出现，狗剩儿独自一个人从山上回来，身没背枪手上没猎物，甚感奇怪，她问："永和呢？猎帮呢？怎么你一个人回来？"

"大娘你什么都甭问，他们都好好的。"周庆喜说着扑通跪在赵冯氏，眼角湿润了，说，"大娘，你对我的养育之恩我牢记在心，日后我发达了一定报答大娘。"咣咣咣磕了三个响头，"我走啦！"

"狗剩儿！你哪儿去？"赵冯氏追赶到大门口，周庆喜头也没回走了，她喊，"丫蛋儿！丫蛋儿！"

一个女佣过来说："太太，管家去长春办事没回来呢。"

"噢。"赵冯氏方醒过腔来，是自己差丫蛋儿去长春办事，还得两三天回来。她找丫蛋儿为追回狗剩儿，现在狗剩儿人走没影了还追啥。狗剩儿一个突然从山上下来，肯定发生了什么事，今天赵永和归猎来家，急忙问缘由，赵永和跟娘讲述事情经过。她说："永和，怎么说你是当哥哥的，他有一千个不对，也是你的弟弟，大量点儿，去把他找回来。"

赵永和作难，娘的话要听，可是狗剩儿这一走未见再回来，何况怄气是跟自己，他说："娘，他跟我治气，我找他能回来？"

"可也是。"赵冯氏觉得儿子讲的不无道理，心里还是着急，"永和，你说可咋办啊？"

"娘，容我想想。"

四

几天过去，周庆喜杳无音信，他的离开使赵永和心情很是郁闷。娘整天唉声叹气对他压力太大。

"和哥，老是心里不痛快不行啊。"花大姐看着心疼，劝道。

"唉，你说人咋能这样，"赵永和说，初结识狗剩儿在阎王爷鼻子山，后来在大院里，看不出他长大会变坏变歹毒，他们关系一直很好，"说翻脸就翻脸呢？"

"人咋就不能这样，人就这样。"花大姐感慨道。

"谁这样，狗剩儿不该这样，没缘由。"

"有。"花大姐清楚自己就是周庆喜翻脸缘由，内疚道，"和哥，还不是因为我，都怨我。"

"丫蛋儿，"他用最没距离的称呼叫她，说，"千万别这么想，一百个错都是我，怎么怨你呢！"

人在动物面前是人，人在人面前未必是人，可能要归到本真的动物行列。世上动物一生有两件必做的事情：获取食物和繁殖。搁置"鸟为食亡"不说，说繁殖。不可回避争夺雌性，你死我活的打斗，为获交配权力不惜付出牺牲生命的代价。设想人不是自束力很强，自己制造圈套来套自己的话，为争夺女人将血流成河！

　　身为女性的花大姐认识被争夺不是很深刻，看不到锋利的牙齿，根植于心里的世俗观念，一家女百家瞧，赵永和、周庆喜……几个男人想娶自己都正常，对不喜欢的男人不屑一顾，明确态度自己事情做出啦。周庆喜的种种行为大大超出她的想像，粗鲁要占碾子；打猎借野兽反扑杀死情敌；离开养育他多年的赵家。所以她产生"人咋就不能这样，人就这样"的颇深感慨。她看不了赵永和受折磨，他神情憔悴她心跟着憔悴，内疚发自内心，她说："祸是我惹下的，和哥，我能请神不能送神，你说咋办？"

　　"腿长在狗剩儿身上，他愿走愿留，到哪里去我们干涉不了，任他去吧。难办的是我娘，她见我面必提狗剩儿。"

　　"大娘对狗剩儿高看一眼似的，不知为啥。"

　　"我想过，因为我爹。"赵永和有同花大姐一样的疑问，长期想不出所以然，实在想不出根由，最后归结到去世的父亲身上，说，"爹临终一定要求什么，娘答应了他。"

　　"大爷要求什么？"

　　"估计是让娘照顾好狗剩儿。"

　　"有一点我不明白，大爷为什么对狗剩儿这般重视呢？"花大姐问到根儿上，赵老白生前被借种的内幕，晚辈、外人无法知道，猜测无答案，"我理解大爷心肠特好使，对别人的孩子待如亲子，像对我……"

　　"狗剩儿跟你不一样，两码事。"赵永和说。

　　不清楚花大姐花是否故意这样问："咋不一样？他姓周我姓花，我们都不姓赵。"她用姓氏来区别和证明，他们之间非亲非故。

　　"我爹和你爹是朋友。"

　　"那跟狗剩儿爹兴许也是。"她说，故意回避狗剩儿的娘，一字不提她。

　　"不是。"赵永和肯定，内心藏着的东西虫子一样爬出来，说，"原本你我两家要轧亲的。"轧亲，三江土语，也说成轧亲家，意为联姻结亲。

　　花大姐突遭扬沙暴尘袭击似的枝叶残破，凄然道："我没那个命。"

　　"咋没有，你有这命，有！"赵永和表白道。

　　花大姐失落低下头，自己何曾不想像他说的那样，严酷的现实把一切美好都破坏，悲惨命运无法逆转，永远不可改变。

赵永和一如既往拉住她的手，紧紧攥着说："丫蛋儿，我娶你，愿意吗？"

她沉默，之前他说过几次娶自己做姨太，她没同意并非因为正房偏房名分，想想自己身体状况，娶自己做什么？生不了儿育不了女，甚至连夫妻的事儿也做不了。

"丫蛋儿。"

"嗯。"

"嫁给我吧。"他恳求道。

"和哥，你别这样想啦。我是半拉人……"

他将她拥在怀里，满是胡茬儿的脸贴在她的嘴上，覆盖住她的嘴不让说下去。两个人凝固似的不说话，情形像一棵树一根青藤，难分清哪是树哪是藤……

每个人享受的幸福形式不尽相同，赵永和在赵家大院做少东家，花大姐在赵家大院做管家，朝见口晚见面，有机会就在一起坐一会儿，攥攥她的手，有时她主动伸过来让他握，有时他去抓住她的手，无论谁主动，两只手相会接通两颗心，它们在那一刻走到一起，幸福产生。

赵家大院的日子随着斗转星移，周庆喜有了准确消息，老太太赵冯氏不再叨叨。离开赵家大院，周庆喜拉起一支猎帮，成立了一个村子：周家围子，如果直线距离算不是很远，只隔一道山梁。

在一次赵永和带猎帮出猎不在大院，周庆喜亲自来赵家大院接走赵冯氏，到周家小住几天。他已经成家，媳妇是山下三江县城亮子里针线铺老板的女儿，他介绍说："屋里的（媳妇），这是赵大娘，我的亲娘一样，你叫亲娘。"

"娘！"针线铺老板的女儿嘴甜，谁听来心里都甜滋滋的。

赵冯氏心里周庆喜是第二个儿子，自己虽然不是生母但却是后娘，她知道狗剩儿身世真相，他媳妇朝自己叫娘正理，天经地义。她有强烈的做父母的感觉，答应得很自然。那一刻老太太眩晕有些忘乎所以，猛然产生要说出真相的冲动，话到嘴边咽了回去，是因在这时候周庆喜说了句话，使她清醒改变主意。

"屋里的，别看我姓周，赵大爷赵大娘对我可没二五眼。"他心存感激地说。

　　赵冯氏记起狗剩儿跟永和系的疙瘩还没解开，此时说出他的身世不合适，要说要先跟永和说才是正理……

第二十章
进城买禁售药

吉林围接盛京围，天府秋高兽正肥。本是昔年驰猎处，山情水态记依稀。

——清·乾隆《即事诗》

一

马青莲的呼噜戛然而止，睁开眼睛问："他爹你没睡？抱着火盆，你冷咋地？"

"呜，有点凉。"赵永和顺水推舟道。

女人手扯被子一角，亮出自己的被窝，邀道："来吧，暖和暖和。"

赵永和手臂离开火盆，脚代表他先过去，而后是整个身子。女人的身子就是一个小火盆，无论严冬还盛夏，女人永远温暖着男人。温暖很中性，冬天里它是火，夏天里它是冰。

"寻思啥呢？"她撩开丈夫前额一缕长发，问。

"没寻思啥。"

"那你像只夜猫子，眼睛瞪溜圆不睡觉。"

赵永和需要理由老婆才信，他说："快过年了，我寻思年货都办点儿啥。"

"往年办啥，今年就办啥呗。"马青莲头脑简单的女人，她眼里年货就是年货，今年和去年没区别，过年需要的年货村子里没有，如年画、鞭炮、挂旗、灶王爷、财神爷……女人、孩子的新衣服、鞋帽……得进城购买，"一个人忙不过来，让花管家跟你去买吧。"她对花大姐的称呼，看出两个人的距离，周庆喜没下蛆（说坏话、使坏招）前，纯粹女人间的正常距离，春天小河一样平静流淌，马青莲没太在意女管家。下蛆需要技巧，周庆喜有这本事，他启发式问："你见谁家的管家是女子？"

马青莲在亮子里长大，到过大户人家，见到一色男管家，说："可不是咋地，还真没有。"

"管家可都是东家最信任的人干呦！"

"那定然。"

周庆喜往下不说了，停顿得十分恰当。马青莲在周庆喜说完后，寻思这件事儿好几天，尽管没有想出什么半夜早晨（子午卯酉），并没把此事完全放到一边，悄悄注意丈夫跟女管家的往来，未发现什么过格的事情，他们俩主仆以外的走近还是让她感觉出来。周庆喜粗暴占碾子事件发生，她彻底看明白丈夫跟花大姐非东家跟管家那样简单……丈夫明天去城里进年货，她提议管家跟着去，讨好的意思明显。

"那什么，她跟我去你放心？"赵永和说。

"我有啥不放心的。"马青莲虽然头脑简单，非一杆直筒炮，枪弹不是随便放出来，她说，"我看你们俩挺合适的。"

"啥？"

"娶她做二房得了。"马青莲半真半假道，主要是试探。

赵永和心里乐听这句话，嘴上相反表现："我可没有这想法。"

马青莲看出丈夫说得不是真心话，也不揭穿他。你愿意怎么说就怎么说，你心里咋想我知道。

"临年傍节家里的杂事多，管家在家忙活吧，我自己进城。"赵永和打个哈欠，说，"睡吧，困啦。"

一觉睡到天大亮时，马青莲先起炕。四个孩子保姆带着在另个屋子里，最小的有四岁，早已离开娘怀。没孩子恋怀她感到清静，晚间安稳地睡觉，早晨起来闲不住找点儿事做，给丈夫缝套袖。打猎时弄坏的狗皮套袖需要缝一缝。女人就是男人一个根针，一生不停地缝补，感情由针线连缀着……赵永和醒来，她说："当家的，上街别忘给娘买疙瘩针（簪子）和包网。"

赵冯氏发式梳疙瘩鬏①，包网和疙瘩针全是上面配套饰物。每年给老太太换一茬新的，新鲜一下增加过年喜气，使老太太高兴。

"嗯哪，我忘不了。"赵永和进城置办年货，扫听（打听）集家并村消息外，买鱼顺便拜访岳父，他问，"给爹带的东西准备好了吗？"

为岳父准备的礼物是野味，一只狍子，一块熊肉和两对飞龙。岳父家不住在县城亮子里，礼物送到城外河边岳父打鱼的地方。

"准备好啦，还有一张皮子给我爹捎去。"马青莲说，鱼把头父亲常年在河水里泡，尤其冬捕做下腿疼病，需要一张紫貂皮，"让爹早点用貂皮裹上腿，冰上太凉。"

赵永和骑马进城。三江县城有了年的味道和气氛，孩子们玩鞭炮。赵永和先去街北的清河边儿，直奔网房子。网房子盖在河边，干打垒苇子棚，门前放着冰爬犁和堆放的渔网。

"大把头领人去月亮泡占泡子，下晚才能回来。"接待赵永和的老鲁他们认识，他负责看网房子，兼给鱼帮做饭，"赵炮，我刚顿了条黑狗鱼，咱们喝一盅。"

"好，喝一盅。"

鱼亮子只剩下老鲁看家，其他人全跟鱼帮大把头出去。捕鱼跟打猎规矩有相同的地方，猎帮称占场子，鱼帮称占泡子，都是占捕猎的地方。

他们俩喝酒，在鱼帮听打渔人讲鱼的故事，老鲁说一条狗鱼："足有半人高，在鱼亮子附近叫唤了几年，多人拿它几次都没拿住它，最后还是大把头，你老丈爷逮住它。"

"嚯，半人高狗鱼还不成精啊！"

"已经成精！别的狗鱼叫声像婴儿啼哭，它像张三（狼）一样嗥叫，夜里老瘆人啦。"老鲁说。

---

① 妇女发式。其形先将头发缕在脑后，再在其末端绾成一把，结成一个小团（髻），称垂髻。俗称"疙瘩鬏"。现在农村的一些老年妇女，仍有梳这种垂髻的。

二

狼虫虎豹，多凶猛的野兽落入人类的饭锅都啥也不是，再让它威风、凶残，无疑是耍戏它。说成精的黑狗鱼还不能成为两人的全部下酒菜，必然谈些别的奇闻趣事。

"来这块，鱼顶水。"老鲁筷子指着鱼肚子部位，说，"这疙瘩好吃，特香。"

赵永和夹起一块放入口中，说："嗯，不错，香。老鲁，你在街边住着消息比我灵通，有件事你听说没有。"

"啥事儿呀？"

"集家并村。"

"西大荒搞了几个集团部落村，说集家并村怪好听的，其实修的是人圈。"老鲁带着几分气愤说，"像圈牲口一样把人圈起来，进出不是随便。"

"这和蹲监坐狱有啥区别啊！"

"根本没区别。"老鲁朝窗外扫一眼，视线内是覆盖着积雪的清河，冰的冻炸声传来，一语双关地说，"一年冬天比一年冷，日子难过啊！"

"是啊。"

"三间马架房，四面没有墙，冬夏都难熬，人人愁断肠。"老鲁念叨一首民谣，然后讲他亲眼所见，"我走亲戚去过架火烧集团部落村，建在沙坨坳里，十几尺高的围墙围起来，建有碉堡，部落留几个门根据部落大小来定。村民进出有时间规定，早出不行，晚归不中。人圈里设有警防所①，门卫检验进出人员证件，还有一支义勇奉公队维护人圈秩序。"

"义勇奉公队？不是日军和伪军？"

"不是，但是他们组建的，人员都是村民百姓，目的自治。"

"说得好听呗，自治？给谁治？日本人。"赵永和说，他看透日伪搞的这套自己刀削自己把的统治把戏，保甲连坐②属于其中内容，"日本人变着花

---

① 伪满县级警察机构设置：警察局——警察署（分驻所）——派出所（警防所）。

② 日本侵略者为强化对东北军民的镇压，建立伸入社会各角落的"保甲连坐"制度，以一村或相当村为保，以一屯为甲，以10户为一牌。连座就是指一人犯罪，多人受罚。一人犯法，全村所有的人都会被惩罚。

样管制咱们，他成了爹。"三江土语爹还有其他含义，例如：你是爹，不好惹，没办法；真是爹，无奈。爹还拥有权力的意思。猎帮炮头的话显然是指后者。

"爹，是爹。"老鲁像被鱼刺扎了清下嗓子，他清理鱼刺方法特别，不是努力吐出而是竭力下咽，并真的能把鱼刺吞进胃里，说明道，"说到日本人，我嗓子给扎啦。"

"好了没有？"

"我咽了下去。"老鲁恨透日本人，他问，"白狼山里搞没搞？"

"没有，我问你也是为扫听这事儿。"赵永和说。

老鲁分析道："现在大雪封山，搞集家并村也得年后雪化。"

"谢天谢地，能过个消停年。"赵永和说。

饭后，赵永和准备走。

"不等你老丈爷啦？"老鲁问。

"我晚上赶回山里，"赵永和指指带来的礼物，说，"年嚼管儿，麻烦你交给我岳父。"

"好！"

赵永和上马，离开鱼亮子进城。大半天时间过去，计划购买的年货弄齐，还有一件事要办理，然后出城回山里，他朝同泰和药店走去。

"先生，您抓什么药？"药店伙计问。

"抓半斤三七。"

"三七？"

药店伙计吃惊的样子，赵永和觉得不可思议，到药店来买三七，又不是来买老虎，有什么值得大惊小怪的，他说："买三七怎么啦？"

"先生，你大概不知道，买三七要向警察报告。"

报告？赵永和大为不解，买味中草药还要向警察报告？他有些生伙计气，认为是伙计刁难他，问："程先生在不在？你去跟他说，山里有个姓赵的打猎的找他。"赵永和说。

药店伙计去内室找人，很快，同泰和药店坐堂程先生走出来，说："啊，赵炮。"

"怎么你们药店归警察局了，卖药恁麻烦？"赵永和见面劈头便埋怨，药店有几样珍贵动物药材需要猎帮提供，"买三七……"

"赵炮到里屋喝杯茶，我详细对你说咋回事。"坐堂程先生说。

药店的内室是坐堂先生接诊的地方，他不仅在此坐堂行医还为徐家开的这个药店做老板，说："警察局规定，凡是能够止血的草药，药店都不准随便售卖，仙鹤草……"程先生说出一串止血草药名，槐花、蒲黄、白茅根、地榆、艾叶、侧柏叶……"金不换的三七就更不能卖啦。"

"为啥呀？"

"因为抗联啊！"程先生讲日军冬季大清剿，对山里、草原上的反满抗日组织进行全面大清剿，"防止受伤的人员来买红伤药、止血药。"

"哦，是这么回事。"

"警察看得很严，三天两头来药店检查。"

"我们打猎难免受伤，不卖止血药……王八屁股长疖子烂规定（龟腚）！"猎帮炮头骂咧咧道。

禁售规定是规定，程先生心里盘算卖给赵永和止血草药，他如果需要，就偷偷给他治疗红伤的成药。

三

赵永和将需要的草药藏在年货堆里，通常的验看发现不了。临出药店，程先生提醒道："过城门加小心，进腊月门以来盘查格外严了。"

"我认识几个守门警察。"

"日本宪兵和警察一起盘查进出城的人，有时候要搜身。"程先生说。

"哎，我知道啦。"

进城的人比出城人的多，进出走一个门，城里城外排起长队，插花（交替）放人，即放进几个进城的，再放几个出城的。警察验看身份证件，日本宪兵一旁监督并不亲自检查，活像甩手掌柜的。排在赵永和前面的人背包罗伞，看得出进城赶集的农民，身上带的是新买的年货，他们步行进城，只一个人骑着一头毛驴，骑马的只猎帮炮头一个人，因此人堆里突出扎眼。

"你！"陌生面孔要求赵永和出示证件，"你，麻溜拿出来！"

赵永和掏出《国民手帐》① 递上，接受验证。

这边警察验证，那边警察检查挂在马鞍子旁的褡裢——民间长期使用的一种布口袋，通常用很结实的家织粗布制成，长方形，一种中间开口而两端装东西的口袋，大的可以搭在马背或人的肩上，小的可以挂在腰带上——只是用摸摸，这个警察认识猎帮炮头，他们装作不认识，佯装认真检查其实不认真，对班长模样的警察说："没事儿！"

"嗯。"警察把《国民手帐》拍在赵永和的手上，放行道："走！"

出了城门，赵永和感觉钻出笼子，心情豁然开朗，他飞身上马，朝白狼山奔去。高兴想唱便想起吴二片，有他在场就好啦，他唱二人转一路不寂寞不疲劳。心情愉悦没人唱自己唱，猎帮炮头独自一个人旅行，无拘无束他唱起小帽《看小牌》：

> 二月里来龙把头抬，
>
> 老娘们学会看纸牌。
>
> 不系扣，咧着怀，
>
> 油瓶奶子露出来。
>
> 怀里还抱个小婴孩儿，
>
> 吱吱哇哇哭起来。
>
> 王八犊子真吊歪，
>
> 耽误老娘少吃一颗牌……

一队日军从山上下来，摩托车在前面开路，行走在山路上的人急忙躲避到一边，给日本皇军让路。赵永和拨马到道旁白榆树下，看着等着日军队伍过去。他们像是进山执行一次任务回来，他轻易从军服辨出是宪兵，双手空空，推测是一次不成功的行动，连个抗联毛都没抓到。

白狼山究竟藏有多少反满抗日组织？带枪的土匪就有几十绺，哪个绺子

---

① 即身份证件。该手帐为纸质，长14厘米、宽7.5厘米、厚0.3厘米，封面为草绿色帆布包装，正面印有红色的省名，和黑体字"国民手帐"，共有29页。首页上印有"国民训"等5条中日文字的训令，以及发证机关、持证人照片、出生年月日、姓名、籍贯、住所、证号、指纹等。

土匪抗日，没人说得清楚。正规的抗联队伍猎帮炮头见过，现在受伤的抗联战士刘德海就藏在家里，像自己这样暗中帮助抗联的人不止一人两人。日军进山清剿，山民便将抗联藏起来，偌大白狼山哪里找去？只能这样垂头丧气无功而返。

昨晚，赵永和偷偷配好药，吴二片来取。

"配好啦东家？"

"三七不够，药效不会太好。"赵永和说。

"那咋整？"

"明天我下山办年嚼管儿，到药店买一些。"

吴二片不太懂医道，问："没三七不行？"

"不行。"赵永和叮咛道，"你先给他涂上，等我弄回三七重新给他配药。"……

所需要的草药三七藏在布褡裢里，还有程先生给的红伤药，不仅是止血，还防止套脓（感染）。有了这些药，刘德海伤口会很快好起来。

咯吱，咯吱，日本宪兵的军靴踩在积雪上，同踩枯树叶的声音相似，听上去踏雪声更清脆。排头兵刺刀上的太阳旗霜打植物叶子那样蔫萎，胜利和失败写在每张脸上，个个垂头丧气、沉默不语行军，都没人看赵永和一眼，把他视为山间一块石头一棵树木。

山道空荡、清静下来，赵永和拉马回到正道眼儿（路中央），再次上马，半路遇到日军下山，将好心情鸟一样惊起，飞远。他不再想唱二人转，一下子想到集家并村上。山里搞集家并村确定，早晚要搞。或许过了年就搞。他深为赵家趟子村前景忧虑，周围村屯并进来，人口增多，一种秩序将被打乱，再也不是以狩猎为主的太平村子。老鲁说人圈里还设警防所，还有太平日子过吗？这还不是最糟糕的，如果赵家趟子村并到别的村子去，祖屋将保不住，强制扒毁房屋窝没啦，一大家子人蹲露天地？往后的日子还咋过呀？

唉！赵永和长叹一口气。当家的忧虑不仅仅这些，还有更重要的。集家并村的全部内容不止修人圈了事，要划出"无驻禁作地带"，该区域里不能有人住，不能耕作，日军见人就杀，见房就烧，见东西就抢。"禁驻不禁作"地带，人不能居住，但农民可以耕作。以此推演山里搬照此模式，规定哪座不准打猎，绝对的"无人区"可能是大牲口最多的地方，不让猎帮进入，还打什么猎啊！那可是永久歇炮。

四

赵永和进院刚跳下马，花大姐快步过来，神情还有些惊慌，她说："和哥，日本兵刚走。"

赵永和一愣。

"搜查了咱家院子，旮旯胡同鸡窝狗圈翻腾一遍。"花大姐怨怼道。

"他们没说找什么？"他问。

"找他。"花大姐向吴二片住的房子眺望，说。

"没事儿吧？"

"发现日军朝咱家走来，我们就把他藏起来了。"花大姐说。

赵家一个伙计发现日军奔赵家趟子村走来，消息传到花大姐耳朵里，第一反应是找吴二片，说："吴师傅，一队日军进村了。"

"去哪儿？"

"管他们要去哪儿，咱还是有个防备。"

"噢，对，花管家。"

藏起受伤的抗联战士，以防日军冲他而来的。藏在哪儿？花大姐说："进地窖怎么样？"

吴二片摇摇头，说："不行！日军要是听到什么风声，一定要搜查，再说，周庆喜住过这个房子，万一知道地窖，刘德海藏不住。"

花大姐觉得他说的有道理，周庆喜究竟知道不知道地窖的存在不清楚，按他知道安排准没错。她说："院子哪儿最安全？"

"有个地方。"

"哪儿，吴师傅。"

"你的屋子。"

花大姐想一想，她的闺房即使日军搜查也不会太认真，他们绝不会想到女子房间藏抗联伤病员，她同意道："行，藏我屋里。"

日军果然进村直奔赵家大院，花大姐以管家身份迎上去，问："太君，你们这是?"

宪兵曹长未向花大姐解释一句，一挥手，用日语说搜，士兵散开分别闯入各屋子找人。日军曹长自己也没闲着，来到管家的房子前，问："谁住的房子?"

"我住的。"花大姐平静地回答道。

日军曹长盯着她的眼睛，寻找可疑神色显然没找到，但未死心，说："开门，我的看看。"

"好，太君。"花大姐心有防备，可不敢单独跟日军曹长进屋，向始终跟在身边的吴二片说，"吴师傅，你带太君进去。"

日军曹长在闺房内转一圈，未发现什么便出来，吴二片陪日军曹长出来，同花大姐交流一下目光，表示抗联战士安全。

日本宪兵搜遍院子，吴二片的住处也搜了，没碰地上的疙瘩柜。说明地窖没有暴露，什么都没找到他们便走了，下山时给赵永和碰上，他没想到是从他家回来。

"半道我遇到他们。"赵永和说。

"没问你什么?"花大姐问。

"他们从我身边走过去，像是根本没看见我。"赵永和说，他站在一边给日军让路，眼睛曾和日军曹长打了对光，彼此都没搭话，都装作不认识，"看样子直接回城了。"

"明显奔咱家来的。"她说。

赵永和放下的心再次悬吊起来，近期两次遭日军盘查、搜查，上次是归围路上也是这伙日本宪兵，半路截住猎帮，这次来大院找人……被日本宪兵盯上，不啻羊群被狼盯住，猎杀早晚的事情。

"又是周庆喜?"花大姐想到他，问。

赵永和什么都没说，极不愿意提到他，说："别猜了，日军走了就好。年货买来了，你收起来，瞅瞅过年还缺什么东西，再张罗张罗。"

"哎。"

"小妹，他回去了吗?"赵永和问藏着的人。

"回原来住处了，吴师傅陪他。"花大姐说。

赵永和先回到堂屋，马青莲坐在炕上，身边堆满红纸，她正剪窗花，说："日本人来了，一阵翻找，"由于不满，语言夸张，"耗子洞都翻了，可是翻啥玩意呢！"

"日本人好一惊一乍的，谁知道他们找啥。"

"你说说，找到咱家院里来。"马青莲仍然不满道。

赵永和脱去外罩，捞过烟笸箩，抽上一袋烟。他心里清楚日本人找什么，不能说出来。

"我爹好吧？"

"没见到爹，领人去月亮泡子占泡子晚上回来我没等，嚼管儿和皮子我留下，让人转交他。"

"占泡子？动不动手啊？"马青莲顿然紧张，说，"可别伤着咱爹呀！"

"什么呀，占泡子，又不是夺抢……"赵永和为不懂鱼帮风俗的夫人讲解一番，末了说，"跟我们占场子一样，先来后到。"

"哦，不动抢的。"马青莲放下心来。

马青莲剪好一张窗花，平展地铺在炕上，他拿起看了看，开玩笑说："老鸹落树杈。"

"埋汰人！喜鹊登枝好不好。"

"我怎么看像老鸹，尾巴挺短的。"

两口子说笑一阵，他的旱烟抽透，等到了天黑，收起烟袋下地。马青莲点亮灯，剪纸需要光亮，问："干啥去？"

"跟吴二片唠会儿嗑儿。"

"你早点儿回来。"她说。

"干啥？"

"有好事。"

"你能有啥好事儿？"

马青莲诡秘地一笑，说："你早点回来得了，好事儿。"

"嗯。"赵永和答应，想不出她有什么好事，两口子要说好事只一件，可是多年夫妻那还算好事吗？

马青莲继续剪纸。

赵永和走出堂屋，夜幕降临覆盖住大院，有的窗口亮起灯。吴二片的屋子还黑着，两人一定摸瞎坐着，免得从外面看到他们。

　　"老吴！"

　　"哟，东家，等着我给你开门。"吴二片说。

第二十一章
画地为牢修人圈

> 野猪疑心大；狐狸性狡猾；狗熊性直胆子大；虎豹阴毒心虚假。
>
> ——狩猎谣谚

一

　　吴二片掖严窗户帘，然后插上门，三人谈话防备外人打扰。赵永和检查刘德海的伤口，欣慰神情说明伤情，他说："见好，刘先生肉皮子合，好得快。"

　　"哪里是肉皮子合，赵炮的红伤药霸道，加上你们的悉心照料，"刘德海感激的目光落在两人身上，由衷地说："我真的感谢你们搭救，照料。今天小鬼子又来搜查，你们冒多大风险啊！"

　　"快别这么说！你们脑袋别在裤腰带上抗日，谁冒风险大？"赵永和佩服这些抗日好汉，说："跟你们比，我们做的算啥呀。"

　　刘德海暗中观察，猎帮炮头赞同而且支持抗日，是完全可以依靠的群众，他的猎帮有枪，将来是一支不错的抗日力量。

　　"我打听清楚，日本人要在山里搞集家并村。"赵永和说："具体怎么搞，咱村子能不能保住两说着。"

230

刘德海帮助分析，说："西大荒建起的部落村，全以大村子为基础，拆毁小村屯。建集团部落需要建房子的宽敞地方，你们周边的村屯，人口、村基都没赵家趟子村子规模大，其他村屯可能并到你们村子。"

赵家趟子村子在一条山沟内，方便利用地势修人圈——控制、囚禁村民的相对封闭区域。

"集家并村百姓可惨喽。"赵永和说。

"是啊！"刘德海说，他所在的抗联游击小队曾在三江西大荒活动，密营设在老河口一带，日伪搞集家并村，他们组织老百姓对抗，不进人圈，人躲入青纱帐，入冬青纱帐一倒无处藏身，最后还是进入部落村内，"确定哪个村屯迁走，房子让你自己扒掉，不扒一把火烧掉，很多人进入人圈无房子住，住窝棚、马架子、地窖子。限制在距人圈方圆三至五里内活动和耕作，超出规定范围活动日军发现百姓便开枪。"

"集村并屯，我听到一套嗑儿（歌谣），"赵永和学了其中描述百姓生活惨状的两句，"三间马架房，四面没有墙。"

"比那惨，我亲眼见。"刘德海说。

一直没吱声的吴二片，忧虑道："尾后打猎成了问题。"

"集家并村，小鬼子目的为隔断群众跟反满抗日组织的联系，不能让百姓手里拥有武器。"刘德海道。

"我们手里都是猎枪，沙枪，土炮……"吴二片说。

"叫枪他们就不能让你有，以前搜缴过枪支。"刘德海说，他指满洲国建立之初那次大规模收缴民枪支①，以后再缴枪，就不会让百姓有枪，藏匿枪械治罪，收缴民枪，消除人民抵抗力量，"日寇怕老百姓手上有枪。"

"没枪还打什么猎呀！"吴二片说。

赵永和当然不希望缴枪的事情发生。修了人圈，进出村都受限制，怎能让背枪外出。如果缴去猎枪，他不像端锅的吴二片那样绝望，打猎是可以不使用枪的，自己的前辈是著名的趟子手，不然哪来的赵家趟子村，父亲的狩

---

① 一九三三年的春季伪民政部命令吉林省公署在六个月内把人民所有的枪械调查登记，不论在旧政权时代有无枪照，均要附带枪械所有人的相片登记，由各县警务局发给枪照。

猎绝技——会窖子活儿，能捕获老虎、野猪、熊、狼——已传授给他，说："没有枪，我们照样当猎人。"

"我早闻赵炮有绝活儿。"刘德海说，绝活儿指的下趟子，好的趟子手绝不比炮手差。

"如果真的把枪缴去，我们下趟子。"赵永和说，指出猎帮未来出路，总之猎帮不能解散，要坚持下去，"错了（除非是）不准打猎。"

刘德海说出自己的打算，说："赵炮，腿好我就走。"

"走？去哪儿？"赵永和问。

"北边。"刘德海说，伤口好了他立即就走，去苏联找抗联三江游击小队。现处在东北抗日战争极其艰难困苦的时期，日军大规模实施集家并村、坚壁清野；梳篦式搜查，毁灭性扫荡，抗日联军陆续进入苏联境内休整，到野营集训，"我去找他们。"

"啥时回来？"赵永和问。

"我很快回来。"刘德海说，他是这样打算的，去苏联是向组织请示，设想在白狼山，具体说在赵家趟子村，以赵永和的猎帮为基础建立一支抗日队伍，开展抗日斗争，这也符合抗日联军领导提出的方针①。不过，尚未得到组织批准前他是不能向猎帮炮头讲出计划的。但是有了这个组建抗日队伍的计划，有些行动要提前进行，譬如保存武器，他说，"小鬼子在白狼山里修建入圈前，说不定先缴山民的枪。"

"兴许。"赵永和赞同他的推测道，"看这形势，猎户的枪炮八成也要收缴。"

"赵炮，我建议你行动在小鬼子毒辣手段实行之前。"刘德海说。

"噢？"

"将好枪藏起来，留在一些破枪在外边，他们要缴就交出去。"刘德海出谋道。

"刘先生说得对。"吴二片说。

---

① 1941年，东北抗日战争进入极其艰难困苦的时期。抗日联军领导提出了"保存实力，培养干部，准备进攻，迎接全国抗战胜利"的方针。东北抗日联军陆续进入苏联境内休整。国内仅留几个小分队采取"化整为零，分散活动，寻找时机，主动出击"的斗争方式。

二

年味缠绕几十天，在一场春风刮过后飘然而去，随它逝去的覆盖一个冬天的积雪，山里向阳坡处青草钻出嘴儿，一个季节即要光临。

三江狩猎习俗春季不打猎，即不打红围。要打主要猎物是野鸡、兔子小野物。沙枪、木棒子、下套子、铁夹子，或让猎狗捉获。到了农历芒种节气前后，从围打黄羊开始一年的围猎。

赵永和坐在院子里的板棚子下，动手制套子，身边堆放钢丝和做好的套子。孙大杆进院，径直走过来："赵炮。"

"孙兄弟，"赵永和将一只马札推给他，说，"坐，忙完啦？"

"嗯，挨家走了一遍。"孙大杆说。

抗联战士刘德海伤好后在正月十五那天顶着冒烟雪走的，他走后赵永和着手布置藏枪。他叫孙大杆到家里来，两人密谈小半天，吃掉一条酱狼大腿，喝一斤三江名酒七星泉烧刀子。

"好使的家伙什都搁起来，破旧的放在外边。"赵永和讲藏枪原则，怕引起怀疑，说，"留几杆在外面，全藏起来易让人疑心。"

"嗯。"

"挑选几户不藏，谁家你定。"赵永和说，为麻痹未来的缴枪者，留几个猎户不藏起枪，不然缴一堆锈铜烂铁，要引起怀疑做手脚。藏谁家的不藏谁家的，挑选、确定并非意味可靠不可靠的猎人。是凡入围帮人员都经过严格挑选，身体单薄、心眼歪歪、反应迟钝、违反过山规……都不能入选，高危打猎职业决定筛选猎人从严，因此入围帮的人保个准成。

炮头不便出头，猎帮贴炮孙大杆具体去办这件事情。七八天下来，忙活完来向炮头报告。

"有多少杆枪？"赵永和问。

"二十三，留五杆枪没藏。"

赵永和心算一下，加上自家藏起的六杆，有了近三十杆枪，刘德海建议藏起来不少于三十杆枪。他没去想刘德海为啥要求保存这批武器做什么，以为是为猎帮长远存在着想，躲过日寇缴枪一劫。

"我藏起来一把，留外边一把。"孙大杆说。

"好。"

孙大杆干坐着没事儿，伸一把手，帮着剪断一截钢丝，说，"我一晃见周庆喜进村，往西头走了。"

"准去钱家。"赵永和分析说。

"找钱肚脐眼？干啥？"

赵永和用自己的脚试刚做好的套子，很灵活的，放下套子说："嗯，为了训狗。"

"训狗？他的猎帮要用狗打猎？"孙大杆只能这么想，打猎主要用枪，套子活，和鹰犬捕猎。

"给日本宪兵训狗。"

"嘎，宪兵要打猎？"

"找人，逮人。"赵永和学说一遍钱肚脐眼对他说的话，而后说，"秃头上的虱子明摆着，清剿抗联。"

"走狗！"猎人孙大杆用这个词骂猎人比操八辈祖宗还狠，从古到今纵狗行猎是狩猎一种形式，臂鹰走狗，驰逐为乐。走狗用在打围活动上人们喜欢它；比喻受人豢养的帮凶，则遭人唾弃和不齿。

赵永和不能和贴炮一起骂，不是他无原则，而是同狗剩儿的特殊关系，大奶子女人约束他一生对周庆喜的态度，她虽然没直接交代什么，一个做母亲的心思好理解，不和睦与深仇大恨不是同一语。周庆喜专门跟自己作对，先后两次遭到日本宪兵盘问和搜查家，有理由怀疑与他使坏有关，纵然这样也不能轻易骂周庆喜走狗。

"给日本人办事狗颠肚子似的……"孙大杆痛骂一阵，才消停，他说，"山中还藏有抗联？"

"那还用说。"

"刘德海不是去了北边吗？"孙大杆说，他参与了赵炮头营救抗联受伤战士的全过程，从黑瞎子沟围场到赵家大院，刘德海的一切他清楚，今年正月十五，受赵永和的派遣，孙大杆亲自送刘德海下山，行走路线猎帮炮头选择的。躲开走三江县城亮子里路线，走一条只有猎人才能走的崎岖山路，到山脚下的北沟镇乘火车去哈尔滨，然后再往北走。目的为躲避三江日本宪兵和警察，"他们游击小队的人都离开白狼山，还有人？"

"山里不止刘德海所在的一支队伍吧，日军扫荡不止抗联，抗日的胡子，山林队……"

"日军也想得出来，用猎狗找人。"孙大杆觉得日军不是猎人，使用狗找人，肯定是猎人出的主意，自然怀疑到一个人，"准是周庆喜，赵炮，你说我没往他头上扣屎盆子吧？"

"当然没有。"赵永和说，知道钱肚脐眼身怀训狗绝技的人，其中就有周庆喜。不然，日本宪兵和警察不会知道。

"赵炮，狗找人，行吗？"

"肯定行，前提是经过训练。"

"日本宪兵有狼狗，他们咋不用呢？"

"在山林里，猎犬比狼狗好使。"赵永和说。

孙大杆想到哪儿说到哪儿，他说："我听说，要在咱村修人圈。"

"我麻麻喳喳（影影绰绰）听说，只是没准信儿。"

"好在没把咱村并走，老天有眼啊！"孙大杆望眼天空，春天的云彩很淡，像浸湿的纸有些透明，"山神老把头保佑我们。"

赵家趟子村逃过被拆毁的厄运，感谢谁都不为过。最大受益者当然是赵永和。他家的房产最多，拆掉赵家大院损失不言而喻。跳过一道坎儿，又一道坎儿横在面前。村子一下涌进数百口人，还有军警宪特控制什么的，和平、安详的山村景象将不复存在。

"我听说先在村口修碉堡。"孙大杆说。

三

三江日本宪兵队内定的半匪区①——匪区内的赵家趟子部落村三个月内修建完毕。昔日的居住猎户为主的村子，如今变成地地道道的人圈。村子四

---

① 抗日武装活动区定为匪区，不准居住，半匪区，严格限制居住，须持警察机关发放的许可证。

周拉起铁丝网——本来村子南北为陡峭山峰，人无法通行——东西两头各留一个门，村民只能由这两个门进出，共有四座水泥碉堡，两座修在人圈门旁，两座修在村南村北，四座碉堡相呼应，守卫或者说监视村子，像鹰俯视猎物。村子还在靠近东大门处修了十二间房子，作为村公所、警察防所和自卫团的办公、住宿的地方。

角瓜形的村落中拥挤四百多户，人口近两千人，符合满洲国的保甲制度①的行政村建制规模，人圈实行保甲连坐制。赵家趟子部落村几个重要人物登台集体亮相，村长施大眼（因一双蛤蟆眼而得名）、警防所长王警尉、自卫团长周庆喜……牌长若干名。周庆喜的出现吸引了不少关注的目光，他所在的周家围子村和几个小村子并到赵家趟子部落村来，他的猎帮十七人摇身一变，成为自卫团，也称义勇奉公队。根据满洲国的法令，部落要村民自治，自卫团的职责保护村子安全。部落村以外的村子保甲长受警察署长的指挥监督维持保甲内的治安，牌长接受警察署长和保甲长的指挥监督保持牌内的安宁。人圈里多了一股村民武装，目的昭然若揭，保卫村内安全。

"赵炮，没想到啊，他当自卫团长。"孙大杆说。

"周庆喜不当，还有张庆喜王庆喜，谁当不都是一样。"赵永和漠然这件事，跟他谢绝村长施大眼请他当牌长有关，他说，"施大眼刚走。"

"他来干什么？"

"动员我做牌长。"

"当不当？"孙大杆问。

"兄弟你说呢？"

孙大杆略微想了想，说："我看你不会干。"

"再能耐的狗也是狗，成不了猎人。"猎帮炮头耐人寻味，还是明确表达了不做狗类的人物。

村长施大眼走进赵家大院，赵永和从堂屋的窗户看见他，怪异的景象出现，村长屁股后面拖着一根尾巴，走路摇头摆尾，他心生厌恶："哼，摇头晃

---

① 伪满洲国的保甲制度："是在县市依一定的户数编成保、甲和牌的团体，依靠邻保友爱的团体作为警察的补助机关，保持其团体内的康宁，以防止不断紧急的危害为其主要任务。"保甲制：牌为十户，甲为一村，保为一区。

脑，屁颠屁颠的。"

"赵炮头。"村长施大眼一屁股坐到炕沿上，他不仅眼睛大腿也长，坐下腿支出很远，"我上门请你出山。"

"出山?"

"啊，出山。"

赵永和猜不透村长的来意，说："最近我没打围计划。"

"不是打围，请你当牌长。"村长施大眼时时不忘要人情，说，"可是本村长推荐你呦。"

"唔，那要谢谢你看得起。"赵永和立马做出表态，说，"可是我不能当牌长，我不合适。"

"赵炮，是不是嫌管十户的官儿太小啊!"

"那倒不是，我哪儿够条件。"

"有人剜窗户盗门子，瓦弄（钻营）当牌长，你呢，让你当你不愿意当。牌长官儿虽不大，那也是官儿啊! 常言道，娶豆大的媳妇，比出大殡强不是。"村长施大眼搬出本省的村制大纲，说，"牌长的选定条件，地方德望家为第一，资产和学识你在村子里屈指可数……你要是不够条件还谁够呢!"

"谢谢施村长好意，牌长我真的不胜任，另选高明吧，别耽误你的正事儿。"赵永和坚决不就，回绝道。

"你实在不当也没办法，房檐子上的馅饼掉下来，你不肯张嘴，嗯，挺可惜的。"村长施大眼悻然离去。

"你不是得罪了村长?"孙大杆说。

"管他呢!"赵永和满不在乎道。

猎帮炮头的心情阴郁有段时间。自从三江县公署宣布在赵家趟子村建集团部落起，心里那块天空阴沉起来，一直未开晴，期间还乌云滚来几次。一次警察来缴猎户的枪，警告从此不准结伙打猎，非要组成围帮，人数不超过三人的小围帮可以，五人都不准许;第二次周围子村并过来，周庆喜家的房子盖在村子里，他的猎帮枪一杆没有缴，摇身成自卫团。如今周庆喜是团长，常因别人朝他叫团长而沾沾自喜。王警尉觉得不顺耳，团长的官听着比自己的警防所长大多了，他对周庆喜说："你别傻狗不识臭，叫你团长合适吗? 加上你才十七个人那也是一个团？得了，从今以后，你是周队长不是周团长。"

"是，所长大人做主。"周庆喜心里不舒服嘴上抹糖，警察管着自卫团，没有警察撑腰，自卫团啥也不是。满洲国的警察权力超大，警种五花八门——铁路警察、海边警察、森林警察、边境警察、司法警察、保安警察、经济警察、卫生警察、文化警察、矫正警察、辅导警察等等。有首流传歌谣云："伪满的小警察呀，叫人真害怕呀；下屯他要鸡蛋哪，不给他就骂呀。"

无论是周团长还是周队长，都是一团云霭涌入赵永和心房挥之不去，最后变成一块石头落下来，堵在心头。

"赵炮，我俩出去打遛围。"孙大杆邀请道，呆在人圈中就如困在笼子里面，他的目的是请炮头出去散散心。

四

打遛围顾名思义，随时到林子里遛遛，遇到什么打什么，也有跟着猎物追撵着打的意思。

赵家趟子部落村进出不随便自由，每天头午到傍晚区间允许进出，但要登记，批准。

这天早晨，赵永和同孙大杆两人手拎根棒子，朝警防所走来，王警尉擦他的手枪。

"王所长。"赵永和上前打招呼道。

"噢，赵炮头。"王警尉停下手，抬头看来人，问，"你们这是？"

"出去打围。"赵永和说。

王警尉想笑未笑，昔日威风凛凛的猎帮炮头，此时手拎根棒子，贴炮也拎根棒子，这是赶牛去还是打猎呀？警察缴了猎人的枪，不准结伙打猎等于是解散了猎帮，加之手上没有枪，红围什么的打不了。落魄的猎人就跟牛倌差不多。他说："拿棒子打什么？"

"兔子。"赵永和答道。

猎人除了枪以外，打猎使用木棒，形状如同赶牛用的弓形木棒。蒙古语称其布鲁，即打兔棒子。赵永和拿的柞木棒子有些讲究，砍下来柞木之后，锯好插入煮泡糜子的锅里片刻再取出来，用绳索绑成为弧形，晒干后用刀具修理成弓形的圆棍子。为增大杀伤力，用熔化的铅包住木棒头……打猎使用木棒是一种传统，不然哪里来的"棒打獐子瓢舀鱼"的歌谣。

"枪都叫你们收去，不用棒子用啥？"孙大杆说。

王警尉现出与己毫无关系似的，说："哦，是吗，全收去啦。"

"王所长，我俩出村请所长大人批准。"赵永和说。

"出去吧。"王警尉吩咐唯一的手下警员，说："你做登记，放他们出去打猎。"

"是，所长。"警员说。

王警尉对赵永和说："记好时间，太阳卡山准时回来，晚了不让进村。还有，打围别到禁作区去。"

"嗯。"赵永和答应道。

走出赵家趟子部落村，出笼子自由感觉真好，空气特别清新。夏天的植物间有蜻蜓、蝴蝶、蜜蜂……孙大杆不无遗憾地说："搁往年，正是围捕狍子的好季节。"

"再也没有喽，不让带枪不说，猎帮人数也限制，三人只能打小围。"赵永和心比贴炮难受，限制打猎砸了他的饭碗，撅了他的炮，断了全家人赖以生存的狩猎收入，"好在我存些皮张，变卖够吃两年。"

"总不让咱打猎不行，猎户无法活。"孙大杆说。

"宪兵警察可不管你死活，吃什么穿什么他们不管，只管收税抽捐抓劳工。"赵永和道，满洲国就这德性，国歌——神光开宇宙，表里山河壮皇猷。帝德之隆，巍巍荡荡莫与俦。永受天佑兮，万寿无疆薄海讴。仰赞天业兮，辉煌日月侔——唱得天花带绿叶，其实怎么样？铁蹄下的民众自由评说，一首歌谣惟妙惟肖骂警察：当个警察狗，美得不会走。肩膀贴对子，横批还没有。头顶狗尿苔，洋刀不离手。问他要干啥？他说查户口。成天唬洋气儿，小命不长久。"你看王警尉忒儿塌的（说话带有挑剔口气），肩膀都抖起来。"

"狗仗人势！"孙大杆愤恨地骂一句。

狐假虎威的人满洲国遍地都是，不止警察。赵永和不便说出的那个人的名字。

"周庆喜见我爱搭不理，像是过去不认识。"孙大杆说。

狗仗人势的周庆喜不说，赵永和关注另一件事情："唔，近日见他训狗没有？"

"一条板凳腿（一种笨狗）看家，再没见他家别的有狗。"孙大杆分析说，"他带自卫团看村子，八成没工夫训狗。"

"备不住。"赵永和说，为日本人效力根据主子需要，冬季扫荡结束，暂不需要狗吧，"注意他再训狗，我们不能眼看着他胡作非为。"

"有啥打算？"

"有。"

孙大杆希望炮头对周庆喜采取些措施，惩罚围帮行当里的叛逆，狩猎行道规矩对他不起作用，要收拾来狠的，不狠不吃粉！他说："他训狗，咱们怎么阻挡？"

"他训狗，咱训鹰。"赵永和说出打算，"他不是训狗到山里找人吗，咱训鹰抓狗。"

训鹰打猎抓狼抓虎，尚未有训鹰抓狗的。孙大杆觉得炮头挺敢想，道出他的怀疑："不行吧，鹰啃抓狗？"

"要么说得训呢。"

孙大杆直摇头。

"鹰抓什么在训，让它抓什么它抓什么。"

"可是谁有训鹰技术呢？"孙大杆提出疑问。

"花……"

赵永和提到一个名字，孙大杆一拍大腿说："哎呀，我把这茬给忘了，花管家，行！"

"我问过她，她说没问题。"

"那太好了。"孙大杆高兴道。

忽然，林子树叶簌簌地响，引起两位猎人警觉，他们听出不是野兽，很像人的脚步声。

"胡子吧？"孙大杆低声说。

"别动，肯定会向咱俩走过来。"赵永和说，手攥紧棒子，心里有了防备……

长篇小说 大獾帮

第二十二章
密商潜入部落村

九月狐狸十月狼，立冬貉子绒毛长。小雪封地没营生，收拾压关打老黄。

——打猎歌谣

一

"赵炮！"人没出林子，声音传过来。

赵永和听出声音是谁，心中惊喜，他说："是刘先生。"

"刘先生！"孙大杆向林子里喊道。

过了一会儿，刘德海走出树林。

三人见面。

"多咱回来的呀？"孙大杆问。

"有几天啦。"刘德海说，他从苏联归来，路线是去时路线，入境后到哈尔滨，绕过三江在四平街下火车，进入白狼山，迁回到赵家趟子村附近，惊讶地发现这里变成了集团部落村，他进不去村子，说，"我一直在村周围活动，等待你们出来。"

"果然不出你所料，他们缴去枪。"赵永和抱怨说，"规定打猎一伙不能超过三个人，红围是打不成了。"

刘德海此次回来肩负使命，与武器有关，他问："事先藏起来的猎枪呢？一共有多少支？"

"那些枪安全未被发现，总共三十杆枪。"赵永和说。

"有这批武器真是太好啦。"刘德海讲了他的任务，说："组织派我回来，发展一支武装，在日寇所谓的半匪区内，同他们展开游击战。"

"好啊，他们实在该打。"赵永和说。

抗日联军整体部署展开游击战，斗争方式，依托山区，依靠群众，袭击日寇，扰乱敌伪统治。具体到刘德海任务，是根据他的请示，动员赵永和的猎帮成立抗日队伍，他说："赵炮，拉起你的猎帮抗日……"他做了一番动员，早在赵家大院养伤已经跟赵永和谈几次，猎帮炮头同意带猎帮抗日，"组织批准成立武装小队……组织队伍的事儿，以后我们坐下来仔细商量。"

"队伍从人圈拉出来，有些困难。"孙大杆讲了很实际情况，"日寇实行保甲连坐制，猎手的家属都在村子里，男人如果外出不归，家属要受株连遭迫害。"

"这是个问题。"赵永和说，"小日本这招够损的。"

刘德海想好解决这个棘手问题的方法，利用猎帮组织松散结构的特点，开展活动，分散活动人员不集中出部落村，出去也三三两两不会引起警察注意，他说出自己的想法。

"嗯，这样行。"孙大杆赞同。

他们急着要解决刘德海的落脚点，赵永和说："刘先生还是回到我家大院去，一个人住在山里不行。"

"可是进村……警察检查证件很严，外村人不准在人圈留宿。"孙大杆说，"要想办法蒙混进村去，警察追捕过你，周庆喜也见过你，公开从大门进肯定不行。"

"从铁丝网进村……"赵永和说，铁丝网围着部落村，有段断条处，位置正好处在赵家大院的后墙，"刘先生你可以从那儿进到我家院里。"

至此孙大杆才知道赵家后院的情况，那是一道悬崖啊！因形状如蝌蚪形，本地人俗称蝌蚪为蛤蟆骨都，所以叫蛤蟆骨都崖，他皱眉道："蛤蟆骨都是一面绝壁呀，恐怕很难攀登。"

赵家的后院墙沿着悬崖绝壁修建，因为险要才没人到那里。这次修部落村，三江县警察局陶奎元长亲临现场实地考察，认为赵家院墙后面蛤蟆骨都悬崖没有必要拉刺鬼儿（铁蒺藜），鸟飞上来都困难，别说人进村喽。

"就从他们认为进不来的地方进来。"赵永和说。

"绝壁……"

"我从山崖下去过。"赵永和说。大约十一二岁那年，一只花尾榛鸡落在北院墙头，晨阳中它鸽食落在墙头上的榛子，不时地叫几声，那声音高而尖的拖长吸吮音，显然是炫耀叫声。让你得瑟！棕褐羽毛的头顶成为他弹弓的目标，一粒石子射出去，他听到噗地一声，花尾榛鸡翻折下墙去，确定击中目标。赵永和爬上围墙，眼前的绝壁他惊呆了，从来没来过这里，也没见到自家后院墙外的悬崖。往下看头发晕，那只花尾榛鸡掉在悬崖间的一块岩石上面。亲手射中的猎物诱惑了男孩，他取来绳子一头系在院内的核桃树上，另一头系在自己腰上，扯着绳子顺悬崖下去，拿到花尾榛鸡……这次冒险的经历，给他提供了悬崖可以攀上爬下的经验，"预备足够长的绳子，放到沟底，人抓住绳子可以上来。"

"行吗？"孙大杆仍不放心道。

"行。"赵永和肯定的口气道，然后他问刘德海，"刘先生，伤好了吧？"

"早好利索。"刘德海活动展示下曾经的伤腿，踢向身边树干上那个节子，一截枯枝喀嚓落下来，"好腿一样。"

他们三人就攀崖进村计划的细节进行一番研究，最后决定，明天晚上行动，赵永和说："这两天天气好，还有月牙。刘先生，你看行吧？"

"你们想得很周到细致，行。"刘德海同意。

"孙兄弟，你带刘先生去蛤蟆骨都崖去看看，熟悉一下那里的情况。"赵永和扬扬手里的木棒子，他要打住野物，不然空手回村容易引起警察怀疑，风俗打猎下山不空手，他说，"我溜达溜达，打山跳子（兔）啥的。"

二

赵永和、孙大杆两个猎人肩背几只兔子和两只野鸡，按规定时间准时回部落村，自卫团的人仍用猎帮的称呼同他俩打招呼，并打开村子大门："赵炮，孙炮，打到啥物啦？"

"嗯！"孙大杆努力耸下肩膀，搭在肩上的兔子晃动，说，"小山货，山跳子。"

检查验证的活儿警察做，出村要登记，回来要记录。有专用的词儿，出村要登记叫上帐，回来叫销帐，今人对帐可能费解。满洲国警察局签发的居民身份证件，称国民手帐。进出村称上帐销帐不奇怪。

警员为两位猎人销了帐，就没什么事儿，可以各自回家。赵永和瞥眼警防所门前的拴马桩空空的，王警尉坐骑那匹沙栗马不见了，他问："王所长呢？"

"干啥，找他有事儿？"警员问。

"给他一只跳猫，王所长爱吃。"赵永和留下一只兔子，说，"他不在你给他吧，天气热早点扒皮搁不住，看臭喽。"

警员接过来兔子，驻村警察单有厨师做饭，今晚可以吃到肥美野兔，解解馋。心里高兴话自然多，他说："王所长跟周队长出去买狗。"

"哦，王所长想吃狗肉？"赵永和故意这样问。

"哪呀，角山荣需要一只猎狗，专门给他训的。"警员说。

角山荣是三江日本宪兵队长。赵永和说："喔，队长太君也喜欢打猎？"

警员孩子似的摆弄死兔子玩，他本来年龄也不大，十八九岁，警察不都坏，即使坏他要学几年，不然很难一下子坏透腔，他还说："打人！最近有抗联的人从大鼻子（苏联）那边回来进山，皇军就想把他们从石缝里找出来，没有狗不行。"

无意泄露，说者无意听者有心，赵永和从中明白两件事，周庆喜要为日本宪兵训练狗；另一件事日寇掌握有抗联人员返回白狼山，未必是指刘德海，但是他包括在里面。

警员拎着野兔到屋外，他要亲自剥兔子皮。这是极其简单的技术，将兔子头朝下挂在牢固物上，剥皮从后腿开始……赵永和跟孙大杆离开。

路上，孙大杆说："周庆喜果然干得出来，亲自给宪兵训狗抓抗联。"

"他没那技术，还得去找老钱。"赵永和说。

"黑上钱肚脐眼，不好办。"孙大杆解释他的话，"逼得没办法，他备不住帮周庆喜训狗。"

"那不可能。"赵永和对自己猎帮的每一个人，脾气秉性品德为人了解透彻，钱肚脐眼可不是没骨气的人，"他恨日本人。"

"扛不住缠磨，周庆喜那张嘴会缝扯（奉承），说不准就说服了钱肚脐眼。"孙大杆找到依据，说，"过去在猎帮，他两处得默默（甚好）。"

赵永和清楚他俩的关系，心里终归有底。自己跟钱肚脐眼关系肯定比得上他们的关系。钱肚脐眼最早把周庆喜领王警尉到他家牵狗，要为日本宪兵训狗找抗联的消息告诉自己，说明跟周庆喜不是一心。他说："放心，老钱不会跟周庆喜穿一条裤子（同流合污）。"

孙大杆同意炮头的说法，即使钱肚脐眼不肯为宪兵训狗，周庆喜照旧帮虎吃食，他还要继续为日本宪兵驯狗。他说："咱们不能眼看着他胡作非为吧，得格楞他一家伙。"格楞土话意为翻弄、搅拌，引申阻止、拦挡。

"当然。"

"赵炮，咱们训鹰行不行呢？"

"行，应该行。"赵永和说，训鹰抓狗理论讲得通，可不可行呢？需要问鹰把式，他说，"我回家问问。"

"对，问问花管家。"孙大杆说。

"今晚你来我家一趟，实地看看我家后院墙……"赵永和说，为后天晚上的行动做准备。

"嗯，我准时过去。"孙大杆说完，他们俩分手，各自回家。

赵永和进院便把兔子交给吴二片，说："你先把跳猫儿收拾喽，忙完我跟你说件事儿。"

"哎！"吴二片去扒兔子皮。

"炒咸菜吧，大伙吃。"赵永和吩咐道。

女管家刚从老太太赵冯氏的屋子里出来，赵永和朝她招下手，花大姐走过去，她说："回来了和哥。"

"到你屋子去。"

花大姐什么也没说，走在前面，赵永和跟上她，一直进屋，他说："问你个事儿。"

"呃？"

"你说训鹰不抓野兽，抓狗行吗？"

"一般鹰不会抓狗，打猎时它俩多是默契配合。"

"所以我说训嘛，鹰通人性。"

"这倒是没错。"令花大姐迷惑的是，训鹰为打猎为了玩，尚未听说抓狗。训鹰抓狗做什么？她迷惑，说，"和哥，你想法怪怪的。"

"听我对你说……"赵永和说了周庆喜将为日本宪兵训狗到山林里找抗联，和他的打算讲出来，最后问，"小妹，你觉得可行吗？"

花大姐从鹰把头父亲那儿学来训鹰绝技，成为合格的女鹰把式，驯服猎鹰手掐把拿（拿手）。问题是鹰抓野兽而不是家养的猎犬。她道："说不好，过去没试验过。"

"没把握？"

"需要试试。"花大姐问，"什么时候用？"

"越快训成越好。"

二八月，过黄鹰。这则满族民谚说明鹰的迁徙习性——秋来春去。花大姐说："季节错过了，夏天没处去拉（抓）鹰，只能等到秋天。"

"噢，我忘了这茬儿。"

三

猎鹰海东青每年秋天从东海飞来，在白狼山度过一个冬天，春天回到俄罗斯远东地区堪察加半岛的千仞绝壁上筑巢，亿万年都是这样。它们成为三江地区猎人心中神鸟和图腾年代久远，花大姐从鹰把头父亲那里学会训鹰。

"等到今年秋天拉鹰……"花大姐说，鹰在农历八月才来白狼山，那时候才能拉到鹰，秋天开始训鹰，冬天打猎的黄金季节正好用上它，春天放鹰飞回东海去繁衍后代，"要是宪兵冬天使用狗，那时我们的鹰训好了。"

"但愿如此。"赵永和只能希望这样，周庆喜何时训完狗，日本宪兵何时扫荡、围剿抗联不清楚，真的在冬季，那么一场精彩的鹰狗大战将在山里展开，"小妹，我们等鹰……不能让日本宪兵使用狗寻找藏匿的抗联阴谋得逞。"

"和哥,山里有抗联?"

赵永和用了一个比喻来回答她:"山里有树吧?"

她理解山里永远生长树木,抗联就如树木一样生长。花大姐说:"可是,一个也没看到哇!"

"刘德海不是吗?"

"伤好了他去了北边,再也没见……"

"马上就要见到他。"赵永和说。

花大姐瞪大惊讶的眼睛望着他,说:"他回来啦?"

"是。"

"人呢?"

"小妹,他……"赵永和讲了刘德海的情况后,说,"要帮助他进到咱们家来。"

"部落村大门有自卫团把守,进出警察挂条子——亲朋故友来串门要登记、作保——他还不被周庆喜认出来呀!"花大姐说。

"因此不能从大门进来。"

"村周围拉着刺鬼儿,四座碉堡、自卫团日夜巡逻,从哪儿能进来呀?"她感到困惑,说,"不易进来。"

"能进来,从咱家后院墙。"

"墙外是蛤蟆骨都崖啊!"

"宪兵、警察认为悬崖峭壁爬不上来人,所以才没拉铁丝网,也没人看守。在他们放大眼汤(警惕松懈)的地方……"

"能行吗,和哥。人能攀登上来吗?"

"当然能,我小时候下去过,取我用弹弓打住的花尾榛鸡。"

"崖壁刀削似的,你怎么下去的?"

"用绳子……"赵永和说他小时候那次如何下到悬崖的经历,而后说,"放下绳子,将刘德海拉上来。"

"把握?"

"把握。"赵永和告诉她已经跟刘德海约定好,明天晚上行动,"后半夜有月亮，我和孙大杆一起干。"

"我能做点什么？"她要求参加行动，问。

到悬崖边去的人不宜多，人多目标大。自卫团夜间不定时巡逻，必须躲开他们。赵永和跟孙大杆两人可以完成任务。花大姐留在院子里，做些接应。他说："你跟吴二片在后院墙内，等着接把手。"花大姐现出对给自己这样简单任务不满意的表情，没说出意见还是给赵永和看出来，他说，"小妹，刘德海这次回咱家有更重的任务，人像以前一样不能公开露面。一大院子的人，家里藏着个大活人容易暴露，这个打紧的事儿就要靠你了，避免家人接触、发现刘德海。"

"他住在后院，还跟吴师傅一起住，"花大姐说，管家的身份她有很多理由限制人们去后院，有她拦着隔绝掉大院里的人，无疑为刘德海藏身设下一道安全防线，"应该没问题。"

"你多费心，小妹。"赵永和对她寄予厚望，同时也心疼她，管理大院数十口人吃喝拉撒睡，够她一个人忙的，又给她加码（增加负担），有些不忍心，"为这个家我远没你做的多，唉，看你整天不时闲……"

"和哥，我就想帮助你，可是还能做什么呢。"

"还要做什么，人都累成啥样啦。"

"没什么，和哥。"

赵永和还要说什么，见吴二片将两张扒下的新兔子皮挂在厨房外墙上，晒干熟一熟——土法熟皮子工艺简单，将皮板内侧抹上大酱，闷一闷，用铁皮做的刮子挠——可以做套袖、小座垫子什么的。他说："咱家绳子不够，我跟老吴搓几根。"

"和哥，大娘念叨你。"花大姐说。

"忙完我去看娘。"赵永和说完走开。

花大姐转身进了老太太房间，赵冯氏坐在炕上摆小牌，玩一种称为拣别扭游戏，以拣开牌为顺，此游戏比较难，一般不好拣开。

"大娘。"

"嗯。"赵冯氏未停手，继续玩。

"拣开没，大娘？"

"拣了十几把（遍），只拣开一把（次）。"

花大姐看看炕上摆的牌，有意哄老太太高兴说："嗯，牌不错，这把能拣开。"

"没啥牌啦，够呛。"赵冯氏心在牌上，说。

"开，一定能拣开。"花大姐说。

最后没有拣开，赵冯氏习惯拣不开没在意，将牌放到一边，说："晚上做啥好吃的。"

"兔猫炒咸菜，给你留只大腿。"花大姐说，在三江民间，家里杀鸡大腿要给家中最老最小的人吃，以示尊敬和疼爱，吃兔子特意留大腿给老太太，同留鸡大腿意义相同。

"哦，永和打猎回来了？"赵冯氏说，她不缺嘴，猎帮炮头家不缺肉吃，关心她的儿子，问，"永和忙啥呢？"

"去找吴师傅，有事儿。"花大姐说。

四

绳子在三江人生活中举足轻重，县城亮子里买卖店铺中有套缨店，车马具铺，它们都出售绳子。常用的绳子各有用途，粗细不同分两股、三股、四股、六股绳、八股绳，名称各异如煞绳、抱绳、绑绳、摽绳……将一个人拉上数丈高的悬崖，煞绳便可以胜任。

家里拴有大车（牛车、马车）都预备绳子，其中煞绳是不可或缺的，用车拉载东西需要捆绑，尤其是拉柴火，不使绳子捆绑牢固，运输途中要淌包（散花）。赵家有马车有绳子，有两根煞绳，赵永和算计两根绳子接起来也不够长，到达不了崖底。

"我算计过，绳子缺几庹①。"赵永和说。

"估摸缺多少？"

"七八庹吧。"赵永和说，缺绳子去城里买肯定不行，进村给警察看见，他们疑心麻烦，"咱们自己搓，家里的麻匹子够不够？"

---

① 庹（读音 tuǒ）成人伸开两臂，以两只手指尖的测量，约五尺。

"还有两大捆线麻①匹，差不究竟。"吴二片说。

线麻是人人熟悉的植物，户户必备的生产资料。有种植有野生，秋季采集，手工扒下的纤维皮称麻匹儿，初加工成绳子半成品称经子、或麻经备用。

"搓成手指粗……"赵永和考虑安全要求道，"至少要三股以上，粗点把握。"

两人搓绳子，在吴二片屋子里搓，赵永和说："刘德海本次回来，跟上次不同，那时还没修建人圈，村子里没外帮秧（集团的外围人），眼下宪兵、警察的耳目甚多，鼻子比狗灵，他藏身万分小心。"

"院子里经常来外人，倒是不怎么来后院，不怕一万就怕万一。"吴二片的意思很明白，难免出现意外，他担心道。

"我跟管家说了，让她将生人拦在前院，家人尽量不让到后院来。"赵永和说，刘德海人未到，安全安排已先行，一些细节要想到，"我准备打开……"他指下靠墙摆放的水曲柳木疙瘩柜，"开通进入仓库的门，他上外头（上厕所）可以从仓房门出去，前院的人看不见。"

吴二片屋内第二个暗门多年未打开过，仓房内常年存放猎物和一些皮张，朝北向开扇大门，进出很方便，用不上费事到他的屋子里，挪开大立柜进仓房，搬运东西有大门不走，专走很别脚的小门？

"打开它方便刘德海进出，"赵永和说，刘德海需深居简出，"他猫在屋里少外出，实不可解再出屋。"

如此安排是刘德海和吴二片同住一室一铺炕，不走一个门，为的是防止人们看到抗联的刘德海。吴二片说："吃饭我端给他……"他表示将照顾好刘德海，不使他出一丝差错。

两个人的话题转到另一方面去，赵永和说："警察说周庆喜和王警尉外出买狗，他们开始行动。"

"唔，听到什么风声？刘德海回来，给他们猫着须子？"吴二片立马警

_____

① 又名绳麻。桑科植物，一年一生草本。线麻纤维整齐，通顺而又细长，强度一般为三十八公斤，富含纤维素和半纤维素，弹性好，易于染色。可用来纺织麻布、帆布、搓绳、编织渔网和造纸。种子称火麻仁，可榨油制作油漆和涂料，还可入药。农家日常用线麻做绳索，纳鞋底等。

惕道。

"不能。"赵永和分析过，宪兵、警察用狗来搜查藏在白狼山里的计划时间不短，还是头年的事情，那时刘德海还没离开三江，他走了几个月，回来的消息宪兵、警察不可能知道，因此训狗不是冲着刘德海来的，他说，"只为寻找一个人费那么大的操持？怎么都不可能。"

"咋能挡住周庆喜？"

"我想过，跟孙大杆和管家都说过，我想出一物降一物的办法，周庆喜训狗找人，咱们来他个训鹰逮狗，让它找不成。"

"训鹰？让花管家训出一只专门逮狗的鹰？"

"你觉得不可行？"

"不行！"吴二片予以否定道。

"咋不行？"赵永和问。

训鹰捕猎，大牲口小飞禽鹰都能做到去追猎。但是让鹰去追狗恐怕不太实际。狗和鹰的关系不说，鹰的食谱肯定没有狗肉这道菜，即使训练成功，村子几乎家家都养狗，它见狗便去攻击……他说，"那可真是鸡犬不宁，养狗的人家都找上门来，有事干了，赔狗。"

"成葫芦瘪葫芦就在这里，训出来的鹰专门攻击周庆喜训练出的狗。"赵永和说。

吴二片头摇成拨浪鼓，说："我看做不到。"

"我想去问老钱，他懂狗的习性，看看有啥办法没有。"赵永和说，他同花大姐说训鹰时她没讲如何让鹰专门抓周庆喜训练的狗，是能够做到还是根本没往这方面想？训鹰花大姐行家，训狗钱肚脐眼是里手，相信他俩能想出解决问题的办法。

"周庆喜训狗没那技术，归终他还是要找钱肚脐眼，东家，我看就在钱肚脐眼那儿堵死周庆喜之路。"吴二片建议道。

赵永和寻思一阵，觉得吴二片说的在理，设想周庆喜训不成狗，一切问题迎刃而解，没训鹰的必要。他说："安置完刘德海，我去找老钱。"

两个人搓绳子的场景很有意思，背对背，绳子坐在屁股下面，一根绳子同时朝两个方向搓。两人距离越远绳子越长，搓绳子不误唠嗑，说到重要的地方，彼此回过头来说几句，然后再转回去各自搓绳子。

"钱肚脐眼不帮周庆喜，他就白费。"吴二片说。

"他不能帮他！"赵永和肯定地说。

第二十三章
两方都在做准备

大踏板，五尺长，阿玛穿它撵黄羊。黄羊跑到山背阴，大雪壳子三尺深。黄羊它可没了辙，四腿一撑进雪壳……

——歌谣《大踏板》

一

周庆喜手拎一只活公鸡来到钱家，进院便喊："看狗！"

腿脚不利索的钱肚脐眼出现在门口，说："狗让你们牵走，还有什么狗，进来吧没狗。"

"我以为有狗。"周庆喜说。

见是周庆喜手里还拿着一只鸡，问："你这是？"

"给你解解馋。"周庆喜说，往屋里走。

"打住野鸡了？"钱肚脐眼半开玩笑道。

"人养的家野鸡。"进屋周庆喜把鸡扔到地上，鸡腿和膀子都捆着，扑棱几下趴在地上，"春起（初春）我媳妇抱的，当年小公鸡，又肥又嫩，开锅就烂。"

"唔，你媳妇不光会养护孩子，还会抱窝。"钱肚脐眼打俚戏，彼此都清楚这是一种关系——不远不近——见面不说不热闹，"咦，人养的鸡味道肯定

253

不同。"

"赶紧杀鸡，我跟你喝两盅，喂，老龙口酒还有吧？"周庆喜带鸡上门，自带菜找钱肚脐眼喝酒。

"老龙口喝没了，我打来一大洋棒子（玻璃瓶）七星泉烧刀子。"钱肚脐眼动手杀鸡，不用刀却用筷子，杀法有些残酷不便描述，很快到了煺毛环节，他手摘鸡毛心里想：周庆喜来还是有什么事儿，不然他会舍出一只公鸡？

周庆喜手没闲着，用剪子铰干蘑菇根儿，他们要做小鸡炖榛蘑。他问："有粉条吗？"

"有一把马莲粉。"

"土豆粉？"

"大粮粉。"

三江有粉房，主要漏土豆粉。但本地并不盛产土豆，从外地购买进来成本很高，原料不足时采用玉米等主要粮食做粉，俗称大粮粉。用五谷杂粮做出的粉无论口感、筋性都很差，但是十分廉价。

"算啦，别放粉，大粮粉易碎乎，白瞎了小鸡和蘑菇。"周庆喜说，他不喜欢大粮粉条。

"那就不放。"

一锅鸡肉炖熟端上桌，酒也倒上，周庆喜不露自己来干什么，可见皮太厚。从植物角度分析，厚皮一般是内容——瓤、核、仁娇贵重要。周庆喜今天到底来干什么？钱肚脐眼心里画魂儿。

"走一个。"周庆喜反客为主，首先举杯，提议先干一杯酒。

"嗯，走！"钱肚脐眼一饮而尽。

三江七星泉烧锅的白酒烧刀子分高中低度数三种，钱肚脐眼偏爱其中75°高度数酒，喜欢它的辣劲儿，喝着过瘾。

"啊！呛嗓子。"周庆喜有些不适应高度数白酒，入口后酒在舌头上打漩，半天才咽下去，一道热辣辣的东西直贯心底，"嗬，酒劲太冲喽！"

"喝酒喝酒，水啦巴汤（浓度低）有啥意思？"钱肚脐眼喝得香，有滋有味，他夸酒，"有劲儿，喝一口是一口。"

周庆喜眨巴几下眼睛，将方才被酒呛出的眼泪挤咕出眼角，用手揩一下，说："辣懵了。"

"不至于吧。"钱肚脐眼嘲笑道。

"喝酒你比我厉害。"

钱肚脐眼颇得意，一种成就感蔓延心头。出类拔萃就是成就，管他什么事情，金王、鱼王、赌王、粮王……王者便是尊严。酒鬼也可以为王。正在他得意之时，周庆喜说到此次来访内容，问："你说人一辈子能有几个投对意的朋友？"

"这不好说。"钱肚脐眼的意思因人而异，朋友交多交少无所谓，关键看质量，薄情寡义的朋友一个都显得多，两肋插刀的朋友一火车也嫌少，他说，"只要是真朋友，有一个就不少。"

"啊，你说得咋这么对呀！"周庆喜赶紧贴上话去，动情地说，"就拿我俩来说，扛炮在一起打围，老虎口前黑瞎子爪下，生死之交啊！"

猎帮的友谊是危险下缔结的，应该牢不可破。周庆喜离开赵家猎帮，事情便有了例外。钱肚脐眼仔细听下文，推断周庆喜要说出真正来意。

"你说我们哥俩，关系咋样？"周庆喜问。

"好啊！"

"你承认？"

"关系还用说在嘴上吗？你心里有数，我心里有数。"钱肚脐眼说。

周庆喜给钱肚脐眼倒一杯酒，说："我有一件事儿求你，听我说完，同意呢你干了这盅酒，不同意你别端盅。"

"哦？"

"我请你……"周庆喜说明来意。

"训狗？"

"训狗。"周庆喜眼盯着对方说，审视他。

钱肚脐眼的手本来挨酒盅放着，慢慢缩回去，端起不止是一只酒杯，是承诺和答应，更是一种……他想到那个词儿：帮虎吃食！

二

孙大杆走进赵家大院。

花大姐快步迎上来，招呼道："来了孙炮。"

"赵炮呢？"他来找

"在后院。"花大姐压低声音说，"东家要见你。"

"哎！"孙大杆答应后，再次提高嗓门，故意给院里的下人们听，"我去看看吴二片。"

"呵，去吧，吴师傅在他屋里。"管家花大姐的声音也不低，半个院子听得见。

吴二片的屋子三个人，赵永和跟刘德海坐在炕里，吴二片坐在炕沿边儿上，门插着，有人叫门他负责开。

"进来，我插门。"吴二片将门开个缝，他等孙大杆侧身进来咣当闩上门，因为只留马窗户①，外屋地光线很差。孙大杆深一脚浅一脚跟跄进了里屋。

"回腿，上炕。"赵永和说。

刘德海推过来烟笸箩让烟，说："熏着。"

吧嗒吧嗒，孙大杆使用烟袋抽烟。

"我正要打发管家去叫你，"赵永和望眼刘德海说，"刘先生要跟咱们商量大事儿。"

"我去周家……"孙大杆说他到周庆喜家前转转，弄清他弄来的狗，"一条黑色二细狗。"

"就一只狗？"赵永和问。

"嗯，一只。"

赵永和再次望刘德海，两人交流目光。几天前的夜里，一根煞绳将刘德海拉上悬崖，顺利进入赵家大院，和吴二片住在一起。

"见周庆喜手拎一只公鸡去了钱肚脐眼家，我一旁看着，老半天也没出来。"孙大杆说。

"还是为训狗。"吴二片说。

"没错，周庆喜无利不起早，平白无故送鸡？请钱肚脐眼帮助训狗。"孙

① 东北民居一般三间，一头开门进人的，称口袋房、筒子房。中间开门的，俗称钱褡子、两头挑。中间屋子通常黑糊糊，多做为厨房，称为"外屋"或者"外屋地"。锅台上方开的小窗户，称马窗户。

大杆揣测道。

刘德海不知道钱肚脐眼何许人也，对昔日赵家猎帮并不了解，望着大家听大家议论插不上话。

"老钱不会帮他训狗。"赵永和判断道。

事实究竟怎样以后才能见分晓。眼目前掌握的情况周庆喜外买来一条黑毛二细狗，它的祖先细猎狗尖脸，垂着两片长耳朵，且身材细瘦挺拔，动作灵敏，速度快、凶猛善咬，但转弯能力差，不适用于山地，所以只有平原地区才用上它。三江便将这种细狗跟当地笨狗，俗称板凳腿子的粗壮狗杂交，获得兼有二者优点的二细狗，作为打猎用犬。古代狩猎的一种形式——细狗撵兔，是用善于奔跑的狗来追逐野兔。二细狗用来追猎黄羊、狍子、野鹿、狗熊。

"小瞧不得周庆喜那张嘴，不吃饭送你出去二里地，万一钱肚脐眼被他说服了呢?"孙大杆担心道。

这个真赵永和不敢叫。改朝换代人心在变，过去的钱肚脐眼不等于现在的钱肚脐眼，更不能不等于明天的钱肚脐眼，正如周庆喜不等同于昔日的狗剩儿，花草树木今年同去年相似，人却不能一成不变。

"得想办法打搅混（扰乱），不能让他训成狗。"

说打搅混容易，具体怎么个打法呢? 需要睿智者出谋。赵永和期望的目光飘向刘德海。

"周庆喜现在的身份不能不考虑，对他采取行动要慎而又慎。打草惊蛇惊动日本宪兵、警察……"刘德海说，部落村里的自卫团长满洲国官职中排不上号，可是在村子中算一个人物，手下握有武器——日本宪兵、警察撑腰，或是他们的爪牙帮凶——十几人，两千多村民惧怕他们这帮臭大爷。帮凶有时比主子还厉害!"我的想法先把周庆喜放一边，狗也不是一天两天就能训成，我们先研究开展抗日活动。首先要拉起一支队伍，再根据实际情况怎么干。"

"具体咋个整法，刘先生你详细说说吧。"赵永和说。

"好，我讲讲组织的安排。"刘德海说，在苏联"野营"集训的抗联中抽调一批干部返回国内，工作方针"寻找时机，主动出击"，每个人到不同地区，斗争方式各不相同。派回三江的刘德海依托白狼山区，依靠进步群众，袭击日寇，扰乱敌伪统治，"赵炮，你的猎帮人员都在村子里，我建议组成松散结构的队伍，就像地下交通那样，每人都单线联系，行动以三两个人一组为宜。"

"名义上还是打猎，联络以拉人方式。"吴二片说。

警察局规定村民——职业猎户——外出打猎，打围人数不准超过三人，未来抗日活动每次照这个人数安排任务。这样敌人才不会引起疑心。

"老吴说得对。"刘德海和吴二片想到一块去了，他说，"只有以打猎名义出村，理由才正当。"

"枪支藏在各自家中，带出村有困难。"孙大杆说。

"我们之初尽量安排不用武器的抗日活动……"刘德海说，他的计划是扰乱敌伪统治，要干的事情很多，重点是扰乱，待以后有时机将武器带出人圈，再袭击日寇，"我们先小打小闹，此间也算训练、锻炼队伍，将来干大的。"

"嗯，这样行。"赵永和说。

他们四人就成立松散结构的抗日队伍事宜，秘密商议大半天。队伍需要有个名字，譬如抗日游击队、小分队什么的，刘德海提议叫赵家狩猎队，贴切、保留了特色、不易招风。

会议结束后，赵永和说："我还是去找老钱，给他敲敲边鼓。"

"中。"刘德海同意道。

三

"我想你不会拒绝我。"周庆喜审视对方，说。

钱肚脐眼的手离酒盅还有半尺远，全部的意义就在半尺间。最终要有一个态度，答不答应他？

"下不了决心？我看你二意思思。"

"我不明白，你为啥给宪兵、警察训狗？"钱肚脐眼问。

"花人钱财替人消灾，当真人不说假话，我身兼数职，日本宪兵队的嘱托，赵家趟子集团部落村自卫团长，每月到县公署领取薪水，宪兵队也给一些。"周庆喜讲这些洋洋得意，毫无顾忌。当时为日本人做事的人，有人引以为荣便公开自己同统治者的关系；有人想得远为自己留一条后路，能不公开尽量不公开，得到的好处更不能露。周庆喜属于前者，能张扬竭力张扬，拉日本人虎皮做大旗呢！"我端了人家饭碗，自然要为人家做事。宪兵队需要一条能从密林、山洞里找出来藏着的抗联的狗，我能不答应？"

"那你想没想后果呀？"钱肚脐眼心想，你为日本人和警察效力、卖命那是什么？汉奸、走狗，最终下场可想而知，"眼光还是放远点好啊！咱打猎讲究枪不能打绝。"

周庆喜听着心里不悦，钱肚脐眼说句半截话，后半截话留给自己去想，打绝做损。打绝源于打围俗谚：一枪不打俩，打俩双眼瞎！打猎有时遇到狍子母子或是野猪母子，既定俗成规矩猎人会打大的放走小的。留着小的不打，是让它长大再繁殖，这样猎人才有打不尽的野兽。杀鸡取卵似的猎杀下去，野兽得不到休养生息将最后灭绝，最终断了自己的生路。钱肚脐眼借用这个民间巫术观念——一枪不打俩，打俩双眼瞎——来隐喻什么他心里清楚，告诫自己不要把事做绝，留一条后路。

"我说的你不爱听？"钱肚脐眼问。

"你的话不合时宜啊，传到日本宪兵或警察耳朵里，恐怕你的外号要叫筛子眼。"周庆喜恐吓道。

"哦，说我挨枪子。"

"啪啪！"周庆喜手做成枪形，对准钱肚脐眼，口技机枪连连猛射，而后朝回拉话，说，"那咱哥俩可就不能在这儿，滋味地喝烧酒喽。"

"我也没说什么呀？凭啥用机枪突突我？"

"还想说什么，就差没跑到街上朝日本人开枪，得了吧你，消停活几天吧。"周庆喜假惺惺地说，"谁死两卵子打架……我都不管，你不能死，你死了我跟谁喝酒？跟谁说心里话啊！"糙话两卵子打架，全句是两卵子打架与鸡巴没关系。一般都不说全句子，听者便明白。

钱肚脐眼挑选周庆喜话中，顺耳爱听的话听，挑到自认为真实部分——他们之间相处得确实不错，人各有志，由他去吧。但是训狗的事不答应他，实逼无奈答应也是假答应，最后在训狗过程中做手脚，训出的狗非但找不到什么抗联，提前报信让躲藏的人闻声及早逃走。

"你牛，我算求不动你。"周庆喜腔调阴阳怪气道。

"非得训狗?"

"答应了宪兵角山荣队长训狗，我长几颗脑袋秃鲁边子嘴（说了不算），不敢啊!"

"你答应他啦?"

"是，所以才不敢秃鲁扣（反悔）。"周庆喜说熊话，装出可怜巴巴以博得同情，"我一个人死了权当打围给熊瞎子舔了，可是家里还有老婆孩子啊不是。"

钱肚脐眼做好假答应的思想准备，端起桌子上的酒杯要喝，酒盅到了嘴边，猛然被一只手钳住，他迷惑道："你、你这是?"

"你可要想明白，训狗抓抗联，想好再喝这杯酒。"周庆喜这一招厉害，像是提醒更是试探，看看钱肚脐眼对抗联啥态度，"酒喝进去你要一帮到底我，不能翻帐坐坡（耍赖）。"

"唔，我是那种翻打掉锤（反复）的人?"

"当然不是。"周庆喜说。

"那你刚才怎么说?"

"哦，丑话要说在前头。"周庆喜像是婉转的话，其实很直白，训狗去逮抗联，目的你要清楚将来不要说我没跟你讲清楚，敲钟问响，"你不会同情抗联吧?"

"我不认识什么抗联。"钱肚脐眼这样说，只好这样说。

周庆喜不是谁都相信的人，再要好的朋友不相信，甚至对自己也不相信，对钱肚脐眼亦如此。在来找他帮助训狗前，想好在他答应好后提出一个要求，说："瞅你家窄巴巴的不得施展，去我家训狗。"

"你家在村东头，我家在村西头，我这腿脚不方便。"钱肚脐眼借由说，他不愿意去周家。

"早给你安排好了，特意为你拴了一挂毛驴车，我指派一名自卫团的弟兄接送你。"

"天天接送，我哪有那么大功劳。"

"训成狗你功劳大了去啦……车你就坐吧。"周庆喜说，"明天就来接你，晌午饭在我家吃，你不用回来做饭。"

"太麻烦你……"

"越说越远，你我谁跟谁。那年出猎，野猪突然冲过来……"周庆喜在此时提到打猎一段旧事有其深意，表明两人关系有渊源和特殊，"你一枪打中野猪屁股，救了我的命。"

"你也救过我。"钱肚脐眼说。

猎人间经常互相救助，时时处在凶险之中——野兽突袭、滚砬子、极端天气……生命在互相救助中得以存在。每个猎人歇炮让他回忆出围，都有化险为夷的经历。

"说定啦，明天接你。"周庆喜扔下话走了。

四

赵永和抹黑走进来，那时钱肚脐眼一个人坐在黑暗中，他跟周庆喜吃饭的桌子没撤下仍然摆在炕上。

"摸瞎，咋不点灯啊老钱？"

"哦，赵炮。"

钱肚脐眼缓过神来，摸索着点起一盏油灯，把灯从灯窝里①拿出来，直接放到面前杯盘狼藉的饭桌上，一块鸡骨头差点儿硌翻油灯，赵永和出手帮住扶正。灯不很亮，钱肚脐眼挑高灯舌头（灯捻），屋子顿然亮堂起来。

"咋还没拉桌？"赵永和问。

没拉桌，连二悠都是接着上一回、次，在此指接着吃的意思。钱肚脐眼说："哪呀，我跟周庆喜中午吃的。"

"他来找你？"

"训狗。"

"哦，训狗。"

"我答应了他。"钱肚脐眼无可奈何的样子，说，"你知道我俩的关系，唉，没办法。"

生死攸关时刻钱肚脐眼朝野猪屁股开了至关重要的一枪救了周庆喜的命，

---

①　东北民居在墙壁上扣出置放油灯的地方，因形状酷似鸡窝得名。

周庆喜也曾救过钱肚脐眼的命，不过情形有些特别。前人留下雪天拿蹲，雪后一两天不打猎的帮规，原因有三：雪盖住兽踪，猎人码不到兽踪无法打到猎物；初落雪时兽们找不到食物，动物最凶残时是饥饿的时候，扣食（饿到极限）的动物无比凶残，将主动攻击人；最后一个原由似乎没前两个充分，但是容易出问题，雪后人的视线不清，误将人当成野兽打。一次雪后，周庆喜跟一个半拉枪猎人抱枪在山上溜达，半拉枪是个初炮，缺乏狩猎经验，他看见不远处有个兽影在晃动，出枪倒是挺快，瞄上就搂火，周庆喜手疾眼快，枪弹出膛的瞬间，搪起枪管，枪沙飞向别处，他喊："你打啥呢？"

"山牲口。"半拉枪猎人说。

"扒开你的眼睛看看，是山牲口吗？"周庆喜责备道。

枪响后钱肚脐眼惊愣，妈呀一声趴到地上，像一只野鸡钻入积雪里，所有的动作都是马后屁——马后炮诙谐说法，更说明此炮无用——啥事儿不顶，如果不是周庆喜及时搪开半拉枪猎人的枪，钱肚脐眼性命难保。友谊开始的事件最易让人记住。

"就你俩的关系，是不太好推托。"赵永和理解他，理解归理解，实质性问题无法回避，问，"你知道他训狗干什么吗？"

"周庆喜说，到山里找抗联。"

"知道你还答应他。"

"不，答应不等于帮助他。"钱肚脐眼意思是你有千条妙计我有一定之规，他说，"我想好啦怎么办。"

赵永和幡然。

"训狗，抓抗联……昧良心的事儿我不干。"钱肚脐眼心里清楚日本宪兵、警察、周庆喜一把联儿（磕头弟兄），绝对不能帮他们干坏事，"狗可以给他们训，归终训出什么样的狗，可是我说了算。"

"他们不太好糊弄哦。"

"我想过，训狗周庆喜多少通点路，糊弄他可能看出破绽。不过我豁出去了，咋地也不让他们轻易找到抗联。"

赵永和心里有了底，钱肚脐眼说到做到，是想训狗时做手脚，训出的狗不好用，日本宪兵、警察还有周庆喜能绕过他？肯定不能。他说："训出的狗不好用，唔，明打明擂不行。"

"周庆喜盯上我，就是日本宪兵、警察盯上我，"钱肚脐眼认识处境到位，说，"逃不出他们的手掌心。"

"事儿就是这么个事儿，但是天无绝人之路。"

"能咋整？"

"尿憋不死活人，有法整。"赵永和重回到猎帮炮头位置上说话，他要做出主张对手下猎人吩咐，"明修栈道，暗渡陈仓。"

表面为他们训狗，暗中不训？钱肚脐眼的肤浅理解。还不是明打明擂吗？大概不成。

"老钱，我有一个计划。"

"噢？"

"你训狗我训鹰……"

钱肚脐眼惊讶，炮头的计划大胆而新奇。训鹰历来都为打猎，用它捉狗，而且是猎狗，他说："想得太绝啦。"

"你说行不行吧？"

"要看鹰啦，不是看狗。"钱肚脐眼说，从古流传至今说法都是鹰捉兔，捉狼的鹰也有，能否捉狗呢？"试试吧，也许能行。"

"必须行。"赵永和说，"这涉及一个阴谋，老钱，不能让日本宪兵、警察的阴谋得逞。"

"我也这么想。"钱肚脐眼说，"赵炮，你说我该做些什么，比如训狗时……能配合鹰捉狗就好啦。"

"训狗为打猎历来都如此，让你把狗训成主动配合鹰捉它也不是那么回事。我的意思是咱们暗中配合……"赵永和道出计划，最后说，"确定周庆喜让你训哪条狗后，你告诉我是怎样一条狗，什么毛色。"

"喔，我懂了，你训鹰拿这样狗做猎靶子。"钱肚脐眼恍然道，训鹰需要靶子似的野兽，一般情况下用鸽子、兔子，有针对性地改为一只狗，而且是跟自己训的狗毛色、外形一模一样，"到时候鹰准确地抓这条狗，绝，绝透啦！"

"狗训好的时间尽量拖后，拖到秋天最好，那时才能拉到鹰。"赵永和说。

"我明白啦，赵炮。"钱肚脐眼说。

第二十四章
山野外去拉鹰

大雪天，大雪天，大雪下了三尺三。黑貂跑进锅台后，犴子跑到房门前。

——歌谣《大风天》

一

嘎！南飞雁叫声撕裂秋天的苍穹，高远的天幕上还有一种雄健鸟的身影，布锦画①似的涂鸦在淡云湛蓝的天空。它就是训鹰人盼望已久的海东青飞回三江地区，盘旋在白狼山的上空，这个冬天它们要在此地度过。

"小妹，让老吴陪你去。"赵永和说。

花大姐没反对派吴二片一同去拉鹰，这样做赵永和才能放心，自己外出不能让他不放心，她说："好吧和哥，明天去鹰场。"

训鹰要做第一步是捉鹰，即俗称的拉鹰、围鹰。到野外捉一只鹰回来训，然后用它打猎。训鹰的主要目的是用于打猎，架鹰驱犬狩猎。早年三江有"鹰户"，专门训鹰进贡皇帝，供皇帝行围射猎使用，如今的鹰把式都是鹰户

---

① 早期布贴画。它所表现的物象、风景具有超现实的空间感。作品从整体到局部既反映了作者情感的起伏与意趣的灵动，又通过与欣赏者的交互作用，产生出物象变化的节奏和音乐般的流动，营造出色象无限丰富的诗性意境。

的后代，至少与传统习俗有关。

花大姐的父亲是著名的鹰把式，名声关东。他训化出鹰可打猎可把玩，每年都有三江的鹰爷们找他上买卖——订购训鹰。虽然说订购表述不十分准确，但确实含有订的成分。鹰把头根据需要来训不同的鹰，是玩是打猎，要哪一种颜色——白鹰、红鹰、紫鹰、青鹰、深豆黄、浅豆黄——都要事先定下，在最初的拉鹰阶段便按客户要求来选择鹰。

玩物到一定程度便称爷，玩鹰也称爷或大爷。在三江县城亮子里街头能看到手臂架鹰的鹰爷，坐在茶馆外边专门为他预备的外长条桌子前喝茶，鹰怕热不能进屋，鹰的主人随它改变进屋喝茶的习惯。

猎帮用鹰打猎很普遍，训出的鹰大多是猎鹰。花把头跟赵老白的友谊从鹰开始，每年捕猎季节前，赵老白提前来花家订鹰，有时两人开玩笑："花把头，今年给我弄只白鹰？"

"呵，炮头啥时变成狗尿苔？"花把头诙谐道。

民间有两个词汇：挨着金銮殿，准长灵芝草；挨着茅房，准长狗尿苔。第二个词儿是狗尿苔长在金銮殿上——也尊贵。鹰把头玩笑话的意思扯到皇宫扯到皇帝，白鹰是名贵鹰品种，很难得的皇帝贡品。

"我哪敢长到金銮殿上去，长在茅厕旁还差不多哟！"

"那你想要皇帝的宠物白色鹰。"

"谁不想越好呢！"赵老白虽为猎帮炮头，他要鹰不是打猎而是养着玩，所需的鹰跟捕猎不同。猎帮炮头跟鹰把式斗了一阵嘴，为下面谈训鹰买卖热身做了前戏。往下进入正题，花把头说："赵炮就是不说，我也要为你准备最好的鹰，不是'秋黄'①，至少是'坡黄'。起码不拿'龙棒子'糊弄你。"……

花大姐从小目睹爹训鹰，学会了一整套围鹰——熬鹰——放鹰技术，愿望成为鹰把式，父亲将花家祖传的驯鹰秘笈教授给女儿，她成了不多见的女鹰把式。

---

① 当年的鹰称作"秋黄"，第二年的鹰称"坡黄"，三年以上的叫"龙棒子"。秋黄最有养的价值，它有耐力动作敏捷。因此它被列为捕获的最佳选择。

"花管家，你从多大开始拉鹰？"去鹰场的路上，吴二片问。

"七八岁吧。开始是跟爹去拉鹰，后来自己拉。"花大姐认真回想过去岁月，说，"我独立去拉鹰，大概十一二岁。"

吴二片心生敬畏。拉鹰虽没什么危险，却是苦活儿。别说十一二岁的女孩子，半大小子也够受的，住在山上，啃带来的干粮，拉鹰不是一天两天能拉得到，有时就空手而归。

这次去拉鹰，花大姐管家变鹰把式，吴二片受东家派遣陪同，主要任务保护她的安全。夜晚山上有野兽，她一个人有危险。出部落村要登记要检查，赵家藏有猎枪带不出来，在外边过夜需要警防所批准，赵永和去找王警尉，正碰上他收拾行李，问："王所长，你这是？"

"挪窑子。"王警尉说。

挪窑子本是土匪一句黑话，意思是搬家、转移新地方。赵永和说："王所长另有高就？高升啦？"

"还升个六？下山回家。"王警尉流露出对上司安排不满意，牢骚道，"卸磨杀驴吃，这个部落村谁他妈建的，我出汗最多。"

"是、是。"赵永和顺着说，他关心的警察不是土豆搬家滚球子，都滚蛋才好，说，"你们警察都撤出村吗？"

"赵炮头你脑袋没给鹿踢到吧？"王警尉讥讽道，"走了孙悟空还要有猴来，接替我的人你认识，寇大鼻涕。"

寇大鼻涕最早在痕迹于猎帮做初棍没几天回三江城粮店当学徒，后来经亲戚活动当上警察。此人无论冬夏鼻子尖都有露珠样的清鼻涕悬挂，时常掉落下来，得了外号寇大鼻涕。

"他接替你？"

"对呀，做所长，还带来六名警察。"王警尉说。

赵家趟子部落村警防所长易人，还增加了多名警察，赵永和压着石头的心觉得更沉重，搬开石头的希望遥遥无期。他说："王所长你还管不管事？我是说寇大鼻涕还没到任之前。"

"赵炮你有事儿？"

"有，今冬我想用鹰打围，派家人去拉只鹰。"赵永和说。

"拉鹰，去拉啊！警察不管拉鹰。"

"可是要你所长准假，拉鹰不好说几天能拉到，晚上不能按时回到村子里来。"

王警尉想一想，说："回不来，嗯，要几天时间。"

"至少三天。"

"准照！"王警尉不知何时使用上这个不伦不类的词儿，他准许，说，"我使用最后一把权力，去拉鹰吧。"

经警察允许花大姐和吴二片才顺利出了赵家趟子部落村。

二

捕鹰的场地，行话叫鹰场子，各家鹰把式们都有固定的鹰场子。花家的鹰场子在棒槌沟，鹰窝棚——较大的石坑，上面用树枝伪装起来，拉鹰者藏身里边——还在，露天的地方还需重新盖些树枝。

"吴师傅，我们先搭神庙。"

在一处朝阳亮堂的地方，用三块片石搭简易山神庙，如同猎帮、参帮的山神庙，摆上带来的供品，馒头和酒，插草为香，叩拜鹰神诵祭词：

> 你哪州生，哪州长，
>
> 哪座高山是你家乡，
>
> 今天朋友把你请，
>
> 请到我家有用场
>
> 一天供你三两肉，
>
> 晚上陪伴守夜郎。

花大姐祭祀完祭鹰神格格，开始张鹰网称架网，将鸽子拴在地上做诱饵。忙完这些，她说："吴师傅，我们到鹰窝棚里去。"

他们进了窝棚里，藏在里边，耐心的等待鹰来。

"我头一次看拉鹰。"吴二片说。

"捕鹰文火慢工，有时要花几天时间。"花大姐掏出烟袋，抽烟的关东女人出门带着烟具，用自己的话说就是带着家什（烟具）草料（烟叶），随时抽起来。她让烟道，"抽一袋，吴师傅。"

"我自己有。"吴二片掏出掖在腰间的烟口袋，抽烟很有感染力，有人抽你不想抽都忍不住，他捻上一锅，眼睛往外望，说，"我们只能看到地上的鸽子，看不到天上的鹰。"

花大姐吐出一口烟，女人坤烟袋因小巧玲珑、材质讲究——铜锅、玛瑙、玉石嘴、乌米杆——特吸引目光，她说："看鸽子，就看到了鹰来没来。"

"噢？"吴二片惊奇，拉鹰很多知识他都不懂，兴趣大都是好奇心理所致，他问，"怎么看鸽子就知道鹰来了呢？"

"鹰来了，鸽子会仰眼朝天上看。"花大姐说，长九尺，宽三尺鹰网下当诱饵的活鸽子发现天空出现鹰，它目不转睛地盯着天敌，"那时我们拉动它……"她给他讲解，花大姐手攥一根绳子的一头，绳子的另一头系在鸽子的腿上，"鹰来了它会一动不动地躲避，使鹰不好发现它，那时，我拉绳子让它放量扑棱，让天上的鹰看见它。"鹰来擒捉鸽子时，鹰把式一收网便将它扣住。

吴二片大概地了解捕鹰的过程。现在鹰还没来，等待的时间有多长，鹰把式也不知道。他们唠嗑打发枯燥的等鹰，花大姐问："吴师傅，看过跳大神？"

"看过。"

"神词儿中唱鹰很有意思。"花大姐学唱萨满神词儿：我是受天之托，带着阳光的神主，展开神翅蔽日月，乘神风呼啸而来，山谷村寨都在抖动，我旋了九个云圈，又长鸣了九声，神鬼皆惊遁，众神皆退后，神武的披金光的神鹰，我来了！

吴二片听入了迷。

"遮雪盖地的金翅膀，怀抱两个银爪子，白天背着日头来，晚上驭着日头走……"花大姐萨满神歌唱赞鹰神词儿未说完，戛然停止，她说，"来鹰啦！"

鹰？吴二片顿时兴奋，万没想到鹰会来得这么快，窝棚里看不到天空自然望不到鹰。

"你看鸽子，吴师傅。"

吴二片望向网中的鸽子，它身子紧紧匍匐地上，眼睛盯着天空。花大姐牵拉手里的绳子，轰赶鸽子促使它动起来给鹰看见。鸽子在有鹰当空出现时极不情愿地暴露自己，但是绳子牵拉它扑腾着翅膀。

鹰隼的视力了得，它从高空看见美味——鸽子，盘旋一阵猛然扎下，嗖嗖的尖哨声过后，它扎入陷阱，拉网的时机鹰把式掌握最佳，花大姐通过鸽子的一系列动作：一眨眼、一歪脖儿、拍打翅膀、蹿高准时拉网，扣住鹰。

"扣住了，花管家？"

"嗯，我们去拿鹰。"

花大姐钻出藏身的窝棚，最先将鹰拿到手里，欣喜的目光望着捕获的鹰，很是满意，自言自语道："三年龙。"

"三年龙？"吴二片不懂。

三岁的雌鹰称三年龙。它腹上已经长出鱼鳞斑纹，眼睛呈深红，一副桀骜不驯的模样。

"因它的爪似虬龙之爪，锋利如刀，所以叫龙，但是它十分难驯服。"花大姐说。

"放飞它？再捉一只？"他问。

"训它。"花大姐深知一只不好驯服而被驯服的鹰的价值，凶猛强悍才是最需要的，她说，"驯服了这样的鹰，它能猎击狐狸和狼。"

"对付一只猎狗绰绰有余。"

"是。"

"它叫什么鹰呢？"

拿到的鹰黑色背部，她说："青鹰。吴师傅，我们收网回家。"

如此顺利拉到一只鹰，原来在野外呆上两三天计划改变，半天里便得手。吴二片收起网。

"我提鹰，你拿鸽子吧。"她吩咐道。

鹰和鸽子要两人分头拿，不能让它们呆一起，鹰见鸽子一路都不会消停，她有意保护鸽子不受伤害，它是一只特殊的鸽子，说它特殊因为是一只"骑过"一次，即用它诱惑的饵鸽。

"刚才你看它的表现，开始趴伏不动躲鹰，我抻绳子它想到我的要求，立刻活跃起来，使劲拍打翅膀诱敌深入。"花大姐说。

"可不是咋地。"吴二片说。

三

吴二片和花大姐两人都不在大院，给藏身在家里的抗联刘德海送饭的任务落到赵永和身上，出于保密的原因不能让其他人来送饭。屋子里的刘德海远远见赵永和拎只圆筐走来，他已经很熟这只饭篮子，吴二片天天拎着它给自己带回饭菜。

赵永和往外门前一站，未等伸手敲门，门从里边打开，缝隙不大赵永和扁身挤进，饭篮子接过去。

"麻烦你亲自送来。"

"他们都不在家。"赵永和回手插门，他们一起进里屋。

山里人普通饭菜，两个玉米面大饼子，一碟子酱缸的口袋咸菜，还有几块腌制的一般人家不多见的狍子肉干，作为就饭吃的东西量不是很大。但有下饭菜，人可以吃饱。

"鹰不好拉吧？"刘德海边吃饭边问。

"要看顺不顺，半天是它，三天五日也是它，特不顺十数八天都拉不到。"赵永和说拉鹰正常情况和非正常情况，"他们拉到拉不到，三天都得回村，警察准了三天假。"

"这个王警尉，修理他！"刘德海不是感情用事，是赵家狩猎队的锄奸计划。此前，已经开展几次抗日活动都很成功，在锄奸的名单上有王警尉，周庆喜……还有警察、自卫队。

"王警尉调走了。"

"调走？"

"下山去，接替他的人外号叫寇大鼻涕。"赵永和说，"王警尉说新来的警防所长还带来几名警察。"

"哦，村里增加警力？"刘德海警觉起来。

"快到冬季有关，每年冬季日军都搞大扫荡什么的。"赵永和分析道。

"是不是我们的活动被敌人察觉，加派人监督我们……"刘德海对敌斗争经验丰富，日伪的一丝动向他都注意，"这个寇大鼻涕究竟是怎样一个人，过去是干什么的？"

"普通一个人儿，不出斗（名），最早在猎帮里当赶仗的，整日咔溜着两桶清鼻涕，埋里埋汰。"

外陋内险的大有人在，不起眼的寇大鼻涕同王警尉比较是不是更坏？刘德海关注新来的警防所长，他跟宪兵、警察的关系如何，属于死心塌地效忠的铁杆汉奸，还是左右摇摆可以说服教育为抗日做工作的"双面"敌伪人员，当然真心抗日的最好。

"很难说寇大鼻涕怎样，需要慢慢了解。"赵永和说，这几年少有接触，寇大鼻涕在三江城里做警察，猎帮在山里，相互没联系，赵永和几乎不清楚寇大鼻涕几年里都干了些什么。此次派到部落村做警防所长，像是与三江人事大变动有关。震惊满洲国朝野的三江县日本宪兵队长、警察局长被杀事件发生后，宪兵、警察新官到职，林田数马任宪兵队长，安凤阁任警察局长。日本宪兵队内部人事变动百姓感觉不出来，警察局所属的派出所、警防所长易人，一朝君子一朝臣，谁做官都要安排自己的四梁八柱。寇大鼻涕大概是警察局长安凤阁的人，他来赵家趟子部落村撤换下原警察局长陶奎元时期的王警尉，"如果是这样，倒没什么。"

无论官职大小都有人窥视，有人脑袋削成尖往官场里钻，说穿了还是有利可图。村级的警防所长论级别没多大，也算不得肥缺，远不比不上城里的派出所长，警察管经济①，吃拿卡要，警察就是惹不起的爹。警防所正常的换人倒没什么，正如王警尉自己说的走了孙悟空来了个猴，要是来只狼则大不同了，直接影响刘德海他们的抗日活动。

"尽快摸清寇大鼻涕的底细和来路，调整我们的行动计划。"刘德海说，自从赵家狩猎队秘密变成抗日队伍以来，他们一直没停止对日寇的斗争，最近酝酿一次较大行动，联系白狼山中的一支抗日队伍，准备内外联手狠狠打击赵家趟子部落村的警察、自卫队，缴他们的武器，"老孙今天不知道是否能

---

① 日本在掌控伪满洲国经济时曾利用殖民地经济警察这一特殊统治工具，对东北各民族人民实行法西斯统治。流传歌谣："打粳米骂白面，不打不骂是小米饭。"

找到人。"

白狼山中有多支抗日队伍，他们的面目复杂，原留守人员各自领导的群众抗日组织，队伍或大或小；报国队、土匪、山林队……形形色色的抗日组织。刘德海他们要联系的是支较大的抗日武装，他们富有传奇色彩，包括最近袭击几个部落村义勇之举，慕名联系该武装的主意是刘德海出的，赵永和也赞成。抗日小分队三个核心人物讨论时，孙大杆说："我知道一些情况。"

"老孙你说说。"刘德海说。

"这支队伍土匪打底儿，当兵的铺局，接受日军改编，再反水杀日本人。"孙大杆说，他的话让不了解情况的人犯糊涂。其实孙大杆准确勾勒出该队伍的发展轨迹，或者说历史。

起初，土匪老头好绺子接受张作霖改编，成骑兵营，驻扎三江城。期间营长老头好被暗杀，他的副官升为营长，"九·一八"事变，上级不抵抗命令下达，撤出三江城的骑兵营后来再次为匪，活动在白狼山里被日军改编。由关东军宪兵司令部策划的"以毒攻毒"——收编一股土匪去消灭另股土匪——"盖头计划"，收编后土匪大柜识破日军诡计，在执行"盖头计划"时土匪趁机杀掉角山荣及参与行动的警察，这就是那个震惊满洲国朝野的三江日本宪兵队长被杀事件。

"现在他们重新恢复匪号，大柜报号天狗，借天狗吃日头之意，表明跟日本人抗争到底。"孙大杆说。

"好，我们尽快跟他们联系上。"刘德海说。

两天后，孙大杆借由出村去找天狗绺子……

"你放心老刘，孙大杆熟悉土匪黑话，又认识天狗绺子的红账先生（负责管理账目），肯定没问题。"赵永和说。

"我们做好准备，一旦老孙联系上，提供村子内警察、自卫队的部署情报。"刘德海说，"等他们拉鹰回来，叫老吴摸清碉堡情况。"

四

"站住！"

吴二片和花大姐被拦住，警察的面孔很陌生。

"我们是本村的，王警尉批准出的村，挂条子啦，不信你查查登记簿底根子。"吴二片说。

"你们去干什么？"警察盘问。

"拉鹰。"花大姐举起鹰在警察面前晃了晃，说。

警察对鹰眼晕（惧怕发晕）朝后躲，用枪代手比划，说："拿一边儿去！别叨瞎我的眼睛。"

"这回相信了吧，放我们进去。"吴二片说。

"进去？进哪儿去？你说了算我是说算？"警察牛皮哄哄，耍起满洲国警察的威风来，想好好活着别去招惹警察。三江百姓编句嗑儿：城里的警察，乡下的狗。厉害、凶恶着呢！

"当然你说了算……"吴二片急忙服软口吻说。

警察牛皮晃腚（高傲、神气）鼻子发出哼哼的声音，还没有放人入村的意思。吴二片往门岗屋子里望，想找熟悉的自卫团的人让他们证明，或跟刁难人的警察说说情，可是，屋子好像没人。自卫团的人眯（躲）在屋子不出来，他们谁也不爱管闲事。

这时，一个抽着鼻子，扭皮搭撒（走路扭扭搭搭）的人地走过来，吴二片不认识寇大鼻涕，警察先打招呼："寇所长。"

"咋回事儿呀？"寇大鼻涕问。

"报告寇所长，他们说是本村的，要进来。"警察说。

寇大鼻涕拧下鼻子，而后将沾在手指上清液抬腿抹在皮靴底儿上，清清嗓子，问："你们是本村的？"

"我们是赵家……"吴二片说。

"喔，赵炮头家的，去……噢，拉鹰。"寇大鼻涕瞅着花大姐手里的鹰，懂行地说，"黑背青鹰，不错。"他命令警察，"放他俩进去。"

"是！"警察放人。

往赵家大院走，吴二片心里纳闷，说："头晌咱们出村时还不是这伙秧歌，下晌就换啦。"

花大姐未吭声。上午离家时，隐隐约约听赵永和说警防所长要调走，并没在意，肯定就是这么回事。

"鼻涕拉瞎的还当所长……"吴二片嘟哝道，心想警察咋都这形象，看着都恶心。

拉鹰提前回来，吴二片迈进屋。

刘德海惊喜道："这么快？"

"嗯，拉到只青鹰，三年龙。"吴二片说，

刘德海没多少狩猎知识，对鹰几乎一窍不通。他就知道吴二片他们去拉鹰，顺利拉回一只鹰。他说："你俩真行，手到鹰来，比到鸡架里抓只鸡都方便。"

"我可不行，花管家行。"

"她还有这把刷子。"

"不是一把，正经有几把！"吴二片介绍道，"她爹有名的鹰把头，从小跟他爹上山围鹰……成了一名鹰把式。"

"女鹰把式，比较稀奇。"

"我是见识到她的本事，你不是说抓鹰像到鸡架抓鸡一样，瞅她捕鹰比抓到鸡还容易，终归是会逮。"

刘德海朝窗口外望，说："花管家在院里弄木头杆子。"

"搭鹰架，架鹰。"吴二片说。

刘德海收回目光，说："训化一只打猎的鹰，跟训化抓狗的鹰不一样。"

"那是肯定。"吴二片说，从猎人的角度理解，让一只鹰去捕捉狼虫虎豹容易，去捕捉狗，尤其伙伴一样的猎犬难度有多大可想而知，他说，"不太好训。"

"嗯，她没说采取什么办法？"

"没有。"

刘德海根本想不出来如何训练鹰才能去抓狗，抓一只主人确定的狗。他说："周庆喜训狗，找藏在山林里的人相对容易做到。"

"训鹰从犬口中夺兔可以做到，让鹰去抓猎狗不知道能否做到。"吴二片推断不出来，他说，"花管家训化不成，恐怕就没人训出捉猎狗的鹰。老刘，周庆喜是自卫团长，汉奸走狗，干吗不安排除掉他呢？"

刘德海表情复杂。

长篇小说 大猎帮

"恕我直言，在周庆喜问题上，你一直乌拉巴涂（不清楚）。"吴二片话讲得率直，他说，"好像确定不了他究竟是好人，还是坏人，周庆喜是黑是白不是一目了然吗？"

"老吴，不是看不清黑白。"

"那是什么？"

"你来赵家大院时间比我早，对赵家的事情了解的比我多。你应该清楚赵永和跟周庆喜的关系，比表面上我们看到的复杂吧？"

"那倒是。"

在周庆喜的问题上，赵永和态度不明朗，是块乌玻璃。他们之间还有什么外人不知的东西。两个人闹掰（分道扬镳）是事实，周庆喜投靠日伪，赵永和积极抗日，两人之间裂开的不是缝隙，而是一条万丈鸿沟，难以填平。他们的恨有些别样。刘德海锄奸的计划中，周庆喜上了黑名单，始终未下手，有碍于赵永和。

"永远不动周庆喜了？"

"那倒不是，早晚吧。"刘德海态度明确，他说："老吴，孙大杆去联系天狗，我们要有大行动，你去碉堡……"他布置一番任务。

"哎，我去。"吴二片说。

第二十五章
袭击部落村计划

顶梁见毛梢，栽坡露出腿，迎面跑掏裆，横着飞打嘴。

——打围歌谣

一

土匪天狗绺子藏在哪里没人知道，孙大杆无法知道他们的老巢。他只能在山林间乱找，不知不觉走到白狼山林子最密、山最险的老爷岭。找土匪和找野兽不同，用码踪追踪猎物的方法肯定不适用。天狗绺子在哪里？

孙大杆坐一块岩石上想，周围茂密的树木遮挡着视线，他望不出去多远，低头想土匪在哪里趴风（躲藏）。土匪躲在暗处，他呆在明处，即使走到土匪窝前，土匪不主动走出来他也找不到。日本宪兵、警察进山清剿，连根土匪毛都没碰到。所以才命周庆喜训练猎狗，希望训练出一条在山林追踪到人迹的狗。人追狗不行，狗追人行，人追人行不行？正在他绕口令似的胡思乱想时，有一个跑山打扮的人走过来。

孙大杆坐着未动。

跑山打扮的人走向孙大杆的时候，警惕的目光扫视四周，步履稳健而坚定，他主动上前来搭话："坐在这里干啥呢，老哥？"

"找孩子他舅舅。"孙大杆语言尽量往江湖上靠，不清楚来人是干什么的，这样说有试探虚实的意义，看对方如何反应，上不上道。

那个时代行帮人相见忌讳直白地问对方是干什么，盘道①普遍采用的形式。帮有帮规，行有行语。盘道即盘问，用歌谣形式盘问。彼此都不清楚对方身份情况下，也别闲着闷着，开始哨（比嘴皮子），跑山人来段小数：

> 说的是数九寒天冷飕飕，
> 来年春打六九头。
> 正月十五有一个灯笼会，
> 有对狮子滚绣球。
> 三月三王母娘娘蟠桃会，
> 美猴王就把蟠桃偷。
> 五月初五端阳节，
> 白蛇许仙没到头。
> 七月七是银河会，
> 牛郎织女泪交流。
> 八月十五云遮月，
> 月宫的嫦娥犯了愁。

孙大杆只鼓掌赞成对方说的好不行，自己要哨上一段，他要说跟人家说的意思相近的，也是小数：

> 说南乡，道南乡，
> 南乡有个傻姑娘。
> 正月提媒二月把门过，
> 三月生个小二郎，

---

① 行帮盘道主要有语言盘、对话盘、艺人盘、神汉盘、游戏盘、典唇盘、指法盘等等。

四月会爬五月会走，

六月会叫爹和娘。

七月送到南学把书念，

八月提笔做文章，

九月进京去科考。

十月得中状元郎，

十一月祭祖回家转，

十二月到家死了娘，

若问这是什么段？

儿没白忙娘白忙。

　　山野两个素昧平生人见面，在今人看来一段"哨"毫无意义，其实不然，通过各自说的一段小数，消除陌生感。跑山人回到刚见面孙大杆说的"找孩子他舅舅"话题上，此话是土匪黑话变种说法，话里藏玄机，原话为：想吃奶就来了妈妈，想娘家人，小孩他舅舅来啦。像孙大杆这样说，试探对方能否听得懂，跑山人说了几句土匪黑话，待孙大杆听懂后，便直接问："你找小孩他舅舅，他舅舅什么蔓？"

　　"草头子。"孙大杆说。

　　姓蒋的人称草头子，天狗绺子红账先生姓蒋。跑山人继续问："他是干什么的？"

　　"红账先生。"

　　"你知道他的天窑子（山寨）？"

　　"我要是知道，不想娘家的人啦。"孙大杆婉转表白道。

　　跑山人又对孙大杆进行一番暗中考察，确定他不是军警宪特，便说："我可以带你去见孩子他舅舅。"

　　"啊，遇上贵人。"孙大杆惊喜道。

　　"委屈你戴上蒙眼。"跑山人说。

　　孙大杆同意按照土匪的规矩办。

二

在后院绑好架鹰杆，加上"脚绊"的青鹰上架，熬鹰正式开始。花大姐在鹰杆前忙碌。

有三双目光从不同角度投向鹰架，藏在屋子不宜露面的刘德海透过窗户望熬鹰场面。决定将鹰架立在后院，选址时，吴二片对花大姐说："花管家，刘先生想看看你咋训鹰。"

"噢，想看。"

"他想看，过去没看过。"

花大姐决定满足刘德海的要求，将架鹰杆选在尽可量靠近窗子，并对着窗户方向。

刘德海真切地看见蹲在鹰杆上的那只青鹰，开始熬并不复杂，就是不让猎鹰睡觉，熬着它，使它困乏，目的拉鹰膘，不但不给进食，还要给它洗胃。真正意义的熬鹰是在晚上，把鹰放在专门驯鹰的粗绳子上，鹰站不稳，而且还有人在下面不断地用棍子敲打绳子，绳子不断晃动，这样鹰就无法睡觉了。晚上熬鹰刘德海看不到，只能白天观看。

第二双眼睛是吴二片。东家——抗日小分队头头赵永和的派遣，全程参与训鹰，主要给花大姐打帮手，晚上熬鹰几天几夜不让它睡觉，磨掉它的野性。白天，吴二片做着一项，也是属于此次训鹰的范畴，做一只假狗，为配合花大姐以后训鹰。

利用一只狗皮，克隆周庆喜正训化的猎狗。目的非常明确，花大姐训鹰直接选的捕猎目标就是狗，本来鹰是怕狗的，猎人为使鹰不怕狗，一开始训它时便把狗牵鹰身边，花大姐正是受这一启发才要弄一只狗，而且跟未来准备袭击的狗一模一样，大小、毛色……这样做目的很明确。为此吴二片还特意跑到周家偷偷看了那只正在被钱肚脐眼训的二细狗。

赵家大院第三双注视训鹰目光是赵永和，他关心训鹰人超过训鹰本身。驯化成鹰不是去狩猎，是去抓一只密林中找人的狗，它要是不去追踪抗联，鹰也没必要去追赶狗。熬鹰是苦差事，熬鹰同时是熬人，不让鹰睡觉人也不能睡，鹰的习惯在凌晨两三点钟睡觉，这时绝对不能让它在最困的时候睡觉，连眼睛都不能眨，动物的意志、野性在煎熬、疲惫中消沉、丧失。

此刻鹰高傲地站架子上，桀骜不驯的目光望着鹰把式，它在对手前威风凛凛，带着深深的敌意，力量在利爪上蓄积，伺机出击驯化它的人。它金钩利爪锋利无比，花大姐做了必要的防护以免被鹰抓伤，戴了套袖和皮手套。

赵永和心被花大姐占据着，往事像风骤然刮过来，风中裹挟着一个童年伙伴——狗剩儿，梦境里他们在大院里做游戏：老鹞子叼小鸡。

游戏必须有一人当老鹞子，一个人当母鸡，一个人当小鸡。狗剩儿总是扮演凶恶的角色，老鹞子他来当，受呵护的角色自然是丫蛋儿，保护小鸡免受老鹞子伤害的保护神无疑是赵永和，有其他孩子在场，游戏气氛增加，老鹞子来抓小鸡，他们一旁齐声哄喊：

"老鹞子捉小鸡喽，噢嘶！"

在三江民间如果不是猎户人家，对鹰隼类统称老鹞子。吓唬小鸡就喊老鹞鹰叼小鸡，神奇的是鸡听到喊声都怕，急忙就近躲避、藏身——钻入树棵子、遮蔽物下面。鹰把头的女儿则不怕老鹞子，即使做游戏她也不怕，在猛禽来袭击时表现得勇敢无畏，有时违反游戏规则，离开母鸡身后不用它庇护，完全忘却自己是弱小毫无反抗天敌能力的小鸡角色，敢跟老鹞子面对面不怕做俘虏，危急时刻老母鸡赵永和拉她回来。做完游戏，赵永和问："丫蛋儿你不怕大老鹞子？"

丫蛋儿望着狗剩儿咯咯地笑，说："狗剩儿是大老鹞子？嘎！嘎嘎！老鹞，大老鹞！"

狗剩儿时代的周庆喜客观地说还很憨厚，总是憨笑。说他是什么都不生气，尤其丫蛋儿说他，难听的话也好听，说什么都顺耳。丫蛋儿受鹰把头的父亲影响，喜欢鹰了解鹰，将鹰的歌谣说给伙伴听："拉特哈，大老鹰，阿玛有只小角鹰。白翅膀，飞得快，红眼睛，看得清。兔子见它不会跑，天鹅见它就发懵。佐领见了睁大眼，管它叫做海东青。拴上绸子系上铃，吹吹打打送进京。皇上赏个黄马褂，阿玛要张大铁弓。铁弓铁箭射得远，再抓天鹅不用鹰。"[①]

风不会停留在一处很久，它们很快刮出赵家大院，童年游戏的情景飘然

---

① 歌谣《阿玛有只小甲昏》，流传吉林敦化一带。

而去，梦境就是梦境，总要结束，赵永和长长叹息一声。他的思维太阳那样光芒迸射，眼前展现一场游戏，仍然是老鹞子捉小鸡，狗剩儿、丫蛋儿他们三个人换成花大姐、周庆喜，赵永和还是赵永和。游戏还是各自的老角色，赵永和还是老母鸡，花大姐是小鸡，周庆喜是老鹞子。游戏一开始赵永和便意识到这不是玩，是你死我活的一场决斗，胜者获得小鸡……

"东家！"

赵永和真确地听到有人叫他，才缓过神来。

"东家，孙大杆回来了，"吴二片低声说，并向自己屋子张扬下目光，说，"他们在等你。"

"哎。"赵永和答应，问，"假狗做成了？"

"差不多了，还要加加细。"吴二片用一张狗皮缝制一只假狗，它做道具，是训鹰的靶子，训成的鹰抓跟它一模一样的狗，"肚子有些瘪，得重新填些东西。"

"谷草不行？"

"谷草还是硬撅撅的，不很扁整，支棱八翘的不像。"吴二片在说他的作品，一只狗皮缝制的假狗，肚子他用较软乎的谷草撑起来，正如他所描述的那样，狗肚子里装的不是肠子肚子灯笼挂，谷草代替总不很像，需要更换柔软些的充填物，他说，"换上铺陈挠子（旧碎布），棉花瓢子。"

"你弄吧。"赵永和说。

三

三人谈一件重要的事情。

孙大杆从老爷岭回来。他那天被跑山人——实质是放卡子（放哨）人员，给他戴上蒙眼后领到密营。土匪天狗绺子已经接受改编，现在叫三江抗日游击队，大柜徐德成现在是队长。老熟人红账先生引荐，孙大杆见徐队长，说明来意……一天后，孙大杆返回村子，进赵家没惊动任何人，悄悄走进后院，去见刘德海。

"回来了，老孙。"

"嗯，很是顺利。"

刘德海将炕上的烟笸箩推给孙大杆，听他讲述。

"他们改编成抗日队伍，叫三江抗日游击队……"孙大杆讲了他进山的情况，最后说，"他们同意来攻打部落村，缴警察和自卫团的枪。"

"这太好啦。"

"我们约定三天后见面谈具体细节。"孙大杆说，他跟抗日游击队定好在鹿角山见面，"徐队长想和你见一面。"

"可是……"刘德海何曾不想见徐德成，对这位传奇人物早有耳闻，赵家趟子部落村里潜伏着自己领导的抗日组织——狩猎队，如果能和一支较大抗日队伍并肩作战，将更有效地打击敌人，他说，"我出村子难。"

"跟赵炮商量，看他有什么好办法。"孙大杆说。

在院子里忙活儿的吴二片进屋取针线，让他通知赵永和来一趟。赵永和便来了。

"老孙联系上了，天狗他们改编成抗日游击队……"刘德海说，"队长徐德成想见见我。"

赵永和脸现难色。

"我出不去村，他进不来，赵炮你有什么好办法吗？"刘德海问。

进出部落村管理趋严，过去是周庆喜的自卫团把门，换成警察，寇大鼻涕整日不离开门卫室，亲自在那儿守着。本村人没正当理由绝对不准出去，外村人根本进不来。

"人圈看得更严，我回来进村好一顿盘问。"孙大杆说切身经历，"搜了我的身，连鞋都脱下给他们看了。"

"这个寇大鼻涕，抽邪疯。"赵永和说。

警察是日寇豢养的鹰犬，他们一言一行看主子脸色，死看死守部落村，小鬼子要有什么行动吧？马上入冬，进山清剿抗日武装又要开始，各个部落村遵命配合。赵家趟子地处进出山要害部位，日军进山可能将本村作为落脚点，或后勤供给地——存放军用物资。刘德海说："迹象看，日寇又要大扫荡。"

"一到冬天就折腾。"孙大杆说。

"不管敌人今冬有没有扫荡计划，我们要行动在他们前面，消灭部落村中的警察和自卫队。"刘德海提到大院后墙的蛤蟆骨都崖，问，"出村，我能不能从那儿下去呢?"

此季节非彼季节,夏天行深秋不行。夏天有茂盛树叶遮蔽,秋天落尽叶子光秃秃的树遮挡不住人,东北角那座碉堡完全可以看清赵家后院墙的一切。

"现在不行。"赵永和说。

刘德海本人出不去,指定一个人代表自己去见三江抗日游击队徐队长,说:"老孙,还是你跑一趟。"

他们最后决定三天后孙大杆出村到鹿角山同游击队长见面。刘德海说:"我根据老吴的侦察,划了一张草图,交给他们。"

吴二片按照刘德海的指示,摸清整个部落村敌人防卫情况,每个碉堡里几个人,活动规律……详细掌握。刘德海画出赵家趟子部落村敌伪防守图,提供给游击队,到了夜晚四个碉堡,每个碉堡里只有两名警察和一名自卫团员值守,基本是关门睡觉。防守重点在村大门处,寇大鼻涕亲自率几名警察和自卫团大部分人守卫。

"进村必须走村大门,其他地方山太陡。"赵永和说。

"里应外合!我们力争消灭大门处的敌人,碉堡里的敌人随之解决了。"刘德海说,"老孙,让游击队天黑前埋伏在村大门口附近,等我在里面打响第一枪,以枪响为号他们朝村里面冲。"

"前后夹击……"赵永和赞同道。

这是赵家狩猎队的单方面计划,还需征得抗日游击队的意见。刘德海说:"讲出我们的计划,看看他们能有什么意见,老孙你抓紧回来,我们好做布置。"

根据所处的实际环境和斗争形势的需要,赵家狩猎队始终处于地下状态,基本没有组织集中活动,任务都是派三两个人去完成,人员分散各处,随叫随到。如果配合抗日游击队来攻打部落村,则要集体行动,这样,潜伏在人圈里的抗日队伍赵家狩猎队人员便暴露了,不可回避也必须想到的是,打完这一仗无法在村子待下去,

"我们也上山。"孙大杆说,他主张像其他抗日队伍一样,进入白狼山深处,"和敌人周旋,打游击。"

"我们拔腿一走了之,可是你们的家属怎么办?"刘德海说,极现实的问题,保甲连坐毒辣就在这里,"敌人肯定来报复,他们找不到你们要迫害家属。"

"是啊，他们赘脚啊！能扔下他们吗？"赵永和说。

"家属必须转移，留在村子里肯定不行。"刘德海说，酝酿联合抗日游击队来攻打部落村时想到了参加赵家狩猎队的猎人家属，行动成功后妥善安排他们，唯一办法撤出人圈进入深山密林躲藏，让日寇找不到，他问："山里有没有敌人找不到的地方，譬如藏起几十人。"

"多得是，白狼山方圆恁大，有。"赵永和说。

"拿下这个村子，带上家属，咱们进山打游击。"刘德海说，"赵炮，你想好咱们去哪里，走那条山路，做呆上一个冬天的思想准备。"

"嗯，我想想。"赵永和说。

四

熬鹰和摧残鹰是同一语。站在鹰杆上的鹰几乎再站不稳了，饿得只剩骨头，一点精神都没有。数日内不仅不让它睡觉，食物也不喂。纵然是铁打的鹰这时也乖乖投降。

"吴师傅，今天给它喂食。"花大姐说。

"它听话啦？花管家。"吴二片问，意思鹰是否熬好。

一只鹰野性消失就算得到驯化，往下它将按人的意志来行动。喂食方法是，把兔子、鸽子等动物肉放在手臂的皮护套上，让鹰过来啄食。训练这只鹰有特殊用途，驯鹰的花大姐给它指定特别食谱：狗肉。意在让它熟悉狗肉，喜欢上狗肉，嗜毒品一样迷上狗肉。

吴二片弄来狗肉。

鹰饿久饿透，见了肉便不顾一切地扑过来，落到花大姐手臂上鸽肉吃，当然不会让它吃饱，规定的口令这时开始使用，比如命令它出击：呋！让回来：哕！用什么样的口令发什么声音，驯鹰人自己随意，没有固定的词汇，鹰能接受、听得懂就行。事实上，说什么鹰都因为乞食儿而记下口令。花大姐训的这只鹰室内调驯阶段基本完成。然后挪到室外，目标还是狗。鹰喜欢捕捉移动物体，他们发明用绳子拴假狗，嘴叼狗肉牵拉移动，让鹰去捉。

呋！花大姐发出命令。

鹰猛然扑向假狗，从它嘴中夺狗肉……

训狗紧锣密鼓，联合抗日游击队袭击赵家趟子部落村的计划也密锣紧鼓。孙大杆带回徐队长意见，基本上同意刘德海他们的计划，时间让刘德海酌情确定，游击队随时过来。

"赵炮，老孙，明天夜里怎么样？"刘德海提出行动时间，征求他们两人意见，问。

"明天阴历初几？"赵永和问。

"九月十五。"孙大杆说。

"正好有月亮，得施展。"赵永和同意明晚行动，说。

确定下来行动时间，刘德海派孙大杆去通知山里抗日游击队："老孙明早你去找徐队长，跟他们一起过来。"

"哎。"

"赵炮，明天白天布置狩猎队……"刘德海说，头一次集体行动，需要拿出来藏起的猎枪，按照各自分工，配合抗日游击队来攻打部落村，为安全起见，明天白天通知，他说，"你想好群众转移路线了吗？"

"走我过去布趟子的一条猎道，一般人不会走那条路。"赵永和说，所有狩猎队家属都要撤走，粗略估算大约五十多口人，战斗结束后出村，朝山里转移，走炮头走过的一条秘密山道，进入莽苍大山里，日寇追不上找不到，"群众转移到，那儿有山洞，比较安全。"

"山洞有多大？"刘德海问。

"三四个山洞，住上百八十口人没问题。"赵永和介绍那里的情况，道出一个秘密，"我曾在那里埋了许多粮食，就是防备马高镫短（不时之需）用。我们还可以带人打猎，那儿狍子很厚（多）。"

"噢！"刘德海赞许的目光望着赵永和，钦佩此人韬略，大猎帮的炮头就是不一样，有如此长远眼光。

"冬季大雪封山后，再也没人能上去，消停委一冬（呆着不动），来年春天在安排群众，或是下山进入其他城镇，还是继续呆在山里。"赵永和说。

"老孙你觉得赵炮安排的行吗？"刘德海广泛地征询意见，集思广益稳妥安排群众。

"行，我看行。"孙大杆说。

次日晨，孙大杆出了村。

赵永和来到刘德海的屋子里，布置今晚行动前有些事情还需认真商议。通知要在傍晚，即不能早也不能晚，时间由刘德海掌握。

"赵炮，今晚打响，自卫队反抗必遭消灭，有个人恐怕要伤到……"刘德海闪烁道。

"周庆喜?"

"是。"刘德海不直接说出来原因还在赵永和身上，住在赵家大院他不清楚周庆喜跟赵家到底怎样关系，总觉得错综复杂，涉及周庆喜的问题，赵永和的态度含混，不确定的意味却意味着什么? 老太太赵冯氏明言对周庆喜祖护蕴蓄着的东西耐人寻味，"游击队大概不会饶过他。"

"唉!"赵永和摇摇头，说，"看他自己造化吧。"

周庆喜同赵永和之间隔着薄薄一层窗户纸，捅破轻而易举的，但是不是所有窗户纸都可以捅破的。作为一个复杂私密事件的局外人刘德海，更不能去捅破不明真相的窗户纸。说到他们两人关系小心翼翼，尽到提醒之责，点到为止。

难熬的一天开始，刘德海、赵永和觉得这一天无比漫长。一切事情都不发生，顺利地等到天黑日头落，战斗打响他们的压力彻底解除，否则便不轻松。

然而，注定要生事情。中午刘德海听见汽车引擎声传来，他一愣。平素没有这种声音，待在肃静的赵家大院后院，听到的山风或哭或唱，还有村中的狗叫。汽车多是军方拥有，难道说日军进村?

赵永和、吴二片两人一前一后几步进屋，掩饰不住惊惶。

"不好啦!"吴二片刚从外面回院带来消息，说，"日军两辆汽车开进村，带篷的汽车，下来十几个带枪的日本兵。"

"车上拉的什么?"刘德海问。

"我靠不近前没看准，车停在警防所门前，日本兵端枪看着汽车。"吴二片分析说，"他们不像路过，像是留下不走。"

"这下麻烦啦。"赵永和说。

"还有，两辆摩托车拉走周庆喜和猎狗，钱肚脐眼一同被拉走。"吴二片继续说他看到的情况。

第二十六章
赵家猎帮从此消失

打围人想进干饭盆，打老虎，挖熊胆，抽个鹿鞭更有脸。弄副鹿胎，闺女媳妇全惊呆。

——赶山歌谣

一

两辆日军的汽车开进赵家趟子部落村，随来的还有两辆军用三斗摩托车，虽然同是日军，乘坐汽车的是陆军一个班，他们执行特殊任务停留在村子里，骑摩托车的是三江县日本宪兵队的宪兵，负责来村安排该班日军食宿，宪兵管着部落村。

日本宪兵的两辆摩托车停在周家远门口，村长施大眼瞪着蛤蟆眼喊："周队长，太君叫你！"

这会儿，周庆喜和钱肚脐眼在院子里坐着，实际是周庆喜一旁看钱肚脐眼训狗，二细狗已经训完，做最后的训练。日本宪兵来找他前，钱肚脐眼说："昨下晚狗找人你看到了，成啦，我该回啦。"

"不忙，不忙。"周庆喜挽留道。

方便训狗，钱肚脐眼腿脚行走不便，训狗开始后周庆喜安排训狗师住在自己家里，西厢房闲着给钱肚脐眼住。狗训完钱肚脐眼提出回到自己家去，

287

数日没有回家了。他说："狗训完也没事儿了，我老在你家糗候着，干吃干喝？给你家添麻烦。"糗候意思是不动地方的死呆。

"你能吃多少喝多少？你敞开肚管够造，我有几囤粮食够你吃的。再说你一个人，腿肚子绑灶王爷人走家搬，到哪儿不是家啊！住着，再住几天。"周庆喜留住钱肚脐眼，非热情非友谊，更不是无所谓家里多一个人吃饭，他有着不可告人的目的。训狗之初，前任宪兵队长角山荣曾交代，训狗结束不要放走训狗师，等待他的命令如何处置，后任宪兵队长林田数马也是这样交代，日本人话周庆喜当话听，不敢走样照办，而且努力办好，让主子满意，本地有俗语：干事不由东，累死也无功。自己的东家就是日本宪兵，自卫团归他们管，自己为他们当差。

"知道你家底儿厚扛造，可我不好意思吃闲饭……"钱肚脐眼争取回家，说。

"怎么是吃闲饭，你训狗有功，扛板把你供起来也应该。"周庆喜嘴会缝扯，扛板供起来的人是祖宗，他竟然把训狗师说成自己的祖宗显然是假话，"供养你一年半载没问题。"

"哟！我可怕掉地上，再摔一下，恐怕连命都没有啦。"钱肚脐眼诙谐道，"我还想多活几天呢！"

正在这时村长施大眼站在院门口喊："周队长！"

"哎，来啦。"周庆喜急忙跑出来，村长来了他不着急，太君来到家门口怠慢不得，"村长。"

"太君拉你进城去宪兵队部，带上狗和钱肚脐眼。"施大眼轻蔑地瞥眼训狗师，"利索点儿。"

"哎、哎。"周庆喜朝没说话驾车的宪兵挤出笑，转身回到钱肚脐眼面前，说，"带上狗，麻溜跟我走。"

"走？去哪儿？"钱肚脐眼不想走，问。

"别问啦，赶紧走！"周庆喜催死鬼似的，说，"没看摩托车停在那儿，太君来接我们，啥也别说，走。"

钱肚脐眼清楚日本人找你去必去，犟不过宪兵也不能跟宪兵犟，他们是一只脚，自己是一只蚂蚁，碾死轻而易。跟他们去吧，是福是祸，凭命由天。

两名日本宪兵驾驶两辆摩托，前面车斗里坐着周庆喜和狗，后面一辆摩托车斗里坐着钱肚脐眼，驶出人圈。钱肚脐眼回头望眼赵家趟子村，一种不祥之感萦绕心头。以前听说过给日本人修完军事工程、仓库什么的，中国劳工都处死，为保密杀人灭口……看上去钱肚脐眼是没有根据没有迹象的胡思乱想，然而接近事实，厄运在三江日本宪兵队部等候着他。

"狗带来啦？"宪兵队长林田数马问。

"报告太君，带来了，训成啦。"周庆喜报告狗训成什么样，说，"抗联就打以（即使是）钻进耗子……"他刚要说糙话耗子 X，觉得跟宪兵队长说粗俗话不合适，改口道，"抗联钻进石头缝里，定保能找出来。"

"你的肯定狗好用？"

"好、好用，比我好用！"周庆喜溜须不要尊严，不知说什么好了。

"么细！"林田数马高兴，说，"你和狗大大地好。"

"好。"

宪兵队长林田数马问："狗训完，训狗师没用了，周队长，你的说怎么处理他。"

周庆喜揣度出宪兵队长心怎么想，为表现忠诚，说："用狗找抗联的事儿不能给外人知道，训狗师……后患无穷。"

"清除后患！"宪兵队长林田数马充满杀气的口吻说，"让你看出好戏！"他随即用日语下了命令，周庆喜没听懂，但是能猜出要花样处死钱肚脐眼，宪兵处死人花样很多。

钱肚脐眼被宪兵抬到狼狗圈前，他明白自己死期到了。该恨该骂的人就躲在宪兵的身后，他大骂道："周庆喜你不是人！我做鬼也要来人间抓你，让你死！"

周庆喜低着头不敢看昔日曾一起打围的猎帮兄弟，心里是否内疚没人看他的表情。

"听说狗在你面前乖乖的听话，你让它们做什么它们就做什么，今天你试试看狼狗听不听你的。"宪兵队长林田数马耍戏地对钱肚脐眼说。

一场杀戮给他说得如此轻描淡写，随即他手一挥，宪兵将钱肚脐眼投入狼狗圈，往下发生的景象太过血腥无法用文字表述。一个鲜活的生命葬身狗腹，训狗师面对狗掏开自己肚子的瞬间，丝毫没有躲闪，也没发出什么口令，突然大笑起来……周庆喜的心房给笑声射穿，身子摇晃站不稳，被宪兵长枪架住未倒下，再次听到的笑声是宪兵队长发出的，令人毛骨悚然。

二

"我出去看看。"赵永和说。

村里突然来了日军，人数、干什么都不清楚，他们今晚走不走，关乎着袭击部落村行动成败。

"嗯，需要摸清楚。"刘德海说。

"东家，还是我去吧。"吴二片主动道。

"还是我去村公所，借口找施大眼，力争从他那儿打听到更多的消息。"赵永和有了打算，说，"我不空手去，他向我要过马鹿肉干。"

"行，是个理由。"刘德海同意道。

赵永和拿上一梱马鹿肉干，香味一直飘到村长的办公桌子上。村长的一双蛤蟆眼闪闪放光，拧了几下鼻子清除障碍，让浓郁的肉香味进入，说："啥肉啊？"

"村长爱吃的。"

"喔，马鹿肉！"施大眼如获至宝，说，"想这玩意有几年了，始终没淘换着，就你家有。"

"压箱子底儿，"赵永和说，箱子留些稍微贵重物，不空箱子说成压箱子底儿，"村长想吃，我拿出来。"

"舍不得吧？"

"有点儿。"赵永和说。

他们说唠一阵，施大眼不时往外看，日军汽车就停在窗户根儿前，赵永和趁此将话题引到这上面，他说："军车来村送配给品，都是些啥呀？"满洲国实行配给制①，这样说很正常。

---

① 1938 年伪满洲国颁布《米谷管理法》实行粮食配给，不允许中国人吃大米，只有日本人能够吃大米，中国人吃大米白面就是"经济犯"。

"啥？你吃不了，硌牙！"施大眼诙谐道。

"我闻着大米饭味儿。"赵永和朝正题上引示话，确实闻到煮熟大米饭香味，"村上好伙食，吃精米干饭猪肉炖粉条。"

"我们可没长那儿好嘴吃大米饭哟，"施大眼抱怨，他这个当村长的要说一顿大米饭没吃到过不尽然，但也不是经常随便吃，他们毕竟不是日本人，属于不准吃大米——伪满法律上明确规定，甲类粮（细粮），只供给优秀的大和民族，乙类（粗粮）供给劣等民族（满洲国）——的人，他说，"皇军，你没看到吗，一个班的皇军住在咱村，大米饭是他们的晚饭。"

"村里有自卫队、警察，又来了皇军，县上这么重视咱村。"赵永和说。

"啥好事儿咋地，准没好事儿。"

"有人为咱们守卫村子，老少爷们消停地盖被睡觉……"

"中了，赵炮，你说汽车上拉的什么？"施大眼被向往已久的马鹿肉干弄晕头脑，该说不该说的不假思索地嘞嘞，过会儿赵永和走了，他一定后悔，口无遮拦，口技道，"咣！咕咚！"

猎帮炮头对这类象声词特别敏感，咣！咕咚！绝对不是粮米爆炸的声音，肯定是炸药类。赵永和本想深入问下去，透过窗户看见警察寇大鼻涕领着日军曹长走来，说："我走啦，村长。"

施大眼没送他，将马鹿肉干藏好，而后坐到椅子上，等待寇大鼻涕他们到来。

赵永和回到自家大院，直奔刘德海的住处。

"怎么样，东家？"吴二片问。

"七老八吧。"赵永和坐到炕沿上，说，"日军拉着两车弹药，住在村子里。"

"今晚不走啦？"

"安营扎寨，晚上煮大米饭。"赵永和说日军连锅灶都支上了，"弹药车前始终有人掐枪看着。"

蹊跷！谁都会感到蹊跷。平白无故来了一个班的日军，带着两车弹药住进村子，刘德海说："敌人要干什么？"

"不是像路过？"吴二片说。

"不像。"赵永和没想明白，常住吧不能将弹药车停在村大门口，搬到碉堡里去才是那么回事，路过吧，支起锅灶做晚饭，起码今晚不能走了，他说，"半路杀出个程咬金，老刘，今晚我们……"

"是啊，得考虑考虑。"刘德海说，原计划在村里边配合抗日游击队来攻村，赵家狩猎队要对付的是十几个警察和不堪一击的自卫团，忽然来了一班的正规日军，他们武器精良，配备机关枪、有坂式步枪、掷弹筒、手雷……"他们不走，今晚我们的行动受到影响。"

"要不要取消行动？"吴二片问。

"手插磨眼……"赵永和说，行动停不下来了，孙大杆已经去抗日游击队密营，带队伍过来，估计此时已经朝赵家趟子部落村走来，"老刘，眼瞅下半晌了，再不决定来不及。"

"行动照常进行。"刘德海说，开弓没有回头箭，"赵炮，我们研究咋对付新来这股日军吧。冷丁增加这些日军，得想办让徐队长他们知道，以便调整攻击计划。"

"对。马上派人去给他们送信。"赵永和说。

"我去吧！"吴二片说。

刘德海同赵永和交流目光，他俩都同意。刘德海叮嘱几句，说："……老吴，同他们说清楚这里的情况，原攻村计划不变。"

"哎。"

"时间允许，你尽可能赶回来，我们听听徐队长的意见。"刘德海说。

吴二片随即动身，说："那我走啦。"

"走吧，赶早不赶晚。"赵永和说。

三

今晚猎帮人人要大显身手。赵永和根据每个人不同特点派到不同岗位，所肩负的任务不同，对付碉堡的、对付寇大鼻涕警察的、对付自卫队的，对付那班日本兵重任赵永和揽下，他和刘德海及三名炮手来完成。

吴二片那天变成了飞人，以最快的速度朝抗日游击队密营方向赶，半路上遇到孙大杆带他们往赵家趟子部落村运动，天黑前赶到村口附近，隐藏在林子里，等待夜晚村子里战斗打响，发起进攻，交流一阵情况，吴二片带着游击队徐队长的意见返回赵家大院。

"我半路碰到他们，"吴二片学说一遍经过，他说，"原本派一支小队伍同我们里应外合拿下村子，现在一百多人，整个游击队都开过来了。"

"来这么多人？"赵永和高兴，人多取得胜利更是把握，"这回我们不怕鬼子一个班，两个班他们也不是个儿（对手）。"

抗日游击队准备离开白狼山，到西大荒去。为了避开日军冬季大扫荡，原来计划派二十几人来缴赵家趟子部落村警察、自卫队的武器，给敌人以震慑，现在都来了不完全是攻打部落村，是从这里经过。半路上遇到前来报信的吴二片……

"徐队长说，打完仗他们连夜往西走，下山……"吴二片说，"今晚，让我们先结果守卫村大门的警察，他们好冲进来。"

"好。"

一个班的日军安排睡在警防所的宿舍内，除了两名士兵在弹药车前站岗外，其余八九名在油灯下玩中国纸牌，令人称奇他们会看马掌（旧纸牌玩法之一），竟有一个日本兵用标准的中国话说着这样东北嗑儿："日头出来照东墙，西墙根下有阴凉。三人走道六条腿，睡觉地下鞋三双……"

藏在一堵院墙外的吴二片，低声对身旁的赵永和说："小鬼子会唱二人转，往下应唱灶坑烧火炕头热，仰壳躺着……"

赵永和扒拉了他一下，制止因二人转忘记自己来干什么。吴二片猛然清醒，往下是你死我活的战斗。东家对他说："瞄准警防所的门，你负责打二枪，打第二个。"

"我当贴炮。"吴二片说，他的理解准确而生动，把警防所视为一个野兽洞，从里蹿出第一个动物由炮头打倒，他负责打第二出洞的动物，那时炮头有机会装好枪打第三个……"没冒，一枪窝佬（就地弄死）。"

刘德海带两个人摸到村大门处，各自瞄准一个警察，是整个行动信号，村里村外的参加行动的人以这一声枪为号，全面开始进攻。

砰！砰！乒乒！

枪声顿时大作，抗日游击队迅猛地冲入村子，日军、警察、自卫团腹背受敌，很快被消灭……战斗结束，一个班的日军一个没剩全被打死，警察打死打伤五六个人，余下的投降，自卫团除了负隅顽抗的被击毙，其他人被缴械……赵家狩猎队和抗日游击队少有伤亡，算是一场漂亮仗。

"老刘，我们马上撤走，你们呢?"徐队长问。

"我们进山。"刘德海说。

"带着群众，去哪里啊?"

"干饭盆方向……"刘德海讲出他们转移方向，说，"徐队长，你先前说伤病员怎么回事?"

"噢，是这样。"徐队长单独和刘德海说一件事情，上次日军扫荡，抗日游击队负伤七八个人，现藏在鬼脸砬子，大部队转移西大荒，带他们不便，方向也在干饭盆，方便时请刘德海照顾，"拜托了，熬过冬天，明年开春游击队接他们下山。"

"放心吧，徐队长，等我们安排好群众，派人去鬼脸砬子。"刘德海说，他们握手，"再会!"

"再会!"

徐队长与刘德海、赵永和握别。

抗日游击队带走日军大部分弹药离开，赵家狩猎队拿上一些，然后决定将两辆汽车炸掉。

"我们马上离开。"刘德海说。

猎户的家属集中在村口，赵永和向大家简单说了去的大致方向，路上注意事项等后，说:"走，跟我走!"

这时，吴二片跑到转移队伍前面，气喘吁吁地说:"东家，老太太不肯走，花管家正劝她。"

啊!赵永和惊慌。在如此关口母亲不走，势必拖延大家转移时间，枪声可能惊动敌人，日军有汽车从山下三江城赶来用不上更长时间，必须迅速撤走。他附在吴二片耳畔轻声说了行走路线，让他带大家出村，自己跑回大院。

大院里，赵冯氏坐在一块石头上，死活不动方，花大姐一旁劝老太太，鹰站在她的肩膀上，她要带鹰一起走。

"娘啊，你这是咋地啦?"赵永和说。

长篇小说 大猎帮

294

"没见到狗剩儿，我不走。"赵冯氏倔强道。

"先前我们跟小鬼们打起来你也知道了，一会儿他们就要赶来报复，老少爷们必须马上走……娘你不走，咱们拖累不是害了大家吗？娘，快走吧！"

"狗剩儿哪儿去了？咱们都走，他们家人咋办啊？"赵冯氏担心道。

"他家没事儿，小鬼子不会杀他们。"

"永和，你们都一样，小鬼子咋就不杀他们。"老太太始终不明白，她嘟囔道，"我还有话跟狗剩儿说。"

"娘，咱走，有话以后再对他说。"赵永和蹲在母亲面前，说，"娘，我背你走，丫蛋儿，帮把手！"

花大姐抱起老太太放到赵永和背上，三人快步跑出村子，去追赶前面的人……

四

周庆喜站在人去院空的赵家大院里已是次日上午。山风顽皮孩子似的从院墙头跳下来，追撵飘落的枯叶像追逐一群蝴蝶。小时候，三个孩子经常在大院内追逐四处飞舞的蝴蝶，捉蝴蝶工具就地取材，衣服、帽子、树枝……捉蝴蝶有首歌谣：蝴蝶蝴蝶落呀，你妈上草垛。蝴蝶蝴蝶飞呀，你妈上谷堆。赵永和喜欢用自己帽子扣蝴蝶，丫蛋儿则有她绣着荷花的手绢，周庆喜则喜欢用树枝，随手撅一根，如今那些树已长成参天大树，此时，大树正纷纷落着枯叶，偶有几片新鲜叶子裹挟其中。

昨夜村子里发生的大事他不在现场，睡在三江县日本宪兵队部——过去是一家大车店，有很多客房闲着——院子里，天还没亮被叫醒，让他带上那只二细狗，上汽车跟着宪兵走。黑咕隆咚中汽车开着灯进山，时有动物仓皇横穿山道逃进林子。山上宪兵手持武器，没人说话他不敢问。汽车后面还有骑马的警察跟随，阵势看去打仗，去哪里打仗他并不清楚，跟着日军一起武装行动头一次，自卫队只在部落村中看护村子，从来没参加正式战斗，也不可能让参加，因此说本次能够参加觉得很幸运。

山路行走困难，半路一辆汽车栽入山沟，好在没有伤亡，宪兵队长林田数马指挥士兵，抬出陷入不深的汽车，然后继续前进，到达目的地天蒙蒙亮，周庆喜见到赵家趟子部落村大吃一惊，火药味尚未散尽，村大门完全烧毁，停在大门附近的汽车变成两堆废铁……

"咋回事啊？"周庆喜讶异道。

村长施大眼惊魂未定，被蛇缠了似的眼睛隆隆着（突出），并布满血丝，他说："我双手被捆着，一动不能动。"

"是什么人攻打……"周庆喜问。

"抗联。"施大眼说，昨夜他被闯进村子室的人捆绑到柱脚（房柱子）上，嘴塞块抹布，实际是他常用的擦脚抹布，他不知道来攻打村子的是抗日游击队，笼统地说成抗联，"好多人，足足有上百人。"

消灭了村警防所的警察、部分自卫队员，尤其是全歼村中的日军，可见对方力量强大。

周庆喜清点自卫团人数，去掉死伤剩下不足十人，被打瞎一只眼睛的自卫团员哭叽尿嗓（带着哭腔）说："周队长，打……呜，打咱们、是、是，赵，呜呜……"

"你说清楚点儿，别他妈的嘴含膪子似的。"周庆喜发威道。

"赵炮头他们打咱们……"自卫团员捂着瞎眼说，"他的猎帮……全上，打我们。"

赵家猎帮早都散了伙，警察收缴走猎枪，根本没有什么赵家猎帮，他说："搁啥打咱们？用木棒子还是钢套子？"

"炮（枪），炮。"

"你看清啦？"周庆喜追问。

自卫团员摁着自己的瞎眼现身说法，说："孙大杆打瞎我的眼睛，还骂咱们是瞪眼瞎。"

瞪眼瞎一般指眼的外形跟正常人一样，但却没视力；比喻文盲。在此引申为分不清敌友。周庆喜下意识地眨下眼，像是有人说自己。他忽然明白了，赵永和并没把猎枪全交上去，私藏一些，做底钩（伏线）联合山里抗联袭击村子，然后领猎帮及家属逃出部落村。他添油加醋地向宪兵队长报告，目的还是在日本人面前坏赵永和。

"他们去了哪里？"林田数马问他。

"这我不知道队长太君，肯定钻了林子。"周庆喜说。

"你的能找到赵永和?"林田数马问，接着说，"用你的猎狗。"

"能，得慢慢找。"

数日后，宪兵队长将寻找赵永和猎帮任务交给警察周庆喜。赵家趟子村事件发生后，周庆喜当上警察，任该部落村的警防所长，手下有十名警察和新组建的自卫团，他身兼自卫团长一职。

"我们得到情报，抗联的伤病员藏在白狼山中，你把他们找到。"林田数马说，"还有赵家猎帮，一并找到，消灭。"

周庆喜带上猎狗在一场大雪后出发，全副武装的警察，他们骑马身背三八大盖枪，牵上那只经过特别训练的二细狗，进了山里。做过围帮炮头的周庆喜，熟悉白狼山，推测赵永和猎帮肯定在遥远的深山里，而抗联的伤病员不会藏身太远，决定先找到他们，然后再寻找赵永和，跑了和尚跑不了庙，拖老带幼能跑哪儿去，最终肯定能发现躲藏地点。

鹿角山没有，黑瞎子洞没有。周庆喜分析，数九寒冬能藏伤病员的地方还有个地方，以前就曾藏过伤病员一座山，他说："我们去鬼脸砬子!"

鬼脸砬子山洞刘德海和负伤的副小队长藏身的地方，给还是围猎炮头的周庆喜发现，报告给日本宪兵队，派警察王警尉来抓捕……如今自己摇身成警察，率领的不是猎人是警察，要抓捕不是两个人是七八个抗联伤病员，身边的知近人儿（知心人）问："周所长，马上该叫你周局长了吧?"

"唔，副的。"周庆喜十分得意，前途一片光明，三江日本宪兵队长林田数马亲口答应他，抓到这几个抗联伤病员并且找到赵永和猎帮后，就提拔他做三江警察局副局长，他说，"你们好好跟我干，日后我当上了官，我吃肉怎么能给弟兄们骨头啃。"

"周副局长到时候可别忘拉巴（扶助）我们。"警察们说。

"拉巴?拉巴不行，连薅带拽!"周庆喜把腾达后提拔自己的亲信，说得生动且十分诱人，"我能不能当上官看你们的……"他一指前面的鬼脸砬子，"成葫芦瘪葫芦，在此一举!"

猎狗走在前面，训练它时就为找人。钱肚脐眼训化成它交给周庆喜时做过测试，他藏在菜窖里、柴禾垛、山洞中，猎狗都准确无误地找到他。日本宪兵队的情报确定，抗联伤病员藏在鬼脸碰子，这座山不大，地形复杂又覆盖厚厚的积雪，寻找起来费些劲儿，全指望这只二细猎狗。

汪汪！一处断崖前，猎狗突然停住脚，朝前面的乱石嶙峋处的林子狂吠起，周庆喜惊喜，说："嘎，到那片林子里去！"

警察随猎狗进入林子，是一片柞木林，枯死的树木横躺竖卧，马行走困难，猎狗倒是灵活，跑到前面去跟警察拉开距离。

嘎！陡然一声鹰叫，周庆喜心里一哆嗦，说时迟那时快，一只黑色鹰霹雳般地从天空扎下来，稳稳落到猎狗靠近头颅的背部，锋利的钩嘴鸹破狗眼，吞噬眼珠……

"周所长，开枪吧？"身边的警察出枪要射击鹰，被周庆喜拦住，警察眼睁睁看着鹰鸹瞎猎狗眼睛，瞎眼猎狗完全失去反抗能力，很快被鹰鸹开腹部毙命，鹰开始食狗肠子。

警察目睹鹰攻击猎狗直至它死去，他们迷惑地望着周庆喜，所长不下命令开枪令他们费解。

"丫蛋儿！"周庆喜猛然大喊，林子中寂静无声，也不见人影出现，"丫蛋儿——"

许久，从林子传来呼唤鹰回去的两声：哕！哕！鹰从死去的猎狗身上飞走，雄健的翅膀刀子一样割落一根树枝，带着积雪的树枝掉落时雪花飞扬……而后，林子归于宁静。

周庆喜歇斯底里喊："丫蛋儿——！"

附　录

一、猎帮组织人员分工

炮头——围帮的首领。指挥一切行动。

贴炮——即二炮头。协助炮头行猎，肩负保护炮头生命安全职责。

炮手——专司打野兽。

赶仗人——负责围赶野兽。

端锅人——专门做饭、打火堆。

二、狩猎山规

春不打母，秋不打公，夏不打崽；

打兽不打俩，孵窝不拣蛋；

打虎不打猪，打猪不打孤，打雁不打头；

打狼不打豺，打狼不打群，打狼不打崽；

打鹿抱鹿头，打熊不打死；

不打吉祥鸟，不打倒运兽。

三、打猎谚语

1. 赶仗不富，只够跑路。2. 钓鱼的不怕坐，赶仗的不怕饿。3. 捉不到鱼一碗汤，赶山不得精打光。4. 要得懒，耍钓竿，要得穷，背铁筒。5. 放鹰打铳，败家的祖宗。6. 跟医生，讲治病，跟打猎，讲坐径。7. 猎枪一背，野味成堆。8. 十日捞枪九日空，一日赶上九日功。9. 一铳二药三打手。10. 铳打一丈六，一响就吃肉。11. 打铳不靠腮，十有九铳歪。12. 打铳有得巧，要打三斤硝。13. 要得打手高，要打斗子、石药、三十六斤硝。14. 平子、陡药、梭灌铅。15. 满码沙子半码药，枪一响，跑不脱。16. 急装沙子慢装药，枪响野味滚下坡。17. 尖黑带火，十拿九稳。18. 抠药不抠子，抠子打不死。19. 春得哭，打得笑，这头着火那头掉。20. 铳一响，有三抢。21. 铳打一张皮。22. 钓鱼看滩头，打猎看山头。23. 十冬腊月打出边。24. 七沟八撇九十岭。25. 狼有狼道，蛇有蛇踪。26. 熊走坡，麂走埂，老虎走的二荒扒。27. 鹿过盘山猪过垭。28. 猪过半夜羊爬岩，麝麂过去又转来。29. 獐印权，獾印片，麂子印好似棍戳眼。30. 狗屙尿，虎打号。31. 虎打十字号，号长；豹打十字号，号短。32. 金钱豹，斜叉十字号；雨点豹，双杠筷子号；胡叶豹，一个杠杠打单号。33. 老虎声音仓，豹子声音吭。34. 打鬼不怕魑魅魍魉，打猎不怕豺狼虎豹。35. 扶犁不怕牛犟，打猎不怕虎凶。36. 鬼怕恶人，狼怕猎人。37. 毛狗剩儿虽精，终究死在猎人手里。38. 要打老虎先毛制枪，要捉麂子先织网。39. 钓鱼要稳，打猎要狠。40. 打猎无巧：沉住气，枪要饱，瞄得准，就扣火。41. 野鸡打飞的，兔子打蹦的，野猪打跑的，野羊打吃草的，豹子打低头的。42. 飞打野鸡跑打兔，獐子麂子打后腿。43. 上打下，打脊；下打上，打蹄。44. 上打脊，下打脚，当头来，打脑壳。45. 上打头，下打脚，横爬梁子打腰窝。46. 远打蹄，近打脊。47. 飞打嘴，站打腿。48. 隔枝不打鸟，现眼就开枪。49. 斑四两，竹半斤，画眉二两不用称。50. 獐十八，兔三斤，鹌鹑四两不用称。51. 兔子不过五斤，野鸡不三斤。52. 冬打皮毛夏打肉。53. 皮贵三九，肉肥夏秋。54. 人身有胖瘦之分，兽毛有粗细之分。55. 粗毛细毛都一样，清明之前毛换光。56. 春脱棉衣换单衣，秋将单衣套棉衣。57. 春脱冬毛换夏毛，秋脱夏毛换冬毛。58. 听音识鸟。59. 雀儿不吵空林。60. 斑鸠不吃无米籽。61. 草不遮鹰眼，水不遮鱼眼。62. 山鹰不怕强豹。63. 三月老鸹四月鸦，五月八哥六月沙。64. 锦鸡占条岭，野鸡管匹梁。65. 熊怕关笼，猴怕大红，蛇怕刺猬，野鸡怕棚。66. 斑鸠下蛋几根柴，野鸡下蛋吊石崖。67. 九雁十八鸭，七十二种无名禽。68. 头上绿郁郁，屁股三根纠。69. 要得迷子雄，多喂活虫虫。70. 一猪二熊三老虎，豹子老么狮为王。71. 寸草藏蛇，尺草藏虎。72. 老虎出的阴森榻。73. 鹰立如睡，虎行似病。74. 毒蛇最毒青竹标，野兽最恶大头猫。75. 虎啸一个音，狼嚎一个调。76. 老虎再狠爬不得树。77. 老虎不吃回头食。78. 八哥没得三年寿，老虎没得二窝儿。79. 公虎三路拳，母虎三口涎。80. 龙怕上天，虎怕成群。81. 狗仗人势，虎抖山威。82. 虎不发威是家犬。83. 蛇死不死尾，虎死不倒威。84. 斑鸠窝里出鹁子，老虎窝里出豹子。85. 三虎出一冲。86. 三虎必有一彪，三鹰必有一鹞。87. 四虎有三豹，四鹰有三鹞。88. 人有三分怕虎，虎有七分怕人。89. 过山虎，不伤人。90. 人穷当场卖艺，虎瘦拦路伤人。91. 打虎先打冰砖，打豹先打腰。92. 野猪怕鸣角，老虎怕打锣。93. 有虎无豹，有豹无狼。94. 打豹取骨，打猪吃肉。95. 虎头蛇尾豆腐腰。96. 铜头铁尾麻梗腰。97. 吃了豹子肉，三九能打精屁股；喝了豹子汤，雪里睡觉甜又香。98. 一金二雨三胡叶。99. 虎居深山，狼背山洼。100. 太阳落，狼下坡。101. 狼走岭，兔走槽。102. 鬼怕的是恶人，狼怕的是狗群。103. 进深山，防人熊，事先备好竹筒筒。打熊取掌，打獐取麝。104. 打熊打前莫打后。105. 野猪爱住大林架。106. 春住靠阳坝，夏钻牛马架，秋找朝阳洼，冬卧大岩道。107. 野兔守草，野猪守林。108. 獐扎岭，麂扎凹，野猪扎在恶林笆。109. 獐出岭，麂出洼，猪子出来横坡的撒。110. 伤箭野猪猛如虎，中枪豹子力如牛。111. 打猪打前胛，一枪日古匣。112. 打野猪要藏得紧，打麂子要站得稳。113. 一声有，二声无，三声四声就要出。114. 打前头有一地，打后头不上算。115. 鬼老鸹，蠢野鸡，山精古怪是狐狸。116. 狐狸攀沟，野猫攀岩。117. 毛狗剩儿有三个救命屁。118. 野鸡出的茅草坝，毛狗走的地边下。119. 狐狸最刁，早高晚高。皮大狐，长寿毛。120. 千年黑，万年白，八百年的吊灰色。121. 狸子红粮口。122. 果子狸上树梢，只用一枪能干掉。

123. 狐狸十八变，黄鼠狼比人能。124. 狐狸讲望，黄鼠狼讲闻。125. 野猪住在乱石坳，獐子住在石岩龛。126. 獐羊扒岩，野猪上垭，麂奔的烧胡扒。127. 獐不过岭，麂不过界。128. 麂子爱走悬岩坎，豹子爱住芭茅山。129. 兔子转转跑，麂子横山来。130. 獐跳七尺，虎跳一丈，麂子过身打一晃。131. 獐子死在弯腰树，麂子死在回头路。132. 羊子的角，麂子的脚。133. 羊子叫唤哞啦啦，麂子叫唤啊啊啊，獐子叫唤叽叽呱。134. 獐扎岭，麂扎湾，羊子扎在花岩山。135. 山羊出的花岩旯，兔子出的岩壳旯。136. 阴沟岩道猕羊窝。137. 猕羊能跳万丈岩。草鹿走岗。138. 打虎要力，捉猴要智。139. 岩是大路，树上休息。140. 玃猪不吃洞里食，猴子怕见血幌子。141. 捉蛇取胆，捉猴取脑。猴结价千金。142. 玃猪出的沁水坝。143. 十斤玃肉九斤油。144. 羊扒岩，猪阴道，狸上树，玃钻洞。145. 九月九找洞，十月一入洞，清明节出洞。146. 玃子没筋，就怕狗咬烟熏。147. 兔子要哄，玃子要熏。猪玃子吃素，狗玃子吃荤。148. 挨枪乱摇铃，必定活不成。铃猪子住回洞。149. 刺猪有一身救命针。150. 鼠头龟尾是刺猬。刺猬走路乌龟爬。151. 刺猬钻草窝。152. 獭祭鱼。153. 六月六，水獭换毛。四季不分捉水獭。154. 飞鼠身长黄牛毛。飞鼠皮是催生子。飞鼠屙出五灵籽。155. 狼精狐狸怪，兔子跑得快。156. 卖当的靠嘴，找兔子靠腿。157. 在外跑的兔子肥。158. 太阳东方现，兔子离窝飞下山。159. 关夜起了风，兔子出了松。160. 一场白雨过，兔子黄豆地里坐。161. 老鼠怕猫咬，兔子怕鹰叼。162. 兔子不藏旧窝。163. 饱鹰不拿兔，饱兔不出窝。

（全国有关狩猎谚语甚多，上文为某省狩猎谚语。）

四、狩猎忌名讳

老虎——山王爷、老佛爷、山把头、野猪倌、大爪子、细毛子，软蹄子。

熊——熊瞎子、黑瞎子、大巴掌、一撮白毛、仓子、仓瞎子。

狼——张三、大嘴、马胡子、绿光子。

野猪——大獠牙、游头子、游山货。

豺——朋友、山炮手。

貂——叶子、大叶子。

黄鼬——黄鼠狼、黄皮子、黄叶子。

蛇——钱串子。

兔子——山跳子、跳子、三瓣嘴、长耳朵、大耳朵。

山狸——夜猫子、山猫子。

野鹳——老等。

雉——野鸡。

猫头鹰——恨唬。

杜鹃——咕咕雀。

梅花鹿——梅花子。

狍子——跑子。

麝——香獐子。

五、趟子活种种

套子活——采用铁丝套、绳套、马尾套，在不同环境中套大小不同种类的动物。

棍子活——指用地棍、拖棍、吊杆等夹获野兽。

网子活——在林间架设粘网，捕捉飞禽、鸟类；地网、大网用来捕捉香獐子和黑瞎子。

夹子活——木夹子和铁夹子捕获猎物。

笼子活——大小木笼子，用来捕获大小不同野兽。

铁子活——指用地箭、铁拖棍、地枪等铁制猎具。

圈子活——修造木栅栏、霸王圈围猎。

药子活——指下药猎获鸟类。枪尖上涂抹毒药射杀也属于药子活。

窖子活——布设陷阱类。

六、虎、狼、熊歇后语

虎：老虎进村——没人敢理。老虎栽跟头——腰板挺硬。老虎戴辔头——没人敢去骑。老虎嘴边的胡须——谁敢去摸。老虎下山——来势凶猛。老虎上山——谁敢阻拦。老虎拧尾巴——发威。老虎打屁——闻都不敢闻。

老虎死了发疹——不倒威。老虎跳舞——张牙舞爪。老虎上街——人人害怕。老虎长了翅膀——神了。老虎打哈欠——口气真大。老虎藏在洞里——威风不显。老虎走路——不要伴，独来独往。老虎进山洞——瞻前不顾后。老虎不吃素——专啃硬骨头。老虎不吃猪——世上没见。老虎捉蟋蟀——笨手笨脚。老虎吃骨头——好牙口。老虎吃樱桃——馋红了眼。老虎吃太阳——白张了嘴。老虎吃棒子——刁（叼）棍。老虎吃蝴蝶——想入非非（飞飞）。老虎爬树——不会那一套。老虎吃羊——弱肉强食。老虎吃兔子——一口吞。老虎吃头羊羔——不吐骨头。老虎打架——没人敢拉。老虎鼻上插葱——凶相（象）。老虎窝里孩子哭——怪娘养的。老虎的儿子——别看他（它）小。老虎戴玛尼珠——假充活佛（藏语）。老虎戴喇嘛帽——想着法子吃人。老虎当和尚——人面兽心。老虎背十字架——假装耶稣。老虎披着皮——装样（羊）。老虎吃草——装驴。老虎屁股上拔毛——断后。老虎尾巴挂爆竹——轰出去了。老虎阴山卧——躺下装死。老虎跳山涧——玄（悬）起来了。老上洞里菩萨堂——莫名其妙（奇庙），谁人敢进（敬）。老虎进山神庙——老腐败（虎拜）。老虎进口袋——自己找死。老虎嘴里拔牙——冒险，凶多吉少。八虎闯幽州——死的死，丢的丢。抱着老虎喊救命——自找死。被窝里喂虎——害人又害己。扯着老虎尾巴——抖威风。老虎不嫌黄羊瘦——沾荤就行。老虎吃肉——亲自下山。老虎出山遇见豹——一个比一个恶。老虎打哈欠——口气真大。老虎打瞌睡——难得的机会。老虎戴道士帽——假装出家人。老虎的屁股——摸不得。老虎兜圈子——一回就够。老虎赶牛群——志在必得。老虎逛公园——谁敢拦。老虎和猪生的——又恶又蠢。老虎胡子——谁敢捋。老虎进城——家家关门。老虎进棺材——吓死人。老虎看小孩——有主的肉。

狼：狼吃狼——冷不防。狼借猪娃——还不了。狼头上长角——装羊。狼夸羊肥——不怀好意。狼狗打架——两头害怕。狼装羊笑——居心不良。狼戴帽子——装人。狼行千里吃肉——本性难移。狼窝里养孩子——性命难保。狼不吃死孩子——活人惯的。白眼狼戴眼镜——冒充好人。狼吃鬼——没影儿。狼看羊羔——越看越少。狼生个贼狐狸——不是好种。狼落陷阱——作恶到头了。狼朝羊堆笑脸——阴险歹毒。狼学狗叫——没怀好意。

长篇小说 大盗帮

狼披羊皮——充好人。狼请猪做客——没安好心；居心不良。狼请兔子的客——没好事。狼巢火烧——焦头烂额。狼扒门——不祥之兆。恶狼和疯狗做伴——脾气相投；坏到一起了恶狼吃天——难下手。狼戴佛珠——装善人；狼吃白菜——不动荤。狼闯入羊群——一团混乱。狼吃蓑衣——没人味儿。狼叼来的喂狗——白享受。恶狼咬瘸猪腿——以强凌弱。

熊：黑瞎子打立正——一手遮天。黑瞎子吃山梨——满不在乎（摘胡）。黑瞎子掉山涧——一熊到底。黑瞎子劈苞米——劈一穗丢一穗。黑瞎子舞门板——人熊家伙笨。黑瞎子照相——熊样。狗熊钻烟囱——一条道走到黑。狗熊戴礼帽——装大人物。狗熊见了刺猬——无可奈何。狗熊弹琴——没音。狗熊拉磨子——不听招呼。狗熊爬树——上劲；天下奇闻；无奇不有。狗熊请客——没人上门。熊耍门棍——人熊家伙笨。狗熊吸烟——少见多怪。黑瞎子上房脊——熊到顶。熊瞎子敲窗户——一点就破。熊瞎子学绣花——装模作样。熊瞎子掀门帘——露脸了。熊瞎子下棋——瞧你那笨脑瓜。熊瞎子拜年——不敢受这个礼。熊瞎子吃粽子——解不开。熊瞎子耍棒子——胡抡。熊瞎子耍马枪——露一手。熊瞎子舔马蜂窝——怕挨蜇别想吃甜头。熊瞎子上戏台——熊样。熊瞎子戴手表——假装体面。熊瞎子穿衣服——装人样。熊瞎子抓麻雀——瞎扑打。狗熊变黑瞎子——骗（变）自己。

七、猎帮二十吉梦

涨大水——运旺。

大雨——财运。

出血——好运。

火——财旺。

鱼——有财。

蛇——有大财。

老虎——好运气。

耗子——喜事到。

小毛驴——财到。

喜蛛——有喜事。

喜鹊——喜事临门。

棺材——有财运。

娶媳妇——有喜事。

老头老太太——财神爷。

蚂蚁过道——时来运转。

爬梯子——获财。

大姑娘——财来。

太阳——鸿运大开。

下大雪——有财运。

燕子钻天——好运。

八、猎帮祖师爷的绝命诗

家住莱阳本姓孙，
漂洋过海来挖参。
路上丢了好兄弟，
找不到兄弟不甘心。
三天吃了个喇喇蛄，
你说伤心不伤心。
今后有人来找我，
顺着蛄河往上寻。

（采集行立山神老把头孙良为祖师爷，和狩猎相同。）

九、打猎术语

空围——未打住猎物。

肥围——打很多猎物。

开眼——打到猎物。

歇炮——暂停打猎。

歇山——当年不打猎，次年再出猎。

拿蹲——三天内不出围。

祭炮——祭祀猎枪。

炮顺——顺利打到猎物。

拿房子——挪营地。

叫叫香——烧香决定一个人离开猎帮下山。

讨口彩——讨吉利话。

祭山神——狩猎捕获，请山神指引行猎方向。

谢山神——谢山，打住大猎物，拜谢山神。

说圆梦——说梦、圆梦，祈求运气。

十、调驯猎狗祝词

愿一切吉祥如意！雄师般白色良种公狗制造，活泼伶俐的黄色母狗养育。从尚未睁眼的十只小狗中，左挑右挑精选出来的幼狗，是一条最俊俏的小猎狗哟！用美味食品把你喂养，用甘露圣水把你洗刷，精心饲养十个月，把你命名为猎狗。在气候适宜季节，把你吊膘六十天。以果品红枣为食，以黄羊兔肉为汤，把你抚养成猎狗，使你具备——勇士的胆量，灵敏的听觉，追风的速度。静候美好月，待到吉祥日，请来猎手，把你阉割，使你康复，当作猎狗。遵照父亲教导，用小米把它喂，遵照母亲教诲，调配合适饮食，把你这"台格"培育成——具有秀长的身躯，具有宝石般的听觉，具有一切美好特征，远近闻名的好猎狗。你有——钢铁颈环，鹿皮牵绳；蓝缎脖套，獐皮牵绳。见野兽跃身追过去，见猎物纵身扑过去。具有雄师的形象，具有神俊的速度，具有大鹏的利爪，具有猎鹰的雄风。作为骏马的伴侣，作为众人的光彩，作为猎人的骄傲，所到之处人人把你夸奖。上好的猎狗"台格"哟；用美好的言辞再度把你祝福！用美味食品再次把你涂抹！

（见蒙古族猎狗打猎的习俗）

十一、祭山神词

山神爷老把头啊，

这山是你的，

山里的山牲口是你的，

山里的一切都是你的！
我们来到大山里，
想打几只山牲口回家里去，
肉给家里人换换口味，
皮张给家里人做成皮衣裳。

十二、谢山神词

山神爷老把头在上，
是你保佑小的们开了眼。
打到了大山牲口，
让我们猎帮兄弟能过个好年。
你老人家的大恩大德，
我们都永远记在心间！
今天小的们备点薄礼，
感谢你老人家的保佑前来谢山，
你老人家千万不要嫌少，
小的们求你保佑今后打围平安，
开眼打到大山牲口，
小的们还感谢你老人家的恩典！